눈,
사랑으로
무르는
시

봄, 사랑으로 물드는

1판 1쇄 찍음 2016년 4월 11일
1판 1쇄 펴냄 2016년 4월 18일

지은이 | 예거
펴낸이 | 고운숙
펴낸곳 | 봄 미디어

기획·편집 | 정수경 김민지

출판등록 | 2014년 08월 25일 (제387-2014-000040호)
주소 | 경기도 부천시 원미구 소향로17, 304(두성프라자) (우)420-864
영업부 | 070-5015-0818   편집부 | 070-5015-0817   팩스 | 032-712-2815
E-mail | bommedia@naver.com
소식창 | http://blog.naver.com/bommedia

값 10,000원

ISBN 979-11-5810-199-2 03810

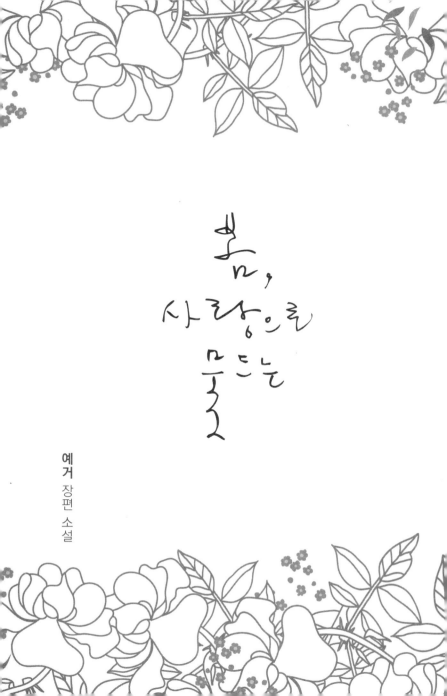

봄, 사랑으로 물드는

예거 장편 소설

contents

어느, 봄

"······봄!"

쾅쾅. 신경을 곤두세우게 만드는 문 두드리는 소리. 봄은 미간을 찌푸렸다.

"일어나, 유봄! 유봄! 야, 유봄!"

짜증을 가득 담은 신경질적인 음성에 결국 스르륵 눈을 뜰 수밖에 없었다.

시끄러운 계집애.

지치지도 않는지, 쉬지 않고 문을 두드려 대는 사람이 누구인지는 굳이 문을 열지 않아도 짐작이 갔다. 소리만 큰 그녀의 하나뿐인 동생, 유여름이다.

봄은 귀가 울릴 정도로 소리치고 있는 여름의 외침에 못 이겨 침대에서 몸을 일으켰다.

"일어······."

"일어났어. 그만 떠들어."

쾅쾅, 쉬지 않고 문을 두드려 대는 여름을 밀어내기 위해 벌
컥 문고리를 돌린 봄은 말을 멈추고 뒤로 물러나는 여름에게 서
늘한 눈빛을 보내며 대답했다.

여름은 황당한 숨을 터뜨리며 부엌으로 향하는 봄의 뒤를 따
랐다.

"오늘 네가 아침 당번인 거 잊었어? 나 일찍 나가야 한다고
어젯밤부터 말했잖아. 그런데 준비가 안 되어 있으면 어쩌자는
거야. 날 굶길 참이야?"

서울중앙지방검찰청에서 일하는 여름은 하품을 흘리며 싱크
대 앞에 선 봄의 등을 향해 떽떽거렸다. 봄은 그녀의 말을 듣는
둥 마는 둥 싱크대 아래서 냄비 하나를 꺼내 물을 받았다.

"메뉴는?"

"라면."

"야!"

"시끄러. 늦잠 잤는데 어떡해. 그럼 네가 요리하든가."

"나 요리 못하잖아!"

"자랑이야?"

봄이 홍 콧방귀를 뀌며 되물었다. 동생이 이렇게 수다스러울
줄 알았다면 동거 제의를 받아들이지 않았을 것이다. 얹혀사는
주제에 바라는 것도 많지. 봄은 여름이 뭐라 투덜거리든 코웃음
치며 물을 담은 냄비를 가스레인지 위에 얹었다. 차르륵, 불꽃
이 튄다.

"유봄. 너 문자 왔어."

'신붓감으로는 빵점이야'라 중얼거리며 혀를 끌끌 차는 여름에게 그건 내가 해 주고 싶은 말이라고 대답해 주려던 봄은 지이잉 진동하는 핸드폰을 발견한 여름에게 물었다.

"뭐라고 하는데?"

"내가 읽어도 돼?"

"어차피 중요한 문자도 아닐걸."

심드렁한 봄의 반응에 고개를 끄덕인 여름은 식탁 위에 올려 두었던 제 언니의 핸드폰을 확인했다. 펄펄 끓고 있는 물을 무심히 내려다보다 선반 안에서 라면을 두 개 꺼내 든 봄이 익숙한 손놀림으로 봉지를 뜯었다.

슬슬 넣어야 할 참인가. 문자메시지를 대신 읽는 여름을 신경도 쓰지 않고 언제쯤 라면을 투입해야 할지 고심하는 봄을 향해 여름이 천천히 입술을 뗐다.

"언니."

여름이 '야' 혹은 '너'가 아닌 호칭을 사용하자 봄의 행동이 멈췄다. 봄은 무심하게 스윽 뒤를 돌아보며 난감한 표정을 짓고 있는 여름을 바라봤다.

"왜."

낮은 목소리로 묻자 여름이 주저하다 핸드폰을 내밀었다.

"직접 읽는 게 좋을 것 같은데."

"뭔데 그래."

봄은 입을 다물고 핸드폰을 건네주는 여름을 의아한 눈으로 응시하다 고개를 아래로 내렸다. 이윽고 봄의 입술로 터져 나온 말은 여름을 웃게 만들기 충분했다.

"……미친년."

서른넷, 봄.

유봄은 절교했던 친구에게서 청첩장을 받았다.

1

반가운, 봄

열일곱, 봄.

꽃피는 춘삼월, 봄은 그동안 나고 자란 강원도 인제를 벗어나 서울에 입성을 했다. 어머니의 전근 때문이었다. 푸르른 산과 군부대로 둘러싸여 있던 인제와는 달리 곳곳이 고층 빌딩으로 채워진 서울은 봄에게 충격을 주었다. 태어난 후 단 한 번도 인제 밖을 벗어난 적이 없어서, 더욱 그랬다.

여기가 대한민국의 수도구나.

최신 유행을 주도하는 길가의 서울 사람들을 신기한 듯 바라보며 봄은 눈을 크게 떴다. 심지어 교복을 입고 있는 학생들조차 반짝반짝 빛을 뿜어내고 있는 것만 같았다. 패션 트렌드를 알려 주는 TV 프로그램을 몇 번 본 적이 있었지만 실제로 보는 것은 색다른 느낌이었다.

"촌티 좀 그만 내지?"

아버지가 운전하시는 차 안에서 혀를 내두르며 주위를 두리 번거리는 봄을 그녀의 동생 여름은 아니꼬운 듯 바라보았다. 어디서 구했는지 동그란 헤어 롤로 앞머리를 만 채 혀를 끌끌 차는 여름을 흘끔 쳐다본 봄은 다시 서울 구경을 계속했다.

"유봄? 이름 예쁘네!"

고등학교에 처음 발을 내딛는 날. 긴장한 심장이 두근두근 뛰었다. 근처의 중학교에서 함께 수학을 했던 신입생들이 반갑게 인사를 나누는 것을 뒷자리에서 물끄러미 바라보고만 있을 때, 누군가 그녀의 왼쪽 가슴에 박혀 있는 명찰을 응시하며 살갑게 말을 건넸다. 봄이 화들짝 놀라 눈을 동그랗게 뜨자 인형같이 예쁜 얼굴을 한 여학생은 하얀 이를 드러내며 씩 웃고는 자신의 왼쪽 가슴을 가리켰다.

"난 정유리. 우리 친하게 지내자!"

유리는 봄이 서울에서 처음 사귄 친구였다.

서울이 처음인 봄에게 유리는 종종 가이드를 해 주었다. 주말이면 봄을 불러내어 각종 관광지로 안내했다. 어색하기 짝이 없던 봄의 표준어 발음이 점차 바뀐 것도 그녀의 세세한 교정 덕분이었다. 자연스럽게 봄과 유리는 가장 가까운 친구가 되었다.

어쩌면 천사가 아닐까.

봄은 자신이 행운아라고 생각했다. 처음 말을 트게 된 서울 친구가 유리라니. 상냥한 마음씨에, 얼굴까지 예쁜 친구를 좋아하지 않을 수 없었다. 여름은 유리의 전화만 받으면 제 할 일도 마다하고 달려가는 봄에게 혀를 차며 '서울 애들은 약았으니 조심해!' 라고 외쳤지만 봄은 들은 척 만 척 했다.

"봄아! 나, 나 좋아하는 사람 생겼어!"

학교생활은 즐거웠다. 유리를 필두로 한 서울 친구들과 함께 평일엔 늦게까지 공부를 하고 주말에는 스트레스를 풀기 위해 유명 쇼핑센터와 관광지를 돌아다녔다. 제 평생 이렇게 즐거운 나날들이 계속되어도 되나 싶을 만큼 행복한 날들을 보내고 있을 때, 유리가 체육복으로 옷을 갈아입기 전 봄을 불러내어 소리쳤다.

"좋아하는…… 사람?"

볼을 빨갛게 붉히는 유리는 정말 예뻤다. 이 착하고 예쁜 아이를 안 좋아할 사람은 아마도 없을 것이다. 봄은 '응! 나 어떡하면 좋지?' 라고 말하며 발을 동동 구르는 유리에게 옅게 미소지었다.

"저기 저 사람이야!"

대체 어떤 사람이기에 유리의 마음을 훔쳤을까. 끓어오르는 호기심을 막을 수 없어 살짝 귀띔해 달라고 했더니 유리는 흔쾌히 속삭였다. 점심시간, 운동장에서 공을 차고 있는 수많은 남학생들 중 가장 눈에 띄는 한 사람을 가리키며 유리가 씩 웃었다.

유리가 지목한 사람은 이성에 관심이 없던 봄도 이름을 들어본 한 학년 위의 선배였다. 전교 부회장에 문과 차석, 집까지 엄청난 부자라는 소문이 들리는 학교의 인기인. 여자 친구가 끊이지 않는다는 말이 있는 선배를 좋아해 버린 유리가 놀랍기는 했

13

지만 그녀같이 예쁜 얼굴이라면 그의 여자 친구 상대로 손색은 없어 보였다. 선남선녀. 적어도 봄이 바라보기에 그 두 사람은 그러했다.

얼마 전, 선배가 헤어졌다는 소문을 들었다며 여자 친구로 지원해 볼 거라는 유리에게 봄은 주먹을 불끈 쥐며 응원해 주었다.

"그래서 말인데, 봄아."

너 정도면 가능하다며 기운을 불어넣어 주는 봄에게 유리는 수줍게 웃으며 예쁜 편지 봉투 하나를 내밀었다.

"네가 나 대신…… 편지 좀 써 주면 안 돼?"

"내가?"

"응! 너 작문 실력 좋잖아. 저번에 선생님도 칭찬하셨고!"

"아……."

"그리고 이왕이면 선배한테 편지까지 전해 줄 수 있니?"

"어?"

"부탁할게! 친구 좋다는 게 뭐야! 응?"

유리가 간절한 눈빛을 보냈다.

확실히 유리는 선생님께 핀잔을 들을 정도로 작문 실력이 형편없었다. 예쁘장한 외모완 달리 글씨체도 악필이었다. 하얀 노트 위에 정갈하게 글씨를 써 내려 가는 봄이 부럽다며 유리는 매번 말하곤 했었다.

편지 때문에 차일까 봐 무섭다며 한숨을 푹푹 쉬는 유리의 모습에 봄은 하는 수 없이 고개를 끄덕였다. 'What are friends for?' 제게 언제나 친절했던 친구를 위해서 그 정도는 충분히 해

14

줄 수 있다고 여겼다.

"할 수 있어. 할 수 있어, 유봄."

그로부터 2주 뒤, 유리에게 몇 번이나 확인을 받은 연애편지
가 완성됐다. 유리가 왜 선배를 좋아하는지, 그리고 얼마나 좋
아하는지에 대해 유리의 입장에서 구구절절이 쓴 편지를 들고
봄은 2학년 3반 교실 앞에 섰다.

마침 체육 시간인지라 학생들이 모두 자리를 비운 교실 앞에
서 봄은 침을 꿀꺽 삼켰다. 당번이 미처 잠그지 않은 뒷문을 스
르륵 열며 그녀는 작게 중얼거렸다.

유리와 함께 그 선배를 훔쳐보기 위해서 몰래 오곤 했던 교
실은 오늘따라 더욱 긴장되었다. 봄은 유리가 가르쳐 준 선배의
자리를 기억해 내곤 교실의 창가 뒷자리로 살금살금 다가갔다.

'여긴가?'

'김유환'이라는 이름표가 붙어 있는 책상을 내려 보며 확신
을 가졌다. 봄은 주위를 두리번거리다 손에 쥐고 있던 편지를
그의 책상 서랍 안으로 집어넣으려 했다.

"뭐……하는 거야?"

"악!"

덜덜 떨리는 손으로 서랍 안에 편지를 밀어 넣던 봄은 등 뒤
에서 들리는 미성에 깜짝 놀라 소리를 내질렀다. 얼마나 긴장했
는지, 다리에 힘이 풀려 털썩 주저앉았다. 봄은 이 교실에 저 아
닌 다른 사람이 존재하고 있다는 것을 알고 고개를 들 생각을
하지 못했다. 쿵쾅쿵쾅. 심장이 바깥으로 튀어나올 것만 같아

입술만 파르르 떠는 봄에게 아마도 2학년 3반 학생인 듯한 사람이 터벅터벅 걸어왔다. 봄은 눈을 찔끔 감은 채 몸을 웅크렸다.

어떡하지.

어떡하면 좋지!

봄의 심장은 터지기 일보 직전이었다.

"문이 열려 있었네."

세상이 하얗게 물들었다. '김유환'의 책상 옆에 주저앉아 있던 봄의 귀로 팽팽한 긴장감을 끊어 버리는 소리가 들려왔다. 드르륵, 바람이 흘러 들어오는 창문을 닫으며 중얼거리는 그 말에 그녀는 무의식적으로 고개를 들어 올렸다.

"……!"

저만 할까. 아님, 저보다 약간은 더 클까.

162cm인 봄과 비슷한 눈높이를 가진 남자가 창문을 닫으며 저를 바라보고 있었다. 그의 검고 깊은 눈동자와 마주치자 봄은 저도 모르게 눈에 힘을 주었다. 어쩔 줄 몰라 하는 봄을 향해 그는 천천히 다가왔다.

"난 아무것도 못 봤어."

작은 키와 달리 내민 손은 커다랬다. 창백하게 질린 봄에게 그가 작게 속삭였다. 순간 무슨 소리를 하는지 몰라 멀뚱히 앉아 있던 봄은 픽 웃는 그의 붉은 입술을 직시했다. 그는 부드러운 미소와 함께 속삭였다.

"네가 여기서 무엇을 했는지, 난 못 봤다고."

봄이 유리가 짝사랑하는 선배에게 연애편지를 대신 전해 줬다는 것을 묵인하겠다는 말. 뒤늦게 그 의미를 알아챈 봄이 낮은 신음을 터뜨리자 그가 눈꼬리를 휘며 짙게 웃었다.

"나 슬슬 문 닫고 운동장 나가야 하는데. 너, 계속 있을 거야?"

봄은 자리에서 벌떡 일어나 뒷문으로 달려가다 아, 하고 탄성을 흘렸다. 그리고 그를 향해 꾸벅, 허리를 굽히며 인사를 한 봄은 2학년 3반 교실을 빠져나갔다.

열여덟, 봄.

'큰일 났네……'

같은 학교에 입학한 동생 여름의 교복을 다려 주느라 개학 첫날, 그만 지각을 하고 말았다. 그녀의 재촉으로 여름은 먼저 등교했다는 사실이 그나마 다행이었다. 8시 30분이 되자마자 칼같이 닫혀 버린 학교 정문을 몰래 바라보며 봄은 한숨을 푹푹 쉬었다. 매의 눈을 하고 지각생들에게 손짓하는 학생주임의 모습에 왈칵 겁이 났다. 조금만 일찍 나올걸. 이미 일어난 이상 후회해도 뭐하지만, 학생주임의 손길을 거부하기는 힘들어 보였다.

어떻게 해야 하나.

설마하니 개학 첫날 지각을 하게 될 줄은 몰랐다. 감히 정문 쪽으로는 다가가지 못하고 우물쭈물거리던 봄은 고민 끝에 비교적 낮은 담벼락 쪽으로 걸음을 옮겼다. 정문과는 꽤나 거리가 있는, 그러나 후문과 가까운 담벼락. 1학년 때 유리와 함께 몇 번 넘기도 했던 익숙한 담벼락으로 걸음을 움직인 봄은 후우,

후우 숨을 몰아쉬었다.

'딱, 이번 한 번만! 이번 한 번만이야.'

2학년이 된 첫날부터 지각생으로 찍혀 버리면 앞으로의 나날이 고될 것이 틀림없었다. 양심에 찔리기는 하지만 담을 넘는 것이 최선이라 여긴 봄은 결의에 찬 얼굴을 한 채 메고 있던 가방을 담 너머로 휙 던졌다. 쿵, 가방이 바닥을 찧는 소리가 났다. 한 번 더 숨을 고른 봄은 미리 꺼내 놓은 체육복 바지를 치마 아래에 입고선 담으로 다가갔다.

하나, 둘……!

속으로 셋을 세고 담을 넘으려 발돋움을 하려던 봄의 몸이 허공에 붕 뜬 것은 막 '둘'을 뱉어 내던 참이었다. 갑자기 몸이 깃털처럼 가벼워졌다. 그제야 봄은 제 허리를 잡고 있는 타인의 손길을 느꼈다. 악, 소리를 내지를 뻔했지만 학생주임을 의식하여 입을 틀어막은 그녀는 고개를 아래로 숙였다. 자신을 안전하게 담벼락 위로 앉혀 준 사람을 바라보기 위해서였다.

"나만 지각한 게 아니었네. 동지가 있어서 다행이야."

얼떨떨한 표정을 짓고 있는 봄의 시야로 멋쩍게 웃으며 뒷머리를 긁적이는 남자가 들어왔다. 담벼락만큼이나 키가 큰 남자의 얼굴은 이상할 정도로 익숙했다. 하지만 자신이 알고 있는 남자 사람은 흔치 않은데.

봄은 마치 저를 알고 있는 듯한 눈빛을 보내는 남자를 뚫어져라 응시했다.

"너, 그렇게 계속 있다가는 학주한테 들킨다?"

"아!"

"먼저 내려가 있어. 내가 안 들키게 들어가는 방법 아니까, 같이 가자."

3학년을 뜻하는 남색 명찰을 달고 있는 그가 작게 속삭였다. 봄은 얼른 고개를 끄덕이며 담 아래로 조심스럽게 착지했다. 미리 던져 놓은 가방을 메고 있을 때 쿵, 하는 소리가 들리더니 담 밖에서 그녀를 올려 준 남자가 봄을 향해 씩 미소를 지었다. 그녀는 한쪽 어깨에 가방을 둘러멘 채 제 손목을 덥석 잡는 3학년 선배를 넋을 놓고 바라봤다.

"안 가?"

"가, 가요!"

봄은 제 손목을 세게 움켜쥔 그의 손에 끌려 걸음을 옮겼다.

쿵쿵, 쿵쿵.

심장이 벌렁거렸다. 그는 이미 사라져 버린 지 오래건만, 봄은 조금 전 있었던 일들을 계속해서 떠올렸다.

"나…… 몰라?"

생전 처음 보는, 아니, 조금은 낯익은 남자 선배와의 담 넘기. 근면 성실한 고등학생, 유봄이 그런 짓을 저질렀다는 것을 주변 사람들은 쉽게 믿지 않을 것이다. 아직도 떨려 오는 가슴을 주체하지 못한 채 숨을 헉헉거리던 봄은 처음 뵀지만 도와주셔

서 감사하다는 말을 뱉어 내는 제게 황당한 듯 말하던 그를 떠
올렸다.

"예?"

덩달아 놀라 버린 봄이 눈을 크게 뜨자 그가 아아, 하고 작게
탄성을 흘렸다.

"하긴, 기억 못 할 만도 하네. 워낙 변했거든, 내가."

뒷머리를 긁적이며 쓰게 웃는 선배의 말을 봄은 무슨 뜻인지
알아차리지 못했다. 그는 고개를 갸웃거리는 봄에게 색만 알 수
있게 가려 놓은 명찰 한가운데의 스티커를 떼며 씩 웃었다.

"나, 서도영이야."
"……네?"
"알아. 내가 좀 많이 변했지?"

손을 휘휘 저으며 피식 웃는 선배의 이름은 정말로 '서도영'
이었다. 봄은 입을 쩍 벌리며 명찰에 적혀 있는 그의 이름 석 자
를 뚫어져라 살폈다. 어쩐지 낯익은 얼굴이라 생각했는데! 봄은
명찰과 그의 얼굴을 번갈아 바라보며 신음을 터뜨렸다.
봄이 도영을 만난 것은 열일곱의 봄, 2학년 3반 교실 바로 그
곳에서였다. 유리의 연애편지를 대신 건네기 위해 잠입했던 '김

유환' 선배의 교실에서 그와 처음 마주쳤다. 자신의 행동을 묵인해 주겠다고 속삭이던 그와는 그 후로도 자주 부딪쳤다. 그녀의 작문 실력 덕분인지, 아니면 유리의 외모 덕분인지 김유환 선배와 유리가 정식으로 사귀게 되었기 때문이다.

유환의 절친한 친구였던 도영은 164cm의 작은 키를 가진 소년이었다. 학교 도서관에서도 종종 마주친 적이 있었던지라 도영과 봄은 꽤 가까워졌다.

또래의 남학생들이 아닌 한 살 위의 도영에게 친밀함을 느끼기 시작한 것도 바로 그쯤이었다. 그러나 그 감정이 조금 더 특별해지기 전에, 도영과의 연락은 끊어졌다. 아마도 지난 겨울방학쯤일 것이다. 종업식을 하자마자 끊어진 도영의 소식이 궁금하여 유리에게 슬쩍 물어보자 그가 겨울방학 동안 해외로 단기유학을 떠났다는 이야기를 들을 수 있었다. 그랬었는데, 말이지.

"너무 커졌나?"

몇 달 만에 다시 마주친 도영은 작은 소년에서 탈피하여 한 명의 성인 남성이 되어 있었다. 짧은 기간 동안 이렇게 자랄 수 있을까 하는 생각이 들 만큼. 180cm는 훌쩍 넘어 보이는 도영은 발꿈치를 들어 올려도 눈을 마주치기 힘들 정도였다. 고개를 힘차게 끄덕이는 봄을 보며 그가 옅게 미소 지었다.

"방학, 잘 보냈어?"

도영은 보면서도 믿어지지 않는다는 표정을 짓고 있는 봄에게 상냥하게 물었다. 봄은 소리 대신 맑은 눈웃음으로 화답했다.

"봄아, 봄아! 우리 동아리 바꾸지 않을래?"

개학한 지 2주쯤 지났을 때였다. 한창 동아리 모집으로 학교가 들썩이던 그때, 2학년에도 같은 반이 된 유리가 눈을 반짝이며 그녀를 유혹했다. 유리의 성화에 못 이겨 입부했던 치어리더 동아리가 아무래도 적성에 맞지 않는다는 것을 느끼고 있던 참이어서 봄은 흔쾌히 고개를 끄덕였다.

"내가 좋아하는 선배가 거기 부장으로 있거든?"

"좋아하는…… 선배?"

지난겨울, 자잘하게 다툼을 벌이던 유환과 결국 헤어진 유리는 새 학기가 되자마자 제 마음을 빼앗아 간 사람을 만난 것이 틀림없었다.

금세 사랑에 빠지는 유리가 부럽기도 하고 재미있기도 해서 픽 미소를 흘린 봄은 눈을 빛내며 다음 말을 기다렸다. 이번에는 대체 어떤 사람을 좋아하게 된 걸까. 은근히 기대를 하며 그녀의 입술이 열리기를 기다리다 입부서를 팔랑이며 외치는 유리의 목소리를 들었다.

"응! 완전 빠졌어. 정말 내 이상형이야!"

"그래?"

"응응! 정말 너무 멋지다니까? 김유환보다 훨씬!"

"유환 선배보다 멋지기는 쉽지 않을 텐데. 게다가 유리 넌 한 번 빠지면 콩이 팥이래도 믿는 애잖아."

"어머. 야, 날 어떻게 보고! 이번엔 진짜 너도 놀랄걸? 내가 다시 보고 얼마나 놀랐는지 몰라!"

"대체 누군데 그래. 어느 부 부장인데?"

유리는 봄에게 씨익 웃으며 외쳤다.

"문예부!"

심장이, 멈췄다.

열여덟에서 열아홉으로 가는 문턱에서의, 겨울.

하얀 눈꽃이 하늘에서 내려오는 1월의 어느 날.

10대의 마지막 해를 보내게 된 봄은 문예부 신년회가 열리는 가게 앞에서 들어가기를 망설였다. 들어가도 되는 걸까. 수능이 끝나고 대학의 합격 여부가 통보되는 지금, 이미 결과를 통보받은 선배도 있었고 추가 합격을 기다리는 선배도 있었다.

'그래도…… 오늘이 아니면 다시 보기 어렵겠지.'

한참 동안이나 가게 앞을 서성이던 봄은 결국 문을 세게 밀었다.

"봄아, 여기야!"

그녀가 오기만을 간절히 기다리던 유리가 봄을 향해 손을 흔들었다. 흐리게 웃으며 그녀에게 다가가려던 봄은 유리 주변에 앉아 있는 사람을 발견하고는 멈췄다. 괜찮아. 움찔하기는 했지만 다시 발을 내디뎠다. 봄은 피자와 치킨들을 잔뜩 시켜 놓은 채 저를 반기는 문예부 부원들의 테이블에 자리를 잡았다.

"왜 이렇게 늦게 왔어?"

"서점에…… 들렀다 온다고."

"서점?"

"응."

"책은?"

아차.

유리에게 변명을 늘어놓던 봄은 정곡을 찌르는 말에 순간 당황했다. 그러나 곧 옅게 웃으며 태연하게 대답했다.

"그냥…… 구경만 했어."

"살 책이 없었나 보네."

유리의 옆자리에 앉아 있던 그의 목소리가 귓가로 흘러 들어왔다. 봄은 유리에게서 시선을 거두고 그를 바라봤다. 빙그레 미소 짓는 그는 언제나 그렇듯 상냥함을 잃지 않았다. 봄은 대답 대신 고개를 끄덕였다.

"자자, 그럼 신년회 시작해 보자! 다들 콜라 들어! 선배님들도 콜라 드세요! 아직 생일 안 지난 거 다 압니다!"

봄과 그가 말없이 교환하고 있는 시선을 끊어 낸 유리가 까만 콜라가 가득 채워져 있는 컵을 번쩍 들어 올리며 소리쳤다. 미래의 문예부장으로 손색이 없을 진행이었다. 봄은 풋 웃음을 터뜨리며 컵을 들었다. 그러자 다른 부원들 역시 콜라가 담긴 컵을 들었다.

"자랑스러운 우리 선배님들의 대학 합격을 축하드리며, 내년도 파이팅! 자, 건배!"

짠, 컵과 컵끼리 부딪치는 소리가 테이블 주위로 울려 퍼졌다. 볼을 발갛게 붉히며 콜라를 한 모금 마신 봄은 부원들과 한창 이야기를 나누다 자리에서 일어났다. 화장실에 다녀오겠다는 핑계를 댔지만 잠시 바람을 쐴 생각이었다.

'어떻게 전해 주지⋯⋯.'

달콤한 눈송이가 바닥으로 내려앉는 1월의 겨울은 눈부신 백색으로 물들어 있었다. 봄은 코트 주머니 속 펜을 만지작거리며 하늘을 올려다봤다.

"얼굴에 눈 쌓이겠다."

서점은 아니었지만 어딘가에 들른 것은 거짓이 아니었다. 문구점에서 한 시간 동안이나 고심했던 선물을 그저 코트 속에 넣어 둔 봄은 어떤 타이밍에 그것을 전해 주어야 할지 생각하고 또 생각했다.

유리가 그의 옆에 앉아 있는 이상은 결코 제대로 전해 주지 못할 텐데. 이러다 결국 전해 주지 못할지도 모른다는 생각에 눈앞이 캄캄해지던 봄의 등 뒤에서 다정한 음성이 들려왔다. 봄은 뒤를 돌아봤다.

"⋯⋯선배."

"왜 여기 있어? 화장실 갔던 거 아니었어?"

봄은 부드럽게 눈웃음을 그리며 제 옆에 서는 그를 올려다봤다. 서울을 대표하는 대학 법학과에 진작 합격했다는 도영이 상냥한 표정으로 저를 바라보고 있었다. 쿵쿵, 심장이 멋대로 뛰어 입술을 잘근 깨물었다.

"바깥 공기를⋯⋯."

"유봄. 너, 눈 내리는 거 좋아해?"

봄이 말을 잇기도 전에 도영은 불쑥 질문을 던졌다. 그의 생 뚱맞은 말에 봄은 눈을 크게 떴다. 도영이 씩 웃었다.

"난 좋아해. 세상이 하나의 색으로 뒤덮이는 걸 지켜보는 게, 나쁘지 않거든."

"아."

"흐음. 사람이 많이 다녀서 그런지 생각보다 여긴 덜 쌓였 네."

"……."

"나 완전히 뒤덮인 곳 아는데. 갈까?"

"네? 선……!"

도영은 기다란 팔을 뻗어 봄의 손목을 덥석 잡더니 그녀를 끌 어당겼다. 눈을 깜빡이던 봄의 몸이 그의 곁으로 움직였다.

뽀드득, 뽀드득.

쌓여 있는 눈 위를 걷자마자 들리는 소리가 놀라울 정도로 가 슴에 꽂혔다. 봄은 두근거리는 심장을 주체하지 못하고 제 손목 을 붙잡고 있는 그의 커다란 손을 내려다보았다. 귀를 덮는 모 자를 쓰고 있었기에 새빨개진 귀를 들키지 않을 수 있어 천만다 행이었다.

"여기야."

신년회가 열리는 치킨 가게에서 10분 정도 걸어왔을 때, 도영 의 걸음이 멈췄다. 덩달아 멈춰 선 봄의 입술 사이로 탄성이 터 져 나왔다. 새하얀 눈이 쌓여 있는 작은 공원이었다. 외진 곳이 어서 그런지 누구의 발자국도 찍혀 있지 않았다.

도영이 그녀를 바라보며 눈짓했다. 가 볼까? 그 시선에 봄은 활짝 웃으며 고개를 끄덕였다. 무의식적으로 손을 잡고 있던 두 남녀는 그 누구도 지나오지 않은 눈길을 밟기 위해 발을 앞으로 뻗었다.

폭신폭신한 눈길 위로 발을 내렸다 올리자 선명한 발자국이 새겨졌다. 봄은 유려한 미소를 짓고 있는 도영을 올려다보며 맑게 웃었다.

"유봄."

귓가를 울리는 그의 목소리가 평소보다 달콤했다. '네?' 하고 도영을 응시하던 봄을 향해 그가 돌연 팔을 뻗었다. 차가운 손바닥 두 개가 그녀의 얼굴을 감싸 쥐었다.

"......!"

짧은 순간이었지만 봄은 알아차릴 수 있었다. 그의 보드랍고 촉촉한 입술이 제 입술에 닿았다 떨어지는 것을. 무슨 일이 있었는지 아득해질 정도로 현기증이 일었지만 봄은 있는 힘을 다해 서 있었다. 도영이 넋을 놓은 그녀에게서 떨어지며 빙긋 웃었다.

"나 대학 가고, 너 수능 공부하면 자주 못 볼 텐데. 그전에 찜해 두고 싶어서."

그의 검은 눈동자에 비친 자신의 모습이 어떤 얼굴일지 들여다보지 않아도 알 수 있었다. 아마도 지독하게 못난 모습이겠지. 도영은 말을 잇지 못하고 그저 그를 바라보고만 있는 봄의 손을 살포시 잡으며 눈꼬리를 휘었다.

"돌아갈까? 애들 기다리겠다."

발작처럼 뛰는 심장을 끌어안은 채, 봄은 고개를 끄덕였다.

❖   ❖   ❖

열아홉, 봄.

찬바람이 쌩쌩 불었지만 유독 따뜻하게만 느껴지던 겨울이
지나갔다. 온 세상을 하얗게 물들이던 눈이 사르르 녹아내리고
녹음이 우거지는 계절이 찾아온 것이다. 동복을 벗어 던지고 춘
추복을 착용한 봄은 전신 거울 앞에 서서 제 모습을 이리저리
들여다보았다.

이 정도면 괜찮을까.

"야! 네가 그렇게 들여다본다고 교복이 바뀌는 거 아니거든?"

지난 2년 내내 입었던 교복이 이리저리 둘러본다고 이제 와
변경되는 것도 아니건만, 거울을 유심히 바라보는 봄이 못마땅
한지 여름이 소리를 질러 댔다. 자신도 사용하는 거울을 왜 혼
자 차지하냐는 의미였다.

봄은 그런 여름의 뗵뗵거리는 소리에도 아랑곳 않고 계속해
서 거울 속의 제 모습을 주시했다.

오늘은 3월 2일.

짧은 춘계 방학이 끝나고 새 학년, 새 학기가 시작되는 날이
다. 고등학교에서의 마지막 학년이 시작되는 날이기도 하므로
이왕이면 예쁘길 바랐다. 봄은 비키라고 아우성치는 여름을 쩨
려보다 바닥에 내려 두었던 가방을 어깨에 맸다.

"요즘은 조용하네."

여름까지 등교 준비를 끝내고 난 후, 함께 학교로 향하는 길. 두근두근 뛰는 마음으로 걸음을 옮기고 있던 봄을 향해 여름이 툭 말을 던졌다. 주어를 생략한 여름의 어법이 마음에 들지 않았던 봄은 고개를 옆으로 돌리며 의아한 표정을 지었다. 여름이 말을 덧붙였다.

"그 여우."

"여우 아니라니까."

'여우'라는 단어를 듣자마자 누구를 지칭하는지 바로 깨달은 봄이 인상을 쓰며 대꾸했다. 여름은 그런 봄을 한심한 듯 바라보더니 혀를 끌끌 찼다.

"여우 맞아. 네가 둔해서 그래."

"유리는 천사 같은 애야."

"정유리, 그 여우가 우리 학년에서도 얼마나 유명……."

"니들이 유리를 겪어 보지 않아서 그래. 걔가 얼마나 착한데."

"……됐다. 말을 말자."

여름은 손을 들어 올리며 입을 다물었다. 아침부터 절친한 친구의 험담을 들은 봄의 기분이 좋을 리 없었다. 앞서 나가는 여름의 작은 등을 째려보며 인상을 쓰다 그러고 보니 요즘 들어 냉랭한 유리의 모습을 떠올려 보았다.

정확히 언제부터였을까. 유리의 변화를 인지한 시점은 아마 문예부 신년회가 열리던 그날 밤 이후가 아니었나 싶다.

"유리야. 오늘 학교 마치고 나 서점 갈 건데. 너도 같이 갈래?"

얼마 뒤면 3학년으로 진학할 2학년 교실은 무척이나 고요했다. 앞으로 다가올 수능을 실감했는지 모두가 긴장을 하고 있었던 것이다. 봄 역시 조금씩 조급한 마음이 드는 것은 어쩔 수 없었다. 보충 수업을 듣고 난 후, 문제집이나 사러 갈까 싶어 옆자리에 앉은 유리에게 빙긋 웃으며 말을 걸자 가방을 챙기던 유리의 고개가 들렸다.

"미안. 바쁜 일이 있어서 안 되겠네."
"어?"
"먼저 갈게. 내일 봐."

그 뒤로도 몇 번, 유리는 봄의 제안을 뿌리쳤다. 다른 일이 있다고 대답하거나, 아니면 저 아닌 다른 친구들과 하교하고는 했다. 반복되는 그녀의 행동에 이상하다는 생각이 들었으나 그 후로 바로 춘계 방학이 시작되는 바람에 원인을 찾지는 못했다.
'별일 아니겠지.'
봄은 고개를 휘휘 저으며 교문을 지났다.
2학년 교실보다 한 층 더 위인 4층에 위치한 3학년 교실 앞, 앞으로 1년간 좋든 싫든 함께 생활하게 될 3학년 3반 교실 앞에서 봄은 크게 심호흡을 했다. 낯이 익은 친구들도 있을 것이고 새로 만나게 될 친구들도 있을 것이다. 부푼 마음을 끌어안고 드르륵 문을 열어젖힌 봄은 교실 안을 두리번거렸다. 저기 있네. 이번에도 유리와 같은 반이 되었다는 이야기를 전해 듣고 안심을 했었던 그녀는 빙긋 웃으며 창가 근처에 앉아 있는 유리의 곁으로 다가갔다.

"유리야!"

봄의 외침에 유리의 커다란 눈동자가 스윽 그녀를 향했다. 봄은 생글생글 웃으며 마침 비어 있는 유리의 옆자리에 자리를 잡고는 붉은 입술을 달싹였다.

"일찍 왔네? 방학은 잘 보냈어? 방학 때 너한테 몇 번 연락했었는데. 그때마다 없다고 하더라고. 3학년 되기 전에 너랑 신나게 놀려고 그랬는데. 아쉬웠어!"

"……."

"우리 근데 진짜 대단한 인연이지 않니? 1, 2, 3학년 다 같은 반이야! 나 그런 친구는 너밖에 없어. 역시 우리는 베스트……."

"너, 진짜 시끄럽구나."

신이 나서 얘기하던 봄은 제 말을 뚝 끊어 버리는 유리의 냉랭한 목소리에 눈을 동그랗게 떴다. 유리는 놀라는 봄을 직시하더니 자리에서 벌떡 일어났다.

"비켜."

"……유리야?"

"비키라고."

유리의 차가운 눈빛이 심장을 덜컹거리게 만들었다. 봄은 얼떨떨한 얼굴로 의자를 끌어당겼다. 유리는 그런 봄을 무심하게 내려다보더니 획 몸을 돌려 다른 곳으로 자리를 옮겼다. 쿵쿵. 가슴이 미친 듯이 떨려 와 봄은 입술을 파르르 떨었다.

"봄아. 유리 왜 저래?"

"너희 싸웠어?"

화기애애하던 교실은 유리와 봄의 서늘한 대화로 인해 쥐 죽은 듯 고요해졌다. 두 사람을 지켜보던 호사가에 가까운 반 친구들이 봄을 향해 다가와 물었다. 봄은 그들의 말에 대답하지 못한 채 저와 한참이나 떨어진 곳에 자리를 잡고선 책상에 엎드린 유리를 쳐다볼 수밖에 없었다.

❖   ❖   ❖

10대의 마지막 학년이 시작된 지 2주가 흘렀다.

봄은 멍하니 창가에 앉아 교정을 거닐고 있는 학생들을 내려다보았다. 지난 2년 동안 매일매일 활짝 웃으며 지냈던 봄의 얼굴에는 생기라곤 찾아볼 수 없었다.

"쟤지?"

점심시간, 학생 식당으로 가서 점심을 먹는 학생들도 있었고 직접 싸 온 도시락으로 끼니를 때우는 학생들도 있었다. 원래 전자였지만 3학년이 되어선 후자 쪽에 속한 봄은 근처에서 들려오는 수군거리는 소리를 들을 수 있었다.

"진짜 뻔뻔하다. 어떻게 친구가 좋아하는 남자를 뺏어?"

"순하게 생겨 가지고는. 못됐네."

"정유리가 뺏길 정도면 쟤도 진짜 만만찮겠다. 그치?"

"말이라고. 끼리끼리 논다더니 사실인가 봐."

유봄은 어느샌가 학교의 유명인이 되어 있었다. 그것도 절친한 친구가 좋아하는 남자를 가로챈 여자로. 10대가 감당하기엔 꽤나 힘든 소문에 봄의 가슴은 문드러졌다.

　대체 어디서부터 잘못되었을까. 봄은 입술을 꽉 깨물며 저를 향해 혀를 차고 있는 사람들을 바라보았다. 봄의 시선에 움찔 놀란 그녀들은 꽁무니를 빼며 사라졌다. 3학년 3반 교실을 나서는 그들을 쳐다보던 봄은 다시 창문 너머로 눈길을 옮겼다.

　"어디 갔다 와?"

　지난 2주 동안 기억을 더듬고 또 더듬어 보았다. 유리가 돌변한 원인을 찾기 위해 애쓴 결과, 그녀가 지금처럼 행동하는 원인은 단 하나밖에 없었다. 문예부 신년회가 열렸던 바로 그날 밤. 혹시 모르니 먼저 들어가겠다는 도영을 들여보낸 후 밖을 서성이던 봄에게 다가오던 유리가 떠올랐다.

　"그, 그냥. 바람 좀 쐬러 다녀왔어."
　"그래? 별일은 없었고?"
　"응. 없었어."
　"……그렇구나."
　"유리야?"
　"들어가자. 선배들이랑 애들, 기다려."
　"어? 으응!"

　다른 애들이 알면 시끄러워질 거라며 입술 위에 검지를 가져다 대던 도영을 보며 봄은 그들 사이의 일을 비밀로 하는 데 동의했다. 유리에게도 털어놓고 싶었지만 이상할 정도로 입술이 열리지 않았다. 휙 몸을 돌리던 유리의 시선에서 찬바람이 풍기는 것 같았지만 제 착각이라 여겼다.

그때 의식하지 못했던 것이 실수였을까.

문예부 부장인 도영을 좋아한다며 눈을 빛내던 유리였지만 막상 문예부에 입부를 하고 난 뒤로는 그에 대해 그 어떤 이야기도 하지 않았다. 부회장에서 회장이 되어 버린 유환을 좋아할 때와는 달리 봄에게 대신 편지를 써 달라고 부탁하지도 않았다.

오히려 동기들에 대해 관심을 내보이던 유리였던지라 당연히, 좋아하는 사람이 바뀐 것이라 생각했다.

"유봄."

혼자 먹는 점심은 익숙하지 않다. 시끄러울 정도로 바글거리던 주변이 침묵에 휩싸이는 것이 무서웠다. 귀를 막고 창밖을 바라보아도 혼자라는 사실을 떨쳐 낼 수 없었다. 학교에 가기가 싫어졌다. 아침 해가 미워졌다. 저를 향해 손가락질하는 친구들의 시선을 견디기가 힘들었다. 쌓이고 쌓인 두려움이 날이 갈수록 심해지던 어느 날, 묵묵히 책상 앞에 앉아 있던 봄에게 유리가 다가왔다.

"얘기 좀 해."

개학 날 이후 말을 섞지 않았던 유리가 3주 만에 뱉어 낸 말이었다.

무슨 말을 꺼내야 할까. 봄은 입술을 만지작거리며 소각장 근처로 가는 유리의 뒤를 따랐다. 심장이 쿵쿵거려 귀가 아팠다. 목이 바짝 말라 왔다. 이렇게 긴장한 것은 상경하여 고등학교에 입학했던 그날 이후 실로 오랜만이었다.

"봄아."

다정한 목소리. 봄은 상냥한 음성에 멍하니 유리를 바라봤다. 그녀는 안쓰러운 얼굴로 봄을 바라보더니 한숨을 푹 내쉬었다.

"나, 너 정말로 좋아해."

덜덜 떨고 있는 봄의 손을 덥석 잡으며 유리가 애절한 눈으로 말했다. 갑작스러운 그녀의 행동에 봄은 그대로 굳어 버렸다. 유리는 항상 그랬던 것처럼 예쁜 미소를 지으며 눈을 빛냈다.

"2년 동안 너랑 친구 해서 정말 좋았어. 넌 순수하고 착해서, 같이 있으면 즐거웠어. 그래서…… 난, 지금 이 상황이 무척 당혹스러워. 널 잃고 싶지 않은데 잃어버릴 것만 같아. 그게 무서워."

유리는 금방이라도 굵은 물방울을 뚝뚝 떨어뜨릴 것처럼 말을 잇고 있었다. 어찌나 처량한지 안아 주고 싶은 마음이 들 정도였다. 투명한 구슬처럼 반짝거리는 유리의 눈동자가 봄을 향했다.

"우리 사이가 고작 남자 한 명으로 나빠지는 건…… 아무리 생각해도, 아닌 것 같아."

동의하는 바였다. 만약 유리와 이렇게 틀어질 거라 예상했다면 그날 밤, 도영과 함께 움직이지 않았을 것이다. 도영을 무척 좋아하기는 했지만 유리는 서울에 와서 처음으로 사귄 친구였다. 봄은 고개를 끄덕였다.

"도영 선배가 둘을 사귈 수는 없을 테니까 한 사람이…… 포기해야겠지?"

유리는 봄의 손을 꽉 붙든 채 예쁜 눈꼬리를 휘며 말했다.

"네가 포기해."

❖   ❖   ❖

"유봄!"

맑고 청량한 기분을 들게 만드는 목소리가 등 뒤에서 들려왔다. 봄은 몸을 돌렸다. 푸른 봄과 잘 어울리는 카디건을 걸친 그가 손을 흔들며 다가오고 있었다. 심장이 욱신거렸다. 봄은 화사한 미소를 짓는 그를 향해 꾸벅 인사를 했다.

"안녕하세요."

그가 제게로 다가오는 그 시간이 어찌나 짧게 느껴지는지. 하마터면 눈물을 찔끔거릴 뻔했다. 조금만 천천히 오면 좋을 텐데. 하지만 도영은 성큼성큼 그녀를 향해 다가왔다. 눈꺼풀을 두세 번 감았다 올리자 그가 제 앞에 서 있었다. 길쭉한 그의 다리가 미워지는 순간이었다.

"뭐야, 인사가 딱딱한데?"

키가 커진 후 줄곧 그랬지만 대학생이 되어서 더욱 어른스러워진 도영은 빙긋 웃으며 짓궂게 말을 건넸다. 그를 따라 웃고 싶었지만 봄은 그러지 못했다. 경직된 표정을 바꾸지 못한 채 그녀는 도영을 바라보았다.

"그거 알아? 나 오늘 중요한 과 모임 있었는데 너 때문에 도망쳤어."

"아……."

"그러니까 나랑 하루 종일 놀아 줘야 해. 내가 네 연락받고 얼마나 기뻤는지 모르지?"

서글서글한 미소를 지으며 도영은 봄의 귓가에 대고 작게 속삭였다. 뜨겁고 달콤한 그의 목소리가 귓가로 흘러 들어와 봄은 낮은 탄성만 흘렸다. 숨이 막혀 어쩔 줄 몰랐다.

"자."

"……!"

"그럼 우리 이제 어디 갈까?"

자연스럽게, 그녀의 손을 덥석 잡은 도영이 눈을 반달로 접으며 다정하게 물었다. 쿵쿵. 심장이 벌렁거려 흠칫거리던 봄은 얼른 그의 손에서 제 손을 떼어 냈다.

"유봄?"

소스라치게 놀라는 봄의 행동에 도영이 고개를 갸웃거렸다. 그에게 잡혀 있던 손을 허리 뒤로 숨긴 봄은 고개를 푹 숙이며 잇새로 숨을 뱉어 냈다.

"올 사람이…… 있어요."

"뭐? 누구?"

그 말을 뱉어 내는 것이 왜 이렇게 가슴 아픈지 모르겠다. 봄은 의아해하는 그의 눈을 바라보지 못하고 입을 다물었다. 이것이 올바른 일이야. 봄은 속으로 숫자를 세었다. 올 시간이 지났는데. 봄은 스윽 고개를 들어 올리며 주위를 살폈다.

"봄아! 선배!"

그쯤이었을까. 도영의 등 뒤로, 봄이 그토록 기다리던 사람이 모습을 드러냈다. 그녀가 입고 있는 팔랑거리는 하늘빛 원피스가 바람에 흩날렸다. 오늘따라 유독 예쁘게 느껴지는 친구가 자신과 도영을 향해 사뿐사뿐 걸어오고 있었다. 봄은 고개를 끄덕였다. 뒤를 돌아보던 도영의 미간이 좁아졌다.

"하아, 하아. 제가 너무 늦은 건 아니죠?"

유리는 이마에 맺힌 구슬땀을 손등으로 스윽, 닦으며 싱긋 웃었다. 어찌나 화사한지 눈이 부실 정도다. 봄은 흐리게 웃었다. 도영은 봄과 유리를 번갈아 쳐다보며 입술을 달싹였다.

"유리 네가 여긴 왜 왔어?"

"제가 못 올 곳이라도 왔나요? 봄아, 고마워. 지금부턴 내가 알아서 할게."

유리는 의문을 뱉어 내는 도영에게 대답한 뒤 봄에게 작게 속삭였다. 봄은 서늘한 표정을 지으며 저를 쳐다보고 있는 도영을 차마 바라보지 못하고 힘없이 고개를 끄덕였다. 그리고는 아까 왔던 길을 되돌아가기 위해 몸을 돌렸다.

"잠깐."

집으로 돌아가기 위해 한 걸음, 앞으로 내딛었을 때 그녀는 제 손목을 움켜쥐는 손길을 느꼈다. 도영의 커다란 손이었다.

"이게 뭐하는 짓이야."

고개를 돌리지 못하는 봄을 향해 도영이 낮게 물었다.

"뭐하는 짓이냐고."

도영이 싸늘한 음성을 흘리자 봄은 그제야 시선을 옮겼다.

"유리가 선배를 좋아해요."

기어 들어가는 목소리로 봄이 중얼거렸다. 도영이 헛웃음을 흘렸다.

"난 너를……."

"저는, 유리를 응원하려고요."

지독하게 느껴질 정도로 담담한 봄의 말에 그녀의 손목을 붙잡고 있던 도영의 손아귀 힘이 풀렸다. 봄은 스르륵, 저를 놓아 버리는 도영의 손을 내려다보다 다시 정면을 향해 몸을 돌렸다. 터벅터벅, 앞으로 걸어 나가는 그녀의 등 뒤로 유리가 '잘 가!' 하고 외쳐 댔지만 봄은 대꾸하지 않았다.

뒤통수가 따가운 건 아마도 한동안 움직이지 않고 저를 쳐다보던 도영 때문이라고, 봄은 생각했다.

"난 네가 열아홉 4월에 집에 들어와서 미친 듯이 울 때 제정신이 아니라고 생각했는데, 서른넷 4월이 되어서는 진정 정신줄을 놓아 버리는구나."

한심하다는 듯 혀를 끌끌 차며 여름이 중얼거렸지만 봄은 대꾸하지 않았다. 대신 그녀는 전신 거울 앞에 서서 몸의 윤곽이 드러나는 블랙 원피스를 입고 이리저리 제 모습을 살폈다.

"어때."

트집 잡힐 만한 곳이 없는지 세밀하게 거울을 들여다보던 봄은, 웨이브를 넣어 찰랑거리는 머리카락을 어깨 뒤로 넘기며 등을 돌렸다. 흐응, 콧소리를 흘리며 의자에 앉아 봄을 주시하던 여름이 퉁명스레 물었다.

"평가라도 해 줘?"

"어."

일말의 망설임도 없이 고개를 끄덕이는 봄을 못마땅한 듯 쳐다보던 여름이 툭 말을 던졌다.

"늘씬하네."

봄은 씩 웃었다.

"내가 종종 몸매 좋은 아가씨라는 소리는 듣는 편이지."

그녀의 대답을 들은 척 만 척 하며, 여름은 감상평을 이어 나갔다.

"화장도 아주 기가 막혀. 20대 저리 가라야."

"내 화장술이 어디 가겠어? 어쩌다 화장 한 번 하는 날엔, 우리 서가 들썩여. 나랑 데이트하고 싶어 하는 후배들이 꽃다발을 바치거든."

홋, 코웃음을 흘리며 봄이 고개를 끄덕였다. 자의식과잉이라며 쯧쯧거리던 여름은 나지막하게 중얼거렸다.

"성격이…… 문젠데."

"성격하면 또 나지. 나처럼 순진하고 착한 아가씨도 드물걸?"

"그건 네가 열여덟 때까지의 이야기고. 지금은 완전 개망나닌걸."

"죽고 싶구나, 유여름."

"아니, 난 살고 싶은데. 지금 이 순간도 법의 심판을 받아야 할 사람들이 내 손길을 기다리고 있다고."

한마디도 지지 않는다. 살벌한 제 말에도 불구하고 눈 한 번 깜빡이지 않는 동생을 주시하던 봄은 피식 실소를 흘리며 다시 전신 거울을 들여다보았다.

좋아, 완벽해.

스스로 생각해도 퍼펙트하다. 봄은 입꼬리를 올리며 거울 속에 비친 늘씬한 미녀를 응시했다. 서 내의 식구들이 보았다면 지구가 멸망한다며 호들갑을 떨 만큼, 예쁜 하객의 모습을 뽐내고 있었다. 봄은 주먹을 불끈 쥐었다. 그리고는 휙 몸을 돌려 여름에게 손을 내밀었다. 그녀의 클러치백을 움켜쥐고 있던 여름이 한숨을 푹 내쉬며 말했다.

"유봄."

"응."

"너 진짜…… 갈 거야?"

미간을 좁히는 여름의 눈빛이 심상치 않다. 평소 같았으면 무슨 그런 표정을 짓냐며 타박을 했을 테지만 오늘은 다르다. 봄은 결의에 찬 얼굴로 고개를 끄덕였다.

"가."

"가서 뭐하게. 욕이라도 퍼부어 주게?"

봄은 대답 대신 미소를 그렸다. 그녀의 대답이 못마땅한지 여름이 인상을 썼다.

"정유리 그 여자는 미쳤어. 보통 뻔뻔한 게 아니고서야, 어떻게 너한테 청첩장을 보내? 그것도 모바일 청첩장을!"

여름이 분개하는 이유는 굳이 묻지 않아도 알 수 있었다. 봄과 유리가 절교했던 과정을 모두 지켜봤기에 더욱 화를 내고 있는 것이리라. 봄은 웃었다.

"진짜 예의라고는 없어. 마음에 안 드는 여자라고!"

여름이 유리를 싫어한 기간은 저보다 길었으므로 봄은 충분히 그녀의 마음을 이해했다.

"아니 그런데, 그 여자는 어떻게 네 번호를 알고 있는 거야?"

글쎄.

저 또한 그것이 의문이었다. 봄은 여름의 손에서 클러치백을 억지로 빼앗아 들고 이리저리 살펴보았다. 다행히 흠집 난 곳은 없었다.

"그 여자랑 기싸움에서 지지 마."

새빨간 구두를 신고 현관을 나서는 봄에게 여름이 냉철한 눈을 빛내며 충고했다. 봄은 미소 지었다.

"걱정 마. 나 예전의 유봄, 아니야."

순진하고 어수룩한 유봄은 더 이상 없다. 열아홉 봄 이후, 악으로 깡으로 똘똘 뭉친 여자만 있을 뿐. 봄은 걱정 말라는 듯 손을 휘휘 저었다.

❀   ❀   ❀

"안 물어?"

우정보다 소중한 것은 없다고 생각했다. 제게 처음으로 손길을 내밀어 준 유리의 상냥함을 잊지 못했으니까. 그녀는 정말로 소중한 친구였다. 하나밖에 없는 친한 친구라고 생각했다. 그녀를 잃을 바에는 좋아하는 사람을 포기하는 편이 더 낫다고 생각해 버릴 만큼.

금세 식을 열. 시간이 지나면 좋아했던 것조차 잊어버릴 정도로 잠시 끓는 마음이라 여겼지만 예상보다 마음은 깊었다. 두 사람이 함께 서 있는 장면을 떠올리기만 해도 눈물이 주르륵 흘러서 밤새 눈이 퉁퉁 부어 버렸다. 다음 날, 등교를 해야 할 시간이 가까워지자 조급해지는 마음에 냉찜질까지 했던 봄은 교실 문을 열자마자 생글생글 웃으며 제게 다가온 유리가 꺼낸 말에 대꾸하지 못했다.

"재미없더라."

무슨 말인지 짐작은 했지만 굳이 시시콜콜한 이야기까지 캐묻고 싶지 않았다. 봄이 흐리게 웃으며 대답하지 않자 묘한 시선으로 그녀를 쳐다보던 유리가 나지막하게 중얼거렸다. 문학 문제집을 향하려던 봄의 눈동자가 유리에게 꽂힌 것은 그 순간이었다.

"멀리서는 뭔가 특별한 점이 있어 보였는데 말이야."
"……."
"단둘이 되니깐, 말도 잘 안 하고. 심심했어."

가슴이 콕콕 찔려 왔다. 숨이 컥 막혀 와서 봄은 유리가 하는 말을 그저 듣고만 있었다. 유리는 그런 봄의 어깨에 손을 덥석 올리더니 빙그레 웃었다.

"그러니 너 가져, 봄아. 난 필요 없어."

"……씨! 아가씨!"

"네?"

"D 예식장, 도착했습니다."

10년도 더 된 일이 머릿속을 스쳤다. 날이 날이라서 그런가. 상념에 잠겨 있던 봄은 어느새 차를 세운 택시 기사의 말에 탄성을 터뜨렸다. 클러치백에서 지갑을 꺼내 만 원짜리 한 장을 내밀고는 택시에서 내렸다.

아직은 쌀쌀한 날씨 때문인지, 봄의 다리 위로 닭살이 오소소 돋아났다. 그럼에도 불구하고 봄은 빼어난 몸매를 뽐내며 또각또각, 발을 내딛었다.

청담동에 위치한 D 예식장. 웬만한 비용을 지불하지 않고서야 이곳에서 식을 치르기는 어려웠다. 으스대기 좋아하는 애 답네. 항상 과시하기 좋아하던 그녀를 떠올리며 피식 실소를 흘린 봄은 하객들로 붐비는 예식장 안으로 움직였다.

"신부 측 하객이십니까?"

축의금을 걷는 테이블 앞으로 다가가자 도우미로 보이는 사람이 말을 걸며 방명록을 내밀었다. 그녀는 머뭇거리다 펜을 받아 들었다. 챙겨 온 축의금은 현금이 아닌 서에서 사용하는 식권들. 여름이 왜 그 여자에게 군이 축의금을 챙겨 주냐고 잔소리를 해 댔지만 봄은 이미 기한이 지난 식권이라며 짓궂게 웃었다.

'그러니 왜 날 초대를 해.'

어차피 머릿수를 채우기 위해 불러들였을 테지만 이왕 온 거

44

그냥은 넘어가지 않겠다고 생각했다. 흥, 콧방귀를 뀌며 봄이 '유봄' 두 글자를 방명록에 기입하고 있을 때였다.

"신랑 측 하객이십니까?"

신랑 측 도우미로 보이는 남자가 제 앞에 서 있는 남자에게 물음을 던졌다. 이름을 적고 난 뒤 축의금 함에 예의 봉투를 집어넣기 위해 고개를 돌리던 봄의 눈동자가 커졌다.

'꿈?'

아니. 꿈은, 아닌 것 같았다. 절대로 꿈이 아니다. 봄은 파르르 떨리는 입술을 악물며 남자에게서 눈을 떼지 못했다. 뗄 수, 없었다.

서른넷이 될 때까지 제대로 된 연애를 해 본 경험은 다섯 손가락에 꼽는다. 여기서 안타까운 점은 어렵게 시작한 연애가 모두 한 달을 넘기지 못하고 파국을 맞이했다는 점이다.

"너는 네 이름이랑 다르게, 매일이 겨울 같아. 개명하는 건 어때? 유겨울로!"

네 번째 남자 친구와 헤어지고 돌아온 날.

이번에도 30일을 넘기지 못한 봄을 향해 여름이 고개를 절레절레 저었다. 저는 같은 고교 남자 동창생과 기나긴 밀고 당기기를 하는 주제에. 봄은 못 들은 척 사뿐히 무시했지만 결과만 놓고 보았을 때는 여름의 말에 틀린 점이 없었다.

살랑살랑 불어오는 바람처럼, 연애하기엔 딱 좋은 이름을 가지고 있었지만 봄은 연애에 서툴렀다. 거친 직업을 가진 것도 한몫했으나 근본적인 원인은 그것이 아니었다. 봄은 그날 이후, 사람을 잘 믿지 못했다.

"너 가져, 봄아."

싱긋 웃는 그녀에게서 그 이야기를 듣는 순간, 머릿속이 새하얗게 변해 갔다. 몇 초 뒤 귓가로 들려온 것은 저와 유리를 떼어 내고 있는 친구들의 외침이었다. 아마도 먼저 달려든 사람은 틀림없이 자신이었을 것이라고 봄은 확신했다.

물론, 고작 남자 하나 때문에 그러한 짓을 저지른 것은 아니었다. 피식 실소를 터뜨리며 저를 내려다보던 유리의 시선에 속이 갈기갈기 찢어졌으니까. 그녀를 택함으로써 상처를 주어야 했던 또 다른 사람의 마음이 떠올라 숨이 막혀 왔다.

내가 무슨 일을 저지른 거지. 얼굴을 할퀴고, 머리를 쥐어뜯고, 엉엉 울며 주저앉은 유리를 무심하게 내려다보면서도 봄은 눈물 한 방울 흘리지 않았다. 눈물을 흘릴 자격이 없다고 생각했다.

옆 교실에서 구경 올 정도로 큰 싸움을 벌인 두 사람이 다시 사이가 좋아질 리 만무했다. 봄은 졸업할 때까지 유리와 일언반구도 섞지 않았다. 물론 그것은 유리 역시 마찬가지였다.

쿵쿵.

심장이 바깥으로 튀어나올 것처럼 뜀박질한 것은 서에 배정받은 날 이후 처음이었다. 고작 고개 한 번 돌렸을 뿐인데, 가슴이 이렇게 내려앉을 수 있나. 봄은 남자 하객 측에 서서 펜을 슥슥 움직이고 있는 남자의 옆모습을 한동안 멍하니 응시했다. 심장 소리가 몇 걸음 옆에 서 있는 그의 귓가에까지 들릴 정도로 그녀는 크게 동요하는 중이었다.

꿀꺽.

말라 버린 목구멍 너머로 침이 넘어갔다. 15년이라는 세월은 오래전 알고 지냈던 사람을 잊어버리기에 충분한 시간이건만 놀랍게도 그가 누구인지 단번에 알아차렸다.

도저히 잊을 수가, 없는 얼굴이었다.

'어째서?'

유려하게 펜을 휘갈기며 방명록에 이름을 써 내려가는 그의 행동을 주시하던 봄은 속으로 외쳤다. 대체 어째서, 어째서 그가 여기에 있는 걸까.

가슴이 미친 듯이 뛰었다. 지금까지 신부 측 이름에만 신경을 쓰느라 신랑에는 전혀 관심을 두지 않았었다. 믿어지지 않는 사실에 놀라 휙, 눈을 돌려 보니 테이블 옆에 놓여 있는 안내용 보드 위에 신랑과 신부 이름이 나란히 쓰여 있었다.

김명석 · 이재숙의 장남 신랑 김유환.
정운 · 양희경의 차녀 신부 정유리.

번들번들한 얼굴이 눈앞을 스치고 지나갔다. 어떻게 김유환과 정유리가 다시 사귀게 되었는지, 결혼까지 하게 되었는지는 조금도 궁금하지 않았다. 봄은 유환과 그가 친구 사이였다는 것을 떠올리며 고개를 아래로 떨구었다. 아까부터 그녀의 행동을 쭉 지켜보던 신부 측 도우미가 괜찮냐며 친절하게 물어 왔지만 봄은 손만 휘휘 저으며 답을 대신했다.

'진정하자, 진정해. 유봄.'

후우, 후우. 숨을 고르며 봄은 호흡했다. 몇 번 길게 숨을 뱉어 내니 제법 안정을 찾을 수 있었다. 봄은 축의금 봉투를 건네고 있는 그를 슬며시 흘긋거리며 생각했다.

'모르겠지? 그래. 15년이나 지났는데 기억…… 못 할 거야.'

그를 향한 죄책감과 미안함에 밤잠을 이루지 못했던 저와 달리 그는 제 존재를 금세 잊었을 것이다. 만약 기억을 한다고 해도 결코 좋은 내용은 아닐 터였다. 최대한 좋게 말해서 '못된 년' 정도일까. 봄은 쓴웃음을 그렸다.

'그래도…… 잘 살고 있는 것 같아서 다행이네.'

서서히, 아주 느릿하게 그에게서 시선을 떼며 속으로 중얼거렸다. 가끔 궁금했다. 유리와 그, 단둘만 내버려 둔 채 자리에서 벗어난 후로 단 한 번도 그와 마주친 적이 없었기에 더더욱.

어떻게 지낼까. 여자 친구는 사귀었겠지? 그 얼굴이면 인기도 많을 텐데. 결혼은 했을까. 직업은 뭘까 등등.

겨울방학 사이에 남자가 되었다며 빙긋 웃던 그의 화사한 미소가 눈앞을 아른거렸다. 그때마다 바늘로 가슴을 콕콕 찔리는 기분이라 덩달아 미소 지을 수 없었던 봄은 애써 생각을 지워 내려 노력하곤 했었다.

옅게 그려진 눈가의 웃음을 지워 내며 봄은 짧게 한숨을 내쉬었다. 어쩐지 아쉬워진 손으로 축의금 봉투함에 식권이 든 봉투를 쏙 집어넣고 마지막으로 그의 얼굴을 보기 위해 스윽 고개를 돌렸다.

"……!"

서 내에서 웬만한 남자 못지않은 강심장이라 소문난 유봄은 저도 모르게 뒤로 주춤거렸다. 당황한 기색이 역력한 그녀를 내려다보며 그가 붉은 입술을 달싹였다.

"우리, 낯이 익네."

환하게 물드는 그의 눈웃음에 봄은 아무 소리도 뱉어 내지 못했다.

지이잉. 고요하던 핸드폰이 울렸다. 봄은 반사적으로 클러치 백 안에서 핸드폰을 꺼내 들었다.

〈야, 유봄! 어떻게 됐어? 복수는 했냐?〉

여름의 문자였다. 안 그래도 긴장돼 죽을 것만 같은데, 얘는 제 일도 아니면서 왜 이렇게 궁금해하는 건지. 그녀는 신경질적으로 핸드폰을 집어넣었다.

지이잉. 얼마 지나지 않아 다시금 핸드폰이 울렸다. 틀림없이 여름일 것이라고 봄은 생각했다. 대한민국 검사가 이렇게 한가한가. 신경질적으로 클러치백을 노려보다 무시하자 곁에 서 있던 누군가의 낮고 굵은 목소리가 들려왔다.

"문자, 온 것 같은데."

"예?"

"문자 온 것 같다고."

워낙 소란스러워서 말을 제대로 듣지 못했다. 눈을 동그랗게 뜨며 시선을 마주하지 못한 채 되묻자 그가 다정하게 한 번 더 말해 주었다. 봄은 난감한 얼굴을 하고 우물쭈물하다 횡설수설했다.

"아, 네. 무, 문자. 와, 왔죠! 그렇지. 얼른 확인, 확인해야…… 헉!"

이렇게 긴장한 적이 요 근래 있었던가. 용의자를 취조할 때도 냉철하게 눈을 빛내던 자신이건만, 왜 이렇게 식은땀이 흐르는 건지. 결국 들고 있던 클러치백까지 떨어뜨린 봄은 작게 신음을 터뜨렸다.

'제길!'

하필이면 몸에 쫙 달라붙는 옷을 입고 있었던지라 쉽게 허리를 숙이기도 힘들다. 과시용으로 신고 온 높은 구두가 괜스레 원망스러웠다. 그의 앞에서 우스꽝스러운 모습을 보여야 한다는 사실에 눈앞이 막막해졌지만 떨어진 것은 주워야 한다. 봄은 허리를 굽히려 했다.

"자."

그러나 그녀보다 그의 행동이 더 빨랐다. 그녀가 한 걸음 움직이려 한 순간 그는 이미 허리를 굽혀 주운 클러치백을 내밀었다. 봄은 얼떨결에 백을 받아 들며 고개를 까딱였다.

"고, 고맙……습니다."

"천만에."

씩 올라가는 그의 입꼬리를 직시하자 눈앞이 아찔했다. 봄은 얼른 그에게서 눈을 돌려 예식이 진행되기 직전인 식장 안을 바라보았다.

두근두근, 심장이 뛰었다.

열여덟, 봄.

마치 그때처럼 가슴이 일렁이고 있었다. 혈관이 멋대로 팽창하는 게 느껴졌고 입술이 바짝 말랐다. 수줍은 소녀처럼 행동 하나하나에 신경을 쓰고 있는 자신이 우습게 느껴질 정도로 긴장하고 있다. 이유는 간단하다. 그가 옆에 있기 때문이다. 서도영. 15년 만에 만난 첫사랑의 존재감은 엄청났다.

식장 안의 스피커에서 곧 예식이 시작된다는 안내 방송이 흘러나왔다. 출입구 쪽에 잘빠진 턱시도를 입은 흥분한 기색의 유환이 보였다. 봄은 힘없이 그쪽을 들여다보다 주먹을 세게 움켜쥐었다.

"신기하지."

곁에서 도영의 목소리가 선명하게 귓가로 박혀 왔다. 봄은 반사적으로 그를 쳐다봤다. 도영은 흐리게 웃으며 출입구에서 웃고 있는 유환을 응시하고 있었다.

"설마하니 저 녀석이 네 친구랑 결혼할 줄은 몰랐는데."

가라앉아 있는 그의 시선에 봄의 동공이 떨렸다. 도영은 픽, 코웃음을 치며 말을 이어 나갔다.

"여기서 다시 너를 보게 될 줄은, 또 몰랐지만."

빙그레 미소 짓고 있기는 하지만 그의 말 한마디 한마디가 가슴속을 파고들었다. 힘차게 식장 안으로 들어오는 유환을 향해 진심 어린 박수를 쳐 주는 도영을 보며 봄은 뭐라 말을 잇지 못하고 덩달아 박수를 쳤다.

—이어서, 신부 입장이 있겠습니다. 신부, 입장!

주례 앞까지 걸어간 유환이 뒤를 돌았을 때 사회자가 말했다. 복잡한 얼굴로 박수를 치고 있던 봄은 다른 하객들과 마찬가지로 자연스럽게 고개를 돌렸다. 결혼행진곡에 맞추어 새하얀 드레스를 입은 유리가 식장 안으로 들어오고 있었다. 신부 대기실을 들르지 않았던 봄의 눈동자가 일렁였다.

"네가 거길 왜 가."

'내가 말했었지' 만큼이나 강력한 여름의 말이 머릿속을 웽웽 울렸다. 어쩌면 여름의 말이 맞았던 건지도 모른다. 단순히 얼마나 잘 사는지 확인하고, 소소한 복수 정도를 해 주고자 이곳까지 발걸음한 것은 커다란 실수였을지도.

"유봄?"

자리에 앉아 있지 않은 것이 다행이었다. 생각을 정리하자마자 봄은 몸을 돌렸다. 도영이 이름을 불렀지만 봄의 행동은 재빨랐다. 신부 입장에 맞추어 박수를 치고 있는 하객들을 뚫고 지나간 그녀는 로비로 나와 주먹을 세게 움켜쥐었다. 스윽, 고개를 돌려 보니 환한 불빛이 새어 나오는 식장 안은 사랑과 행복으로 가득 차 있었다. 봄은 어금니를 악물며 인상을 썼다.

'미쳤어.'

숨이 가득 차올랐다. 뒤늦은 후회가 물밀듯 밀려왔다. 저렇게 행복한 얼굴을 하고 있는 신부의 축복받은 날을 망치기 위해 친히 이곳까지 발걸음을 하다니. 여름의 말대로 자신은 정말 제정신이 아니다. 봄은 축의금 함을 옮기려는 사람들을 발견하곤 얼른 그들에게로 달려갔다.

"잠깐만요!"

"왜 그러시죠?"

저지하는 그 행동에 그들이 의아한 눈빛을 보냈다. 봄은 심각하게 외쳤다.

"제가 낸 축의금 봉투, 돌려 주셨으면 하는데요."

"예?"

"유봄이에요. 부탁드려요! 정말 급해서 그래요. 제발 부탁드립니다."

"……저기요, 아가씨."

"부탁드립니다!"

봄은 허리를 굽히며 간절히 청했다. 난처한 기색을 표하던 도우미들이 서로를 바라보며 인상을 썼다. 어떻게 해야 할지 고민하는 얼굴이었다. 봄은 그들이 제 요구를 들어줄 때까지 움직이지 않을 생각이었다.

"아까 봤어?"

"당연하지. 유봄이지? 그치?"

그때였을까. 봄은 얼마 떨어지지 않은 곳에서 들려온 익숙한 이름에 몸을 움찔거렸다. 여전히 허리를 굽히고 있는 상태였지만 귀를 쫑긋거리기엔 충분했다. 여자들의 대화는 이어졌다.

"정유리 그 계집애, 진짜 대단하지 않아? 결국 유봄을 여기까지 불러들였어."

"내가 듣기로는 유봄한테 제 잘난 모습 보여 주려고 불렀다던데."

"뭐? 지난 일 사과하려 그런 게 아니고?"

"사과는 무슨. 걔가 그럴 애냐?"

"큭큭. 하긴, 그렇지. 내 친구지만 진짜 못됐어."

"유리가 원래 그렇잖아."

기가 막힌 타이밍이 아닐 수 없다. 봄은 작게 낄낄대며 식장에 들어가는 여자 둘의 뒷모습을 흘긋거리다 허리를 들었다.

"후우. 아가씨. 여기요. 정말 급해 보여서 다시 주는 거지만 이 일, 어디 가서 말하면 안 돼요. 이런 일은 일어나선 안……."

"잠깐만요. 아직 가지 마세요."

축의금을 관리하는 사람들이니 아마도 유리나 유환의 친인척들이겠지. 봄은 한숨을 푹 내쉬며 몇 분 전 자신이 넣었던 축의금 봉투를 다시 건네는 그들에게 싱긋 웃었다. 그리고는 클러치 백 안에서 혹시 몰라 더 챙겨 온 식권 한 뭉텅이를 꺼낸 다음 봉투 안으로 집어넣었다.

"됐어요. 여기요."

"……예?"

"유리한테, 결혼 축하한다고 전해 주세요."

한쪽 눈을 찡긋거린 봄은 황당해하는 그들에게서 몸을 돌렸다. 원래 계획대로였다면 자신이 챙겨 온 축의금 봉투를 바로 쓰레기통에 넣을 생각이었지만, 두 여자의 대화 내용을 듣자 마음이 바뀌었다.

몇몇 사람은, 아무리 긴 시간이 지나도 변하지 않는다.

"풋."

봄은 식장 입구 쪽으로 또각또각 발을 옮겼다. 식을 지켜보지 않았는지 벽에 기대어 저를 쳐다보고 있던 그가 눈꼬리를 휘며 웃음을 터뜨렸다. 어느새 도영의 앞까지 당도한 봄은 물었다.

"왜 웃으세요?"

"너, 재미있는 건 여전한 것 같아서."

봄은 흥, 콧방귀를 뀌었다. 도영은 주위를 둘러보더니 식장 안을 가리키며 말했다.

"다시 들어갈 거야?"

"들어갈 것 같아요?"

"아니."

"정답."

"그럼⋯⋯."

그럼?

"밥이나 먹을까? 나, 아까 이거 챙겼는데."

봄은 도영의 커다란 손에서 팔랑거리는 뷔페 식권 두 장을 바라보았다. 그녀는 웃음을 터뜨렸다.

"여기 뷔페 엄청 비싼 거 아세요? 여기서 열리는 결혼식 참석한다고 하니까 다들 뷔페는 놓치지 말라고 하더라고요! 1인당 가격이 10만 원이 넘는다나 어쩐다나. 하여간 돈이 정말 많기는 한가 봐요, 김유환 선배네 집이."

"뭐. 유환이네가 잘살기는 하지."

"그렇죠? 하긴. 괜히 학생회 부회장, 회장까지 했겠어요? 듣자 하니 대학에서도 좀 날렸다면서요?"

"그런가. 잘 모르겠네. 난 다른 학교여서."

"아아, 선배랑은 다른 학교였지. 맞아. 그랬어."

고급 예식장답게, 하객들에게 대접하는 식사 역시 고급스럽다. 청담동 D 예식장 내의 D 뷔페는 서울에서도 알아주는 셰프들이 요리하는 음식들로 가득하다고 말을 늘어놓던 서 내의 후배들을 떠올리며, 봄은 쉬지 않고 입술을 달싹였다.

유리의 결혼식은 거의 끝을 향해 달려가는 중이었고, 봄과 도영을 비롯한 몇몇 하객들은 일찍이 식장을 벗어나 뷔페에 자리를 잡았다. 의도하지는 않았지만 도영과 단둘이 쓰게 된 원탁의 테이블에 각종 접시를 올려 둔 봄은 15년 만의 만남이 어색하지 않을 만큼 말을 이어 나갔다. 도영은 그런 그녀를 말릴 생각이 없어 보였다.

"저 오늘 여기서 10만 원어치 뽑고 갈 생각이에요."

체면 따위는 신경 쓰지 않고 있는 대로 음식을 입안으로 밀어 넣던 봄이 우물거리며 눈을 부라렸다. 도영은 말없이 웃었다.

"그런데 나, 궁금한 거 있는데."

허겁지겁 샥스핀을 먹던 봄의 고개가 들렸다. 도영은 눈을 동그랗게 뜨는 그녀를 쳐다보다 빙긋 미소 지으며 물었다.

"너, 봉투 속에 넣은 거. 그거 축의금 아니지?"

보고 있었던 건가.

봄은 입에 들어 있던 음식을 꼼꼼하게 씹어 삼킨 후 그를 직
시했다.

"네."

"그럼 뭐야?"

말해 줘도 되려나.

"우리 회사 식권이요."

"식권?"

"네."

"그렇군. 식권……이라. 식권."

흐응, 하고 묘한 콧소리를 흘리던 도영이 짓궂게 웃었다.

"혹시 그거……."

"네. 기간 지났어요."

"역시!"

봄은 주먹을 불끈 쥐는 그의 외침에 고개를 갸웃거렸다.

"선배…… 좋아하시네요?"

도영은 미소를 그린 채 오히려 되물었다.

"싫어해야 할 이유가 있나?"

뭐?

순간적으로 이해하지 못했다. 이 남자, 김유환 선배랑 절친한
사이 아니었나? 적어도 그녀가 기억하는 학창 시절엔 그러했다.
봄의 미간이 좁아지자 도영은 그녀의 의문을 풀어 주기 위해 입
을 벌렸다.

"사실."

"유봄?"

그와 이렇게 자연스러운 대화를 나눌 수 있으리라고는 생각하지 못했다. 도영이 뱉어 내는 말 한마디 한마디에 귀를 쫑긋 세우며 집중하고 있던 봄은, 그의 입술이 아닌 곳에서 흘러나온 음성을 놓치지 않았다. 봄은 소리가 들려오는 방향으로 고개를 돌렸다.

"정말 봄이네?"

한복으로 갈아입은 유리가 곱게 치장한 얼굴을 빛내며 유환의 팔에 팔짱을 끼고 서 있었다. 봄과 도영의 시선이 단숨에 그들을 향해 꽂혔다.

"응, 유리야. 나야."

살갑게 웃으며 반가워하는 유리를 보고 봄은 미소를 그렸다. 아직 봄의 앞에 누가 앉아 있는지 확인하지 못했던 유리는 봄에게 계속해서 말을 걸었다.

"어머. 나 정말 놀랐어, 봄아! 네가 여기 올 줄은 꿈에도 몰랐거든!"

"그래?"

"당연하지! 혹시나 해서 보내기는 했는데…… 그치, 자기. 나 반신반의했잖아."

"어? 으응."

유리가 묻자 유환이 얼떨결에 고개를 끄덕였다. 봄은 여유롭게 미소 지었다.

"인터넷 신문 읽고 정말 놀랐어! 형사라니, 그것도 강력계! 너랑 진짜 안 어울린다, 얘! 네가 무슨 범죄자를 때려잡니? 후후후!"

유환의 등을 탁탁 치며 유리는 깔깔거렸다. 봄의 미소는 더욱 짙어졌다. 해 보자 이거지. 봄은 천천히 입술을 움직였다.

"그러게. 나도 내가 강력계 여형사가 될 줄은…… 꿈에도 몰랐다니까. 성격이 변해서 그런 것 같아. 마냥 순둥이처럼 지내다가는 통수 맞기 십상이라는 거, 어릴 때 뼈저리게 배워서 말이야."

"……!"

"그리고 유리 너, 내 기사 제대로 안 읽었구나. 나 범죄자 때려잡아. 강력계 들어오려고 체력 좀 길렀지. 유도랑 합기도 유단자라는 문구 있었던 것 같은데. 호호."

태연자약한 봄의 답변에 유리는 얼굴을 찌푸렸다. 돈 꽤나 들였을 신부 화장이 살짝 일그러졌다. 봄은 어깨를 으쓱이며 냅킨으로 입을 슥슥 닦고는 자리에서 일어났다.

"아, 잘 먹었다. 안 그래도 요즘 잠복근무하느라 끼니 제대로 못 챙겨 먹었는데. 네 덕분에 호강한다, 얘. 그리고 결혼 정말 축하해! 네가 대체 어떻게 유환 선배를 구워삶았는지 모르겠지만…… 축하할 날도 있어야지!"

봄은 미간을 좁히고 있는 유리에게서 시선을 돌려 유환을 바라봤다. 명함을 챙겨 온 것 같은데. 그녀는 클러치백 안에서 명함 하나를 꺼내 들고는 유환에게 내밀었다.

"선배, 오랜만에 뵈니 반갑네요. 결혼 축하드려요."

"어? 으응. 고, 고마워."

유환은 엉겁결에 그녀의 명함을 받아 들며 의문을 표했다. 봄은 싱긋 웃으며 말을 이었다.

"혹시 이 결혼이 아주 나중에라도, 문제 될 것 같으면 저한테 연락 주세요."

"……뭐?"

"저, 사기 전담 형사들이랑 친하거든요."

그녀의 충격적인 발언에 신랑, 신부의 눈동자가 큼지막해졌다. 봄은 여유롭게 고개를 까딱인 후 자리를 벗어나려 했다.

"유봄!"

잠자코 당하고 있지만은 않을 예정인지 신경질적인 음성으로 유리가 외쳤다. 봄은 무표정한 얼굴로 뒤를 돌아보았다. 붉어진 얼굴을 겨우 억누르며 유리는 말했다.

"넌 언제 소식 들려 줄 거니?"

봄이 움찔거렸다. 유리는 봄의 약점을 잡았다는 듯 더욱 짙은 미소를 지었다.

"내년이면 서른다섯인데, 많이 위험하지 않아? 언제까지 노처녀로 살 거니."

설마하니 나이로 트집을 잡을 줄이야. 한 방 먹였다 여겼건만 이대로라면 자신의 K.O 패다. 봄은 부글부글 끓어오르는 화를 다스리며 대신 주먹을 움켜쥐었다. 인상을 쓴 채 저를 노려보고 있는 봄의 표정이 마음에 드는지 흥, 코웃음 치던 유리는 두 여자의 설전에 어쩔 줄 몰라 하는 유환의 팔을 잡고 다른 테이블로 가려 했다.

저 망할 계집애에게 제대로 된 복수를 해 주지 못했다는 사실이 눈앞을 캄캄하게 만들었다. 그러나 봄이 좌절감을 느끼려 할 때 들려온 목소리는 상황을 반전시키기에 충분했다.

"글쎄. 조만간 들려 주지 않을까 싶은데."

유리의 등 뒤편에서 들려온 그 말은 담담하다 못 해 차분했다. 그녀는 말이 끝남과 동시에 의자에서 일어나는 커다란 남자를 멍하니 바라봤다. 유리와 유환의 눈길 역시 그를 향했다. 단숨에 이목을 끈 남자는 봄을 향해 다가와서는 손을 내밀었다.

"갈까, 약혼녀 씨."

"미쳤어요! 진짜 미쳤어요, 선배! 미쳤다고요!"

15년 만에 만나는 고등학교 선배에게 미쳤다는 말을 연발하고 있었지만 봄의 얼굴은 미소로 가득 차 있었다. 한 번 올라간 입꼬리가 내려갈 생각을 하지 않는다. 제게 손을 내미는 도영을 보며 창백하게 질리는 유리의 얼굴이 눈앞에서 아른거렸다. 고소했다. 너무 고소해서 배가 부를 정도다. 봄은 깔깔 웃으며 도영을 바라봤다.

"하긴, 제정신이 아닌 발언이긴 했지."

도영은 배를 잡고 웃는 봄을 내려다보며 작게 중얼거렸다.

"유환 선배가 놀라는 거 봤어요?"

"'뭐야, 너희 둘 약혼했어?' 라니. 가관이었어."

"정유리 표정, 그거 찍어 뒀어야 하는 건데! 정말 대박이에요, 선배!"

활짝 웃으며 외치던 봄은 고개를 절레절레 흔들다 허리를 숙였다. 얼마나 웃어서인지 입이 당긴다. 후우, 후우, 숨을 고르며 그녀는 진정하려 애썼다.

"이제 좀 살 것 같네."

10년 묵은 체중이 내려간 것 같다. 봄은 멀어진 D 예식장을 흘긋거리며 중얼거렸다. 그리고는 똑바로 서서 도영을 올려다봤다.

"고마……워요, 선배."

봄은 어색하게 웃었다. 복잡한 머릿속과는 별개로 말이 먼저 흘러나왔다. 살며시 웃는 그를 잠시 응시하다 봄은 결심했다. 이미 오래전에 했어야 하지만, 아직까지 하지 못한 말을 하기로.

"그리고 저기, 저……."

"잠깐만."

미안하다는 그 말. 이전엔 끝내 하지 못했던 그 말을 이제 와 꺼내는 것이 무슨 의미가 있으랴마는, 그래도 해야 했다. 그녀가 결의에 찬 눈으로 도영을 직시하며 말을 하려고 하는 순간, 도영이 갑자기 손을 들어 올렸다. 그는 미안하다는 듯 그녀에게 눈빛을 보내고는 재킷에 넣어 두었던 핸드폰을 꺼내 들었다. 봄은 어색하게 웃으며 그가 전화 통화하는 것을 기다렸다.

"접니다."

도영의 미성은 시간이 지나니 더욱 듣기 좋아졌다. 봄은 무언가에 홀린 듯 그를 쳐다보았다.

"네. 곧 들어가겠습니다."

그는 딱딱한 대답을 이어 나가곤 이내 전화를 끊었다. 넋을 놓고 도영의 옆얼굴을 바라보던 봄은 허공에서 그와 시선이 마주치자 흠칫 놀랐다. 도영은 난색을 표했다.

"어떡하지? 회사에 일이 생겨서 들어가 봐야 할 것 같은데."

"예? 아, 네! 어, 어서 들어가세요!"

"그래도 될까?"

"당연하죠! 저 여기서 버스 타고 가면 돼요."

봄은 뒷머리를 긁적였다. 도영이 고개를 끄덕이며 말했다.

"그래. 그럼 곧 다시 보자."

"예! 꼭 다시 봬요!"

힘차게 외치는 그녀를 지그시 응시하던 그는 묘한 미소와 함께 몸을 돌렸다. 봄은 순식간에 택시를 잡은 도영이 제 시야에서 사라질 때까지 손을 흔들며 서 있었다.

'아!'

얼마나 지났을까. 봄은 그제야 떠오른 생각에 얼굴을 찌푸렸다.

'번호, 모르는데!'

곧 다시 만나기는…… 어렵겠다.

2
시작되는, 봄

운명을 믿느냐고 묻는다면 단호하게 '아니'라고 대답할 것이다. 이 세상엔 운명 따위는 없다. 그런 것이 존재할 리도 없었고 존재해서도 안 된다. 만약 존재한다면 서른넷 동안 운명을 있는 힘껏 피해 왔던 제 자신이 서글퍼지니까.

하지만 오늘만큼은 세상에 존재할 리 없는 그놈의 운명이라는 것을, 믿어 보고 싶다.

간절히, 그것도 아주 간절히.

잠에서 깨자마자 침대를 나섰다. 끼이익, 제 방문 소리에 소스라치게 놀라며 마음을 진정시킨 그녀는 살금살금 발을 움직였다. 그녀가 도착한 곳은 제 동생인 여름이 잠을 자고 있는 방문 앞.

밤샘 수사로 새벽녘이 되어서야 집으로 들어온 여름의 방문을 소리 나지 않게 살짝 밀어 안으로 들어간 그녀는 여름의 화장대에 놓인 헤어 롤 몇 개를 꺼내 들었다. 잘 자고 있군. 씩 웃으며 뒤도 돌아보지 않고 여름의 방을 나선 그녀는 다시 제 방으로 돌아와 기다란 전신 거울 앞에 섰다. 들고 있던 헤어 롤들을 제 머리 끝부분에 돌돌 마는 데 성공한 봄은 스윽 고개를 돌려 굳게 닫혀 있던 옷장을 활짝 열었다.

'흐음.'

용의자 심문 도중 사용할 법한 매의 눈초리로 옷장 안을 들여다보던 봄의 눈에 무언가가 포착됐다. 저거다! 언젠가는 반드시 입어 보겠다며, 백화점에서 크게 마음먹고 구매를 했던 핑크색의 원피스였다. 그녀는 일말의 망설임도 없이 원피스를 꺼내 들어 발을 집어넣었다.

쿵쿵. 뛰는 심장의 박동 소리가 고요한 아침을 울린다. 휙휙, 움직일 때마다 팔랑팔랑거리는 원피스의 프릴 자락이 그녀를 영락없는 봄처녀로 만들고 있었다. 이 정도면 괜찮지. 어제, 있는 힘 없는 힘을 전부 쏟아 냈던 결혼식에서의 모습만큼이나 아리따운 여자가 거울 속에서 빙긋 미소를 그리고 있었다.

"너…… 뭐하냐?"

"헉!"

흡족한 표정을 지으며 전신 거울을 들여다보던 봄은 어디 또 손봐야 할 데가 없나 살펴보다 들려온 시니컬한 목소리에 화들짝 놀랐다. 시선을 옮기자 여름이 자신을 쳐다보고 있는 것이 보여 봄은 얼굴을 일그러뜨렸다.

"인기척이라도 좀 내라!"

귀신도 아니고, 대체 왜 저래.

봄은 인상을 쓰며 입술을 삐죽였다.

"유봄."

"왜."

"오늘 무슨 날이야?"

신경질을 내는 봄의 핀잔에도 불구하고 그녀를 수상쩍게 응시하던 여름이 날카로운 시선을 뽐내며 툭 말을 던졌다. 봄은 의문을 표하고 있는 여름을 흘긋거리다 정면으로 얼굴을 돌리며 중얼거렸다.

"나는 원피스 입으면 안 되냐?"

"너 출근하는 거 아니었어?"

"맞는데."

"……."

"뭐! 가끔은, 이런 날도 있거든?"

얼굴을 살짝 붉히며 대답하는 그녀에게 여름은 풋, 웃음을 터뜨리더니 이젠 아예 배까지 잡는다. 봄은 미간을 찌푸리며 여름을 노려봤다. 저 계집애가 진짜 왜 저래. 그냥 잠이나 잘 것이지. 굳이 제 화를 돋우는 망할 동생을 짜증스럽게 응시하던 봄이 방문을 막고 있는 여름을 밀쳤다.

"비켜. 출근할 거야."

"그냥 가면 안 되지."

"또 뭐!"

"그거."

여름이 봄의 머리끝에서 헤어 롤을 떼어 내며 싱긋 웃었다. 순간적으로 얼굴이 화악, 달아오르는 것을 느낀 봄은 제 머리

끝부분에 달려 있던 나머지 헤어 롤도 떼어 내며 소리쳤다.

"자, 잠깐 빌린 거야!"

"누가 뭐래? 얼마든지 써. 안 말려."

여유로운 미소와 함께 답하는 여름의 표정에는 '네가 뭘 하는지 다 알고 있어'라고 적혀 있는 것 같아 괜히 시선을 마주하기 힘들다. 봄은 쳇, 하고 작게 투덜거린 후 현관 쪽으로 걸음을 옮겼다.

"너 진짜 이상한 거 알아?"

"아직도 안 갔니?"

두 눈이 퀭하게 물들었음에도 불구하고 도저히 시야에서 사라지지 않는 동생이 얄밉다. 여름은 그런 봄이 재미있는 듯 입가에서 미소를 잃지 않으며 말을 이어 나갔다.

"어제 이후로 좀 많이 이상해."

어제?

"그 여우 결혼식."

반사적으로 몸을 움찔했지만 봄은 최대한 태연한 척 신발장 안을 들여다보는 연기를 선보였다. 여름이 호오, 하고 코웃음을 치더니 계속해서 말을 이었다.

"거기 다녀온 뒤로 제정신이 아닌 것 같단 말이지. 유봄, 솔직히 말해 봐. 너 무슨 일 있었……악!"

"이게. 아까부터 언니한테 너, 너. 내가 네 동생이냐?"

"으으! 아파!"

"아프라고 때린 거야. 이 언니에게 잘해라, 유여름. 너에게 있어선 하늘과 같은 언니시다. 받들어 모셔도 모자랄 판에 어디서 지적질이야."

"너 진짜!"

"귀찮게 하지 말고 얼른 들어가서 잠이나 자!"

봄은 제게 꿀밤을 맞고 신음을 흘리는 여름을 거들떠도 보지 않고 문고리를 잡았다.

"유봄! 너 신발!"

손안 가득 들어오는 문고리를 세게 돌리며 끼익 대문을 여는 순간 봄은 여름이 목청껏 외치는 소리를 들을 수 있었다. 그러나 한 번 시작한 행동을 멈추지 않았다. 재빠르게 대문 사이를 지나 밖으로 나가 버리는 봄을, 여름은 막지 못했다.

얼마 전 신축 공사를 끝내고 새 단장을 한 서울시 마포구 마포동의 서울지방경찰청 광역수사대 신청사.

매끄럽게 차를 몰고 지정 장소에 자신의 애마를 주차시킨 봄은 가볍기 그지없는 몸놀림으로 시야 가득 들어온 청사 안을 향해 사뿐사뿐 움직였다. 그녀가 한 걸음 한 걸음 발을 디딜 때마다 무심코 인사를 하려던 이들의 눈동자가 큼지막해졌지만, 조금도 개의치 않았다.

"다들 좋은 아침!"

동료들의 따가운 시선에도 불구하고 힘차게 움직인 그녀는 2층에 위치해 있는 사무실 문을 힘껏 열어젖히며 소리쳤다. 그러나 이미 저마다의 일에 흠뻑 빠져 있던 광역수사 1계와 2계

팀원들의 눈이 문 앞에 서서 손을 흔들고 있는 그녀에게 꽂힐
리 없었다.

"좋은 아침!"

혹시 못 들었나 싶어 친절하게 한 번 더 소리쳤지만 주시하는
이가 없는 것은 매한가지다. 뭐야. 봄은 손을 흔들다 말고 쳇,
입술을 씰룩이며 멀리 보이는 제 자리를 향해 터벅터벅 걸어갔
다.

"야, 황 계장. 넌 네 부하 관리 좀 해라."

광역수사 2계 장정호 계장이 봄의 직속상관인 1계 황중우 계
장에게 말을 건넸다. 봄은 없는 반응에 실망하다 멈칫, 고개를
돌렸다. 장 계장은 정확히 봄을 가리키며 혀를 끌끌 차더니 고
개를 가로저었다.

"애 꼴이 저게 뭐냐. 네 녀석이 얼마나 시집가라 닦달하면 쟤
가 저런 옷을 입고 나타나?"

봄의 아침 인사에도 불구하고 신문을 손에서 내려놓지 않던
황 계장은 장 계장의 말에 신경질적으로 신문을 구기더니 버럭
소리쳤다.

"아침부터 뜬금없이 웬 태클이야!"

광역수사대는 광역수사 1·2계와 마약수사계로 나뉘어져 있
다. 수사 대상의 범위를 관할서 중심 범죄 발생 지역에 한정하
지 않고, 인접 경찰서의 관할 지역까지 넓게 포함한다.

봄은 그중 광역수사 1계의 팀원으로서 황중우 계장의 밑에서
일하고 있었는데, 황 계장은 광역수사 2계의 장정호 계장과 사
이가 좋으면서도 나빴다.

때문에 황 계장이 발끈한 것은 당연했다. 미우나 고우나 제 자식을 다른 놈이 험담하는 것은 마음에 들지 않았던 것이다.

"우리 유봄이 어떤 옷을 입든, 쟤가 시집을 가든 말든 네놈이 뭔 상…… 유봄, 너 무슨 짓이냐?"

그러나 황 계장도 봄의 몰골을 보곤 도리어 되물었다. 봄은 갸웃거렸다.

"뭐가요?"

"'뭐가요' 라니! 옷 꼬락서니가 지금 그게 뭐야!"

봄은 '그치?' 하고 황 계장의 말에 동조하는 장 계장을 슥, 노려보더니 어깨를 으쓱였다.

"봄이잖아요."

"뭐?"

"오랜만에 힘 좀 줘 봤어요. 잘 어울리죠?"

너무도 자연스러운 대답에 황 계장은 황당해했지만 봄은 싱긋 미소를 지었다. 어찌나 화사한지 황 계장을 비롯한 다른 광역수사대 팀원들의 눈동자까지 몽땅 튀어나올 정도였다. 왜들 저래. 봄은 '쟤가 드디어 미쳤구나' 하고 고개를 절레절레 젓는 그들을 본 척 만 척 하며, 서류가 잔뜩 놓여 있는 제 책상을 정리하기 시작했다.

"선배."

소란스러웠던 사무실이 안정을 되찾은 것은 그녀를 안쓰러운 눈길로 바라보던 황 계장과 장 계장이 커피나 한잔할까 하고 사무실을 벗어난 직후였다.

꼿꼿이 목을 들고 책상을 정리하던 봄이 옆에서 들려오는 목소리에 시선을 옮겼다. 호기심 어린 눈으로 저를 쳐다보고 있는 말끔한 얼굴의 남자가 묘한 미소를 짓고 있었다. 봄은 능글맞은 그의 미소에 본능적으로 인상을 썼다.

"오늘…… 선이라도 봐요?"

이 녀석까지.

"주먹이 너를 부르는구나, 찬주야."

"아니, 아니. 무조건 손부터 들지 마시고요! 릴렉스, 릴렉스!"

봄보다 2년 늦게 합류한 찬주는 그녀의 후배이자 광역수사 1계의 막내였다. 서글서글한 외모와 근육질 몸매 덕분에 서울청 내 여경들의 엄청난 지지를 받고 있는 인기 형사이기도 했다. 주먹 쥔 오른손을 들어 올리는 봄에게 두 손을 저어 보이던 그는 이내 그녀의 귓가로 제 입술을 가져다 댔다.

"그냥, 궁금해서. 단순히 궁금해서!"

고작 그 말을 하는데 굳이 속삭여야 하는지 의문이기는 하나, 봄은 다른 뜻은 없다고 생글거리는 찬주를 한동안 바라보았다. 스윽, 좌우를 두리번거리니 궁금한 것은 결코 찬주뿐만이 아닌가 보다. 봄은 심드렁하게 대꾸했다.

"선, 안 봐."

"그렇죠? 그래, 그럴 리가 없지! 선배가 선은 무슨."

찬주는 눈에 띄게 좋아했다. 아래로 내려갔던 봄의 오른손이 다시 위로 올라왔다.

"찬주야?"

"하하하! 또 제가 선을 넘었나요?"

"많이."

"실숩니다, 실수!"

실수라는 단어를 강조하는 찬주의 눈빛은 맑다 못해 투명했다. 과연 실수인가 싶었지만 여름에게 이미 당할 만큼 당했던지라 봄은 대충 넘어가기로 했다. 옆자리에 앉아 있던 찬주는 시선을 돌리는 봄을 계속 쳐다보았다.

"우와. 선배, 머리도 했네요? 화장은 왜 안 했대? 신발은! 설마 구두 신고 온 건 아니……."

호들갑을 떠는 찬주를 내버려 두던 봄은 책상 아래로 머리를 숙인 그의 말이 이어지지 않자 퉁명스레 물었다.

"왜 말을 하다 말아."

찬주는 그녀의 물음에 한숨을 푹 내쉬며 말했다.

"선배."

그는 정말이지 안타깝다는 표정을 지으며 봄의 어깨에 손을 턱 얹었다. 봄의 눈동자가 휘둥그레졌다. '왜?' 하고 묻자 찬주는 말없이 눈을 감고 고개를 두어 번 젓더니 봄의 발쪽을 가리켰다.

발?

"내 발이 뭐 어……!"

제가 가여워 죽겠다는 얼굴을 한 찬주에게 미간을 좁히던 봄은 덩달아 눈을 아래로 내리다 말을 멎었다. 제길! 입안에서 차마 밖으로 터져 나오지 못할 욕지거리가 맴돌았다. 봄은 한숨을 길게 내쉬었다.

"그 옷이랑은 정말 안 어울리네요."

신발장 안에 모셔 둔 노란 구두가 아닌, 사무실이나 집에서 사용할 법한 삼선 슬리퍼를 신고 있는 봄을 보며 찬주는 중얼거렸다.

여름과의 설전으로 워낙 정신이 없었던지라 구두로 갈아 신는다는 것을 깜빡했나 보다. 어떻게 이럴 수 있지! 운전하는 내내 눈치채지 못했다. 청사 안으로 들어올 때도 마찬가지. 멍하니 신발을 바라보던 봄은 몇 초 뒤 헛웃음을 흘렸다.

"내가…… 미쳤지."

새삼 깨닫게 된다. 운명은 무슨. 봄은 자조 섞인 실소와 함께 책상 아래 놓아두었던 쇼핑백을 향해 손을 뻗었다. 운명을 맞이할 준비도 제대로 되어 있지 않건만 운명을 기다리는 꼴이라니. 그녀는 쇼핑백 속에서 회색 트레이닝복을 꺼내 든 후 한숨을 푹 내쉬었다.

이른 아침부터 평소 하지도 않았던 치장을 한 이유는 오직 하나. 운명이 언제 제게 찾아올지 모르니까, 그에 대비하기 위해서. 하지만 마지막 단추조차 제대로 끼우지 못하는 자신에게 운명이 찾아올 리 없었다. 봄은 쓰게 웃으며 트레이닝복을 집어 들었다.

'어차피 번호도 모르는걸.'

만날 수 있을까?

유리에게, 아니, 유환 선배에게라도 물어볼 수는 있다. 하지만 이미 거짓 약혼을 선언했던 자신이 이제 와 그의 연락처를 묻는다면 전보다 더한 망신을 당할 것이 틀림없다.

'그럴 수는 없지.'

15년 만에 만난 첫사랑을 다시 만나는 날은 아마도 다음 15년

뒤가 아닐까.

"어? 선배, 어디 가요?"

놀리기를 그만둔 찬주가 키보드를 두드리다 물음을 던졌다.
봄은 쓰게 웃으며 트레이닝복을 흔들었다.

✤   ✤   ✤

"아깐 진짜 왜 그랬어요?"

요즘 들어 왜 이렇게 타이밍이 잘 맞는 건지 모르겠다. 가벼
웠던 출근길보다 무겁게 느껴지는 발걸음으로 돌아오자마자 출
동 명령이 떨어졌다. 미아동 근처에서 현재 수사 중인 용의자가
포착되었다는 정보를 접수받은 것이다.

광역수사 1계가 담당하고 있던 사건인지라 황 계장을 비롯한
팀원들이 모두 청사를 나섰다. 눈을 부라리며 용의자를 추적하
면서도 운전대를 놓지 않던 찬주는 주위를 두리번거리다 말고
봄에게 물음을 던졌다.

"뭐가."

"원피스."

찬주의 도톰한 입술 사이로 흘러나온 그 단어에 머리가 지끈
거렸다. 용의자 추적에 집중을 해도 모자랄 판에 불성실한 후배
는 원피스 이야기 따위를 하고 있었다. 봄은 대답했다.

"몰라. 그냥 입어 보고 싶었어."

그동안 내내 옷장 속에 들어 있었던 원피스를 꺼내 입은 것은
틀림없는 심경의 변화 때문이었지만 찬주에게 털어놓고 싶지는

않았다. 말을 뱉어 냈다가는 다시 만날 수 없는 그리움이 짙어질 테니까. 이럴 줄 알았으면 멀어지는 택시를 쫓아가기라도 해 보는 건데.

"어제 선배 친구 결혼식에 갔었다 했죠?"

골목길 곳곳을 누비며 차를 몰던 찬주는 잊으려던 기억을 떠오르게 만들었다. 봄은 대답하지 않았다.

"다들 결혼하는 거 보니 선배도 결혼하고 싶은가 보다."

"……시끄러워."

딱히 결혼하고 싶어서 그런 원피스를 입은 건 아니지만 봄은 설명하지 않았다. 오늘따라 말이 많네, 이 녀석. 그녀는 '때 되면 다 결혼해요!' 하고 저를 위로하는 찬주를 흘긋거리며 입술을 삐죽였다.

"참! 그 소식 들었어요?"

분명 미아동 주민 센터 근처에서 발견되었다던 용의자가 왜 이렇게 보이지 않는 건지. 매의 눈으로 주위를 관찰하던 봄은 사건에 집중하지 않는 찬주의 행동에 얼굴을 찌푸렸다. 찬주는 아직 그녀의 변화를 눈치채지 못했는지 쉬지 않고 말을 이어 나갔다.

"또검 있잖아요, 또검! 이번에 중앙지검으로 발령받았다고 하더라고요! 대박이죠?"

……또검?

"그게 누군데?"

유명한 범죄자인가? 여전히 눈은 창밖으로 둔 채 봄이 되물었다. 헉, 하고 숨을 들이마신 찬주가 운전을 하다 말고 저를 쳐다봤다.

"선배 또검 몰라요?"

"이찬주, 운전!"

"아, 죄송 죄송!"

하마터면 전봇대랑 부딪칠 뻔했다. 봄이 소리를 지르자 찬주가 얼른 브레이크를 밟았다. 그녀는 못마땅하다는 듯 찬주를 노려보며 말했다.

"너 집중 안 해? 지금 우리 용의자 추적 중이거든?"

핀잔에도 하하, 웃기만 하던 찬주는 그녀의 화가 가라앉을 때까지 기다리다 다시 말을 걸었다.

"선배 진짜 또검 몰라요?"

아까부터 또검, 또검.

궁금하지 않은 티를 팍팍 내면 좀 조용해질 것 같아 대답했지만 찬주에게선 기대했던 반응이 나오지 않는다.

"몰라. 꼭 알아야 해?"

"당연하죠! 선배, 그거 기억 안 나요? 왜, 재작년 강원도에서 T 건설 김대욱 회장 살인 사건 있었잖아요. 피해자가 하필 영향력 센 재벌이라 검찰 측에서도 손사래 쳤던 그 사건!"

"아. 그건 들어 본 적 있어."

속초의 한 별장에서 일어난 부자간의 칼부림은 대한민국을 떠들썩하게 만들었고, 사건 초반에 언론을 장악했던 그 사건은 1년이 조금 못 되어 마무리되었다. 봄은 고개를 끄덕이며 창밖을 바라봤다.

"그 사건 끝까지 물고 늘어져서 결국 범인을 감방에 보낸 검사! 또검이잖아요. 또라이 검사!"

별명 한번 차지네.

봄은 아마도 여름이 들었다면 포복절도할 것이라 생각하며 또검이라는 단어를 속으로 중얼거렸다.

"그 사람이 중앙지검으로 왔다?"

"강력부로 발령받은 것 같던데. 우리랑 꽤 많이 얽히겠죠?"

"그렇겠네."

"소문대로 진짜 또라이일까요?"

"몰라. 겪어 봐야 알지."

봄은 대수롭지 않게 답했다.

"그런데 갑자기 그 얘기가 왜 나온 건데?"

문득 든 생각에 그녀는 저와 마찬가지로 창문 밖을 응시하던 찬주에게 물었다. 찬주는 씩 웃으며 말했다.

"아, 아까 계장님네랑 또검이랑 같은 차에 타는 거 봤거든요."

찬주의 눈꼬리가 휘었다. 이제야 흥미를 보이는 봄의 얼굴이 마음에 들었던 모양이다.

"앞으로 자주 부딪칠지 모르니까 인사 차 청사에 들렀다가 계장님 제안으로 함께 움직인 모양이에요."

"그래?"

"우리 나중에 인사하는 게 어때요? 또검 같은 유명인이랑 친해지면 일하기 수월할지도 모르잖아요!"

하여간 그렇게 안 생겨서는 꼼수를 부리려 한다. 봄은 피식 웃으며 어깨를 으쓱였다.

"본명은 뭔데?"

수색을 시작한 지 벌써 30분째. 광역수사 1계팀뿐 아니라 강북 경찰서의 인원들까지 동원하여 용의자를 찾고 있건만 아직도 그를 발견했다는 소식은 들리지 않고 있었다. 이쯤 되면 차에서 내려 수색을 하는 게 빨랐다. 내리기 전, 봄은 불쑥 말을 던졌다.

"본명이요?"

"그 또검이라는 사람. 본명이 또검은 아닐 거 아니야."

"아아. 이름은 되게 평범해요. 서……."

"쉿!"

말을 이어 나가던 찬주의 입은 갑자기 손가락을 내민 봄에 의해 다물어졌다. 봄은 눈을 크게 부라리며 창문 밖을 주시했다.

"찬주야."

"예."

차갑게 가라앉은 봄의 분위기가 심상치 않다는 것을 눈치챘는지 찬주 역시 시선을 따라 고개를 돌렸다. 봄은 천천히, 그리고 또박또박 소리를 뱉어 냈다.

"목격 당시 용의자 복장. 검은 선글라스에, 군청색 비니, 밤색 트레이닝 바지 위에……."

"회색, 맨투맨 티셔츠."

제 말을 받아 끝을 내 버리는 찬주의 목소리를 듣고 차 문을 열며 봄이 소리쳤다.

"잡아!"

혁, 혁.

혼신을 힘을 당해 뛰어가는 봄의 이마에서 송골송골 맺힌 땀방울이 또르르 흘러내렸다. 다리에 힘이 풀리려 했지만 눈앞의 용의자를 잡아야 한다는 압박감은 그녀를 달리도록 만들었다. 봄은 눈꺼풀을 파르르 떨며 도망가는 용의자에게 소리쳤다.

"거기 서! 거기, 서라고!"

어차피 잡힐 거 왜 저렇게 달려 대는 건지. 용의자들의 패턴은 한결같다. 경찰로 보이는 사람들이 접근을 한다 싶으면 가지고 있던 것을 던져 가면서까지 줄행랑을 친다. 덕분에 체력을 기를 수 있다는 장점이 있기는 하지만 땀이 쉬지 않고 흘러내리는 것은 어쩔 수가 없다. 게다가, 목이 쉬는 것 역시 마찬가지. 봄은 하아, 하아 숨을 가쁘게 내쉬며 불과 세 걸음 정도를 앞선 용의자에게 소리 질렀다.

"이제 그만 포기해."

"미, 끅, 미쳤어? 이쪽은, 하아, 잡히면 끝이…… 젠장!"

그걸 아는 놈이 왜 범죄를 저지른 건지. 그것도 단순 강도가 아닌 연쇄 강도 살인. 서울 여러 지역을 돌아다니며 범죄를 저지른 저 극악무도한 놈을 놓칠 수는 없었다. 추적 중 갈림길에서 헤어졌던 찬주는 어딜 갔는지 보이지 않는 상황. 봄은 막다른 골목에 다다른 걸 깨닫고 욕지거리를 뱉어 내는 그를 바라보며 피식 웃었다.

"어떡하지? 너 정말 끝일 것 같은데."

"……."

"그냥 순순히 잡히는 게 쌍방 이득일 거라 생각하지 않…… 어이."

그를 설득하던 봄은 품에서 날카로운 나이프를 꺼내 드는 행동에 고개를 절레절레 흔들었다.

"우리 그렇게까지 하지는 말자. 강지철, 조용히 수갑 차자. 응?"

용의자와 이렇게 일대일로 대치하는 게 일상다반사이기는 하지만 위험한 건 마찬가지였다. 하지만 이미 눈에 보이는 것이 없는 용의자가 그녀의 말을 들을 리 없었다.

"돌았어? 내가 왜 수갑을 차!"

하아.

"와 봐. 어디 한번 와 보라고!"

휙휙, 허공에 나이프를 휘두르며 강지철은 눈을 부라렸다. 어떻게 해야 할까. 봄은 잠시 고민했다. 맨손으로 나이프를 상대하기에는 위험이 없지 않지만 유봄, 그녀는 대한민국 경찰의 핵심이라 불리는 서울중앙지방경찰청 수사부 광역수사대 광역수사 1계의 경찰이다. 봄은 차분히 호흡을 고른 후, 소매를 걷어 올리려 했다.

"강지철 뒤편, 담벼락 위의 선반 쪽으로 유인해. 셋, 하면 뛰는 거다. 하나, 둘."

……뭐?

"셋!"

본능적이었다. 봄은 '셋'이라는 외침을 듣자마자 발을 앞으로 내딛었다.

봄과 그녀의 등 뒤에서 나타난 정체불명의 남자가 동시에 제게로 돌진하자 나이프를 들고 있음에도 불구하고 용의자는 뒷걸음질을 쳤다.

"오지 마! 오지 말…… 악!"

쾅!

휙휙, 날카로운 나이프를 휘두르던 용의자는 담벼락에 등을 부딪쳤다. 동시에 그 반동으로 머리 위로 내려앉는 선반을 피하지 못하고 풀썩 쓰러졌다. 봄은 손에서 나이프가 떨어진 것을 확인하고는 얼른 용의자를 향해 달려갔다.

"크으으!"

"가만히 있어, 인마!"

선반으로 인해 옴짝달싹하지 못하는 용의자의 등 위에 올라탄 봄은 그의 손을 뒤로 젖히며 수갑을 채웠다.

"강지철, 널 연쇄 강도 살인 혐의로 체포한다. 묵비권을 행사할 수 있으며, 변호사도! 고용할 수 있다."

"크아악! 놔! 이거 놔!"

"정신 차려, 이 자식아. 끝났어."

"선배!"

이미 수갑을 채웠음에도 발버둥 치는 용의자의 등 위에 올라타 있던 봄은 저를 발견하고 달려오는 찬주에게 손을 흔들었다. 저와 마찬가지로 땀을 뻘뻘 흘리는 찬주가 안도의 한숨을 푹 내쉬며 씩 웃는 게 보인다. 봄은 찬주와 잠시 눈빛을 주고받은 후 자신을 도와준 사람을 향해 고개를 들었다.

"수사에 협조해 주셔서 진심으로 감……!"

❀ ❀ ❀

열여덟, 봄.

"봄아! 민형이가 나한테 할 말이 있다네? 너 먼저 부실에 가 있을래?"

우여곡절 끝에 문예부에 입부하여 공식적인 활동을 시작한 지 2주쯤 지나서였다. 부실로 가기 위해 준비하고 있던 봄은 제 게 두 손을 맞대며 눈을 질끈 감는 유리를 물끄러미 응시했다.

"먼저?"

"응. 꼭 할 말이 있대서. 미안, 먼저 가 있어! 곧 갈게!"

말을 마친 유리는 뒤도 돌아보지 않고 교실을 빠져나갔다. 봄 은 쌩, 바람을 날리며 사라지는 유리의 뒷모습을 바라보다 후우 한숨을 흘렸다.

민형이라 함은 2학년 문과 학생 중에서도 꽤나 잘생겼다고 소문이 나 있는 5반의 남학생, 최민형일 것이다. 어떻게 두 사람 이 만났는지는 모르나 친분이 상당히 두터워 보였다. 유리와 매 점에 갈 때 우연히 마주치면 유리가 그와 무언의 눈빛을 주고받 곤 했었기 때문이다. 그런 의미에서 민형의 '할 말'은 생각보다 길어질 것이다. 봄은 책상 위에 놓아두었던 두꺼운 추리소설을 집어 들고 교실을 나섰다.

문예부는 봄의 교실인 2학년 4반이 위치해 있던 본관 3층과 연결된 다리를 건너야만 갈 수 있었다. 신관 4층의 문예부실 앞에 선 봄은 닫혀 있는 문을 말없이 들여다보다 크게 심호흡을 했다.

문예부에 입부한 지 2주. 문예부장이 좋다며 저까지 입부시켰던 유리는 벌써 일주일째 모습을 드러내지 않고 있었다. 이런 저런 핑곗거리를 대며 동아리 활동을 소홀히 하는 그녀로 인해 곤란해지는 건 친구인 봄이었지만 억지로 그녀를 데리고 올 수도 없었다. 유리에게는 언제나 다른 누군가와의 '약속'이 있었으니까.

'뭐라고 변명해야 하나.'

고민하다 문고리를 움켜쥔 봄은 차갑게 스며드는 금속의 촉감을 인지하며 손목을 살짝 비틀었다. 끼이익 소리를 내며 열리는 부실의 문 너머로 돌아앉은 누군가가 보였다. 저보다 머리 하나는 더 큰 걸로 보아 선배겠지. 봄은 상대가 누군지 파악할 생각도 하지 않고 무조건 고개를 꾸벅 숙였다.

"안녕하세요, 선배님! 17기, 유봄입……."

입부할 때부터 버릇이 된 인사 습관은 부실을 쩌렁쩌렁 울리기에 충분했다. 허리를 굽힌 사이 슬쩍 흘겨본 결과 현재 부실 내에 존재하는 사람은 저와 그, 단둘뿐이었다. 그래서인지 더욱 께름칙해져 인사라도 제대로 하려 했던 봄의 말은 이어지지 않았다. 슬며시 고개를 든 봄의 눈앞에 어느새 뒤를 돌아본 그가 빙긋 웃고 있었기 때문이다.

"왔어?"

열려 있던 창틈으로 들어오는 달달한 꽃향기가 그의 목소리를 타고 흘러 들어왔다. 봄은 '일찍 왔네, 유봄' 하고 대견한 듯 저를 바라보는 그에게서 한동안 눈을 뗄 수 없었다.

❖   ❖   ❖

요즘 들어 그간 애써 잊으려 하던 과거의 일들이 자꾸만 떠오른다.

"이야, 매디! 너 오늘 한 건 했다며?"

근 한 달간을 추적했던 미아동 연쇄 강도 살인 사건의 유력 용의자를 검거하고 난 뒤. 자백을 받기 위해 마포동에 위치한 광역수사대 신청사 2층의 진술 녹화실 앞에서 핸드폰을 귀에 대고 있던 봄은 제 등을 세게 후려치며 외치는 마약수사계의 팀원들에 인상을 찌푸렸다.

불과 몇 분 전, 봄과 대치했을 때와는 달리 광수대 신청사 안으로 들어오자마자 꼬리를 내린 용의자 강지철은 현재 수월하게 자백을 하기 시작했다. 그 소식을 들은 마약수사계의 팀원들이 응원 차 들른 것이다. 용의자 검거 과정에서 봄이 혁혁한 공을 세웠다는 소문을 들은 것이 분명했다.

마약수사계의 2팀의 책임자이자 한때 직속상관이기도 했던 사람, 게다가 황중우 계장에게 그녀를 직접 소개해 준 류서호 팀장은 하얀 이를 드러내며 싱글벙글 웃고 있었다. 봄은 등짝이 아른거리는 것을 느끼며 류 팀장을 응시했다.

"저기요, 선배님. 저 지금 전화 중이거든요?"

하마터면 들고 있던 전화기를 바닥으로 떨어뜨릴 뻔했다. 겨우 핸드폰 끝을 붙든 봄은 입을 삐죽이며 류 팀장에게 소리쳤다. 류 팀장은 그런 봄의 반응에 아랑곳 않고 서글서글한 미소를 그려 댔다.

"하하, 몰랐네. 몰랐어."

모르기는. 멀리서 걸어올 때부터 이미 그녀와 눈을 마주쳤던 사람이 몰랐을 리 없었다. 그냥 때리고 싶어서 때린 거겠지. 봄은 여전히 따가운 등을 의식하며 흥, 콧방귀를 뀌었다.

"그런데 우리 매디, 누구랑 통화해? 헉. 설마! 남자는 아니지?"

남자가 생겼다면 큰일이 날 것 같은 외침이었다. 봄은 지나치게 흥분하는 그를 가늘게 뜬 눈으로 응시하다 심드렁하게 대꾸했다.

"여자예요."

"후우, 그럼 그렇지. 우리 매디에게 남자가 있을 리 없지."

봄은 고개를 주억이는 류 팀장을 노려보았다. 이 인간이 진짜. 류 팀장은 그런 그녀를 아랑곳 않고 말을 이었다.

"설마 통화 상대, 우리 예쁜 유 검사님이셔?"

제 앞에 선 봄의 눈이 점점 더 작아지든 말든 전혀 개의치 않고 류서호 팀장이 호기심 어린 눈을 빛냈다. 봄이 대답하지 않고 인상을 찌푸리자 그는 봄의 귀, 그러니까 정확하겐 그녀의 핸드폰에 자신의 입술을 가져다 대며 소리쳤다. 봄은 당연히 기겁했다.

"윽, 선배님! 뭐하시는……."

"유 검사님! 저희 청사로 좀 놀러 오세요. 새로 이전했는데 한 번쯤은 들르셔야죠!"

"아, 진짜!"

망할 인간. 제 말만 늘어놓으며 통화를 방해하는 류 팀장 때문에 봄은 비상계단으로 몸을 돌렸다. 쌩하니 사라지는 봄의 뒷모습을 보고 하하 웃던 일행은 마침 진술 녹화실을 나오는 광역수사 1계 팀원들과 대화를 주고받았다.

―목소리가 귀에 익은데. 류 경감님이셔? 조만간 한번 찾아 뵙겠다고 전해 드려!

닫혀 있는 비상계단 문 밖으로 웅성거리는 소리가 들려왔지만 모른 척하며 다시금 핸드폰 속으로 귀를 기울이려 할 때, 여름의 음성이 귓전을 두드렸다. 현재 서울중앙지검 마약수사과에 속해 있는 여름은 류서호 팀장과 꽤 많은 일을 함께해 왔던지라 그와의 친분이 두터웠다. 반가워하는 그녀의 말에 무심한 얼굴을 하던 봄이 퉁명스레 대답했다.

"네가 직접 전해. 그보다, 내 질문에 대한 답부터 해야지?"

―쌀쌀맞긴.

쳇 하고 툴툴거리는 여름의 말을 그녀는 모른 척했다. 1초, 2초. 봄이 아무 말 없이 가만히 귀를 기울이고 있자 잠시 뜸을 들이던 여름은 후우, 한숨을 흘리더니 그녀가 기다리던 말을 내뱉기 시작한다.

―나도 발령 확정 소식은 오늘 들었어. 소문만 무성했는데. 진짜로 또검이 여기 오게 될 줄은 몰랐지.

또검.

찬주에게서 들었을 땐 아무 감흥 없던 그 단어가 지금 이 순간 왜 이렇게 흥분되는지 모르겠다. 봄은 찬주에게 강지철을 넘긴 뒤 저를 향해 손을 내밀던 그를 떠올려 보았다.

"수고했어요. 호흡이 잘 맞네."

반달같이 예쁜 눈웃음을 그리며 싱긋 웃는 도영의 모습이 청
사로 돌아오는 내내 잊혀지 않았다. 쿵쿵. 어쩐지 가슴이 뛰는
것 같기도 해서 덥석 그의 손을 잡고 두어 번 정도 흔든 그녀는
휙 몸을 돌려 버렸다. 찬주가 '선배! 좀 도와줘요!' 하고 외치지
않았더라면 붉어진 귓불까지 그에게 보일 뻔했다.

─지검장님이 줄곧 탐내신 모양이더라고. 우리 쪽으로 데려
오려고 힘 좀 쓰셨나 봐. 오늘 인사하러 왔던데 엄청 기분 좋아
보이시더라. 덕분에 우리 부장님도 싱글벙글이었어.

"너는."

─응?

"너는 왜 나한테 말 안 했어?"

낮게 가라앉은 어조로 봄이 말했다. 그녀의 음성이 평소와는
다르다는 것을 깨달았는지 피식 웃던 여름의 목소리도 덩달아
차분해졌다. 쉽게 말을 잇지 못하던 여름은 다음 말을 흘렸다.

─네가 좋아했던 서도영 선배가 우리 청에 올 수도 있다는
거? 아님, 유명한 검사가 됐다는 거? 어느 쪽을 묻는 건지 모르
겠지만 너, 그날 이후 그 사람 얘기 꺼내는 거 자체를 꺼려했잖
아.

"……!"

─네가 꺼려하는 것 같으니까 괜히 꺼내지 않았던 것뿐이야.

내가 그 정도 눈치는 있어.

얄밉긴 하지만 여름의 말은 사실이었다.

생각하면 마음이 아프니까 일부러 말을 꺼내지 않았다. 상처를 주었던 것이 자꾸 떠올라서 괜히 모르는 척했다. 여름은 그런 봄의 모습을 지켜본 유일한 사람이었다.

아마도 같은 일을 하다 보니 여름은 도영이 검사라는 사실을 알고 있었을 것이다. 그럼에도 불구하고 그녀가 도영의 이야기를 하지 않은 것은, 유리의 청첩장이 오기 전까지 애써 그를 잊고 지냈던 저를 배려하기 위해서였겠지. 봄은 쓰게 웃어 버렸다.

—그래서, 첫사랑과 재회한 소감이 어때?

묘하게 느껴지는 여름의 음성에 그녀에게 말하지 않았던 어제의 일들이 순간적으로 머리를 스쳤다.

"갈까, 약혼녀 씨."

부드러운 미소와 함께 내밀어진 커다란 손. 그 손을 맞잡았을 때 쿵쿵 떨리던 가슴의 숨소리가 귓가를 아른거렸다. 멀어지는 그의 뒷모습을 보며 한 번 더 만나고 싶다고 생각했지만 연락처를 알지 못해 발을 동동 굴러야만 했던 그 이후의 일들 역시.

궁금해하는 여름에게 쉬이 답하지 않은 봄은 대충 말을 얼버무리며 전화를 끊었다. 끼익. 이내 왁자지껄한 비상계단 문을 열고 나간 그녀의 눈에 어느새 광역수사대 동료들에게 둘러싸여 있는 그의 모습이 들어왔다.

"서 검사님! 이왕 오신 김에 저희랑 식사하고 가시죠!"

"맞아요. 미리 안면도 트고요! 앞으로 같이 일하는 날도 많을 텐데 친해져야죠!"

"갑시다, 검사님!"

같이 미아동으로 출동해 범인 검거에 나섰던 광역수사 1계의 팀원뿐 아니라 소식을 듣고 찾아온 2계의 팀원들까지, 도영에게 잘 보이기 위해 방실방실 웃고 있는 것이 보였다. 발령받자마자 먼저 찾아와 준 그가 고맙기라도 했는지 친하게 지내고 싶어 하는 기색이 역력한 얼굴이었다. 앞으로의 수월한 일 처리를 위해서라도 친해져야 할 판이니 봄 역시 도영을 둘러싸고 있는 동료들에게 다가가려 했다.

"어이, 유봄이."

그러나 그 사이를 비집고 들어가기도 전에 그녀를 막아 세운 황중우 계장은 씩 웃으며 한껏 쌓아 놓은 서류들을 봄에게 내밀었다.

미아동 연쇄 강도 살인 사건의 용의자 강지철의 자백 진술과 함께 모든 일은 일사천리로 진행됐다. 경찰이 할 수 있는 선에서의 일은 종결된 것이다. 조금이라도 빨리 용의자가 법의 심판을 받을 수 있도록, 검찰에 기소 의견으로 송치하는 과정에서 봄은 사건 송치서를 작성하는 임무를 맡았다.

"네 손으로 직접 잡은 놈인데 딴 놈에게 공적을 넘기고 싶은 건 아니지?"

싱긋 웃으며 제게 서류를 내밀던 황 계장의 말에 봄은 잠시 고민했다. 물론 다 함께 힘을 합쳐서 잡은 용의자지만 결정적으로 그를 제압했던 건 봄이었다. 도영의 도움이 있기는 했지만 따지고 보면 도영은 청 외의 사람. 어쩔 수 없다는 듯 광역수사대의 경찰들과 함께 웃으며 밖으로 나가는 도영의 모습을 흘긋거리다 봄은 고개를 끄덕였다.

"이야, 우리 대장님 오랜만에 지갑 좀 여셨네. 안 그래요, 선배?"

속을 썩이던 골칫거리가 해결되자 광역수사대장 이웅대 총경은 오랜 기간 고생한 자신의 부하들에게 포상을 내렸다. 마포동 근처의 단골집에서 회식을 하도록 허락한 것이다.

웬만한 공적을 세우지 않고선 일어나기 힘든, 1년에 몇 번 없을 광역수사대장의 통 큰 배포에 당직 경찰을 제외한 광역수사 1, 2계와 심지어 마약수사계의 팀원들까지 모두 모였다. 광역수사대에 들른 도영이 그곳에 참석한 것은 당연한 일이었다.

찬주와 함께 사건 송치서를 작성하고 검찰에 넘기는 것까지 완료한 봄도 뒤늦게 합석을 하려 그들의 단골집으로 향하는 중이었다. 봄은 간만의 고기에 들뜬 찬주를 응시하며 피식 웃었다.

"좀 의외예요."

다른 팀원들을 따라 움직여도 됐건만, 굳이 저를 도와 사무실에 남아 있던 찬주는 불쑥 말을 던졌다. 뭐가 의외라는 걸까. 의아한 눈빛을 보내자 찬주가 말을 이어 나갔다.

"또검 말이에요. 생각보다 친절한데요? 예상 외로 마스크도 좋고."

그를 따라다니는 별명 때문인지, 까칠하고 성격 더러운 사람으로 생각한 것이 틀림없다. 봄은 중얼거렸다.

"예전부터…… 그랬지."

담을 넘으려 하는 자신을 도와줄 만큼 그는 친절했다. 친구 없이 부실에 앉아 있는 그녀에게 먼저 다가와 괜찮은 책을 추천해 주었고, 화사하게 미소를 지을 때면 언제나 눈이 부셨다. 봄은 두근거리는 가슴의 박동 소리를 들으며 입꼬리를 올렸다.

"네? 방금 뭐라고 하셨어요?"

"……"

"선배?"

그러나 찬주는 그런 봄의 목소리를 듣지 못했는지 눈을 동그랗게 뜨며 자신을 바라본다. 봄은 아무것도 아니라며 손 슥슥 내젓고 얼마 남지 않은 회식 장소로 발걸음을 옮겼다.

"어, 여기야! 매디! 막내!"

찬주와 함께 가게 안으로 들어서자마자 황 계장이 손을 들어 올렸다. 이미 무르익을 대로 무르익은 가게 안의 분위기 때문인지, 아니면 테이블 위에 수도 없이 올라와 있는 술병 때문인지 황 계장은 시뻘겋게 변한 얼굴로 씩 웃으며 그들을 반겼다. 심하게 마셨군. 봄은 찬주와 무언의 눈빛을 주고받으며 그들의 상관이 있는 테이블로 걸어갔다.

"일은 다 끝냈어?"

"예. 완벽하게 끝냈으니 걱정 마십쇼, 계장님!"

두 볼이 벌건 황 계장이 묻자 기다렸다는 듯 찬주가 소리쳤다. 황 계장을 비롯한 광역수사 1계의 팀원들이 흐뭇하다는 표정을 지으며 고개를 끄덕였다. 봄이 마침 비어 있는 가장자리에 자리를 잡으려 하자 황 계장은 얼른 손을 들어 올렸다.

"어이! 거기 앉지 말고 이리 와, 둘 다."

황 계장은 자신의 앞자리를 가리키며 기어코 봄과 찬주를 그곳에 앉혔다. 오늘의 주인공이니 당연히 가운데에 앉아야 한다며 소리치는 상관의 말을 무시할 수 없었다. 봄과 찬주가 착석하자마자 황 계장은 제 옆에 앉아 있는 도영을 향해 하얀 이를 드러냈다.

"검사님, 제가 소개해 드렸나요?"

봄은 도영을 응시한 채 갑자기 저를 가리키는 황 계장을 보고 순간적으로 몸을 움찔했다. 황 계장은 봄의 눈동자가 커지든 말든 전혀 상관하지 않으며 말을 이어 나갔다.

"여긴 제가 유독 아끼는 부하, 유봄 경사입니다. 아주 씩씩한 여경이죠. 서 검사님도 보셨겠지만 자기 몸도 안 사리고 범인 잡는 데 물불을 안 가린다니까요? 진짜 괜찮은 녀석입니다. 그리고 저기는 우리 막내, 이찬주 경장. 아직 젊어서 그런지 참 튼튼하죠. 둘 다 뭐하냐. 인사해야지. 중앙지검의 서도영 검사님이시다."

"이찬줍니다, 검사님. 앞으로 잘 부탁드립니다!"

빙긋 웃는 도영을 보자마자 찬주는 꾸벅 고개를 숙였다. 봄은 잠시 고민했다. 이쯤에서 아는 척을 해야 할까. 저를 빤히 바라보며 미소 짓는 그에게 뭐라고 말을 할지 생각하던 봄은 황 계장의 독촉에 못 이겨 입술을 달싹였다.

"유, 유봄입니다. 반갑습니다, 검사님."

이렇게 재회하게 될 줄은 꿈도 꾸지 못했다. 그래서 지금 이 상황이 당황스럽기 그지없다.

봄은 '좋은 부하들을 두셨군요' 하고 황 계장에게 말을 거는 도영을 흘긋거리다 앞에 놓인 술을 입안으로 들이켰다. 찬주가 깜짝 놀라 저를 불렀지만 일단 쾅쾅 뛰는 마음을 가라앉힐 필요성이 있었다.

'미치겠네.'

마치 처음 만난 사람처럼 굴어 버렸다. 범인 검거 당시는 워낙 정신이 없어서 그와 제대로 인사를 나눌 시간이 없었다고 쳐도 지금은 상황이 달랐다. 황 계장에게 고등학교 선후배 사이라고 말할 수도 있었을 텐데, 왜 그 말이 나오지 않은 건지. 말없이 고개를 끄덕이는 도영이 그녀와의 사이를 정확히 정의 내리지 않았기에 그랬던 걸까. 봄은 복잡한 마음에 빈 잔을 채우며 작게 한숨을 내쉬었다.

봄과 찬주의 합류로 인해 광역수사대의 회식은 더욱 달아올랐다. 매일 밤 제대로 퇴근도 못 하며 외근과 야근을 지속해야 했던 그들은, 짧지만 오랜만에 가지는 달콤한 휴식을 제대로 즐겼다.

봄의 앞에 앉아 있던 황 계장은 어느새 장 계장의 테이블 쪽으로 합석하여 대작을 하는 중이었고 그녀의 선배들 역시 다른 팀의 인원들과 어울려 왁자지껄 이야기를 나누었다. 그런 와중 봄은 여전히 제 앞에 앉아 있는 도영의 눈치를 보며 언제쯤 말을 걸어야 할지 타이밍을 재고 있었다.

슬슬 말을 걸어 볼까.

자신이 광역수사대에서 일을 하고 있었다는 것을 그는 알고 있었을까, 곧 다시 보자는 말은 무슨 말이었을까. 쉬지 않고 움직이는 사고 회로를 가동하며 가만히 앉아 있던 봄의 귀에 낭랑한 목소리가 들려왔다.

"그런데 검사님은 애인 있으세요?"

그녀가 멈칫하는 사이 어느새 도영의 옆자리에 앉은 광역수사 2계의 여형사 수희가 눈웃음을 그려 가며 말을 걸고 있었다. 봄은 살랑거리는 수희의 태도에 1차적으로 놀라고 그녀가 뱉어낸 질문에 2차적으로 놀랐다.

애인?

'왜 그걸 생각 못 했지!'

따지고 보면 남자 나이 서른다섯에 애인이 없다는 것은 말이 안 됐다. 특히 도영과 같은 사람이라면, 더더욱. 줄줄 여자들이 따르는 걸로도 모자라 숱한 연애를 하고도 남을 나이와 외모. 그와 너무도 갑작스러운 재회를 했던 터라 그런 사소한 것을 물을 생각조차 하지 못했다.

봄은 가슴이 철렁거리는 것을 느꼈다. 저도 모르는 사이 귀까지 쫑긋거리는 상태. 그녀의 눈동자는 도영의 입술에 박혀 움직일 줄 몰랐다. 왠지, 초조해졌다.

그런 그녀의 마음을 아는지 모르는지 도영은 수희의 질문에 묘한 미소를 짓더니 천천히 닫혀 있던 입술을 움직이기 시작했다.

"예. 있습니다."

'……!'

그의 목소리에 온 신경을 집중하던 봄의 얼굴이 창백하게 질려 갔다.

"선배? 왜 그래요?"

곁에 있던 찬주가 갑자기 하얗게 물들어 버린 봄을 발견하곤 고개를 갸웃거렸다. 봄은 그 어떤 말도 뱉어 낼 수가 없었다. 무슨 소리를…… 들은 거지? 터져 버릴 듯 부풀어 오른 심장이 그녀의 감정을 대변했다. 봄은 울컥하는 마음이 치솟는 것을 겨우 억눌러야 했다.

자연스럽게, 너무도 태연하게 애인이 있다고 하는 그의 말에 상처를 받기라도 한 걸까. 봄은 쓰게 웃었다.

"아무것도……."

"얼마 전엔 약혼도 했죠."

"뭐?"

의아해하는 찬주에게 손사래를 치려던 봄의 행동이 멈췄다. 어찌나 놀랐는지 무의식적으로 테이블을 내리쳐 버렸다. 와장창, 무언가가 깨지는 소리가 들리더니 손바닥이 따끔거렸다.

"선배!"

찬주가 화들짝 놀라 외치는 소리가 들렸다. 고개를 슬쩍 내리자 깨진 술잔 조각 때문에 손바닥이 약간 찢어져 있었다.

"뭐하시는 거예요! 어휴."

멍하니 깨어진 술잔 조각과 자신의 상처, 그리고 저를 응시하고 있는 도영의 얼굴을 번갈아 보던 봄은 제 손을 부여잡는 찬주의 말을 제대로 듣지 못했다.

칠칠맞지 못하다며 핀잔을 늘어놓던 찬주가 새어 나온 핏물을 닦아 주기 위해 티슈를 꺼내 들었음에도 봄은 가라앉은 눈으로 저를 바라보고 있는 도영의 시선을 피하지 않았다.

"얼마 전엔 약혼도 했죠."

도영이 뱉어 낸 그 말이, 귓가를 맴돌았기 때문이다.

하루 새에 대체 몇 번을 오락가락하는 건지 모르겠다. 참으로 스펙터클한 하루가 아닐 수 없다. 봄은 싸늘한 바람이 부는 밤하늘을 올려다보며 자조 섞인 웃음을 흘렸다.

내일 있을 업무를 생각하여 밤 11시쯤 서울지방경찰청 광역수사대의 회식은 끝을 맞이했다. 하필이면 도영의 앞에서 술잔을 깨어 버린 터라 그 뒤로는 자리를 옮겨 회식을 이어 가야 했던 봄은 슬슬 파하자며 가게를 나서는 동료들의 뒤를 따라 밖으로 걸음 했다.

오늘따라 검은 하늘의 별들이 유독 반짝거린다. 심란한 제 마음과는 맞지 않다. 멍한 얼굴로 고개를 올리고 있던 봄은 아래로 시선을 내리며 밴드가 붙어 있는 제 오른손을 들여다보았다.

준비성이 철저한 찬주가 그녀의 손에 붙인 것이었다. 봄은 고개를 절레절레 저으며 왼손에 들린 쇼핑백을 바라보았다.

'운명은 무슨.'

지금의 자신과는 어울리지 않는 핑크색 원피스. 여전히 아래위로 회색 트레이닝복을 입고 있는 상태의 제 모습과는 전혀 들어맞지 않는 분위기의 옷이다. 들뜬 기분으로 나섰던 아침과는 달리 착 가라앉아 버린 마음은 회복될 생각을 하지 않았다. 집으로 돌아가면 안 보이는 곳에 박아 두어야지. 작은 의지까지 불태우며 봄은 길게 숨을 뱉어 냈다.

"오늘 정말 즐거웠습니다."

단순히 인사를 하러 왔다가 우연히 범인 검거에 합류하게 됐고, 사건 마무리 후 회식까지 참석했던 검찰 측 인사, 서도영 검사는 황 계장을 비롯한 광수대 팀원들과 함께 가게 밖으로 나오며 맑은 미소를 보냈다. 캄캄한 밤중임에도 불구하고 훤히 드러나는 그 웃음에 먼저 가게 밖을 나와 있던 봄의 가슴도 들썩였다.

'하지만 약혼……했댔으니.'

옛 기억을 떠오르게 만들어서인지 잔잔한 마음에 파문이 일뻔했으나 봄은 가까스로 마음을 부여잡았다. 이후로 제대로 집중하지 못했기에 제 옆에 철썩 붙어 있던 찬주가 '선배, 무슨 일 있어요?' 하고 물을 정도였다.

못 먹을 떡 정도라면 한 번 건드려 보고 싶었지만 이미 임자 있는 떡은 건드리고 싶지 않았다. 봄은 왼손에 쥐고 있던 쇼핑백을 등 뒤로 숨기고 제가 있는 쪽으로 걸어오는 도영 일행을 맞이하기 위해 한 걸음 물러났다.

"종종 놀러 오십시오! 우리 서 검사님이라면, 언제나 환영입니다!"

처음 만났음에도 불구하고 도영이 무척 마음에 들었는지 황계장은 그의 손을 덥석 맞잡으며 소리쳤다. 도영의 발령 전까지 그들과 협력 수사를 했던 모 검사와는 매우 사이가 나빠 수사 도중 몇 번이나 부딪쳤던지라 새로 온 검사와는 잘 지내고 싶은 마음이 큰 모양이었다. 그 사실을 알고 있는 광역수사대 팀원들은 웃으며 그를 지켜봤다.

"감사합니다. 그럼 염치 불구하고 자주 들르겠습니다."

"어휴, 무슨 말씀을! 야. 니네도 들었지? 우리 서 검사님 오시면 받들어 모셔라! 우리랑 큰일 하실 분이다!"

일부러 과장된 말을 외치자 광역수사 1계의 팀원들은 기다렸다는 듯 '걱정 마십시오!' 부터 시작하여, '아주 극진히 대접하겠습니다!' 등등의 말을 쏟아 냈다.

"참. 그런 의미에서, 실례가 되지 않는다면 연락처를 알려 주시겠습니까?"

과잉 반응일 수도 있지만 자신을 친절하게 대하는 이들을 기본적으로 싫어하는 사람은 없다. 도영 역시 그런 것 같았다. 웃고 있는 그의 모습을 바라볼 때마다 이상하게 가슴이 따끔거리는 것을 느끼며 아쉬움을 감추던 그녀는 자신의 핸드폰을 황 계장에게 내미는 도영의 음성에 귀를 쫑긋거렸다.

"그게 뭐 어렵다고! 예, 이리 주십쇼!"

황 계장은 흔쾌히 도영에게서 핸드폰을 받아 들고 투박한 손가락으로 키패드를 두드렸다. 이어 광역수사 1계의 팀원들 모두가 쪼르르 달려와 도영의 검고 얇은 핸드폰을 차례로 넘겨받았다.

두근두근. 멀찍이 서 있던 그녀에게 도영의 핸드폰이 전해지기까지는 얼마 남지 않은 상황. 이미 임자가 있다는 것을 알아버렸고, 마음을 접을 거라고 결심도 했지만 눈치 없는 심장은 멋대로 뛰었다. 봄은 서서히 숨이 가빠져 오는 것을 느끼며 제게 가까워지는 그의 핸드폰을 멍하니 바라보았다.

입력, 해야 하는 거겠지?

이런 식으로 연락처를 얻게 될 줄은 예상하지 못했다.

"자, 매디. 네 차례야."

마지막으로 도영의 핸드폰을 쥐고 있던 그녀의 선배, 영진이 별명을 불러 가며 그것을 내밀자 봄의 갈등은 더욱 짙어졌다. 얼떨결에 받아 들고 결심한 듯 키패드를 두드리려던 봄은,

"잠깐."

제게 다가와 손안에서 그것을 낚아채는 도영의 행동에 눈을 동그랗게 떴다.

'응?'

도영은 미소와 함께 붉은 입술을 달싹였다.

"봄이 너는 입력할 필요가 없지."

회식 내내 저를 부르지도, 말을 걸지도 않던 도영이 다정한 음성을 흘리자 봄뿐 아니라 주변 모든 사람들의 눈이 동그래졌다. 도영은 놀라는 봄에게 말을 덧붙였다.

"이미 알고 있는 걸."

"……!"

"그러고 보니 오늘 우리 제대로 얘기도 못 했네. 너 빨리 들어가야 해?"

"네? 아, 아뇨. 그건……."

아니지만.

당황스러운 상황에 봄이 말끝을 흐리며 그저 그를 응시하자 도영은 고개를 끄덕였다.

"그럼 됐네."

대체 뭐가 됐다는……!

의아해하던 봄의 의문은 제 손목을 덥석 잡아 버리는 도영으로 인해 흐트러졌다. 쿵쿵. 조금 전까지 침울하다 못 해 축 늘어져 있던 심장이 미친 듯이 팔딱거렸다. 봄은 크게 동요한 얼굴로 도영을 응시했다. 자연스러운 그의 스킨십에 놀란 것은 비단 봄뿐만은 아니다.

"서, 서 검사님?"

"뭐예요? 우리 매디랑 아는 사이였어요?"

"두 사람, 뭡니까?"

"선배?"

도영의 돌발 행동에 당황한 황 계장을 비롯한 광역수사 1계 팀원들의 눈이 튀어나올 정도로 커졌다. 순식간에 제게 집중되는 따가운 시선에 등 뒤로 굵은 땀방울이 주르륵 흘러내리는 것을 느끼며 봄은 도영을 쳐다보았다. 도영은 아주 자연스럽게 눈꼬리를 휘더니 그들을 바라보며 말했다.

"회식 끝났으니 이제 데려가도 될까요?"

'누구를!' 하고 그들이 일제히 소리쳤다. 도영은 짙은 미소를 그렸다.

"제 약혼녀요."

❖　　　❖　　　❖

"……봄! 유봄!"

아침을 알리는 목소리. 쾅쾅 문을 두드리는 여름의 음성에 반사적으로 눈이 떠졌다. 이 정도면 파블로프의 개와 같은 반응이 아닌가 싶다. 그녀가 눈을 뜬 줄 모르는 여름은 문 밖에서 사정없이 노크를 이어 가고 있었다. 봄은 한숨을 푹 내쉬며 몸을 일으키려 했다.

'윽.'

침대를 벗어나려던 봄은 순간적으로 지끈거리는 머리에 미간을 찌푸렸다. 입술 밖으로 신음이 흘러나오지는 않았지만 윙윙 눈앞이 어지러웠다. 똑바로 일어서려다 잠시 휘청거린 봄은 한숨을 푹 내쉬며 닫혀 있던 제 방문을 달칵 열었다. 인상을 쓰며 큰 눈을 부라리는 여름이 보인다.

"왜."

"아침!"

쉿소리를 흘리는 봄을 향해 빽 소리를 질러 대는 여름은 거침없었다. 봄은 하아, 숨을 내쉬며 고개를 끄덕였다. 너무 많이 마셨나. 터벅터벅 부엌으로 발걸음을 옮길 때마다 두통이 일었다.

봄은 흘러내리는 머리카락을 한데 묶었다. 제 뒤를 졸래졸래

쫓아오며 얼른 아침 준비를 하라고 타박하는 여름의 말을 한 귀로 듣고 다른 한 귀로 흘리며 싱크대 앞에 섰다.

현재 시간, 오전 7시. 좋든 싫든 이번 주 아침 식사 당번은 확실히 봄이었다. 여름과 함께 동거를 시작하면서 정했던 규칙이었던지라 어기면 뒷일을 감당하기 힘들다. 봄은 식탁에 앉는 여름을 흘긋거렸다.

"유여름."

"응."

"너, 웬만하면 아침엔 사 먹으면 안 되냐?"

하품을 가득 담은 봄의 중얼거림에 여름은 날카로운 목소리로 응수했다.

"웃기네. 너 저번 주에 야근하고 온 나한테 식사 준비시켰거든?"

하긴. 그땐 그랬다. 본전도 건지지 못하고 봄은 쳇 투덜거렸다. 식탁에 팔을 괴고 봄을 쳐다보던 여름은 물었다.

"오늘 아침 메뉴는?"

"피곤하니 토스트."

"야!"

"싫으면 사 먹든가."

"……제길. 빨리 해 줘. 나 40분에 나가 봐야 해."

금세 꼬리를 내리는 여름을 보고 진작 그럴 것이지 하고 코웃음을 치던 봄은 냉장고 안에서 식빵을 꺼내 들었다. 계란 프라이를 하기 위해 달걀도 두어 개 정도 집어 드는 그녀를 물끄러미 응시하던 여름이 입술을 달싹였다.

"너 어제 몇 시에 들어왔어?"

"몰라. 언제 들어왔지?"

사실 어떻게 들어왔는지도 기억나지 않는다. 하지만 일단 머리가 아프다는 것은 확실했다. 이렇게 두통이 남아 있는 것을 보면. 봄은 식빵 끝의 테두리를 떼어 내며 심드렁하게 대답했다.

"너 어제 한 건 했다고 들었는데."

"응?"

"미아동 연쇄 강도 살인범. 네 손으로 잡았다던데?"

"응. 어쩌다 보니."

프라이팬에 버터를 두르던 봄은 멋쩍게 웃음을 흘렸다.

"그래서 회식했구나?"

"오랜만에 대장님이 한턱 쏘셨지."

"와, 너희 짠돌이 대장님이?"

검사들마저 혀를 내두를 만큼 서울지방경찰청 광역수사대장의 지갑이 쉽게 열리지 않는다는 것은 널리 알려진 사실인 듯했다. 봄은 어깨를 으쓱이며 프라이팬 위에 잘라 놓은 식빵을 올렸다.

"참. 너 아직 대답 안 했다?"

"뭘."

"서도영 선배랑 재회한 소감."

잘 달려 있던 심장이 툭 떨어졌다. 치이익. 버터가 녹으며 식빵으로 스며드는 소리가 들려왔지만 봄은 뒤집개를 든 채 멍하니 서 있었다. 저 밑바닥부터 파파팟 떠오르는 일들이 눈앞에 아른거렸기 때문이다. 그녀의 얼굴이 딱딱하게 굳어졌다.

"오랜만에 보니 좋았어? 예전 그대로야? 너 보니 뭐래? 싫어
하지는 않아?"

"……."

"유봄?"

뒤에서 여름이 무어라 중얼거리는 것 같았지만 봄은 답하지
않았다.

"야, 너 왜 그래?"

반응 없는 봄을 보고 놀란 여름이 고개를 갸웃거리며 소리쳤
다.

"언니!"

"……."

"언니! 식빵 타! 야!"

❀   ❀   ❀

서울지방경찰청 광역수사대의 신청사 앞.

어제의 사뿐하기 그지없던 발걸음과 달리 한 걸음, 한 걸음
내딛을 때마다 천근을 얹고 있는 것 같은 무거움을 느끼고 있었
다. 회식으로 인해 애마도 주차장에 세워 두고 떠났던지라 대중
교통을 이용하여 청사까지 당도했다. 봄은 고개를 들어 올려 웅
장한 기세를 뿜어내고 있는 신청사를 바라보며 한숨을 푹푹 내
쉬었다.

"제 약혼녀요."

모든 이를 경악하게 만든 충격적인 발언. 졸지에 약혼녀가 되어 버린 봄을 포함, 그 누구도 도영의 말에 먼저 입을 열지 못했다. 어떻게 그 일을 잊고 있었던 거지. 봄은 제2의 집이나 다름없는 청사 안으로 쉬이 들어가지 못하고 한참을 망설였다. 대체 뭐라고 설명해야 하나. 머리가 터지기 일보 직전이다.

"어머, 유 경사님!"

광역수사 1계와 2계의 사무실이 있는 2층까지의 길이 참으로 멀다. 광수대 내에서도 수다스럽다고 소문나 있던 마약수사계의 팀원들과 함께 회식을 했으니 아마도 그녀에 대한 소문이 곳곳에 퍼졌을 것이다. 저를 아는 이들을 발견할 때마다 흠칫흠칫 놀라며 움직이던 봄은 출근길에서 처음으로 그녀에게 직접 말을 걸어온 교통안전계 김수경 순경을 발견하곤 눈을 크게 떴다.

"지금 오시는 길이세요?"

신청사 건축 전 광수대 팀원들이 임시로 사용했던 건물에서 함께 지냈던 그녀의 반가운 인사에 평소라면 미소로 답했을 법도 한데 오늘의 봄은 예민했다. 그녀는 김 순경이 무슨 소문을 들었을까 의심부터 표했다.

"유 경사님?"

"으응. 좋……은 아침."

형사 생활을 시작한 후, 의심스러운 상황을 마주하면 경계부터 하게 됐다. 어리둥절해하는 김 순경을 한참 동안 들여다보던 봄은 그녀가 아직 아무것도 모른다는 사실을 알아내고는 빙긋 웃으며 고개를 까딱였다. 김 순경은 평소와는 다른 봄의 태도에 고개를 갸웃거리며 사라졌다.

'서울청까지는 아직인가.'

멀어지는 김 순경의 뒷모습을 흘끔거리며 2층 계단으로 걸어 가던 봄은 짐작했다. 이제 앞으로가 문제다. 저를 보고 호들갑을 떨어 댈 동료들을 떠올리며 1, 2계 사무실 복도에서 호흡을 골랐다. 일단은 침착하자. 그녀는 살짝 열려 있는 사무실 문을 세게 돌리며 안으로 들어갔다. 모두 오해라고 말해야 했다.

"좋은 아침입니다!"

"어. 왔냐?"

"그래. 좋은 아침."

"일찍 왔네."

동료들이 굶주린 개떼처럼 달려들 것이라 여겼지만 어찌 된 셈인지 모두 인사만 가볍게 건네고는 각자 일에 집중했다. 뭔가 이상한데. 예상했던 반응이 나오지 않자 봄의 미간이 좁아졌다.

'꿈……이었나?'

평소 자신이 아는 동료들이라면 어젯밤과 같은 일이 일어난 뒷날엔 묘한 미소를 지으며 그녀의 주변을 돌아야 했다. 그런데 저를 발견하고도 심드렁한 반응을 보이는 것이 어젯밤 일의 진 위를 의심케 만들었다. 봄은 비어 있는 황중우 계장의 자리를 흘긋거리며 미간을 찌푸리다 제 자리로 걸어갔다.

'정말 꿈이었나 보네.'

무슨 그런 개꿈이 다 있어.

유리의 결혼식 날 있었던 합이 잘 맞은 연극과 그 뒷날 이어진 또 다른 재회로 인해 너무 들떴던 걸까. 봄은 피식 웃으며 고개를 절레절레 저었다. 하긴. 그럴 리 없지. 서도영을 워낙 오랜만에 만난 기쁨이 그런 망상을 낳았던 건지도 모른다. 대체 얼마나 취했었기에 그런 꿈을 현실로 여기게 된 건가. 봄은 쓰게 웃으며 자신의 책상 앞에 다다랐다.

"찬주야, 좋은 아침."

멋쩍은 얼굴로 머리를 긁적이던 봄은 컴퓨터를 멍하니 응시하는 찬주에게 미소를 건넸다. 찬주의 몽롱한 시선이 그녀를 향한다.

"왜?"

평소와 같다고 치부하기에는 어딘가 나사 빠진 듯한 눈빛이 이상했다. 봄이 의문을 표하자 찬주는 쓰게 웃었다.

"아니에요. 좋은 아침입니다, 선배."

"짜식, 싱겁긴."

봄은 손을 뻗어 찬주의 머리를 슥슥 문질러 주었다. 찬주는 이전처럼 그녀의 손을 뿌리치는 대신 가만히 앉아 그 손길을 받았다. 이 녀석, 오늘 진짜 이상하네. 봄이 하아 한숨만 내쉬는 찬주의 기이한 행동에 의아함을 쏟아부을 때쯤,

"에브리바디 굿모닝!"

하고, 광역수사 1계의 황중우 계장이 유독 들뜬 음성과 함께 사무실에 모습을 드러냈다.

"계장님 오늘 기분 좋으신가 봅니다?"

"그러엄! 간만에 회식을 해서 그런지 아주 째진다!"

"숙취는 좀 어떠세요?"

"말짱해! 대장한테 회식 자주 좀 하자고 졸라야겠어!"

"형수님이 타박하지 않으십니까?"

"어이. 우리 마누라도 좀 이해해 줘야지 않겠냐? 만날 범죄자들만 보다가 술잔 보면 얼마나 기분이 좋은데!"

"하긴. 그건 그렇죠."

선배 팀원들과 유독 죽이 잘 맞는 대화를 선보이던 황 계장이 자리로 힘차게 걸어가다 봄과 눈이 마주쳤다. 기분이 들쑥날쑥하는 황 계장의 비위를 맞추기 위해 이럴 때 좋은 말이 뭐가 있더라. 열심히 사고 회로를 굴리던 봄은 저를 발견하곤 얼굴에서 미소를 지우는 황 계장의 모습에 움찔거렸다.

'응?'

순식간에 돌변한 황 계장에게서는 서늘한 분위기가 피어올랐다. 다른 선배들처럼 실실 웃으려던 봄의 눈동자가 큼지막해졌다. 뭐, 뭐 잘못했나? 기억을 더듬어도 그에게 실수한 일은 딱히 떠오르지 않았다. 발을 동동 구르던 와중 심각한 얼굴을 한 황 계장이 어느새 봄의 앞에 멈춰 섰다.

"우리 광수대의 자랑, 미스 매드 디텍티브."

1년 전, 서울 지역 여대생을 노린 연쇄 성폭행범을 잡는 과정에서 붙여진 봄의 별명을 읊으며 황 계장은 얼떨결에 그를 쳐다보는 봄에게 명령했다.

"일어나 봐."

"계, 계장님?"

"어서, 인마."

봄은 그의 재촉에 주춤주춤 의자에서 몸을 일으켰다. 눈을 지그시 감으며 고개를 좌우로 내젓는 황 계장을 이상한 듯 바라보던 봄이 '계장님, 왜 그러시는데요?'라고 물으려는 순간, 몸이 휘청거렸다.

"사랑한다, 우리 유봄이!"

갑작스러운 외침과 함께 그녀를 있는 힘껏 끌어안는 황 계장의 태도는 봄이 광역수사대 광역1계로 발령받은 지 5년 만에 처음 보는 것이었다.

봄은 기겁했다. 이 인간이 왜 이래? 부하들을 아끼기는 하지만 그에 비해 칭찬에는 인색하기 짝이 없는 제 상관의 돌발 행동이 익숙하지 않았던 것이다. 봄은 감격스럽다는 듯 한참을 끌어안고 있다 저를 놓아주는 그를 황당하게 바라보며 얼굴을 찌푸렸다. 그녀의 표정이 어떻든 황 계장은 할 말을 이어 갔다.

"나 좀 섭섭했다, 인마. 그런 경사가 있는데 왜 미리 말 안 했어?"

"……예?"

지금 무슨 소리를 하는 건지.

"그래서 어제 그 요상한 복장을 하고 나타난 거였냐? 진작 알았으면 안 놀렸지!"

"저기요. 계장님."

"우리 매디가 결혼이라니! 그래서, 결혼식은 언제냐? 그날 최대한 사건 안 만들도록 애써 보마."

"하아, 계장님. 대체 무슨 헛……."

"제 약혼녀요."

알아들을 수 없는 소리를 늘어놓는 황 계장에게 핀잔을 뱉으려던 봄의 입은 더 이상 움직이지 않았다. 누군가의 목소리가 떠올랐기 때문이다. 그럼 그게 꿈이 아니라고?

봄은 눈을 크게 뜨며 주위를 둘러보았다. 사무실 안으로 들어왔을 때 신경도 쓰지 않던 자신의 동료들이 어느새 일어나 웃으며 저를 바라보고 있었다. 봄은 경직된 얼굴로 그들을 응시했다.

"인마! 아이고, 이 장한 것! 네가 내 새끼라 얼마나 예쁜지 모른다!"

"계, 계장님! 숨막…… 윽!"

그제야 동료들의 행동이 다 연극이었다는 것을 깨달은 봄은 뒷걸음질 치려다 황 계장에게 붙들렸다. 황 계장이 그녀를 끌어안자마자 우당탕 달려온 팀원들은 봄을 안고 있는 황 계장을 안고, 다시 그 위를 안고, 또 그 위를 안기를 반복하며 몸을 겹쳤다.

"나도!"

"우리 매디! 이 선배는 어제 기쁨의 눈물을 흘렸다!"

"매년이 쌀쌀하던 우리 유봄에게도 진정한 봄이 오는구먼! 장하다!"

광역수사 1계의 사무실은 때 아닌 감동의 물결로 북새통을 이뤘다. 봄은 유난을 떠는 동료들의 반응에 황당해하면서 그들을 떼어 내려 애썼지만 소용없었다. 유일하게 자신의 자리를 묵묵히 지켜 내고 있는 찬주에게 있는 힘껏 SOS를 보내도 그는 그저 씁쓸하게 웃고 있을 뿐이었다.

'미치겠네!'

봄이 왔다.

오해로 가득한 봄이지만, 유봄에게도 봄은 왔다. 적어도 광수대 동료들은 그렇게 생각하고 있는 것이 틀림없다. 젠장. 어떡하면 좋지.

서울중앙지방검찰청이 있는 서울시 서초구 서초동. 봄은 12층에 위치한 강력부 검사실로 발걸음하기 위해 엘리베이터에 올라탔다.

"뭐하냐, 매디! 약혼자 만나러 가야지!"

크게 인심 써 주는 척 그녀에게 산더미 같은 서류를 들이민 황 계장은 하얀 이를 드러내며 씩 웃었다. 어차피 당장 출동을 해야 하는 것도 아닌데 그 시간에 차라리 사랑하는 임이나 보고 오라는, 원치 않은 배려였다. 아무리 아니라고 손사래를 쳐도 천하의 강력부 검사가 장난을 친 것이라고 믿지 않는 그들에게는 통하지 않았다. 덕분에 봄은 울며 겨자 먹기로 중앙지검에 직접 나와 있는 중이었다.

"봄이 누나?"

그녀가 알고 있기로 도영의 사무실은 1208호. 멀리 보이는 저 복도 모퉁이만 돌면 바로 그의 사무실이 존재했다. 쿵쿵. 이상하게 가슴이 일렁이는 것을 느끼며 들고 있던 서류 봉투를 세게 움켜쥐던 봄은 등 뒤에서 들려온 귀 익은 목소리에 고개를 돌렸다.

"아, 희승아!"

여름과 함께 마약수사과에 속해 있는 희승이 옅은 미소를 지으며 봄에게 아는 척을 해 왔다. 결의에 찬 얼굴을 하고 1208호로 걸음 하려던 봄의 움직임이 멎었다. 여름의 오랜 친구인 희승은 고개를 갸웃거리며 물음을 던져 왔다.

"여기엔 어쩐 일이세요? 여름이 만나러 오셨어요?"

"어?"

"유여름 지금 없는데. 점심 먹으러 나갔거든요. 얼른 들어오라고 연락할까요?"

뭐라고 말해 주어야 할까. 봄은 난감한 얼굴을 하고 친절을 베푸는 희승을 바라보았다. 사실 여름일 만나러 온 게 아니야, 라는 그 말이 입안을 맴돌아 미간을 좁히던 그녀는 '누나?' 하고 되묻는 희승을 응시하며 후우 한숨을 뱉어 냈다.

"너, 서도영 검사라고…… 알아?"

봄의 입술 사이로 흘러나온 이름에 희승은 유려한 미소를 지었다.

"또검 선배요? 당연히 알죠."

"아는구나."

"유명한걸요. 아마 우리랑 같은 고등학교 나왔을걸요? 참, 누나. 또검이 왜 또검인 줄 아세요?"

봄은 고개를 끄덕였다.

"또라이라서 아냐?"

희승은 봄의 답변에 피식 웃으며 말해 주었다.

"뭐, 그것도 있기는 한데. 사실 그건 와전된 거고요. 그렇게 불리는 이유는 따로 있어요."

그녀는 휘어지는 희승의 눈을 빤히 들여다봤다.

"매번 그 선배가 부임하는 지검마다 다른 검사들이 꺼려하는 사건을 끝까지 물고 늘어져서는 부장검사들을 괴롭혔대요. 권력자가 얽힌 케이스고 뭐고 신경도 안 썼다나. 법 앞에선 다 똑같다며. 그래서 부장검사들이 문 열고 들어오는 그 선배만 보면 '또 너냐?' 해서 붙여진 별명이 그거래요. 재밌죠?"

또라이 검사만큼은 아니지만 재밌기는 하다. 봄은 싱긋 웃는 희승을 따라 웃었다. 어쩐지, 그답기도 해서 미소가 더욱 짙어졌다. 쿵쿵. 심장이 멋대로 뛴다.

"서도영 선배한테 가시는 거예요?"

"응."

"그럼 일 보세요."

눈치가 빨라서인지 뒤로 슬쩍 물러나는 희승에게 고맙다는 듯 고개를 까딱이던 봄은 다시 걸음을 옮겼다. 크게 심호흡을 하며. 1208호를 향해서.

그 누구도 소리 내지 않는 고요한 부실.

언제나 가장 먼저 부실의 문을 여는 사람이 그라는 사실을 봄은 잘 알고 있었다. 그래서 다른 부원들이 오기 전에 빠르게 움직여 문예부실의 문을 열었다. 빼꼼 고개를 내밀어 인사를 할 때면 그는 빙긋 눈웃음을 그리며 인사했고, 그럴 때마다 가슴이 쿵쾅거려 볼이 빨갛게 물들었다.

차르륵, 넘어가는 책장의 소리가 어린 마음에는 얼마나 떨렸는지 모른다. 책 너머로 보이는 남자의 기다란 속눈썹에 그녀는 수줍어했다. 어쩌다 그와 눈이 마주치면 휙 고개를 돌려 책을 보는 척하며 쿵쿵 뛰는 마음을 가라앉혔다.

아무도 오지 않았으면.

그와 자신, 단둘밖에 없는 조용한 문예부실. 아직은 타인의 인기척이 찾아들지 않는 그곳 의자에 앉아 봄은 생각하고 또 생각했다. 조금만 더 길었으면. 그와 함께 있는 이 시간이 조금만 더 길어졌으면. 아주 조금만 더…….

"봄아. 유봄."

문예부실 문을 드르륵 열어젖히는 방해꾼이 올지 모른다는 초조함과 빠르게 흘러가는 시간을 원망하는 마음이 겹쳐져 눈을 질끈 감고 있던 봄은, 제 이름을 부드럽게 부르는 목소리에 눈꺼풀을 올렸다.

흐릿한 시야가 또렷해지고 미소 지은 채 그녀를 내려다보고 있는 남자의 검은 눈동자가 보였다. 봄은 두 번 정도 눈을 깜빡이며 정신을 차리려 애쓰고는 주위를 둘러보았다.

'……!'

1208호의 검사실. 각종 서류들로 가득 차 있지만 어딘가 정갈

한 느낌을 주는 이곳은 서도영의 검사실이라는 걸 알아차리게 만들었다. 노크했을 때 그녀에게 고개를 까딱이던 나이 든 참여 계장과 말쑥한 얼굴의 여직원은 이미 사라진 지 오래였다. 봄은 깜짝 놀라 자리에서 벌떡 일어났다.

"제가 깜빡 잠이……!"

부임한 지 얼마 되지 않아 처리할 것이 많아 보이던 도영에게 먼저 볼일을 보라고 의자에 앉아 있던 것이 그만 이런 결과를 낳았다. 봄은 어느새 어둑해진 창밖을 바라보며 몸을 일으키다 흘러내리는 정장 상의를 발견했다. 누구의 것인지 단번에 눈치챈 봄에게서 낮은 탄성 소리가 흘러나왔다.

"많이 피곤했나 보더라. 푹 자던데?"

셔츠에 넥타이만 매고 있던 도영은 봄을 깨운 뒤 책상 쪽으로 다가가서 무언가를 꺼내 들었다. 빙긋 웃으며 말을 건네는 도영의 목소리에 봄은 목을 붉혔다.

도영이 마무리를 하려는지 브리프 케이스에 서류를 옮겨 담자 그녀는 슬쩍 시선을 옮겨 벽에 걸린 시계를 바라봤다. 어느덧 7시. 자신이 중앙지검에 온 것이 3시를 갓 넘겼을 때니 너무도 많은 시간이 지나 버렸다. 그녀는 아찔한 마음에 한숨을 푹 내쉬며 제 옆에 놓여 있던 노란 서류 봉투를 집어 들었다.

"사실 이거 드리러 온 건데."

후다닥 그의 앞으로 다가가 서류 봉투를 내밀자 도영이 눈썹을 까딱였다.

"새 케이슨가?"

"네. 혜화동에서 일어난 60대 여성 연쇄 강도 사건 용의자 구속영장 신청서예요."

"바로 처리해야 하는 건가?"

"그렇게 해 주시면 좋죠."

"잠깐만."

저보다 아래 직위의 경찰이 해도 될 일을 굳이 맡겼던 황 계장의 능글맞은 미소를 떠올리며 봄은 숨을 돌렸다. 조금 늦어지기는 했지만 해야 할 일을 완료한 셈이다. 봄은 그녀에게서 구속영장 신청서를 받아 들고는 찬찬히 훑어보고 있는 그에게 말했다.

"검사가 되실 줄은 몰랐어요."

심각한 얼굴로 서류를 들여다보던 도영이 그녀를 쳐다보지 않고 웃었다.

"그래?"

봄은 올라간 그의 입꼬리를 바라보았다.

"변호사, 되고 싶어 하셨잖아요."

제대로 기억하고 있는 건지 헷갈리기는 하지만 부실에서 우연히 얘기를 나눴을 때 도영은 고된 검사직보다는 약간은 수월한 변호사를 꿈꿨었다. 도영은 살짝 놀랐는지 봄을 흘긋거리며 대답했다.

"응. 그땐 돈 많이 벌고 싶었거든. 그 뒤로 심경의 변화가 있었달까."

"아."

"나도 네가 형사가 될 줄은 몰랐어. 너, 추리 소설가 되고 싶어 했잖아."

구속영장 신청서에 사인을 하던 도영이 말하자 봄은 픗 웃어
버렸다.

"저도. 어쩌다 보니 이렇게 됐네요. 하하."

겸연쩍게 미소 짓는 봄을 응시하며 도영은 그녀의 곁을 스쳐
지나갔다. 조금 전까지 봄이 졸고 있던 의자에 걸쳐져 있던 제
정장 상의를 챙겨 들기 위해서였다. 그 짧은 시간, 코끝으로 스
며든 그의 체취가 워낙 아찔해서 봄은 미간을 꿈틀거렸다. 쿵
쿵. 심장이, 박동했다.

"선배."

'같이 식사나 할까'라는 말을 꺼내며 정장 상의를 입는 도영
을 지켜보던 봄은 굳게 닫혀 있던 입술을 달싹였다. 어느새 완
성된 슈트 맵시를 뽐내는 도영에게 쉽게 말이 나오지 않았다.

"어제…… 말인데요."

"어제? 아아."

어떻게 집으로 돌아왔는지도 생각나지 않을 만큼 머릿속이
하얗게 비어 버리는 바람에 미처 얘기하지 못했다. 덕분에 오늘
얼마나 난감했는지도. 봄은 저를 바라보는 도영에게 어색한 미
소를 지으며 말했다.

"많이 짓궂으셨어요. 저, 오늘 선배들한테 미래의 검사 사모
소리 들었다니까요? 하하."

제대로 웃은 걸까. 입가에 파르르 경련이 이는 것 같기도 하
다. 봄은 입 주변을 만지고 싶다는 충동을 억누르며 말을 이었
다.

"다음에 시간 나시면 저희 청사로 들러서 좀 얘기해 주세요.

어제 일은 장난이었다고. 아무리 해명해도 도통 믿어야 말이죠. 다들 제 말은 콩으로 메주를 쑨대도 안 믿어서. 후우. 언제 제가 이렇게 신뢰도 없는 사람이 되어 버린 건지. 아님, 선배의 신뢰도가 너무 높아서 그런가. 하하……하."

과장된 몸짓으로 고개를 절레절레 흔들며 그를 스윽 쳐다보다가 화들짝 놀랐다. 웃고 있던 도영이 자신을 빤히 직시하고 있었다.

왜 이러지?

꿀꺽. 말라 버린 목구멍 사이로 침이 넘어갔다. 긴장한 나머지 오소소 소름이 돋아나는 것 같기도 했다. 너무 대놓고 바라보는 그의 눈빛에 얼굴이 따끔거렸다. 봄은 얼굴에서 미소를 지웠다. 작게 울리던 심장이 미친 듯이 박동했다.

한참을 대치하던 두 사람 중 먼저 미소를 그린 것은 도영이었다. 봄은 뚫어져라 저를 쳐다보던 도영이 돌연 웃음을 짓자 한숨을 푹 내쉬었다.

"후우. 선배. 저 또 긴장했잖아요!"

"그래?"

"네! 엄청 놀랐다고요."

도영은 말없이 웃었다.

"예전에도 그랬지만 선배가 그렇게 보면 정말 숨 막혀요."

"숨?"

"예. 막 가슴이 떨려서 저도 모르게 넘어…… 아, 아니에요! 어쨌든, 하아. 저기, 제가 무슨 소리를 하는 건지 모르…… 어?"

어찌나 당황했는지 저도 인지하지 못할 말을 횡설수설 늘어놓던 봄의 눈에 무언가가 들어왔다. 그의 책상 옆에 고스란히 놓여 있는 쇼핑백은 잘 알고 있는 것이었다. 그녀는 이끌리듯 그곳으로 다가가서 쇼핑백을 집어 들었다.

"이게 왜 여기 있지?"

봄은 놀란 얼굴로 그를 쳐다봤다.

"제가 이걸 선배한테 맡겼었나요?"

예의 쇼핑백 안에는 어제 그녀가 아침에 입고 왔다가 갈아입은 핑크색 원피스가 들어 있었다. 아마도 술김에 그에게 그것을 건넨 것이 틀림없었다. 생각 이상으로 취했던 모양이다. 제 것을 남에게 맡기기까지 하다니.

뭐야. 어차피 들렸어야 할 운명이었네. 봄은 괜히 민망해지는 것을 느끼며 왠지 어제보다 부풀어 올라 있는 쇼핑백을 뒤졌다.

"어? 선배, 이건 제 것이 아닌데요?"

부드럽게 손끝에서 떨어지는 원피스와는 달리 딱딱한 무언가가 느껴졌다. 곧 구두라는 것을 인지해 낸 봄은 쇼핑백 안에서 그것을 들어 올리며 물었다. 도영은 의아해하는 봄에게 대답해 주었다.

"네 거 맞아."

"네?"

"그 구두가 네 원피스랑 잘 어울릴 것 같아서. 그리고……."

검은 하이힐을 바라보며 도영이 입꼬리를 올렸다. 봄은 눈을 크게 뜨고 그를 직시했다. 도영의 말은 이어졌다.

"그거 신고, 이젠 나한테서 도망치지 말라는 의미에서."

"밥 먹고 갈래?"

두근두근 뛰는 마음을 태연한 척 가장한 채 여름은 심드렁하게 물었다. 브레이크를 밟고 있던 희승의 눈동자가 그녀에게로 돌아왔다.

"내일 일찍 출근해야 해서. 미안."

단호한 거절에 여름의 미간이 좁아졌다. 누군 일찍 출근 안 하나. 저와 같은 건물에서, 그것도 같은 과에서 일하면서 자기만 바쁜 척. 자존심이 상했지만 그녀는 쿨하게 고개를 끄덕이며 조수석 문을 열었다. '유여름!' 하고, 가방을 챙겨 들고 내릴 채비를 하는 그녀를 희승이 불렀다.

"잘 들어가."

묘한 여운이 남는 그 말에 여름은 슬쩍 얼굴을 주억이더니 몸을 돌렸다.

'이놈이고 저놈이고.'

그래서 봄이 싫다. 가끔은 얄밉기도 하지만 그래도 혈육인 제 언니를 일컫는 게 아니라 이 계절이.

또각또각, 고요한 밤거리를 울리는 구두 소리를 내며 여름은 걸음을 옮겼다. 아파트 단지를 지나 엘리베이터 안, 그리고 복도까지 이어지던 그 소리는 대문 앞에 다다라서야 끊어졌다. 아직 안 왔나? 여름은 불빛 하나 새어 나오지 않는 고요한 문틈을 응시하다 비밀번호를 눌렀다.

"피곤해 죽…… 으악!"

대문을 열고 들어와 구두를 벗은 여름은 앞으로 발을 내딛었다. 무겁기 그지없는 발을 한 걸음씩 내딛으며 한숨을 푹 내쉬던 그녀는 무심코 거실 내의 소파로 시선을 돌리다 소리를 질렀다.

"야! 너 뭐해!"

하마터면 심장이 덜컹 떨어질 뻔했다. 아무 소리도 들리지 않고, 불빛 하나 새어 나오지 않기에 당연히 사람이 없는 줄로만 알았다. 여름은 미간을 좁히며 소파도 아닌 거실 바닥에 쭈그려 앉아 있는 봄에게 소리쳤다. 무릎에 얼굴을 파묻고 있던 봄의 고개가 스르륵 들렸다.

"……왔어?"

어둠 속에 몸을 맡기고 있던 봄의 얼굴을 자세히 들여다보기 위해 거실 조명 스위치를 달칵 누른 여름은 제 언니가 반쯤 넋을 놓고 있다는 사실을 알아차렸다. 요 근래 본 봄의 얼굴 중 가장 처참한 얼굴이다. 심상치 않은 모습에 여름은 다급하게 그녀에게 다가갔다.

"유봄. 왜 그래? 무슨 일 있었어?"

밉다, 밉다 해도 하나밖에 없는 언니다. 여름은 걱정을 가득 담은 얼굴로 봄의 어깨를 흔들었다. 봄의 멍한 눈이 여름의 눈동자와 마주쳤다. 감기라도 든 건가. 아직 겨울이 채 가시지 않아 쌀쌀하기 그지없는 날씨임에도 잠복근무다 뭐다 하며 밤을 샜던 봄이니 몸살이 들 만도 했다. 여름은 팔을 들어 올려 봄의 반들반들한 이마에 손을 가져다 댔다.

"열은 없는데."

"······."

"뭔데? 너 정말 어디 아······ 그거, 뭐야?"

자신이 의사는 아니지만 이 정도 열은 누구나 가지고 있었다. 봄과 제 이마의 온도를 번갈아 재던 여름은 봄의 품 안에 살포시 안겨 있는 검은 구두를 발견했다. 쉽게 신기도 어려울 만큼 높은 하이힐이다. 유봄이 이런 걸 샀을 리 없는데.

뛰어다니기 불편하다며, 가지고 있는 구두라고는 언젠가 자신이 생일 선물로 사 준 노란 구두와 위장 임무를 맡기 위해 구매한 빨간 구두뿐이었다. 그녀는 눈을 가늘게 뜨며 검은 하이힐을 가리켰다. 여름의 질문을 받은 봄이 흠칫 놀라 파르르 떨었다. 마치 빼앗기기 싫다는 듯 소중히 끌어안는 그녀를 보고 여름의 의문은 짙어졌다.

"네가 샀어? 아니. 그럴 리 없지. 그럼······ 받은 거야?"

봄은 여름의 날카로운 질문에 입을 여는 대신 어쩔 줄을 몰라 했다. 무어라 답해야 할지 고민하는 얼굴이었다. 여름은 평소와는 다른 반응을 보이는 제 언니를 매 같은 눈으로 응시하다 곰곰이 생각해 보았다.

설마 광수대 동료들이? 아니, 그들은 봄을 끔찍이 아끼기는 하지만 구두를 사 줄 바엔 운동화를 사 줄 인간들이다. 물론, 개중 아닌 녀석 하나 정도 떠오르기는 하지만 그는 행동으로 실천할 만큼 용감하지 않다. 그렇다면 대체 누구지?

"아까 봄이 누나, 여기 왔었는데. 서 검사님 만나러 온 것 같더라고. 둘이 아는 사인가?"

저와 함께 차에 올라타던 희승이 대수롭지 않게 뱉어 내던 말이 머릿속을 스친다. 여름은 입꼬리를 스윽 올렸다. 그렇게 된 거구만. 어울리지 않는 수줍음을 얼굴에 그리며 두 볼을 빨갛게 붉히고 있는 봄의 반응과 딱 맞아떨어졌다.

'소문대로 행동력 하나는 엄청나네.'

한번 실천하기로 결심하면 물불을 안 가리고 달려든다는 또 검답다. 여름은 피식 웃었다.

"보통 구두 선물은 부정적 의미…… 아닌가."

반짝반짝 빛나는 검은 하이힐을 소중히 안고 있던 봄은 심각한 표정을 지었다. 뜬금없는 그녀의 말에 눈을 동그랗게 뜬 여름이 어깨를 으쓱였다.

"구두 선물하면 도망간다는 말이 있기는 하지만……."

여름은 흔들리는 봄의 눈동자를 직시하며 말을 이었다.

"너, 그거 신고 제대로 도망이나 갈 수 있겠어?"

유봄은 구두에 익숙하지 않다.

도망치는 범인을 잡기 위해서는 납작한 운동화가 편하다는 게 주된 이유였고, 그래서 구두를 신는 것은 1년에 손을 꼽을 정도였다. 물론 사건의 성격상 근무 도중 구두를 신은 적도 있었지만 임무를 끝낸 후에는 칼같이 반납하곤 했었다. 구두가 많은 여름과 달리 신발장 안 봄의 자리에 닳고 닳은 운동화가 쌓여 있는 이유는 바로 그런 까닭에서였다.

도망? 봄은 며칠 전, 여름이 꺼냈던 말을 떠올리며 고개를 저었다. 도망갈 수 있을 리 없지. 그렇게 높은 구두를 신고 도망은커녕 제대로 걸을 수나 있을지 모르겠다. 제게 구두를 건네며 묘한 미소를 그리던 그는 이 모든 것을 알고 있었던 걸까. 봄은 도통 알 수 없는 그의 마음에 심란함을 느끼며 미간을 좁혔다.

"어떻게 사람을 이렇게……."

한참 생각에 빠져 있던 봄의 귓가로 찬주의 허탈한 목소리가 들려왔다. 봄은 그제야 자신이 사건 현장에 나와 있다는 것을 깨닫고는 정신을 차렸다.

다른 곳도 아니고, 광역수사대 근처의 한 주택에서 살인 사건이 발생했다는 신고를 받고 출동한 광역수사 1계 팀원들은 참혹하게 살해당한 시체와 주변 환경들을 내려다보며 인상을 찌푸렸다.

흉흉한 세상이다. 과학은 발전하고, 환경은 분명 더 살기 좋아졌는데 어떻게 된 일인지 갈수록 비참한 죽음을 맞이하는 이들이 늘어나고 있다.

찬주의 중얼거림에 봄은 시체의 주변을 살폈다. 작은 자상들이 있기는 했지만 죽음의 결정적 원인은 단 하나의 깊숙한 자상으로 추정됐다.

"면식범이네요."

강제로 침입했다는 증거를 찾기가 힘들었다. 창문은 그대로 붙어 있었고 현관문의 문고리는 잘 달려 있는 상황. 게다가 시체에 저항의 흔적 따위는 없다. 친근한 사람이기에 조금의 의심도 없이 집 안으로 들였을 것이다. 그녀의 말에 고개를 끄덕이던 황중우 계장이 전화를 막 끊은 박영진 경위에게 말을 걸었다.

"감식반 애들은?"

"거의 다 왔대요."

"좋아. 걔들 올 때까지 최대한 현장 관리 잘하고, 일단 대장한테 보고해야 할 것 같군."

"계장님도 같은 생각이세요?"

출입구 쪽에 서 있던 최동호 경위가 황 계장에게 묻는다. 황 계장은 자신을 쳐다보고 있는 여섯 명의 후배 형사를 응시하며 입술을 달싹였다.

"그래, 틀림없이 그 자식이야. 왼손 약지가 하나 없잖아. 녀석 수법이야."

지난 1년 동안 서울청 광역수사대를 골머리 썩이게 만든 연쇄살인범이 다시금 모습을 드러낸 것이 분명하다.

작년 겨울 이후 종적을 감추었던 연쇄살인범은 현재 광수대의 검거 1순위에 올라 있었다. 석 달에 한 번 꼴로 서울 전 지역을 누비며 끔찍한 살인을 저질러 왔던 범인은, 30대 남자라는 사실 말고는 밝혀진 것이 없었다. 치밀할 정도로 범행의 흔적을 남기지 않는 그는 광수대와 마치 살인 게임이라도 하듯 이 일을 즐기는 중이었다.

"다들 조심하도록 해. 녀석이 점점 우리 앞에서 활개를 치니까. 젠장, 대놓고 도전하겠다 이건가."

광수대 근처에서 이러한 일을 저지른 것을 보면 제정신은 아니다. 황 계장은 부하들에게 주의를 주며 머리를 벅벅 긁고선 현장을 벗어났다. 감식반을 기다리는 동호와 영진을 내버려 둔 채 봄 역시 찬주와 그의 뒤를 따르며 고개를 까딱였다.

"참. 매디 너 어제 약혼자랑은 잘 만났냐?"

제 집 앞에서 일어난 것이나 마찬가지인 이번 사건으로 인해 신경이 곤두서 있던 광수대 팀원들은 적막을 유지했다. 그 침묵을 깨는 소리는 황 계장의 입술 사이로 흘러나왔다. 덩달아 얼굴을 굳히던 봄의 눈동자가 동그래졌다. 황 계장은 하얀 이를 드러내며 씩 웃었다.

"꽤 오래 있었던 것 같던데. 고작 영장 하나 발부해 달라는데 왜 그렇게 시간이 걸렸던 거야?"

음흉한 그의 시선에 봄은 등 뒤로 식은땀을 주르륵 흘렸다. 그만 검사실에서 낮잠을 자 버렸기에 그랬다고 어떻게 말할 수 있을까. 당황해하는 그녀의 행동이 재미있는지 주변 선배들도 키득거렸다. 가만히 봄의 반응을 살피는 건 찬주뿐이다. 황 계장은 물었다.

"그래서? 진짜 언제 결혼하는데? 나 언제 시간 비울까? 주례는 나한테 맡길 거지?"

"아, 계장님! 그런 거 정말 아니라니까요. 오해세요!"

봄이 두 손을 휘휘 저으며 외쳤지만 황 계장은 실실거리며 말하기를 멈추지 않는다.

"오해는 무슨. 이미 쫙 퍼졌어, 인마. 너 미래에 검사 사모 된다고."

"예? 어디까지요?"

"어디긴, 지금쯤 서울청까지 다 퍼졌을걸."

심장이 철렁거렸다. 광수대만으로도 충분히 감당하기 힘들건만. 봄은 숨을 하아 길게 내쉬며 머리를 감싸 쥐었다. 황 계장을 비롯한 선배들은 하하 웃으며 그녀를 귀엽다는 듯 응시했다.

두통이 극심해졌다.

서른넷이면 결코 짧지는 않은 인생이다. 그동안 남자를 만나지 못한 것은 아니었지만 전부 길게 가지 못했다.

그러나 단 한 번, 모든 마음을 내주고 싶은 사람은 있었다. 적지 않게 좋아했고 그로 인해 홀로 끙끙 앓기도 했었다. 금방 식을 열병이라 여겼지만 사실은 그것이 아니었던 한 사람. 가끔은 생각나서 가슴이 따끔거렸고, 계속 떠올리면 너무도 못났던 스스로가 그려져 애써 기억 속에 파묻었던 사람. 그런 그와의 재회는 정말인지 예상 못 했다.

"후우."

모락모락 피어나는 종이컵을 들여다보며 봄은 계속해서 숨을 골랐다. 쉽게 진정되지 않는 호흡이 꽉 움켜쥔 손바닥에 땀을 맺히게 만들었다. 침착하자, 유봄. 침착해.

봄은 연신 숨을 내쉬며 비어 있는 자신의 앞자리를 바라봤다.

"제 약혼녀요."

어깨 위로 자연스럽게 손을 얹으며 말하던 도영의 달콤한 목소리가 귓가에 맴돌았다. 어찌나 놀랐는지 다리를 휘청거릴 정도였다. 15년 만에 만난 첫사랑의 과감한 발언은 봄뿐 아니라 직장 동료들에게까지 충격을 주었다. 그로 인해 봄은 연신 언제 결혼을 하냐며 시달리는 중이었다.

"그거 신고, 이젠 나한테서 도망치지 말라는 의미에서."

거기에 서울중앙지방검찰청 1208호 검사실에서 봄은 또 한 번 폭탄 발언을 그에게서 전해 들었다. 빙긋 웃는 그의 얼굴을 제대로 들여다보기 힘들 만큼 심장이 벌렁거려 쇼핑백만 든 채 그녀는 도망쳤다.

분명 그는 제게 도망치지 말라고 했었건만 뒤도 돌아보지 않고 도망쳐 버린 봄은 벌써 일주일째 그와 마주치지 않고 있었다. 그녀는 슬쩍 고개를 돌려 제 옆에 놓인 쇼핑백을 들여다보았다.

"……."

분홍색 원피스가 들어가 있던 쇼핑백 속에는 검은 하이힐 두 짝만이 들어 있었다. 봄은 긴장된 표정으로 그것을 흘끔거린 후 다시 정면을 향해 고개를 돌렸다. 무심코 카페의 출입구를 바라보던 그녀의 시야 안으로 검정 정장 차림의 도영이 걸어 들어오는 모습이 보였다. 봄은 침을 꿀꺽 삼켰다.

"많이 기다렸어?"

브리프 케이스를 제 옆쪽 의자에 내려놓던 도영은 입을 꾹 다물고 있는 봄의 앞자리에 자연스럽게 앉으며 인사를 건넸다. 봄은 대답 대신 고개를 가로저었다.

이윽고 카페의 종업원으로 보이는 여자가 다가와 메뉴판을 건네자 도영은 '아메리카노 한 잔이요' 하고 짧게 답했다. 그의 붉은 입술이 움직이는 것을 하염없이 바라보다 문득 머리를 스치는 생각에 그녀는 얼굴을 굳혔다.

대체 무슨 생각일까.

봄은 맞은편에 앉아 있는 여유로운 기색의 도영을 흘끔거리며 침을 꼴깍 삼켰다.

그가 무슨 생각을 하고, 어떤 마음을 품고 있는 건지 도통 가늠할 수가 없었다. 자신은 이렇게 그와 대화를 나누고 만나는 것 자체가 놀랍다 못해 꿈만 같은데, 도영은 그것이 아무렇지 않은 듯 행동하고 있었다. 아니, 자연스러움을 넘어 태연하기까지 하다.

'어색해······.'

왠지 목이 말라서 봄은 눈앞에 놓인 물컵을 향해 손을 뻗었다.

"생각보다 늦었네."

"예?"

"난 바로 다음 날 불러낼 줄 알았는데."

순간적으로 이해하지 못해 고개를 갸웃거리던 봄은 뒤늦게 그 말이 무엇인지 자각했다. 그녀는 아아, 하고 탄성을 흘리며 흐리게 웃었다. 있는 힘껏 1208호 검사실을 도망쳤던 봄이 일주일이 지난 뒤에야 저를 불러내리라고는 예상하지 못했다는 얼굴이었다.

약간의 아쉬움마저 담고 있는 그를 빤히 들여다보던 봄은 결의에 찬 표정을 지으며 옆에 놓여 있던 쇼핑백을 내밀었다.

"뭐야?"

이미 알고 있으면서 도영은 모르는 척 그녀가 내민 쇼핑백을 바라봤다. 봄은 눈에 힘을 주며 말했다.

"일단 받으세요."

"······."

"어서요."

도영의 검은 눈동자가 작게 일렁였다. 무슨 짓을 하느냐는 표정이었지만 봄의 굳어진 얼굴은 펴지질 않았다. 그의 앞에 따뜻한 아메리카노가 놓이기까지 두 남녀의 대치 상황은 지속됐다. 도영은 미동 없는 봄의 싸늘한 얼굴을 직시하다 후우 한숨을 흘렸다. 그리고는 기다란 팔을 뻗어 쇼핑백의 손잡이 부분을 움켜쥐곤 제 옆에 놓았다.

"됐니?"

"예."

그녀는 즉각적으로 대답한 후 뭔가 말을 하려는 도영에게 손을 들어 올렸다. 도영의 미간이 좁아졌지만 아랑곳 않고 자신의 말을 이어 갔다.

"오늘 선배를 뵙자고 한 건, 이 일 때문만은 아니에요."

동요하던 마음을 가라앉힌 듯 금세 차분해진 도영의 눈동자가 봄에게 박혔다. 봄은 천천히 소리를 흘렸다.

"어쩌면 진작 했어야 할 말이었어요. 하지만 그 기회를 놓치고, 또 놓치다 보니 이제야 말하게 됐네요."

그녀는 고개를 꾸벅 숙이며 말했다. 도영의 얼굴에선 미소를 찾아볼 수 없을 만큼 차가워졌다. 봄은 한숨을 섞으며 나지막하게 중얼거렸다.

"죄송해요, 선배."

"······."

"죄송해요."

제가 생각해도 늦은 감이 없지 않다. 그로부터 15년이 지난 뒤에야 뱉어 내는 말이라니. 봄은 하아, 한숨을 내쉬며 천천히 얼굴을 들었다. 도영의 미동 없는 눈은 여전히 제게 고정되어 있었지만 무슨 생각을 하는지 읽을 수는 없었다. 입술이 파르르 떨리는 것을 참으며 봄은 말했다.

"이제 와 말하는 거, 정말 염치없는 거 알지만 그래도······. 그날 일, 정말 죄송해요. 뼈저리게 후회하고 있어요."

밝게 웃으며 제게 달려오던 그를 잊은 적은 한 번도 없었다. 학교의 중요한 모임을 빼면서까지 저를 보기 위해 나타났던 그의 마음을 짓밟았던 것은 봄의 인생 중 가장 후회하는 일이었다. 기회가 닿는다면 언젠가는 꼭, 꼭 사과를 해야지 하고 끊임없이 생각하고 또 생각했지만 결국 긴 시간이 흐른 후에야 뱉어 내고 말았다.

다시 만나지 못했다면 말을 할 수 있었을까. 잘 모르겠다. 꼬리에 꼬리를 물며 질문이 머리를 휘저었지만 봄은 생각을 이을 수 없었다. 그가 얼굴을 밑으로 떨군 자신을 '유봄' 하고 불렀기 때문이다. 봄은 이끌리듯 눈꺼풀을 올렸다.

"네 친구한테 날 내버려 둔 채 뒤도 돌아보지 않고 도망쳤던 그때를, 말하는 거군."

어쩐지 싸늘하게 느껴지는 그 목소리에 봄은 대답하지 않았다. 속이 아른거렸다. 생각보다 아프네. 봄은 입술을 잘근 짓눌렀다. 도영은 아무 말 없이 그녀를 응시하다 후루룩, 커피를 들이마셨다.

쿵쿵. 심장이 미친 듯이 뛰었다. 봄이 정확히 무엇을 말하는지 그는 알고 있었다. 시선을 마주할 수 없어, 봄은 그의 입술만 들여다봤다. 붉은빛을 띠던 입술이 움직였다.

"유봄."

저를 부르는 그의 목소리에 봄의 시선이 조금 더 위로 올라갔다. 도영의 오똑하고 날렵해 보이는 콧등이었다.

"거기 말고. 내 눈, 제대로 봐. 봄아."

도영은 미안한 감정에 쉽사리 시선을 마주치지 않는 봄에게 말했다. 성을 붙이지 않고 제 이름을 부르는 그의 목소리가 너무도 달콤해서 봄은 용기를 냈다. 목에 힘을 줘 고개를 위로 드니 도영이 입꼬리를 올리며 저를 응시하고 있는 게 보였다.

'어?'

긴장하고 있던 봄은 동그랗게 눈을 떴다. 서늘하게 느껴졌던 음성과 달리 그는 빙긋 웃고 있었다. 화를 낼 줄 알았는데. 예상과는 다른 반응에 봄의 쿵쿵 뛰는 심장 소리가 커져 갔다. 얼굴이 화르륵 달아오를 것 같아 주먹을 꾹 쥐던 그녀는 돌연 제게로 향하는 그를 막지 못했다.

딱.

"아야!"

살짝 엉덩이를 들어 일어난 도영이 허리를 숙여 제 이마로 엄지와 검지를 뻗을 때까지 봄은 멍하니 눈만 깜빡였다. 이윽고 이마에서 느껴지는 통증에 그녀는 저도 모르게 인상을 썼다. 두 손가락을 사용하여 그녀의 이마 한가운데를 강타한 도영은 미간을 찌푸리며 저를 응시하는 봄에게 미소를 그렸다. 그리고 눈을 크게 뜨며 금세 붉어진 자신의 이마를 만지작거리는 봄을 향해 물었다.

"아프지?"

"당연하죠!"

욱신거리는 이마를 매만지며 봄은 투덜거렸다. 도영은 피식 웃었다.

"그럼 됐어."

봄은 그가 무슨 소리를 하는 건지 알 수가 없었다. 도영은 의아해하는 봄에게 말을 덧붙였다.

"이제 너랑 나 사이에 빚은 없어. 더 이상 미안해하지 마."

어리벙벙한 얼굴로 봄은 도영을 바라봤다. 빚이, 없다고? 멀뚱히 앉은 봄에게 도영이 말했다.

"이미 되돌리기도 힘든 오래전의 일이잖아. 뭐, 당시엔 어린 마음에 상처도 받긴 했지만 진심 어린 사과를 하니 받아 줄 수밖에."

봄은 멍한 눈으로 그를 응시했다. 화를 낼 줄 알았던 그의 얼굴엔 미소가 가득했다. 어찌 된 영문인지 모르겠지만 정말 이걸로 해결된 걸까. 쿵쿵, 가슴이 울렁였다.

"정말 그거면 돼요?"

도영은 흔쾌히 고개를 끄덕였다.

"그래. 이거면 돼."

아.

"왜. 더 세게 때려 주길 원해?"

씩 웃는 도영에게 봄은 휘휘 고개를 저었다. 그녀는 그제야
긴장을 풀며 안도의 한숨을 내쉬었다.

긴 시간 동안 안고 왔던 마음의 짐을 털어 냈다. 괜히 눈물이
핑 도는 것을 겨우 참아 낸 제게서 시선을 돌리지 않는 도영을
쳐다봤다. 도영은 헤헤 웃는 봄을 응시하다 입을 열었다.

"그런데 이건, 조금 실망스러운데."

그녀가 진정할 때까지 기다려 주던 도영은 봄이 저와 눈을 마
주하자 작게 중얼거렸다. 자신이 생각했던 반응이 아니었던 모
양이다. 쇼핑백을 흘긋거리며 쓴웃음을 흘리는 도영에게 그녀는
수긍했다.

"그렇죠. 충분히 그럴 만해요."

눈을 내리까는 도영에게 봄은 말을 이었다.

"그래서 말인데요, 선배."

봄은 손을 쭉 내밀었다.

"다시 주세요."

도영은 두 눈을 휘둥그레 떴다. 무슨 소리를 하냐는 얼굴이었
다. 봄은 그가 혹시 듣지 못했나 싶어 한 번 더 말했다.

"제가 드린 구두, 다시 돌려 달라고요."

"뭐?"

봄은 침착하게 머릿속에 든 말을 한 자, 한 자 뱉어 냈다.

"더는 도망 안 치고 싶어서 그래요. 진심으로 사과드리고, 또 선배가 넓은 아량으로 절 용서해 주셨으니 제대로 시작해 보려고요. 그러니 도영 선배. 저, 그 구두 엄청 신고 싶어졌으니까 돌려주시겠어요?"

"......!"

"게다가 더 이상 빼도 박도 못해요. 하필 입 싼 우리 동료들 앞에서 약혼녀 운운한 선배 때문에, 저 이제 시집은 다 갔다고요. 이거 실현 안 시키면 앞길이 막막해요. 좋든 싫든, 선배가 책임지셔야겠어요."

눈 한 번 깜빡이지 않고 제 할 말을 늘어놓는 봄을 보며 도영은 멍하니 앉아 있다 풋 웃음을 터뜨렸다. 흐려지려던 그의 얼굴에 미소가 감돌기 시작하자 봄 역시 입꼬리를 올렸다. 도영은 제 옆에 놓인 쇼핑백을 봄에게 건네주었다.

"유봄."

"네."

신이 난 얼굴로 그에게서 쇼핑백을 받아 들어 안의 물건을 살피다 말고 도영을 응시했다. 도영은 휘어진 눈꼬리를 그녀에게 선보이며 말했다.

"달라졌구나."

봄은 씩 웃었다.

"엄청요. 미리 말씀드리면, 저 선배가 알고 있던 옛날의 수줍은 소녀 아닐지도 몰라요."

도영은 말없이 미소를 그렸다. 봄은 힘차게 말하기 시작했다.

"저번 강지철 사건 현장에서 선배도 보셨겠지만 저, 건장한 남자도 때려잡아요. 웬만한 범죄자들 제 앞에서 다 깽깽거린다니까요."

"그래?"

"예. 선배, 오랜만에 만난 절 보고 반가운 마음에 충동적으로 행동하신 것 같은데…… 어쩌면, 괜히 대시하신 걸 수도 있어요. 선배도 모르는 사이 저한테 완전히 코 꿰일 수도 있다고요."

시선 한 번만 마주쳐도 얼굴을 붉히고, 말도 제대로 못 꺼내고, 책 너머로 그를 훔쳐보기만 하던 수줍은 소녀는 더 이상 없었다. 만약 예전의 모습을 떠올리며 도영이 제게 구두를 건넸다면 환상을 깨뜨려 버릴지도 모르겠다. 그런 걱정이 없는 것은 아니었지만 봄은 도전하고 싶었다.

봄이니까.

온 세상이 사랑으로 가득 물든 계절인, 봄이니까.

한 번쯤은 미친 척 행동해도 괜찮잖아?

서울지방경찰청 광역수사대의 미친 여형사, 유봄의 눈동자가 맑게 일렁였다. 그 모습을 들여다보며 입을 다물고 있던 도영은 붉은 입술을 달싹였다.

"그럼, 약혼부터 시작하는 데 동의한 거지?"

그는 봄보다 앞서 나가는 사람이었다.

❖   ❖   ❖

솔직히 말해 그는 봄을, 좋아하는 편은 아니었다.

대한민국의 뚜렷한 사계절 중, 굳이 따지자면 겨울을 좋아했다. 온 세상이 새하얗게 뒤덮이는 과정을 지켜보는 건 묘한 희열을 주었다. 그리고 그렇게 물든 세상을 조금씩 어지럽히는 것도 재미있었다. 손발이 꽁꽁 얼어도 추위에 입김을 뿜어내도 괜찮았다. 그래서 봄을 싫어했다. 봄이 오면, 겨울이 끝나니까. 아주 단순한 이유였다.

극단적이었던 취향이 바뀐 것은 아마도 열여덟, 봄이었다. 165cm를 조금 넘는 키로 인해 반의 남학생들 중 가장 작은 편에 속했던 그는 당번 활동을 제일 싫어했다. 칠판을 지우기 어렵다는 것이 바로 그 이유였다.

그 외에도, 같은 나이면서 저를 어린 동생처럼 여기는 친구들이 싫었다. 화를 내도 진심으로 받아들이지 않는 그들을 바라보며 하루라도 빨리 키가 컸으면 좋겠다고 그는 바라고 또 바랐다.

분필 가루가 한가득 묻은 칠판지우개를 털고 교실로 돌아오는 길이었다. 당시, 그의 기분은 매우 저조했다. 빌어먹을 친구라는 것들이 일부러 그의 키가 닿지 않는 높은 곳에 장난을 쳐 놨기에 짜증이 치밀어 올랐다. 저들 딴엔 귀여운 장난이었겠지만 그에게 있어서 그런 행동은 민폐였다.

때문인지, 체육 시간으로 인해 자리를 비운 친구들의 뒤를 따라가기 귀찮아졌다. 그냥 땡땡이 쳐 버릴까. 잠시 그런 마음이 들었지만 곧 고개를 내저으며 그는 2학년 3반 교실의 문을 열었다. 생각보다 그는 바른 학생이었으므로 수업을 빼먹는 것은 말도 안 되는 일이었다.

"……!"

도영이 자신의 반 교실에서 낯선 이를 발견한 것은 바로 그 시점이었다. 얼른 칠판지우개를 올려 두고 교실을 벗어나려 했던 도영의 눈에 산발인 머리를 정리도 하지 않은 여학생이 창가 뒷자리의 서랍에 손을 얹고 있는 게 보였다. 귀찮게 됐네. 도영은 쓴웃음이 흘러나오려는 것을 억지로 참았다.

1학년 명찰을 달고 있는 것으로 보아 2학년 교실에 몰래 숨어든 신입생임이 틀림없다. 어떻게든 서랍 속으로 집어넣으려 애쓰는 저것은 연애편지겠지. 모른 척할까. 유환이 학년을 가리지 않고 많은 여학생들에게 구애를 받고 있다는 사실은 도영도 잘 알고 있었다.

그는 잠시 망설이다 고개를 절레절레 저으며 그녀를 향해 다가갔다. 도둑처럼 보이지는 않지만 확실히 해서 나쁠 건 없으니까.

"뭐……하는 거야?"

"악!"

정신이 번쩍 들 정도로 소리를 내지르며 털썩 주저앉은 여학생이 눈을 동그랗게 뜨고 그를 바라봤다. 어찌나 놀랐는지 큼지막해진 두 눈이 밖으로 튀어나올 것만 같았다. 난생처음 보는 광경이었기에 도영은 무심코 풋 웃음을 터뜨릴 뻔했다.

'귀엽네.'

두 볼을 빨갛게 붉히며 어쩔 줄 몰라 하는 티가 팍팍 나는 신입생은 무척이나 신선했다. 새침하고 가끔은 영악해 보이던 또래의 여자아이들과는 느낌이 달랐다. 무의식적으로 입꼬리를 올리던 그는 흠칫 놀라며 모르는 척 열려 있던 창문을 향해 다가 갔다.

"끅! 끅!"

나쁜 짓을 하려던 것도 아니고, 단순히 김유환에게 편지를 전해 줄 생각이었나 본데. 무심하게 그녀에게서 시선을 돌리던 도영은 이어 들려온 딸꾹질 소리에 풋 웃음을 터뜨렸다. 얼른 손으로 입을 틀어막았기에 그녀는 미처 듣지 못했을 것이다. 호흡을 겨우 고른 그는 계속된 딸꾹질에 본인이 더 당황한 신입생을 내려다보며 말했다.

"난, 아무것도 못 봤어."

모르는 척해 주자. 누군가를 좋아해서 편지를 보내는 게 결코 죄는 아니니까. 게다가…….

'귀여우니까.'

어쩔 줄 몰라 동공을 이리저리 옮기는 저 행동들이 꽤나 귀엽게 보이니까. 도영은 웃으며 그녀를 바라봤다. 그리고 그녀의 가슴에 박혀 있는 명찰을 들여다봤다.

유봄.

두 글자가 뇌리 속에 박혀 왔다.

키가 컸다.

고작 165cm를 넘기던 키가 겨울 새 부쩍 자랐다. 무릎이 아플 만큼 큰 변화에 도영도, 그의 가족들도, 친구들도 모두 놀랐다.

그 때문에 여전히 겨울을 좋아했지만 봄이 싫지는 않았다. 아니, 조금은 기다려졌다.

열아홉, 봄.

개학 날이었던 그날처럼 학교에 가고 싶었던 적은 없었다. 쿵쿵 뛰는 마음을 끌어안은 채 어느새 길쭉해진 다리를 쭉쭉 뻗어나가던 도영의 머릿속에 가득 찬 것은 오직 하나뿐이었다.

'만나고 싶어.'

키가 크는 것도 순식간이었지만 누군가에게 호감을 가지게 되는 것도 순식간이었다. 유환과 사귀게 된 신입생이 교실에서 보았던 볼 빨간 신입생이 아니라는 것을 알게 된 후, 의식하지 못하는 사이 그는 그녀를 교정 내에서 좇고 있었다. 유봄. 어디선가 바람이 살랑살랑 불어올 것 같은 따뜻한 그 이름이 좋았다. 아무런 이유 없이. 복도를 지나다 우연히 저와 눈이 마주치면 수줍어하며 고개를 획 돌리는 그 순수한 아이가 괜스레 좋아졌다. 그래서 그는 봄을 기다렸다.

"딱 이번 한 번만! 한 번만이야, 유봄!"

그렇게 고대하던 개학 날, 지각을 할 생각은 없었지만 전날 잠을 설치다 보니 늦게 일어났다. 8시 반이 되자마자 정문을 지키고 있는 학생주임을 몰래 훔쳐보며 뒷문으로 들어갈 생각으로 담을 돌던 도영의 귓가로 익숙한 이름이 들려왔다. 반사적으로 걸음을 멈추었다.

후우, 후우. 힘껏 숨을 고르며 담벼락을 올려다보고 있는 검은 머리카락의 여학생이 시야로 들어왔다. 단번에 알아차렸다. 그 여학생이 바로 그녀라는 사실을. 도영은 그녀에게 다가갔다.

입꼬리를 올리고 있던 그의 마음에 바람이 불어왔다. 따뜻한 봄
바람이었다.

스물, 봄.

지난 몇 년간 겨울보다 훨씬 좋아했던 봄이, 다시 싫어졌다.
사계절 중 가장 싫을뿐더러 '봄'이라는 글자 하나를 떠올리는
것도 꺼려졌다. 분명 학교를 나설 때까지만 해도 들떴던 마음이
짓밟혔다는 배신에 그는 잠 못 이뤘다.

고작 첫사랑일 뿐이잖아. 제대로 사귀지도 않았고. 뽀뽀는 했
지만 여자 친구는 아니었으니까. 뭘 그렇게 실망해.

위로하듯 스스로를 향해 되뇌고 또 되뇌었지만 이상할 정도
로 가슴이 따끔거렸다. 돌아서던 봄을 잡지 못한 자신과, 그녀
의 친구와 함께 멍하니 앉아 있기만 하던 제 모습이 겹쳐져 짜
증이 치밀었다. 여자라는 존재가, 싫어졌다. 미워졌다. 원망스러
웠다.

스물일곱, 봄.

"서도영! 미팅할래? 아님 소개팅?"

오랜만에 만난 유환이 실실 웃으며 말을 걸어왔다. 중요한 이
야깃거리가 있다고 해서 만났더니 쓸데없는 이야기였다. 도영은

141

단호하게 대답했다.

"안 해."

"아, 왜! 야! 어디 가! 내 말 안 끝났……."

유환의 얼굴이 구겨졌다. 그는 도영이 답답한 모양이었다. 그럴 만도 했다. 20대 후반이나 된 녀석이 제대로 된 연애 한 번해 보질 못했으니.

외모가 떨어지는 것도 아니었고 체격이 작은 것도 아니다. 그렇다고 직업이 없는 것도 아니었던지라 이해가 가지 않았을 거다. 하루도 빠짐없이 여자를 허리에 끼고 있던 유환이기에 도영이 여자에 무심해 보이는 건 당연했다.

"관심 없어."

그러나 관심이 없는 것을 억지로 가지고 싶을 만한 마음은 들지 않았다. 도영은 소리치는 유환을 흘겨보다 서늘한 답변을 뱉어 내며 자리에서 일어났다.

그러고 보니 마지막으로 연애를 언제 했더라. 유환과의 만남을 강제로 끝내고 돌아가는 길에 도영은 쓰게 웃었다. 마지막연애가 언제였는지 떠올릴 필요가 없었다. 아예, 한 적이 없으니까.

그는 대학을 졸업을 하자마자 사법 고시를 패스했고 사법연수원 과정까지 수료하여 곧 군법무관으로 복무할 예정이었다. 제 길을 걸어가기도 바빴기에 애써 시간을 내어 연애를 할 필요성을 느끼지 못했다. 게다가 여자를 향한 그의 신뢰도는 이미바닥을 치고 있는 상황이었으므로, 더더욱.

'그렇게 이상한가.'

주변에서 슬슬 닦달할 정도면 제 쪽에도 문제가 없는 것은 아닌데. 도영은 쉽사리 타인을 만날 생각을 하지 못했다. 법전을 들여다보기도 바쁜 일상 때문에 새로운 인연을 만나기 힘들다면, 근처의 인물에게라도 손을 내밀어 보라고 어머니인 장 여사가 말했지만 이상하게 그럴 마음이 들지 않았다.

이것도 오래전의 상처 때문일까. 좋다고 열렬히 고백하는 연수원 동기들도 있었으나 도영은 재고의 여지도 없이 단칼에 그녀들을 거절했다. 도통 이해가 가지 않는다며, 법이랑 결혼할 것도 아니고 왜 여자를 만들지 않느냐는 어머니의 말에 그는 그저 쓴웃음을 흘릴 뿐이었다.

"네. 서도영입니다."

입대까지 앞으로 이틀. 군법무관으로 일할 3년 동안은 더더욱 여자를 만들기 힘들 테니 그의 20대는 법과 사귄다고 봐도 무방했다.

제대하면 선볼 준비를 하라며 눈을 부라리는 장 여사의 말은 사뿐히 무시해 주며 도영은 밤늦은 시각, 요란하게도 울려 대는 핸드폰을 집어 들었다. 11시를 갓 넘긴 시각. 난생처음 보는 전화번호에 의심의 눈초리를 품으면서도 도영은 상대의 대답이 이어지길 기다렸다.

"여보세요?"

─······배.

응?

─선······배, 미안······해요.

귀에 익은 음성이었다. 두뇌 회전이 빨랐던 도영은 일말의 재고도 없이 종료 버튼을 눌렀다.

❖   ❖   ❖

"어이고, 우리 장한 아들! 멋진 아들, 오셨는가!"

엉덩이를 톡톡 두드리며 장 여사가 도영을 반겼다. 입대하고 난 후 처음으로 휴가를 얻어 나온 도영을 그녀는 함박웃음으로 맞이했다.

장 여사에게 있어 도영은 하나밖에 없는 보물이었다. 귀한 아들이 휴가를 나온다는 이야기를 듣고 오전 댓바람부터 온갖 음식을 만들어 놓은 그녀로 인해 상다리가 휘어질 정도였다. 도영은 웃으며 고개를 까딱인 후 그녀에게 말했다.

"어머니도 잘 지내셨죠? 별일은 없었습니까?"

흔쾌히 대답하려고 입을 벌리던 장 여사의 눈동자가 살짝 멈칫했다. 찰나의 순간이었지만 도영은 놓치지 않았다. 그는 '무슨 일이세요?' 하고 부드럽게 말을 걸었다. 우물쭈물거리던 장 여사는 망설이다 대답했다.

"딱히, 별일이 있었던 건 아닌데……."

아닌데?

"두고 갔던 네 핸드폰이 울리더라고. 그것도 야밤에."

"아."

"여자 목소리인 것 같던데. 누구야?"

초롱초롱. 눈을 빛내는 장 여사의 시선은 부담스러웠다. 짐작가는 사람이 있었기에 도영은 서늘해진 눈으로 잠시 앉아 있다

144

이내 빙긋 웃음을 그렸다.

"잘못 걸린 전화요."

장 여사는 눈에 띄게 실망한 얼굴로 '아아' 하고 신음을 흘렸다. 도영은 그녀가 누구라도 좋으니 아들의 여자였으면 하고 바랐다는 것을 깨닫고는 코웃음 쳤다.

그는 음식을 모조리 해치운 뒤 오랫동안 비워 두었던 제 방으로 들어와 장 여사가 충전해 두었던 핸드폰을 무심하게 내려다보았다.

"……"

최근 기록을 살펴보니 저장되어 있지 않은, 똑같은 번호가 줄줄이 나열되어 있었다. 끈질기기도 하지. 도영은 얼굴을 구기며 삭제 버튼을 눌렀다.

—선배. 미안…… 흑, 미안해요.

술 취한 여자의 주정 따위는 들어 줄 생각이 없었다.

"유리가 선배를 좋아해요. 저는, 유리를 응원하려고요."

칼날이 심장에 박히던 그날의 일은 그 뒤로도 가끔씩 떠올랐다. 대학교 기숙사 방에서 몇 번, 사법연수원 기숙사 방에서 몇 번, 법무관으로 재직한 군대에서 몇 번, 그리고 제대를 하고 검사 임용 뒤에도 몇 번.

꽤 많이, 아니, 정말 많이 좋아했던 소녀였기에 그녀와의 마지막 대화가 더욱 뇌리에 남은 걸까. 아니면…….

—흑. 선배. 흐윽. 선배…….

이렇게, 몇 년이 지난 뒤에야 전화를 걸어와 미안하다고 말을 하고 있기 때문일까. 도영은 헛웃음을 삼키며 흐느끼는 핸드폰 너머의 상대에게 말했다.

"계속 울면 끊을 거다."

—선배…….

"……돌겠군."

깊은 한숨을 내쉬며 도영은 머리를 벅벅 긁었다. 황금 같은 휴식 시간에 자신은 대체 뭘 하고 있는 건지 모르겠다.

내일이면 이번에 부임한 부산지방검찰청으로 향해야 하건만. 어째서 술 취한 여자의 주정을 들어 주고 있는 건지. 스스로도 이해하지 못하겠다.

도영은 엉엉 울며 제게 미안하다고 끊임없이 말하는 여자에게 중얼거렸다.

"너 진짜 너무한 거 아니냐, 유봄."

발코니에 나와 새카만 밤하늘을 멍하니 바라보며 도영은 중얼거렸다.

"나 내일 부산 가야 한단 말이다."

짐 정리를 한답시고 아직 출발하지 않은 것이 잘못이었다. 도영은 쓴웃음을 흘렸다. 핸드폰 너머에선 계속해서 흐느끼는 음성이 들려왔다. 그는 내버려 두었다간 아예 영영 울어 버릴 기세로 '선배……'를 되뇌고 있는 그녀에게 말했다.

"그래서. 이번엔 또 무슨 일로 미안한 건데?"

전 남자 친구에게 전화를 걸어 우는 것만큼 미련한 일이 없건만. 술에 잔뜩 취한 그녀는 그것을 전혀 생각하지 않는 듯했다. 도영은 체념한 얼굴로 전화기를 귀에 대고 침대로 돌아왔다. 폭신한 침대가 출렁거리며 그녀의 말에 귀를 기울일 수 있도록 도왔다. 도영은 조금씩 일렁이는 마음을 가라앉혔다.

―오늘 류 팀장님한테…… 혼났어요. 넌 왜 그렇게 멍청하냐고! 내가 뭐가 멍청하다고. 류서호 이 멍청이!

류서호는 또 누구야.

새로운 이름을 뱉어 내며 엉엉 우는 여자의 말을 듣던 도영은 괜히 미간을 좁혔다. 틀림없는 남자의 이름에 기분이 나빠졌다. 그런 제 마음은 전혀 모르는지 여자는 계속해서 말을 이어 나갔다.

―보고서 하나 제대로 작성 못한다고…… 흑. 그 남자가 제대로 이름을 말 안 한 거라고요. 이태순이라고 분명히 말했단 말이에요. 이태수라고는 안 했단 말이에요! 나쁜 놈. 이태수, 이 나쁜 놈! 류서호도 똑같아! 류서호, 이 나쁜 놈! 네가 팀장이면 다냐!

"그래. 이태수고 류서호고 둘 다 나쁘네."

도영은 심드렁하게 대꾸해 주었다. 제 동의를 받은 것이 기뻤는지, 상기된 목소리가 들려왔다.

―그렇죠? 선배도…… 그렇게 생각하죠?

"그래. 그러니까 얼른 전화 끊……."

─하아아. 사실은, 나쁜 건 난데.

"……!"

─나 진짜 나쁘잖아요, 선배. 선배 내버려 두고…… 도망이나 치고. 진짜 나쁜데…….

"……."

─미안해요. 진짜…… 진짜 너무 미안해요.

미안한 걸 알면, 직접 눈앞에 나타나서 사과를 하든가.

도영은 입안을 맴돌던 말을 뱉어 내지 못하고 가만히 그 말을 듣고 있었다. 한참을 흐느끼던 여자가 말을 이었다.

─꿈이라 다행이에요.

"……."

─꿈속에서라도, 사과할 수 있으니까. 그래서…… 다행이에요.

기승전사과.

몇 년 동안 이어진 여자의 술 취한 전화는 오늘도 그렇게 끝이 났다. 도영은 흐리게 웃으며 툭 끊긴 그녀의 전화에 한동안 아무 말도 하지 않고 핸드폰을 내려다보았다. 어느새 침대에서 벗어난 그는 미동 없는 핸드폰만을 든 채 책상 앞으로 다가갔다.

'뭐하는 건지, 참.'

이게 무슨 감정인지 모르겠다. 방금 그에게 전화를 걸어와 한 시간 동안이나 붙들고 있던 여자는 누가 봐도 진상 중의 진상인데.

남녀노소 가리지 않고 불편하면 단호하게 끊어 내던 자신이,

왜 매정하게 전화를 끊지 못하는지. 다음 날이면 전날의 일을 새까맣게 잊어버리길 반복하는 여자의 전화를 왜 자신은 계속 기다리고 있는 걸까. 도영은 미간을 찌푸리며 입술을 잘근 짓눌렀다.

제길.

스물, 갓 핸드폰을 샀던 그때 이후 지금까지 단 한 번도 바꾸지 않았던 핸드폰 번호를 이번에야말로 바꾸겠다고 결심했지만, 결국 두 손 두 발 전부 들었다. 바꿀 수가 없었던 것이다. 바꾼다면…… 접점이, 사라질 테니까.

부산으로 내려가기 위해 미리 싸 둔 짐이 책상 옆에 놓여 있었다. 그것과 끊어진 핸드폰을 번갈아 응시하던 도영은 전원 버튼을 눌렀다. 이내 전원이 꺼지는 소리와 함께 핸드폰 액정이 어둠에 잠겼다.

도영은 그것을 소중히 책상 서랍 속으로 집어넣고 침대로 돌아왔다. 1년에 몇 번 전화를 걸어 제 한탄과 함께 사과를 늘어놓던 그녀였으니 당분간은 조용할 거다. 부산까지 핸드폰을 들고 내려가고 싶었으나 그랬다간 이상한 감정에 휩싸일 것 같아 도영은 참아 냈다.

─서도영 검사님이시죠?

"그런데요."

─우리 좀 봅죠. 유여름이라고 합니다.

매번 걸려 왔던 시간대인 깊은 밤이 아닌, 해가 중천에 떠 있던 한낮에 예의 그 '전화번호'로 전화가 걸려 왔다. 춘천지방검찰청에서 일을 하고 있던 도영은 눈을 동그랗게 떴다. 이름을 듣는 순간 누군가의 얼굴이 스쳐 지나갔다. 사법연수원 후배인 것을 떠나 누구의 동생인지 알아차렸다.

―요즘 T 건설 회장 사건 문제로 많이 바쁘시다 들었는데, 제가 직접 그쪽으로 가겠습니다. 몇 시쯤 뵈면 될까요?

일사천리로 만남을 진행하는 그녀의 말에 도영은 시계를 흘긋 들여다보았다. 오후 3시쯤엔 시간이 날 것 같았다. 대답을 하자 알겠다며 그녀가 전화를 끊었다.

도영은 한동안 핸드폰을 들고 있다 서랍 속으로 집어넣었다. 춘천지방검찰청으로 발령받게 된 이후 본가에서 챙겨 온 이 핸드폰이 울린 것은 마지막 전화가 온 후 1년 만이었다. 어젯밤에 이어 오늘까지. 한낮임에도 반가운 마음이 들어 받았던 전화는 예상치 못한 인물과의 만남을 초래했다. 도영은 피식 실소를 흘렸다.

"저희 언니가 몇 년에 걸쳐 서 검사님께 못난 짓을 저지르고 있었더군요."

오후 3시. 도영은 친히 서울에서 춘천까지 온 유여름이라는 여자를 만났다. 오래전 그의 기억 속에 있던, 그리고 가끔 인터넷을 뒤적거리면 나오는 '오늘의 경찰, 유봄 형사'의 사진과 비슷한 얼굴이었다. 물론, 그의 눈에는 봄이 더 예뻐 보였지만.

검은 정장 차림을 하고 나타난 여름은 누가 봐도 엘리트 분위기를 풍겼다. 춘천지검 앞에 위치한 카페가 환해진 것은 그녀 때문일지도 모른다고 그는 생각했다. 하지만 그뿐. 도영은 한숨을 푹 내쉬는 여름을 응시하며 대답했다.

"이제 알게 된 겁니까?"

"할 말이 없네요. 술주정이 남다른 줄은 알고 있었지만…… 설마, 집 전화로 그런 짓을 저지르고 있을 줄이야. 유봄을 대신해 사과부터 드리죠. 죄송합니다."

도영은 고개를 꾸벅 숙이는 여름을 바라보며 말했다.

"그쪽이 사과할 문제는 아닌 것 같군요."

"언니한테 직접 듣고 싶으신가요?"

미동 없는 검은 눈으로 저를 바라보는 여름에게 도영은 말을 잇지 못했다. 아니, 그건 아니다. 그놈의 사과는, 이미 질릴 만큼 들었으니까. 굳이 듣는다면 사과보다는……. 입을 다문 도영을 지그시 응시하던 여름은 눈앞에 놓인 커피를 한 모금 마시며 말했다.

"제가 서 검사님을 뵙자고 한 건, 사과의 이유도 있습니다만. 한 가지 궁금한 것이 있어섭니다. 그걸 여쭤 보려고 뵙자고 했습니다."

팽팽한 긴장감이 감돌던 두 남녀 사이의 분위기가 뻥 끊어졌다. 도영은 미간을 살짝 좁히며 그녀의 다음 말을 기다렸다. 하얀 얼굴의 여름은 빙긋 웃으며 물었다.

"왜 전화번호를 바꾸지 않으셨죠?"

쿵. 심장이 바닥으로 떨어졌다. 피고인과 대면할 때도 눈 한 번 깜빡이지 않고 소리를 내지르던 그가 하마터면 눈꺼풀을 파르르 떨 뻔했다. 도영은 휘어지는 여름의 눈을 직시했다. 여름은 묘한 미소를 입가에 그리며 소리를 뱉어 냈다.

"기록을 살펴보니 제 바보 같은 언니가 서 검사님께 술 취해 전화를 한 게 총 일곱 번이더군요. 7년 전부터 지금까지, 매년 한 번씩. 어떻게 전화번호를 안 건지는 대충 짐작이 갑니다. 아마 잊지 못했던 거겠죠. 가끔 제 앞에서 당신의 전화번호를 읊을 때도 있었으니 이해합니다. 그런데 제가 의문인 건, 전화를 걸어 진상을 떨어 대는 여자를, 왜 당신은 무시하지 않았냐는 거예요."

"……."

"기다리셨던 건, 아니죠?"

싱긋 웃는 그녀에게 도영은 대답하지 못했다. 뭐라고 대답해야 하나. 머릿속이 새하얗게 물들었다.

기다렸던 걸까. 술에 취해 제게 진상을 떨어 대는 첫사랑의 주정을? 다음 날이면 제게 전화를 걸었다는 것도 망각하고 제 삶을 살아가고 있던 여자의 전화를?

그래서, 언제 전화가 걸려 올까 기다리며 현재 사용하고 있는 핸드폰이 아닌 예전의 핸드폰을 끊임없이 충전한 걸까.

'글쎄.'

도영은 피식 웃었다.

"애인 있습니까?"

여름의 눈이 동그래졌다. '저요?' 하고, 자기를 가리키는 여름에게 도영은 고개를 가로저었다.

"그쪽 말고요. 봄이."

'봄'이라는 단어를 뱉어 내는 다정한 그의 음성에 웃음을 흘리던 여름은 짓궂게 물었다.

"입후보하시려고요?"

도영은 대답했다.

"자리가 남아 있다면."

"없으면 포기할 생각이셨나요?"

어깨를 으쓱이며 도영이 미소를 그렸다.

"없으면 만들었겠죠."

그 자리를.

이젠 나이도 먹을 만큼 먹었으니 기다릴 여유 따위는 없었다. 도영의 말에 여름은 흐응, 콧소리를 흘리더니 고개를 끄덕였다.

"나쁘지 않네요, 그 태도."

이윽고 그녀는 도영을 찬찬히 바라보다 손을 내밀었다.

"이 시간 이후로 형부로 모시도록 할게요. 결혼까지, 협조하겠습니다."

여름의 길쭉한 손을 내려다보던 도영은 그녀의 손을 맞잡았다. 은밀한 협력 관계의 시작이었다.

〈타겟이 망설이고 있음. 확실한 계기가 필요할 듯. 힘쇼!〉

핵심을 정확히 캐치한 문자였다. 지이잉 울리는 핸드폰 소리에 슈트 안에서 그것을 꺼내 든 도영은 피식 웃음을 흘렸다. '조력자

X'가 보내온 문자였다. 이미 이 단계를 뛰어넘었기 때문에 조금 늦은 문자일 수도 있지만 여전히 그에게 정보를 보내 줬다는 사실이 중요했다. 참으로 고마운 조력자다.

"누구 문자예요?"

옆에서 말없이 걷고 있던 봄이 고개를 돌려 도영에게 물었다. 도영은 빙긋 미소를 그리며 대답했다.

"내 비밀 정보원."

"선배도 그런 사람 있어요? 무슨 사건인데요? 아 참, 말하면…… 비밀이 아니게 되지. 하하."

눈을 동그랗게 뜨며 묻던 봄은 어색하게 웃으며 손을 휘휘 저었다. 말하지 말라는 수신호였다. 도영은 그런 봄을 가만히 내려다보다 고개를 끄덕이며 핸드폰을 주머니 속으로 집어넣었다.

"저기, 그런데 말이에요. 선배."

잠시 멈추었던 걸음을 다시 옮기고 있던 도중 천천히 봄이 입술을 열었다. 당당했던 카페에서의 모습과는 달리 얼굴을 새빨갛게 붉힌 그녀는 흡사 예전의 모습을 떠오르게 만들었다.

봄은 후우, 하고 길게 숨을 내신 뒤 불안한 표정을 지으며 말했다.

"아무리 생각해도 약혼은…… 너무 빠른 것 같지 않나요?"

아까는 무작정 고개를 끄덕이더니 시간이 지나자 정신을 차린 것이 틀림없었다. 도영은 어색하게 웃으며 말을 잇는 그녀를 지켜봤다.

"우리, 15년 만에 겨우 다시 만났잖아요."

공백 동안 있었던 일을 이 여자는 기억하지 못한다는 것이 애석하다. 도영은 동조하는 척 고개를 주억거려 주었다.

"그런데 벌써 약혼이라니. 저, 아직 선배네 부모님도 뵙지 못했고, 허락도 안 받았는데……."

그녀는 괜한 걸 걱정하고 있었다. 여자만 데려온다면 쌍수를 들어 환영할 제 부모님을, 특히 함박웃음을 지을 장 여사를 떠올리며 도영은 눈썹을 까딱였다. 횡설수설하던 봄의 말은 계속됐다.

"물론! 선배랑 제대로 사귀어 보고 싶기도 하고 도전도 해 보고 싶은데 약혼부터 시작하는 건……. 선 결혼 후 연애는 들어 봤어도, 선 약혼 후 연애는 못 들……."

"그럼 결혼부터 할까?"

눈꼬리를 휘며 작게 묻자 봄이 질겁하며 뒤로 물러났다. 도영은 '농담이야' 하고 속삭여 주었다.

"아, 정말 놀랐어요!"

그녀는 가슴을 쓸어내리며 중얼거렸다.

"저만 변한 거 아니네요. 선배도 엄청 변하셨어요!"

"그런가."

"네. 예전엔 이렇게 짓궂지 않으셨다고요."

봄은 고개를 절레절레 흔들었다. 확실히 이상한 별명을 얻게 된 이후로 약간씩 변했다는 소리를 듣기도 했지만 제 앞의 유봄만큼은 아니다. 도영은 '정말 놀랐네……. 결혼이라니' 하고 입술을 씰룩이는 봄에게 다가갔다.

"봄아."

스윽. 코앞까지 다가온 도영의 행동에 봄의 얼굴이 들렸다.

155

그녀의 떨리는 눈동자를 내려다보며 도영은 입술을 움직였다.

"난, 우리가 너무 늦은 감이 있다고 생각해."

파르르 떨리는 그녀의 눈꺼풀을 지그시 응시하며 도영은 웃었다. 봄의 동공이 미친 듯이 흔들리는 게 보였다. 사랑스러운 표정이다. 도영은 달콤한 목소리를 흘렸다.

"그 시간들이 아까워. 너와 내가 함께하지 못했던 그 시간들, 주저했던 시간들이 아까워서 난 멈출 수가 없어."

거칠게 숨을 토해 내는 봄의 눈동자에 파란이 일었다. 그의 진지한 말에 그녀는 빨려 들어가고 있었다. 도영은 말했다.

"게다가 우리 나이에 더 이상 밀당을 해서 뭐해. 안 그러니?"

다정한 도영의 목소리를 들은 봄이 홀린 것처럼 고개를 끄덕였다. '그렇죠. 밀당은 필요 없죠' 하고, 중얼거리는 봄에게 도영은 말을 이었다.

"개인적으로 나는 운명 같은 거 믿지 않지만……."

"아, 저도……."

"유봄 너는, 내 운명인 것 같아."

봄의 얼굴이 새빨갛게 물들었다. 도영은 멈추지 않았다.

"약혼부터 시작해도 늦을 것 같은데. 그래도 싫어?"

여름을 만난 순간부터 실천하려던 계획은 예상보다 길어진 T 건설 회장 살인 사건으로 인해 올해가 되어서야 행할 수 있었다.

그의 충실한 조력자인 여름 덕분에 그녀 주변을 얼쩡거리던 웬만한 파리들은 모두 쫓아냈으나 한 놈이 꽤나 거슬린다고 들었다. 진작 데려왔어야 했는데. 늦은 만큼, 전속력으로 달려야

156

했다.

"저는…… 전……."

봄은 쉽사리 말하기 어려운 듯 주저했다. 묵묵히 제 말을 기다리는 도영을 하염없이 올려다보던 봄은 큰마음을 먹고 소리쳤다.

"자…… 잘 부탁드려요!"

예의 바르게도 꾸벅 허리를 숙여 힘찬 다짐을 늘어놓는 봄을 웃으며 지켜보던 도영이 가까이 다가갔다.

"응?"

긴장을 풀며 안도하던 봄이 갑자기 제게 팔을 뻗는 도영을 멍하니 지켜보다 눈을 동그랗게 떴다. 어느새 봄의 허리를 휘감아 제게로 끌어당긴 도영은 짙은 미소와 함께 속삭였다.

"봄이 넌, 약혼한 사람들끼리 스킨십은 어디부터 시작해야 된다고 보는 편이지?"

"……예?"

어리둥절해하는 봄에게 도영은 진지하게 말했다.

"손, 이마, 입술. 난 늦은 만큼 바로 3단계부터 시작했으면 하는데."

"……!"

"봄아."

도영이 그녀의 이름을 불렀다. 눈을 깜빡이던 그녀는 이윽고 무슨 뜻인지 알아차렸는지 볼을 빨갛게 붉혔다. 변했다고는 하지만 아직 예전의 모습이 조금은 남아 있는 듯하다. 도영은 고개를 숙여 그녀와 눈높이를 맞췄다.

"어때?"

미약한 숨결을 흘리며 도영이 입꼬리를 올리자 봄의 눈동자가 요동쳤다. 도영은 망설이지 않고 살짝 그녀를 향해 다가갔다.

부드러운 입술이 닿는 것은 순식간이었다.

3

빠져드는, 봄

살포시 닿았다가 떨어지는 입술은 보드라웠다.

저도 모르게 눈꺼풀을 파르르 떨 뻔한 것을 봄은 꾹 참아야 했다. 물컹한 혀가 입술 사이를 파고들지는 않았지만 고작 부딪힌 것만으로도 온몸에 전율이 일었다. 거친 숨결을 흘리며 봄은 무의식적으로 감았던 눈을 떴다. 빨갛게 물든 제 얼굴을 가만히 내려다보고 있는 남자의 검은 눈동자가 시야로 들어왔다. 숨이 막혀서 봄은 한동안 그의 시선에서 달아날 수 없었다.

쿵쿵쿵. 통제 불능이 되어 버린 심장은 미친 듯이 내달렸다. 앞으로 일어날 일들에 대해서는 전혀 생각하지 않고 오직 눈앞의 사람만을 담았다. 휘어지는 도영의 눈꼬리가 너무도 예뻐서 봄은 그저 바라보기만 했다.

"야, 너 얼굴이 왜 그렇게 빨개? 술이라도 마셨냐?"

집으로 데려다주겠다는 도영의 제안을 한사코 만류하고 찬바람을 쐬며 귀가했다. 쾅, 문을 닫자마자 웬일인지 저보다 일찍 와서 소파에 드러누워 있던 여름이 시비를 걸었다. 봄은 대꾸하지 않고 곧장 제 방으로 들어가 문을 닫았다. 주르륵. 다리에 힘이 풀려 주저앉아 멍하니 입술을 만지작거렸다.

'부……드러워.'

살짝 표면을 스치던 감촉이 가시질 않았다. 타인과 입술을 처음 맞춘 것도 아니건만 이상하게 그 느낌이 사라지지 않아 봄은 밤새도록 자신의 입술을 만지작거렸다. 멍하게 넋을 놓고 방바닥에 앉아 있던 그녀를 아침에 발견한 여름이 까무러친 것은 당연한 일이었다.

첫사랑을 잃는 10대 소녀도 아니고, 고작 입술 한 번 부딪힌 걸로 이렇게 정신을 못 차리다니. 봄은 풋 웃음을 터뜨렸다.

'뭐야, 유봄. 아직도 네가 소녀인 줄 아니.'

고개를 절레절레 저으며 눈앞에 놓인 서류에 집중을 하려 해도 코끝을 간질이던 고른 숨소리가 떠올라 정신이 흐트러진다. 봄은 후우, 후우 숨을 골랐다.

"어이, 매디!"

시끌벅적하던 평소와는 달리 한가롭기 그지없는 광역수사대 사무실. 책상 위에 다리를 걸쳐 두고 느긋하게 신문을 읽고 있던 황중우 계장은 떨리는 가슴을 진정시키고 있는 봄을 향해 소리를 질렀다.

도둑질을 하다 들킨 사람처럼 몸을 움찔거리던 봄은 저를 노려보고 있는 황 계장을 응시했다.

"너 아까부터 뭐하냐?"

"예?"

"입술에 꿀이라도 발라 놨어? 수상하게 무슨 짓이야?"

얼마나 만지작거렸는지 봄의 붉은 입술은 두툼하게 부어 있었다. 그녀가 사무실 안에 발을 내딛을 때부터 '웬 소시지가 있냐?' 하고 장난을 걸던 황 계장이었기에 헤헤 웃으며 입술을 만지작거리는 봄의 행동을 기이하게 여긴 것이 틀림없다.

황 계장이 말을 꺼내자마자 사무실 이곳저곳에서 동조하는 목소리가 쏟아졌다. 봄은 제 입술을 가리키며 술렁이는 동료들의 외침을 무시하며 콧방귀를 뀌었다.

"내 입술 내 마음대로 하겠다는데, 웬 시비예요! 신경들 끄시죠?"

고요하던 사무실 안이 자신의 입술로 인해 시끌벅적해지자 봄은 책상 아래로 시선을 돌렸다. 붉어진 얼굴을 들킬 것 같았다.

다들 눈치가 빠른 데다 유도신문의 달인들이기에, 만약 더 대꾸했다가는 무의식적으로 어제 있었던 일에 대해 털어놓을 수 있었다. 봄은 정신없이 두근대는 가슴을 가라앉히며 보고서를 작성하는 척 손을 바삐 움직였다.

억지로 일에 집중하다 보니 마음이 조금 진정되는 것 같기도 하다. 그녀가 반응하지 않자 재미없다는 듯 동료들이 혀를 찼다. 봄은 입꼬리를 올렸다.

그로부터 얼마나 지났을까. 서류를 훑어보던 그녀는 제 앞에 내밀어진 무언가를 발견하곤 고개를 들었다.

"이게 뭐야?"

스틱으로 된 입술 보습제였다. 아직 비닐도 뜯지 않은 것을 쓱 내민 찬주를 향해 봄은 고개를 갸웃거렸다. 찬주는 그녀의 손에 그것을 쥐어 주며 심드렁하게 중얼거렸다.

"선배 가져요."

"나?"

"입술, 꽤나 틀 것 같으니까."

심각한 듯 말을 읊는 찬주를 보며 봄은 풋 웃었다.

"찬주야. 이건 추워서 그런 게 아니라……."

"가져요. 어차피 증정품으로 받은 거니까."

입꼬리가 씰룩거리는 것을 주체하지 못하며 찬주에게 속사정을 털어놓으려던 봄은 일에 집중하려는 듯 다시 시선을 돌린 그를 빤히 바라봤다. 그러다 손에 들린 입술 보습제를 내려다보며 작게 웃었다. 증정은 무슨. 뻔히 바코드가 새겨져 있는데. 무심하게 행동하는 후배가 기특하게 느껴져 봄은 손을 들어 올렸다.

"윽. 선배! 왜 그래요!"

찬주는 풍성한 제 머리 숲으로 봄이 손을 집어넣자 기겁하며 미간을 좁혔다. 봄은 헤헤 웃으며 그의 머리카락을 헤집었다.

"귀여운 것. 내가 그래서 널 아끼지. 우리 찬주!"

"머리 망가져요!"

"요 예쁜 것!"

"아, 선배!"

쾅.

"큰일 났습니다!"

찬주와 봄이 아웅다웅하는 것을 흘긋거리며 혀를 차던 광역수사대의 식구들은 문을 열고 달려온 최동호 경위의 다급한 외침에 행동을 멈췄다.

광역수사 1계와 2계를 책임지고 있는 두 사람의 시선이 흘러내리는 땀을 제대로 닦지도 않고 소리치는 최 경위에게 집중됐다.

❖   ❖   ❖

"대체 여기가 어떻게 뚫린 거야?"

서울시 마포구 도화동에 위치한 한 실탄 사격장.

다른 곳도 아닌 실탄 사격장에서 총기가 도난당하는 사건이 발생했다는 연락을 받자마자 긴급 출동한 광역수사대의 팀원들은 아수라장이 된 현장을 발견하곤 눈을 크게 떴다.

실탄 사격장의 보안을 맡고 있는 현장보안팀장은 얼굴이 퉁퉁 부어 있는 상태로 그들을 맞이했다. 그는 광수대 팀원들에게 조금 전 있었던 일에 대해 진술을 하고 있는 중이었다. 황중우 계장은 뒤늦게 소식을 듣고 달려온 주인의 사색이 된 얼굴을 흘긋거리며 중얼거렸다.

"점심시간을 노렸나 봐요. 목동에 있는 사격장에 비해서 규모가 작잖아요. 팀장이 가게 맡고 다른 팀원들이 바로 앞 김밥 가게에서 식사하고 오는 사이, 일이 발생했다고 합니다."

최동호 경위가 목격자의 진술을 받는 동안 묵묵히 듣고 있던 박영진 경위가 현장을 확인하는 황 계장에게 다가와 말했다. 황 계장은 마침 보안실에서 나오던 봄과 찬주에게 시선을 옮겼다.

"CCTV에 뭐 잡혔어?"

봄은 심각한 얼굴로 고개를 가로저었다.

"우발적인 건 아닌 것 같아요. 이 녀석들, 처음부터 CCTV 가리고 시작했어요."

"제기랄!"

욕지거리를 흘리는 황 계장에게 찬주가 말을 건넸다.

"계장님, 요 앞에 감시 카메라 몇 개 있던데 확인해 볼까요?"

"그래, 막내 너는 서울청으로 가서 이 일대 CCTV란 CCTV 다 확인해. 사건 시간대에 수상한 움직임 있으면 곧장 연락하고."

"예!"

"매디 너는 장 씨 놈한테 연락해서 2계 애들도 움직여야 한다고 말해. 총 든 것도 충분히 위험한데 그런 놈이 세 놈씩이나 되니, 서울시 경찰은 다 수색해야 된다고."

"알겠습니다!"

"영진이랑 동호는 여기 남아서 감식반 올 때까지 수사 계속하고. 난 윗선에 전화 좀 해야겠군."

하아, 숨을 흘리며 황 계장은 머리를 긁적였다.

"언론이 가만 안 있을 것 같은데…… 망할."

봄은 고개를 가로저으며 작게 중얼거리는 황 계장의 말을 듣고 있다 급하게 핸드폰을 꺼내 들었다. 사무실에 남아 있을 장 계장에게 빨리 연락해야 했다.

❖   ❖   ❖

"하아."

뜨겁게 숨을 뱉어 내던 봄의 입술이 번들거렸다. 도영은 흐릿해진 동공으로 저를 올려다보는 봄을 향해 말갛게 웃었다. 파르르, 떨리는 그녀의 속눈썹은 봄이 얼마나 긴장했는지 보여 주었다. 꽉 움켜쥔 주먹이 미세하게 흔들렸다. 어떻게든 평정을 되찾으려고 노력하는 그녀가 너무도 귀여워 심장이 마구 울렸다.

"어쩌지."

빨갛게 달아오른 두 뺨. 세월이 흘렀음에도 불구하고 제 앞에 선 수줍은 소녀 그대로다. 도영은 고작 입맞춤 하나에 어쩔 줄 몰라 하는 그녀를 내려다보며 작게 속삭였다.

예고했던 대로 진도를 빠르게 빼고 싶은데 그랬다간 그녀가 도망가 버릴까 봐 조금 걱정이 된다. 물론, 절대로 도망치지 않겠다고 선언했던 봄이었지만 그 말을 곧장 믿기에는 전적이 있으니까. 봄은 빙그레 웃는 도영에게 시선을 빼앗긴 듯 그를 멍하니 올려다보았다. 도영의 붉은 입술이 움직였다.

"오늘은 이대로 보내 줘야겠네."

두근두근 뛰는 그녀의 심장 박동 소리가 귓가로 흘러 들어와 가슴을 간질였다. 오래전의 입맞춤까지 세면 이제 겨우 두 번째. 고작 두 번밖에 닿지 않았음에도 불구하고 제 마음을 휘저어 버리는 것은 예나 지금이나 마찬가지다. 닿는 순간 온몸으로 퍼져 나가던 따뜻한 열기. 그 입술에 다시 닿기까지 생각 이상으로 시간이 걸렸다. 도영은 제 말에 어리둥절해하는 봄을 내려다보며 옅게 웃었다.

"4단계까지 나갔다가는 네가 견디질 못할 것 같아."

긴 시간을 참아 왔던지라, 하고 싶은 것이 한두 가지가 아니었지만 제 페이스에 맞추어 움직였다간 그녀가 흐물흐물 녹아내릴지도 모른다. 지금도 빨갛게 물든 얼굴로 저를 바라보고 있는 걸 보면.

봄은 그의 말에 넋을 놓고 고개를 끄덕였다. 도영은 그녀의 대답이 떨어지기가 무섭게, 갈 곳 없이 허공을 돌아다니던 그녀의 왼손을 맞잡고 걸어가기 시작했다. 봄은 그에게 끌려 한 걸음, 두 걸음 앞으로 발을 내딛었다.

'너무 배려했나.'

뜬눈으로 밤을 새운 것은 도영 또한 마찬가지다. 입속을 헤집은 것도 아니고, 고작 몇 초 정도 닿았다 떨어진 입술의 감촉이 내내 잊혀지지가 않았다. 가만히 앉아 있으면 심장이 멋대로 쿵쾅거려 참을 수가 없을 지경이었다. 출근을 하는 도영에게 말을 걸던 몇몇 검사들이 무슨 일 있었냐고 물을 정도로 그 또한 흥분을 감추지 못했다.

그러다 보니 괜히 아쉽다. 제 말에 그저 고개만 끄덕이던 봄의 반응으로 보았을 때, 조금 더 진도를 빼도 괜찮았을 것 같다는 생각이 들어서. 도영은 유려하게 무언가를 써 내려가던 펜을 움직이다 말고 입꼬리를 올리며 생각에 잠겼다.

똑똑.

세 명으로 구성된 팀원들이 한창 일에 열중하고 있던 서울중앙지방검찰청 1208호 서도영 검사실. 서류를 넘기는 소리만 들려오던 검사실에 적막을 깨는 노크 소리가 울려 퍼졌다.

"제가 나가 볼게요!"

일한 지 겨우 3년밖에 되지 않은 실무관, 재희가 자리에서 벌떡 일어나며 소리쳤다. 도영은 재빨리 상념에서 벗어났다.

"어? 유 검사님이 여긴 어쩐 일이세요!"

문을 벌컥 연 재희가 말을 툭 던지자 도영의 시선도 그쪽으로 향했다. 시야 속으로 익숙한 얼굴의 여자가 들어왔다.

"잠깐 시간 되세요?"

같은 층의 마약수사과에서 일하고 있는 유여름 검사였다. 도영의 검사실에 배속받은 참여계장 태우가 그녀에게 말을 걸기도 전에 여름은 입술을 달싹였다. 사인한 구속영장 신청서 두어 개를 태우에게 넘기며 도영은 자리에서 일어났다.

"커피?"

"좀 전에 마셔서."

"그럼 제 것만 뽑습니다."

휴게실까지 그를 데려온 여름의 얼굴은 무슨 생각을 하는지 알 수 없었다. 은밀한 협력 관계를 몇 년간 이어 가고 있기는 하나, 가끔은 여름의 의중을 파악하기가 힘들었다. 여름이 자신의 편에 서서 다행이지, 반대의 상황이었다면 꽤나 골치 아팠을 것 같다. 도영은 그녀가 자판기에 동전 몇 개를 집어넣는 모습을 지켜보았다.

"형부."

의자에 앉아 여름이 커피를 꺼내 드는 걸 기다리던 도영은 친근한 단어를 뱉어 내는 여름을 바라봤다. 자신을 앞에 둔 채 그녀는 중앙지검이 자랑하는 자판기 커피를 마시며 숨을 골랐다. 그리고는 샐쭉 웃으며 말을 하기 시작한다.

"어제 유봄이 정신을 반쯤 놓고 들어왔던데. 잘되어 가고 계신 거죠?"

살짝 불러내는 것으로 보아 업무상 일인 줄 알았더니. 도영은 예상을 빗나간 여름의 말에 웃음을 그리며 대답했다.

"조만간 날 잡지 않을까 보는데."

"예? 벌써 그렇게 됐어요?"

눈을 동그랗게 뜨며 말하는 여름은 몹시 당황한 얼굴이었다. 하긴, 그럴 만도 하지. 겉으로 보기에는 두 사람이 재회한 지 아직 열흘도 채 되지 않은 상황이니. 도영은 대답 대신 눈웃음을 보냈다. 그러자 고개를 절레절레 흔들며 여름은 중얼거렸다.

"천하의 또검답네요. 형부 행동력엔 요즘 감탄만 합니다."

"다 처제 덕분이지. 처제의 조력 없었으면 이렇게까지는 못 했어."

"제 공도 치하해 주시다니. 뵈면 뵐수록 제 형부로 적임이세요."

"뭘. 처제야말로 좋은 동생이야."

"그걸 우리 언니가 알아줬으면 좋겠네요."

도영은 시니컬하게 중얼거리는 여름의 말에 웃음을 터뜨렸다. 두 사람이 다시 만나기까지 확실히 여름의 공이 컸다. 유환의 결혼식에 갈까 말까 망설이던 도영을 그곳까지 걸음하게 만든 건 여름의 문자 덕분이었으니. 여름은 부드럽게 휘어지는 그의 얼굴을 지그시 응시하다 품속에서 무언가를 내밀었다. 봉투였다. 도영은 고개를 갸웃거렸다.

"뭐지?"

"시간 되면 언니랑 같이 가세요."

얼떨결에 그녀에게서 봉투를 받게 된 도영은 속에 든 것이 강남의 H 호텔 숙박권이라는 것을 인지하고 여름을 응시했다. 여름은 볼을 긁적이며 나지막하게 중얼거렸다.

"어쩌다 얻었는데, 저는 딱히 쓸 일이 없을 것 같아서……."

왠지 씁쓸하게 느껴지는 그녀의 말에 잠시 뜸을 들인 도영은 그것을 품 안으로 집어넣었다.

"고마워, 처제. 잘 쓸게."

여름은 그의 답변이 마음에 들었는지, 흐뭇한 미소를 그렸다. 그러다 휴게실 내에 켜져 있던 TV를 흘긋거리며 중얼거렸다.

"아직도 그놈이 안 잡혔나 보네요."

TV 속 앵커는 얼마 전 마포동에서 있었던 살인 사건에 대해 이야기를 하고 있었다. 흔히들 '왼손 약지 살인범'이라 부르는 신원 미상의 연쇄살인범은 여전히 잡히지 않은 상태. 서울지방경찰청 광역수사대와 살인범이 미묘한 줄다리기를 하고 있다는 것은 얼마 전까지 춘천지검에서 일하던 도영도 알고 있는 사실이었다.

"봄이 구역이지?"

"네. 저 사건 때문에 작년에 유봄, 몇 달 동안 제대로 퇴근도 못 했는데 결국 다시 터지다니. 대체 어떤 놈이길래 그렇게 신출귀몰한 건지 감도 안 잡히네요."

쯧쯧, 혀를 차며 중얼거리는 여름의 말을 묵묵히 듣고 있던 도영의 눈동자가 돌연 큼직해졌다. 무심코 TV 속을 들여다보다 무언가를 발견했기 때문이다. 벌떡 자리에서 일어나는 도영을 의아하게 응시하던 여름이 미간을 좁힌 것은 당연했다.

"왜 그러……!"

총포 · 도검 · 화약류 등의 단속법을 시행하고 있는 대한민국은 다른 나라에 비해서 총기 사건이 드물다. 하지만 가끔 일어나는 총기 사건은 국민들의 긴장감을 극대화시키는 내용이 많았다.

때문인지 도화동에서 일어난 권총 · 실탄 탈취 사건은 발생한 지 30분이 지나지 않았음에도 각 방송사의 속보로 떠오르며 전 국민적인 관심을 모으고 있었다. 서울지방경찰청 광역수사대의 팀원들은 서울 각 지역의 경찰서들과 협력하여 현재 셋으로 추정되는 용의자를 검거하기 위해 발 빠르게 뛰고 있었다.

"좋아요. 그럼 거기서 뵙겠습니다."

광역수사 1계에 속해 있는 유봄 경사 역시, 마찬가지였다. 그녀는 용의자들의 메인 도주로를 쫓고 있는 황중우 계장 일행과 달리 혹시나 있을 상황을 대비하여 은행을 담당했다.

찬주가 CCTV로 얻어 낸 용의자들의 몽타주를 토대로 대형 은행들의 협조를 요청하고, 그녀가 있는 은행과 고작 두 블록 떨어진 은행을 먼저 수색 중이라는 청담 파출소 소장의 말에 알겠다고 대답하며 전화를 끊었다.

청담동에 위치한 K 은행 안으로 발을 내딛는 봄의 걸음은 조심스러웠다.

"총기 사건?"

"도심에서 일어난 거야?"

"무서워!"

"대체 관리를 어떻게 하길래 이 사달이 나!"

고객들은 너 나 할 것 없이 뉴스에 집중하고 있었다. 화면 하단에 '속보'가 뜬 터라 겁에 질린 이들이 많았다. 웅성거리는 은행 고객들을 훑어보다 보안팀장의 협력을 구하고 나오던 봄은 익숙한 얼굴의 누군가를 발견하곤 멈춰 섰다.

"아."

신기한 인연이 아닐 수 없다. 고등학교 졸업 후엔 얼굴 한 번 마주치기도 힘들었던 사람을 여기서 또 보게 될 줄이야. 봄은 본능적으로 얼굴이 구겨지는 것을 겨우 참고선 싱긋 웃음을 그렸다. 상대 역시 저만큼이나 밝은 미소를 그리며 다가왔다.

"여기서 다시 볼 줄은 몰랐네."

조곤조곤하다 못해 상냥한 음성. 한때는 그로 인해 천사라는 생각도 들게 했던 그녀가 반갑다는 표정을 지으며 말을 건넸다. 울컥, 무언가가 가슴 밑에서 치밀어 올랐지만 봄은 고개를 까딱이며 입술을 열었다.

"그러게. 신혼여행은 잘 다녀왔어?"

"염려 덕분에."

"딱히, 염려한 적은 없는데."

유리의 얼굴은 봄의 대꾸에 휴지 조각처럼 일그러졌다. 왠지 모를 통쾌함이 느껴졌지만 더 이상 유리와 대화를 나눌 시간은 없었다. 봄은 웃으며 유리를 직시했다.

"그럼 일 봐."

"대체……."

응?

"우리나라 경찰들은, 뭘 한다니?"

청담 파출소 직원들이 기다리고 있는 은행 쪽으로 발걸음 하려던 봄의 행동이 멈췄다. TV를 흘긋거리며 툭 뱉어 낸 유리의 말 때문이었다. 약을 올리기 위해서인지 생글생글 웃고 있는 유리가 말을 이었다.

"언제나 사건이 터지면 뛰기 시작하지. 그것도 한참 느리게. 이번 사건도 그래. 무서워 죽겠다니까? 어떻게 서울 시내에 총기를 든 사람들이 있을 수가 있어? 아직도 못 잡은 거 맞지? 난 그래서 세계 경찰들 중 우리나라 경찰이 가장 못 미더워. 아, 물론 네가 못 미덥다는 건 아니야. 어떻게 하다 보니 널 디스하게 됐네? 호호. 미안해, 봄아."

이게 진짜.

일부러 말을 툭툭 던지는 유리를 가만히 응시하던 봄이 몸을 돌리려 했다. 마음 같아서는 칼같이 응수하고 싶었지만 지금은 그럴 상황이 아니었다.

"잠깐!"

몸을 돌려 나가려는 봄의 손목을 유리가 세게 움켜쥐었다. 봄의 싸늘한 눈동자가 유리에게 꽂혔다.

"내 말 안 끝났…… 아야!"

"난 더 이상 볼일이 없는데."

"겨, 경찰이 힘없는 시민을 폭행해도 돼?"

앙상한 그녀의 팔을 떼어 내며 봄이 차분하게 대꾸하자 유리는 이글이글 타오르는 눈으로 소리쳤다. 결혼식의 앙금이 남아 있는 건지 유리는 이를 부드득부드득 갈았다.

봄은 한숨을 내쉬었다. 머리가 지끈거렸지만 싱긋 웃으며 말했다.

"힘없는 시민 정유리 씨. 전 지금 서울시의 안전을 지키기 위한 업무를 수행 중인데 힘없는 시민 정유리 씨가 저를 막고 계시는군요. 계속해서 막으신다면 어쩔 수 없이 당신을 업무 집행 방해로 체포해야 하는데, 괜찮으시겠습니까?"

"……!"

말이 끝나기가 무섭게 뒤로 주춤 물러나는 유리를 보며 봄은 말을 이어 나갔다.

"나 바빠. 오늘만 날이 아니니, 더 이상 방해 마."

사정없이 구겨지는 유리의 얼굴은 나름 보는 재미가 있었다. 분한 듯 입술만 파르르 떨고 있는 그녀를 응시하다 출구로 걸음을 옮기려 했다. 지이잉, 울리는 핸드폰이 아니었다면.

호출인가 싶어 다급히 핸드폰을 꺼내 든 봄은 액정 화면에 뜬 이름을 확인하곤 눈을 크게 떴다. 유리가 저를 바라보고 있는 걸 알고 있으면서도 봄은 굳이 숨길 생각을 하지 않았다. 대신 벽 쪽을 바라보며 소리를 뱉어 냈다.

"도영 선배?"

─괜찮아?

봄이 무심코 뱉어 낸 그의 이름에 유리가 반응을 했다. 봄은 자신을 노려보는 유리에게서 한 걸음 물러나며 대답했다.

"소식 들으셨어요?"

─지금 마포구 일대 수색 중이라며.

"네. 황 계장님 주도로 움직이고 계세요. 아직 아무 소식 없는 걸 보니 그쪽은 뜬 모양이에요."

─같이 움직이는 거 아냐?

"저는 은행 쪽 돌고 있어요. 지금은 청담동이에요."

─⋯⋯그래?

잠시 주저한 걸 보니 아무래도 신경이 쓰이는 모양이다. 봄은 옅게 웃으며 말했다.

"저 괜찮아요. 곧 청담 파출소 쪽이랑 합류하기로 했어요."

─그래도, 조심해. 걱정되니까.

그의 부드러운 목소리가 귓가로 흘러들어 왔다. 쿵쿵. 다정하기 그지없는 그의 말에 가슴이 일렁였다. 입꼬리가 스르륵 올라가는 것을 느끼며 봄은 대답했다.

"걱정 마세요. 저보다 황 계장님 쪽이, 따지고 보면 더 위험해요."

"봄아."

봄은 아니꼬운 눈으로 바라보고 있던 유리가 어느새 제 등 뒤까지 다가온 것을 발견하곤 얼굴을 구겼다.

"전화 중이잖아."

—누구야?

핸드폰 너머의 도영이 날카로운 봄의 답변에 어리둥절한 음성을 흘렸다.

"아무도 아니에요. 그냥……."

"봄아!"

아예 훼방을 놓으려 작정을 한 건지. 유리는 봄의 옆구리를 쿡 쑤시며 소리쳤다. 봄은 신경질적으로 뒤를 돌아보며 외쳤다.

"정유리! 너 정말 업무 집행 방해로 체……!"

유리가 새하얗게 질린 얼굴로 은행의 출입구 쪽을 가리키고 있었다.

청담동 근방의 은행 중 가장 큰 규모를 자랑하고 있는 K 은행 내부로 들어온 세 명의 남자들은 일사불란했다. 오랜 시간 범행을 계획했는지, 봄이 미처 대응을 하지 못할 정도로 빠르게 움직였다.

은행 출입구와 불과 두 발자국 떨어진 상태에서 주변을 주시하고 있던 보안팀 요원들은 총을 든 그들에게 이미 제압을 당한 상황.

TV 화면에서는 그들의 인상착의와 비슷한 몽타주들이 둥둥 떠다니고 있었으니 은행 내의 고객들이 기겁한 것은 당연한 일이었다.

"보, 봄아……!"

제게 따박따박 말을 쏘아 댈 때의 날카로운 태도는 어디다 숨겼는지. 입술을 파르르 떨며 봄의 옷깃을 잡아 버리는 유리의 손이 미세하게 흔들렸다. 봄은 침을 꿀꺽 삼키며 핸드폰을 여전히 귀에 댄 채 그들의 행동을 지켜보고 있었다.

"어이."

검은 모자를 눌러쓰고 선글라스까지 끼고 있는 세 명의 남자들. 한 사람은 은행 내의 고객들에게 총구를 겨누며 움직이지 말라는 말과 함께 핸드폰을 수거하고 있었고, 다른 한 사람은 여유롭게 은행 창구 쪽으로 다가가 커다란 가방 몇 개를 올렸다. 그리고 마지막 한 사람은 봄과 유리가 있는 곳으로 터벅터벅 다가오며 빙긋, 입꼬리를 올리고 있었다.

'침착하자. 침착해, 유봄.'

쿵쿵쿵쿵. 심장이 벌렁거렸다. 좋은 의미가 아니라 나쁜 의미에서. 온몸의 혈류가 빨라지는 느낌이었다. 봄은 입술이 바짝 말라 가는 것을 느끼며 자신의 핸드폰을 뚫어져라 응시하고 있는 검은 모자의 남자를 바라봤다.

어떻게 해야 하지. 대체 어떻게……!

이곳에서 두 블록 떨어진 곳에서 청담 파출소 경찰들이 은행들을 살펴보고 있기는 하나, 남자가 다가오고 있는 이 상황에서 그들에게 호출은 불가능했다.

슬쩍 그의 손에 들린 권총을 살펴보니 안전장치가 풀려 있는 상태였다. 자칫하다가는 총구 끝에서 실탄이 발사될 수도 있었다. 도화동 쪽에서 사건이 일어났고, 그래서 청담동 쪽으로 그들이 발걸음을 할 가능성은 희박했으므로 방탄복을 입을 생각 따위도 하지 못했다.

봄은 눈앞이 아찔해지는 것을 느끼며 인상을 썼다.

아무리 자신이 무술 유단자라고는 하나, 다대일의 경우는 여러 가지 수를 생각해 보아야 한다. 게다가 상대는 실탄이 장전된 총을 들고 있었기에 함부로 움직인다면 다른 시민들의 안전까지 위협받는다.

봄은 얼른 제게 전화를 끊으라는 듯 고갯짓을 하며 눈앞으로 다가온 검은 모자의 남자를 응시하다 입술을 열었다.

"저…… 선배."

모험을 하는 수밖에 없었다. 봄은 실낱같은 마지막 희망을 걸고 말을 이어 나갔다.

"아무래도, 전화를 끊어야 할 것 같아요."

—왜? 많이 바빠?

의아함을 가득 담은 도영의 목소리가 귓가로 전해졌다. 검은 모자는 봄이 허튼짓을 하면 가만두지 않겠다는 듯, 유리를 잡아끌며 그녀의 관자놀이에 총구를 겨누었다. 봄은 기겁하며 딸꾹질을 해 대는 유리를 흘긋거리고는 소리를 뱉었다.

"아뇨, 그런 건 아니지만 슬슬 부실에 화장지가 떨어질 것 같아서."

—……뭐?

"끊을게요."

도영의 다음 말은 봄에게 전해지지 않았다. 그녀는 미친 듯이 뛰는 심장을 가라앉히며 태연하게 핸드폰을 귀에서 떼어 낸 뒤 종료 버튼을 눌렀다. 뚝 끊어지는 그녀의 전화를 가만히 응시하던 검은 모자는 봄에게 손을 내밀었다. 그녀는 말없이 핸드폰을 건넨 후 제게 밀쳐지는 유리를 부축했다.

"전화 끊는데 무슨 말이 그렇게 많아?"

봄에게서 핸드폰을 낚아챈 검은 모자는 배터리를 분리한 뒤 들고 있던 가방 속에 집어넣으며 툴툴거렸다. 말없이 엉엉 울어 대는 유리를 무심하게 내려다본 봄은 어느새 동료가 있는 곳으로 다가가 총구를 천장으로 겨누며 소리치는 그들을 주시했다.

"다들 빠릿빠릿하게 안 움직이고 뭐해! 정말 죽고 싶어?"

위협적인 그들의 외침에 K 은행 내부에 있던 30명 가까이 되는 사람들이 으아악, 비명을 질러 댔다. 그 소리가 거슬렸는지 다시금 사람들에게 총구를 겨누며 조용히 하라 외쳐 대는 3인조 무장 강도들의 명령은 내부를 쥐 죽은 듯 고요한 곳으로 만들어 버렸다.

봄은 두려움에 벌벌 떠는 일반 시민들을 진정시키면서 한곳으로 몰아세우는 범인들을 흘긋거렸다.

'제길.'

바닥에 쓰러져 있던 보안팀장과 눈빛을 교환했으나 돌아온 답변은 힘없이 고개를 가로젓는 반응뿐이었다. 봄은 어금니를 악물며 길게 한숨을 내쉬었다.

"대체 뭐하는 거야."

어디서 본 것은 있는지, 케이블 타이로 사람들의 손을 채우고 있는 범인들을 쳐다보던 봄을 향해 유리가 작게 중얼거렸다.

"너, 경찰이라며! 시민들 안전 지킨다며!"

"정유리."

"이게 지키는 거야? 지키는 거냐고!"

강도들에게 들리지 않을 만큼 작은 목소리로 다그치는 유리의 얼굴엔 다급함이 잔뜩 묻어났다. 봄은 서늘한 눈을 빛내며 유리에게 경고했다.

"시끄러워."

"유봄!"

빽 소리를 지르려다 3인조 중 한 명이 제 앞으로 다가오자 유리는 다시 입을 다물었다. 봄은 유리 다음으로 제 손에 케이블타이를 채우는 그들의 손길을 느끼며 미간을 좁혔다.

'눈치⋯⋯챌까.'

서초동에 위치한 서울중앙지방검찰청의 12층 휴게실. '도화동 총기 도난 사건'에 대한 속보는 계속해서 흘러나오는 중이었고, 도영은 그 TV를 바라보면서 끊어져 버린 핸드폰 액정을 말없이 만지작거리고 있었다.

"유봄이 뭐래요? 수사 중이래요?"

현재 경찰의 관할에 있는 사건이기에 아직까지 검찰이 나서기엔 애매한 상황.

서울 전 지역의 강력 범죄에 대한 수사 권한을 가지고 있는 광역수사대가 이 일을 담당하고 있다는 것을 잘 알고 있던 여름은 눈을 빛내며 도영에게 말을 건넸다. 그러나 도영은 의문 섞인 목소리를 흘리는 여름의 말에도 대꾸하지 않고 있었다.

"형부?"

스윽. 한동안 입을 다문 채 침묵을 유지하던 도영의 눈동자가 움직인 것은 그로부터 10여 초가 더 흐른 시각. 의아해하던 여름이 한계에 다다랐을 때 도영은 인상을 쓰며 붉디붉은 입술을 달싹였다.

"알고 있는…… 말이야."

"예?"

여름은 제 질문에 답하지 않고 작게 중얼거리는 도영을 멀뚱히 직시했다. 그는 그 이후로도 한동안 아무 말을 하지 않더니, 이내 '서 검사님?' 하고 자신을 불러 대는 여름을 똑바로 응시하며 핸드폰을 세게 움켜쥐었다.

"전화를 해야 할 곳이 생긴 것 같아."

"왜 그러세요?"

도영은 도통 무슨 영문인지 몰라 어리둥절해하는 여름을 내려다봤다.

"유 검은 혹시 모르니 계속 언니한테 전화 걸어 봐. 아니다. 유 검, 봄이 파트너 전화번호 알지?"

"아, 네. 일단은……."

"그럼 그 사람한테 연락해서 봄이랑 같이 있는지 물어봐."

"언니한테 무슨 일 있어요?"

버럭 외치는 도영의 갑작스러운 행동에 여름의 눈동자가 큼직해졌다. 도영은 그녀의 음성이 살짝 떨리기 시작했다는 것을 인지하고는 나지막하게 중얼거렸다.

"아니길 바라야지. 그러니 일단 연락부터 해."

"아······."

"어서!"

네, 여름의 대답이 들려오자마자 도영은 획 몸을 돌렸다. 멀리 엘리베이터가 있는 곳으로 달려가는 그의 발걸음은 거침없었다.

가슴이 급격하게 빠른 속도로 울렁이기 시작했다. 어쩐지 손바닥이 촉촉해져서 도영은 저도 의식하지 못하는 사이 인상을 썼다. 2층에 머무르고 있는 엘리베이터는 도통 올라올 생각을 하지 않는다.

'젠장!'

본인도 깜짝 놀랄 만큼 세차게 뛰는 심장. 도영은 아무리 걸어도 받지 않는 광역수사대 황중우 계장의 전화번호를 꾹꾹 눌러 가며 입술을 세게 깨물었다.

해가 뉘엿뉘엿 지고 있는 오후의 부실. 고요한 적막이 흐르는 바로 그곳을, 열아홉의 도영은 꽤나 좋아했다.

절친한 친구에게도 말하지 못했던 그만의 은밀한 비밀. 수능 공부로 인해 지쳐 가던 하루하루를 겨우 견딜 수 있게 해 주었던 그의 휴식 장소.

그곳이 그토록 즐거웠던 이유는 저만큼이나 상기된 얼굴로 문을 두드리던 한 소녀 때문이었다.

언제였을까.

이제 더는 애써 부실로 올 필요는 없다는 이야기를 문예부 고문 선생에게 들었던 그날은 그의 학창 시절 중 가장 상심했던 날이었다.

그것으로도 모자라 3학년 담임선생에게서도 부실로 가는 시간에 차라리 교내의 우수 학생들을 위한 정독실로 발걸음 하는 편이 좋지 않겠냐는 말을 들었던 그날, 그는 반항이라도 하듯 누구보다 일찍 문예부실을 열었다.

"또 먼저 와 계시네요."

빙긋 입꼬리를 올리며 제게 다가오던 그녀에게선 꽃향기가 났다. 코끝이 간질간질해 입술을 꽉 깨물지 않았다면 곧장 들켜 버릴지도 모를 만큼 달콤한 향기였다. 도영은 사뿐히 걸어와 제 앞에 털썩 자리를 잡는 그녀를 바라봤다.

"봄이 왔어?"

수줍게 웃으며 고개를 끄덕이는 봄의 두 뺨은 빨갛게 물들어 있었다. 부끄러움을 감추지 못하는 그녀의 순진한 모습이 도영의 마음에 바람을 일으켰다.

살랑살랑. 열어 놓은 창 틈 사이로 봄기운이 흘러 들어왔다. 도영은 들고 있던 책을 내려놓고 갑자기 저를 쳐다보는 봄을 향해 고개를 갸웃거렸다.

"읽어 보셨어요?"

"무슨…… 아."

"어때요? 선배 생각에는, 가능성이 있을까요?"

반짝반짝 눈을 빛내는 열여덟의 봄은 잔뜩 기대에 찬 얼굴을 하고 있었다. 얼마 전 우연찮게 공유하게 된 그녀와의 비밀은 그에게 있어서도 소소한 즐거움을 주었던 차였다.

그는 제 입술만을 뚫어져라 응시하고 있는 봄의 모습에 잠시 주저하다 천천히 대답했다.

"재미있기는 했어."

"정말요?"

"하지만 임팩트가 조금 부족한 것 같아."

몇 주 전이었다. 소설가가 되고 싶다며 직접 써 내려간 단편 소설을 봄이 건네주었다. 선배가 꼭 읽어 주었으면 좋겠다는 그녀의 부탁에 만사를 제쳐 두고 소설을 읽었다.

도영은 아아, 하고 실망스러운 듯 고개를 아래로 떨구는 봄에게 속삭였다.

"그래서 말인데…… 뭔가, 포인트를 주면 어떨까."

"포인트?"

"예를 들면 암호라든가."

"암호요?"

"소설 속 주인공인 소년과 소녀 둘만 알 수 있을 만한 것들. 사소하지만, 그 암호로 인해 두 사람이 더욱 긴밀해질 수 있잖아. 아, 물론 어디까지나 내 의견이니까 그냥 참고만 하는……."

"어떤 식이 좋을까요?"

두 뺨에 홍조를 띠며 부끄러워하던 것과 달리 열정적인 얼굴로 메모지를 꺼내 드는 모습이 꽤나 귀여웠다. 도영은 돌변한 그녀의 태도에 웃음이 터져 버리려는 것을 꾹 참고선 봄을 바라보았다. 봄은 큰 눈을 일렁이며 말했다.

"단어로 암호를 만들까요? 아니면 사물이 좋으려나?"

"문장은 어때?"

"문장이요?"

"소설 속 두 주인공 모두 우리처럼 고등학교 학생이잖아. 그러니 평범하게 일상 대화처럼 이야기하는 걸로 암호를 만들어 버리는 거지. 예를 들면……."

"부실에 화장지가 없어요!"

"응?"

"위험하다는 뜻으로 말이죠! 부실에 화장지가 없으면, 정말 위험하니까!"

자신의 암호가 괜찮냐는 듯 눈을 빛내는 봄에게 아니라고 대답할 수가 없었다. 도영은 웃음을 머금은 채 '그거 괜찮네' 하고 고개를 끄덕여 주었다.

그 이후로도 소설에 어울릴 법한 암호 몇 가지들을 만들며 다른 부원들이 올 때까지 소소한 시간을 보냈다. 하늘을 밝히던 붉은 해가 아래로 내려가던 중이었지만 아마도 그때 더욱, 그녀에게 빠져들지 않았을까 하고 시간이 지난 뒤 가끔 생각하곤 했었다.

─슬슬 부실에 화장지가 떨어질 것 같아서…….

미세하게 떨리던 그녀의 음성이 머릿속에서 사라지지 않는다. 도저히 올라올 생각을 하지 않는 엘리베이터를 바라보던 도영은 결국 비상계단을 이용해 아래로 내려가는 것을 선택했다.
─아, 서 검사님!
내려가는 도중 몇 번이고 전화 걸기를 반복한 결과 2층쯤 다다랐을 때 핸드폰 너머에서 걸걸한 목소리가 들려왔다.
도영은 헉헉 숨을 몰아쉬며 이어지는 황 계장의 음성에 귀를 기울였다.
─전화하셨더군요. 제가 지금 경황이 없어서, 미처 받지 못했습니다. 검사님도 이미 소식은 들으셨겠지만…….
"황 계장님! 지금, 어디십니까?"
─예?
"청담동 쪽에 계십니까?"
말을 뱉어 내는 와중에도 심장이 안정을 찾을 생각을 않는다. 제 머릿속에 그려지는 일이 설마 일어날까 두려워 조바심이 났다. 다짜고짜 물어 대는 도영의 말에 당황했는지 대답하길 주저하던 황 계장이 뭔가 직감했는지 차분해진 목소리로 되물었다.

—무슨 일이십니까?

도영은 빠르게 계단을 내려가며 답했다.

"아무래도 그쪽에, 일이 터진 것 같습니다."

❖   ❖   ❖

째깍째깍.

손목에 찬 시계 초침이 시간에 맞추어 움직인다. 살벌한 긴장감이 감도는 실내에서 움직이는 사람은 새파랗게 질린 얼굴로 돈을 커다란 가방에 담고 있는 몇몇 여성 은행원들뿐.

대한민국에선 흔히 찾아보기 힘든 총기에 의해 힘없이 제압당해 구석진 곳에 앉아 있는 남성 은행원들은 눈을 질끈 감은 채 얼른 이 시간이 흘러가기를 기다리고 있었고 그런 마음은 우연히 은행에 들렀다 인질로 붙잡힌 일반 시민들 역시 마찬가지였다.

'어떡하지.'

세 명의 무장 강도들에 의해 청담동의 K 은행이 살얼음판이 된 지 벌써 10분째. 섣불리 움직였다간 오히려 낭패를 보기 십상인지라 잠자코 상황을 지켜보던 봄은 시간이 흐르면 흐를수록 그들을 막을 수 있는 시간이 줄어들고 있다는 것을 자각하고 있었다.

은행에 들어오자마자 각자 분담하여 사람들을 제압하고, CCTV를 장악하고, 돈을 쓸어 담은 3인조는 재빠르게 행동하고 있었다.

우발이 아닌 계획적 범죄라는 것을 알 수 있을 정도로 K 은행의 동선에 훤했다. 봄은 세 번째 가방을 채우고 있는 여성 은행원들의 손끝이 파르르 떨리는 것을 발견하곤 미간을 좁혔다.

그나마 다행스러운 것은 아직까지 인명 피해는 없다는 사실이다. 철저하게 은행만을 털 계획이었는지 위협만 할 뿐 실탄을 발사하지 않은 것이 그나마 봄의 마음을 진정시켰다.

'생각하자, 유봄. 생각해야 해.'

온몸의 털이 쭈뼛거리고 목이 바짝 말라 가는 절체절명의 상황. 그 상황에서도 침착함을 유지하려 애쓰며 그들이 이곳을 벗어나기 전에 검거해야 한다는 생각을 품고 있던 봄은 차분하게 호흡을 가다듬었다.

분위기로 보건대 앞으로 5분 뒤면 그들은 이곳을 떠날 것 같았다.

일단 공포탄으로 무장을 한 청담 파출소 직원들에 대한 기대는 버리는 게 좋았다. 이미 K 은행에 들렀다 가겠다고 말을 한 상태이므로 앞으로 30분간은 이상하다 여기지 않을 것이다.

광수대 사람들은 그녀가 도주 루트 1과 2에 집중하고 있다고 들었으니 이 상황을 예측하지 못하고 있을 터. 그렇다면 남은 것은…….

'도영 선배……밖에 없는데.'

서초동 서울중앙지검에 있을 도영이 그녀의 말을 알아듣고 와 주는 것뿐이지만. 어떨까. 봄은 파르르 떨리는 손끝을 세게 움켜쥐며 숨을 골랐다.

"끝나 가?"

"거의!"

"빨리 움직여. 15분 다 돼 가!"

"말 들었지? 얼른 안 집어넣어?"

날카로운 총구를 겨누며 눈을 부라리는 검은 모자들의 행동에 하얗게 질린 여성 은행원들의 손놀림이 더욱 바빠졌다.

일단 시민들을 이곳에서 내보내고 좇아야 하나, 고민하고 있던 봄은 거의 마무리되어 가는 상황에 인상을 쓰며 이를 악물었다.

'빌어먹을……'

다른 누구도 아닌 제 눈앞에서 시민들이 위협받고, 용납 못할 범죄가 진행되고 있는데 아무것도 하지 못하고 주저앉아 있어야만 한다는 사실이 부끄러워 미칠 지경이다. 끓어오르는 분을 가라앉히려 애썼지만 잘되지 않았다.

"됐어!"

그때였다. 어떻게든 케이블 타이를 풀기 위해 손목을 이리저리 움직이던 봄은 창구 쪽에서 들려오는 환희에 찬 목소리에 고개를 들었다.

3인조 중 가장 키가 작은 남자가 묵직한 가방을 양손에 쥐어들며 리더로 보이는 이를 향해 시선을 보냈다. 목적을 이룬 것이다. 봄은 심장이 철렁거렸다. 중간 키의 남자가 갑자기 사람들에게 총구를 겨누었기 때문이다.

"다들 허튼수작 부릴 생각 따윈 접는 게 좋을 거야! 만약 우리가 나가자마자 경보음이 울리거나, 누군가 밖으로 나온다면 가차 없이 방아쇠를 당겨 버릴 테니까!"

그가 오른손 검지로 방아쇠를 당기는 척을 하자 구석진 곳에 주저앉아 있던 사람들이 움찔 반응했다. 그 말을 뱉어 내기가 무섭게 몸을 돌리는 두 명의 강도들은 주변을 살피며 유유히 은행을 빠져나갈 준비를 했다.

"유봄."

나서야 할까, 말아야 할까. 괜히 그들을 따라갔다가 더 위험해질 수도 있지만 이대로라면 놓칠 수도 있다.

부들부들 몸을 떨어 대며 강도들이 이곳을 빠져나가기만을 기다리는 시민들을 위해서라도 일단은 모르는 척 기다리는 것이 상책이지만 그대로 내버려 두었다가는 모두를 위험에 처하게 할 수도 있었다.

어느 쪽을 선택해도 다수와 홀로 상대해야 하는 결과를 초래할 수 있어 조심스럽기만 하던 그 순간, 봄은 제 귀를 울리는 목소리에 고개를 옆으로 돌렸다.

"정말 저 사람들이 이대로 빠져나가게 내버려 둘 거야?"

뭐?

금방이라도 눈물을 흘릴 채비를 하고 가녀린 어깨를 들썩이던 유리가 입술을 달싹였다.

"경찰이라고 자랑했잖아, 너! 강력계 형사라며! 저 사람들이 우리 돈 훔쳐 가게 두고 볼 거냐고!"

봄은 출입구 쪽으로 향해 있는 두 명의 강도들을 흘긋거리다 유리에게 인상을 썼다.

"정유리. 입 다물어."

상대가 총기를 소지하고 있다는 것이 얼마나 위험한 상황인지 정말 모르는 건지. 저를 타박하는 데만 집중하고 있는 유리를 황당한 눈초리로 바라보며 봄은 낮게 으르렁거렸다. 유리는 그런 봄의 모습에도 아랑곳 않고 말을 이어 나갔다.

"그러니까 내가 우리나라 경찰을 못 믿는 거야!"

"정유리!"

"너 같은 애가 경찰이 되니까 나라 꼴이 이런 거라고!"

"유리야, 제발!"

독기 오른 눈으로 조용히 내뱉은 그녀의 말이 비수처럼 심장에 꽂혔다.

혹시나 누군가 들을까 싶어 노심초사하며 주위를 둘러보던 봄은 출입구 쪽에 있던 두 명의 강도들이 이미 시야 밖으로 벗어났다는 것을 확인하고 눈을 크게 떴다.

"뭐? 시민을 지켜? 웃기고 있네. 시민들 지키기에 앞서 네 자신부터 지…… 악!"

순간적으로 놓친 강도를 찾으려 좌우를 두리번거리려 할 때였다. 봄은 조막만 한 유리의 입술 사이에서 흘러나온 비명 소리에 얼굴을 들어 올렸다.

"……!"

서늘한 눈동자. 선글라스에 가려 잘은 보이지 않지만 틀림없이 저를 향하고 있는 그 눈동자는 한기가 서려 있었다. 실 같은 머리카락을 세게 움켜쥐며 뒤로 잡아당긴 검은 모자로 인해 유리가 악악, 소리를 질러 댔다.

봄은 침을 꿀꺽 살피며 저와 유리를 번갈아 바라보는 그의 두

틈한 입술을 주시했다. 검은 모자는 씨익 웃으며 말했다.

"아가씨. 방금, 뭐라고 그랬지?"

봄과 유리를 무심하게 내려다보며 검은 모자는 물었다. 두 눈에 물기를 가득 담은 채 유리는 소리쳤다.

"아, 아파요!"

검은 모자는 피식 웃으며 대답했다.

"아프라고 잡은 거야. 그런데 아가씨, 내 말에 아직 대답하지 않았는데?"

"아악!"

"경찰? 분명 그런 말을 들은 것 같아. 그렇지?"

이번엔 아예 뒤통수에 총구를 겨누며 음산한 목소리를 흘리자 유리의 얼굴이 하얗게 질려 갔다. 봄이 굳은 얼굴로 유리의 떨리는 눈동자와 조우한 것은 필연적이었다.

"저, 전 잘못 없어요! 여태껏 착하게 살았…… 으윽!"

"침착해, 아가씨. 아가씨를 죽이려는 게 아니야. 단지…….."

"끅!"

"단지, 아가씨가 한 말이 거슬려서 그래. 경찰이랬잖아, 방금. 안 그래? 내가 잘못 들은 건가?"

"마, 맞아요! 그, 그렇게 말했어요!"

"그럼 대답해 줬으면 좋겠군. 여기…… 경찰이 있나?"

봄은 입을 꾹 다문 채 소리를 질러 대는 유리를 바라봤다. 부디 그 말만은 뱉지 말아 달라는 무언의 신호였지만 유리의 시선은 이미 검은 모자에게 빼앗긴 뒤였다.

봄은 유리의 가느다란 팔이 서서히 올라가는 것을 발견했다.

"쟤요!"

그리고 그녀의 손가락은 정확히 봄을 향했다.

······망할.

"쟤가 경찰이에요!"

유리는 하이톤의 음성을 뱉어 냈다.

"저는 평범한 시민이라고요! 평범한 시민! 그러니 제발 살려······ 학!"

검은 모자는 발악하는 유리의 뒷목을 강타한 후 고개를 돌렸다. 유리가 힘없이 바닥에 고꾸라졌다. 봄은 미친 듯이 차오르는 숨을 고르며 감았던 눈꺼풀을 들어 올렸다.

터벅터벅.

멀지 않은 거리. 고작 세 발자국 떨어져 있던 검은 모자와의 거리가 좁아지는 것이 느껴졌다. 입술을 잘근 짓누르던 봄이 정면을 바라보았을 때 싱긋 웃으며 제 앞에 미소 짓는 남자가 시야로 들어왔다.

"아가씨."

소름이 오소소 돋아나는 음성을 흘리며 검은 모자가 봄을 쳐다봤다.

"경찰······이라고?"

서울시 마포구 마포동에 위치한 광역수사대의 신청사.

3층에 위치한 수사본부 사무실의 분위기는 미친 듯이 울려 대는 전화벨 소리를 제외하면 무겁기 그지없다.

실탄 사격장 내에서 치밀하게 계획된 총기 강탈 사건이 일어난 지 50분이 다 되어 감에도 불구하고 아직도 범인들을 검거하지 못했기 때문이다.

이미 사건에 대한 소식은 언론에 퍼졌고 갑작스러운 총기 강탈 사건으로 인해 두려움에 떠는 것은 비단 서울 시민들뿐만이 아니었다.

"사건이 일어난 지 벌써 몇 분쨌데 아직도 못 잡으면 어쩌자는 거야! 다들 정신이 있어?"

이웅대 총경은 수사본부가 설치된 커다란 회의실 안에서 전화를 돌려 가며 수사를 진행 중인 부하들에게 소리를 내질렀다.

부하들에게 지갑을 열어 고기를 먹게 해 준 것이 엊그제이건만. 대한민국 경찰들 중에서도 소수 정예 수사 집단이라는 것들이 고작 세 명의 범인을 포착하지 못했다는 것이 그를 짜증스럽게 만들었다. 조금 전 서울지방경찰청장인 김태수 치안정감에게 검거 촉구의 연락을 받았기에 더더욱.

"중우 이 자식은 대체 뭘 하길래 코빼기도 안 보여!"

"1계 애들, 지금 청담동 쪽으로 향하고 있답니다."

머리를 벅벅 긁으며 범인들의 도주 루트를 검토하던 광역수사 2계의 장정호 계장이 신경질을 내는 이웅대 총경에게 대답했다. 이웅대 총경의 눈이 동그래졌다.

"청담동? 거긴 왜? 그 자식들 마포대교 타고 서해안 고속도로로 빠지는 거 아니었어?"

"서해안 쪽으로 빠지는 건 도주 루트 중 하나였고요. 그리로 가던 도중 갑자기 제보를 받은 모양입니다."

"제보? 목격자가 있었어?"

장 계장은 고개를 끄덕였다.

"우리 쪽 애 하나랑 중앙지검 쪽 애 하나랑 연락이 닿은 모양인데 그쪽 애가 뭔가 감지한 것 같습니다. 황 계장이 청담동 쪽 맡겠다고 연락 왔어요."

"검찰이 왜 벌써 나서! 우리 일인데. 그리고 중우 그 자식은 검찰 애 말을 어떻게 믿고 그렇게 쪼르르 달려가, 달려가긴! 제 정신이야?"

아니나 다를까 예상했던 답변이 흘러나와 장 계장의 얼굴 역시 일그러졌다.

─허튼소리 할 녀석 아니야. 게다가 매디 일인데. 일단 내가 우리 애들 데리고 거기 가 볼 테니까, 대장 잘 구슬려 봐. 물론 다른 루트로 너희 애들 보내 놓고.

귀찮은 녀석.

제 행동에 불같이 화를 낼 이웅대 총경의 반응이 눈에 훤히 그려진다는 듯, 한숨을 푹푹 내쉬던 황중우 계장의 전화를 떠올리며 미간을 좁히던 장 계장은 고개를 절레절레 흔들며 말을 이어 나갔다.

"얼마 전에 중앙지검에 부임한 스타 검사 있잖아요, 또검. 그 녀석이 황 계장네 매디랑 약혼한 사이래요. 황 계장이 그 녀석 전화받고 움직인 거랍니다."

"뭐? 그건 또 무슨 소리야? 매디면 유봄 아냐? 그 녀석은 언제 약혼했어?"

그런 소문은 듣지 못했다는 표정으로 되묻는 이웅대 총경에게 그게 중요한 것이 아니라며 손을 휘휘 내젓던 장 계장이 입술을 움직였다.

"하여간 지켜보시죠, 대장. 조만간 연락 올 겁니다. 다른 루트로 특공대 애들이랑 우리 애들도 미리 보내 놨으니 빨리 잡히길 바라야죠."

이웅대 총경은 초조하게 핸드폰을 만지작거리는 장 계장을 흘긋거리다 말고 신경질적인 소리를 뱉어 냈다.

도화동에서의 총기 강탈 사건이 발생한 지 50분째. 광역수사대의 수사본부엔 무거운 적막이 흘렀다.

"황 계장님!"

마포대교를 타려던 황 계장과 겨우 연락이 닿자마자 사정을 설명했다. 자신의 말에 의문을 품으면서도 기꺼이 청담동까지 발걸음해 준 황 계장에게 도영은 손을 크게 들어 올렸다. 황 계장은 자신의 부하 직원들과 함께 도영이 서 있는 곳으로 달려왔다.

"저깁니까?"

"예. 20분 동안 나온 사람도 없다고 하더군요."

아무렇지도 않게 K 은행 앞을 지나다니는 시민들이 보였다.

그들의 통행을 저지하는 부하들을 흘긋거리며 황 계장은 도영에게 말을 걸었다. 도영은 기다렸다는 듯 대답했다. 황 계장의 느긋해 보이던 얼굴이 날카로워졌다. 그는 매 같은 눈을 빛내며 은행을 살폈다.

"안을 살펴볼 창은, 없군요."

"뒷문 쪽에 출구가 하나 더 있습니다."

"애들 배치시키겠습니다. 그런데 아직도 매디, 아니 봄이랑 연락 안 닿습니까?"

무전기를 들어 올려 지시를 내린 황 계장이 어두운 얼굴로 도영을 바라봤다. 도영은 대답 대신 고개를 끄덕이는 걸로 대신했다. 황 계장은 두툼한 입술 사이로 젠장, 하고 말을 흘리며 이를 갈았다.

어쩌다 이렇게 된 건지 모르겠다. 도영은 좀처럼 진정이 되지 않는 심장을 억지로 가라앉히며 입을 다물었다. 고작 몇 미터 떨어져 있는 저 은행 속에 봄이 인질로 잡혀 있을 것이라 생각하니 눈앞이 막막하다. 아무리 봄이 무술 유단자라 할지라도 총기를 든 강도들을 대처하기는 힘들 것이다. 섣불리 나설까 걱정까지 된다.

도영은 초조한 표정을 지으며 K 은행 안으로 침투할 준비를 하는 황 계장을 바라보았다. 결연한 얼굴의 경찰 특공대들을 비롯하여 광역수사대의 팀원들이 K 은행의 출입구 주변을 둘러싸고 있었다.

"일단 다른 시민들이 인질로 잡혀 있는지부터 확인해야겠습니다. 녀석들이 인질을 잡고 있다면 상황이 쉽게 풀리지만은 않을 테니."

황 계장은 굳은 얼굴을 하고 있는 도영을 바라보다 중얼거렸다. 도영은 황 계장의 고갯짓이 끝나자마자 무전기 하나를 건네는 찬주와 눈이 마주쳤다. 봄의 소식을 듣고 곧장 청담동에 도착한 찬주의 얼굴도 밝지만은 않았다.

"원래는 위기협상팀 애들이 올 때까지 기다려야 하지만 상황이 상황이니만큼……."

"제가, 나서도 되겠습니까?"

한숨을 푹 내쉬며 K 은행 쪽으로 걸어가려던 황 계장이 멈춰 섰다. 제정신이냐는 듯 그를 바라보았지만 도영은 황 계장의 손을 세게 부여잡으며 말했다.

"부탁드립니다. 말로 먹고 살아서, 설득할 자신은 있습니다."

괜히 또라이 검사라 불리는 것이 아니었다. 황 계장은 '당신은 공판 검사가 아니라 수사 검사잖아!' 하고 외치려다 눈을 빛내는 도영을 바라보며 한숨을 내쉬었다.

근처까지 가지 않는다면 은행 내부를 잘 들여다볼 수가 없어 아직 안을 확인하지 못했다. 도영의 말대로 범인들이 안에 있는지, 시민들이 인질로 잡혀 있는 건지도 알아낼 수 없는 상황.

그런 상황임에도 불구하고 굳이 위험을 자처하는 것은 저 건물 안에 있는 사람이 눈앞의 남자와 약혼한 여자이기 때문이리라.

황 계장은 고민하다 제 귀에 꽂혀 있던 인이어를 도영에게 건넸다.

"서 검사님, 내가 이거 서 검사님한테 넘겼다는 거 들키면 나모가지 날아갑니다. 그러니까 당신이 강제로 뺏은 걸로 해 주십쇼."

"……황 계장님."

"다른 애들한텐 말해 둘 테니, 위험하다 싶으면 바로 꽁무니 빼셔야 합니다. 서 검사님이 지시하면 곧바로 특공대 애들 투입할 거니까 뒤는 걱정 마시고요."

도영은 고개를 끄덕였다. 황 계장은 도영의 어깨를 세게 움켜쥐며 눈을 빛냈다.

"우리 봄이, 꼭 데려와 주십시오."

도영의 왼쪽 어깨를 부여잡은 황 계장의 손아귀에서 강한 힘이 느껴졌다. 도영은 대꾸하지 않고 인이어를 귀에 꽂은 뒤 몸을 일으켰다. 황 계장은 K 은행 안으로 성큼성큼 발을 옮기는 도영의 뒷모습을 바라보다 무전기를 집어 들었다.

"서 검사님이 들어가신다. 다들 대기해. 상황 보고 들어갈 준비하고!"

쿵쿵.

심장이 뛴다. 개미 새끼 하나 보이지 않는 인도가 오늘 따라 왜 이렇게 긴장감 넘치는지. 도영은 침을 꿀꺽 삼키며 자신과 조금 떨어진 곳에서 간격을 유지하며 따라오는 특공대 대원들을 흘긋거렸다. 완벽하게 무장한 그들이 뒤에 서 있기에 믿고 움직일 수 있었다. 도영은 자동문이 아닌 유리문을 바라보다 손을 뻗었다.

사건이 발생한 지 정확히 한 시간째.

화장지가 떨어졌다는 의문 섞인 말을 뱉어 낸 봄은 아직까지 연락이 닿지 않는 상황이다. 그녀가 청담동의 한 은행을 수색 중이었다는 이야기를 들은 상태였기에 서울중앙지방검찰청에서 곧장 달려오기는 했으나 그녀의 안위를 확인하지는 못했다. 초조해졌다. 도영은 목이 바짝 말라 가는 것을 느끼며 천천히, 그리고 아주 조심스럽게 은행의 문을 당겼다.

"……!"

무사했으면. 부디, 아무 일도 없었으면.

찬주가 건넨 방탄복을 몸에 두르고 은행 안으로 들어선 도영은 손에 땀이 차는 것을 느끼며 건물 내부를 둘러보았다.

최대한 차분하게. 위기협상팀인 것처럼 행동하기 위해 입을 열려던 도영은 출입구와 얼마 떨어지지 않은 벽 쪽에 머리를 기대고 있는 서른 명 남짓한 사람들을 발견했다. 심장이 철렁거렸다. 봄이가 틀린 게 아니구나. 그는 차분하게 다시 한 번 주변을 살폈다.

'어?'

이상한 것은 벽에 머리를 대고 꿈쩍도 않는 사람들이 두려워해야 할 상대들이 보이지 않는다는 사실이다. 도영은 의문을 품은 채 그들을 향해 다가갔다. 총을 들고 있어야 할 무장 강도들이 시야로 보이지 않았기에 더욱 조심스러웠다.

"저……."

"우아악!"

도영이 살짝 어깨 위로 손을 얹자마자 기겁하며 소리를 질러 대는 사람은 은행의 보안요원과 같은 옷을 입고 있었다. 도영은 화들짝 놀라 바닥에 엉덩방아를 찧는 남자를 바라보며 미간을 좁혔다.

"겨, 경찰입니까?"

뭔가, 이상하다.

도영은 쥐 죽은 듯 고요하던 은행 안이 자신의 등장으로 인해 술렁이기 시작했다는 것을 인지하고 인상을 썼다. 당연히 있어야 할 사람들은 보이지 않고 저를 바라보며 안도의 한숨을 내쉬기 시작한 사람들만이 눈에 들어왔다. 도영은 간절한 표정을 지으며 자신을 바라보는 보안팀원에게 고개를 끄덕였다. 정확히 따지자면 검찰이지만, 그런 건 중요하지 않았다.

"범인들은 어디……."

"갔어요!"

도영의 수긍에 안도의 한숨을 내쉬던 누군가가 그의 질문에 소리쳤다. 갔다고? 도영의 눈이 큼지막해졌다. 그럼 어째서 벽에 이마를 대고 있었던 거지. 불길한 예감에 도영은 익숙한 얼굴을 찾으려 벽을 향해 앉아 있던 사람들을 바라보았다. 긴장이 풀어진 듯 엉엉 우는 사람도 있었지만 대부분 안도한 얼굴이었다.

'안 보여.'

보이지 않는다.

안도하고 있는 그들 사이에 있어야 할 사람이, 도통.

도영은 심장이 내려앉는 것을 느끼며 눈동자를 움직였다. 내부가 안전하다는 것을 알아차리자마자 진입을 지시한 도영에 의해 경찰 특공대가 은행 내부로 들이닥치고, 이어 광역수사대 팀원들이 하나둘씩 들어왔다. 쿵쿵. 기분 나쁜 심장의 울림은 지속됐다. 이상할 정도의 불안감이 밑바닥에서 스멀스멀 기어 올라왔다. 봄을 찾기 위해 사람들 사이를 마구 휘젓고 다니던 도영의 귀로 당황스러운 외침이 들린 것은 그때였다.

"여자 두 명이 잡혀갔답니다!"

"쟤요! 쟤가 경찰이에요!"

제게 손가락질을 하는 유리의 손가락을 부러뜨리고 싶은 심정이었다. 봄은 심장이 내려앉는 것을 느끼며 입술을 악물었다. 눈을 질끈 감으며 상황을 부정해 보고도 싶었지만 터벅터벅 걸어오는 발걸음 소리는 멀어지지 않았다. 슬쩍 눈을 떠 고개를 들자 빙긋 웃고 있는 웬 남자가 서 있었다.

"저 여자가 한 말, 사실이야?"

기절했는지 바닥에 축 늘어져 있던 유리를 가리키며 검은 모자가 물었다. 봄은 대꾸하지 않았다. 말하지 않고 그저 바라보기만 하는 봄에게 그는 총구를 들이밀며 다시 한 번 말했다.

"난 두 번 말하는 걸 좋아하지 않아."

"……."

"세 번째는, 어떻게 될지 모르겠는데?"

이번엔 그녀의 관자놀이가 아니라 쓰러져 있는 유리를 향해 총구를 겨누는 검은 모자의 행동에 봄은 미간을 찌푸렸다. 제기랄. 욕지거리가 입 밖으로 터져 나올 것만 같았지만 겨우 억누르며 그녀는 대답했다.

"맞아."

경찰이야. 체념한 듯 봄이 말을 뱉어 내자마자 그가 손을 뻗었다. 봄의 왼팔은 검은 모자에 의해 붙잡혔다. 인질들을 벽으로 몰아붙이고 나설 준비를 하던 두 명이 봄과 쓰러진 유리를 어깨에 매단 채 터벅터벅 다가오는 남자에게 의문을 표했다. 검은 모자는 음산한 입꼬리를 올리며 봄의 허리에 총구를 겨누었다.

"이 여경이 우리가 서울을 벗어날 수 있도록 협조해 줄 거야."

두근두근.

긴장을 한 탓인지, 눈앞이 조금씩 흐려지는 것 같았지만 봄은 의식을 겨우 붙들었다. 여기서 무너지면 범인도 놓칠 뿐 아니라 유리도 무사하지는 못할 것이다. 그녀는 이를 세게 악물며 정면을 바라보았다. 여전히 그녀의 허리에는 총구가 겨누어진 상태였고 그에 아랑곳 않고 봄은 액셀러레이터를 세게 밟고 있는 중이다.

"미쳤어? 경찰을 데려가면 어떻게 해!"

10분 전, 세 명의 무장 강도들에 의해 K 은행을 나서게 된 봄은 의식을 잃은 유리를 들쳐 멘 그들과 함께 검은 SUV에 올라탔다. 직접 운전하라는 검은 모자의 말을 일단 듣기로 결심한 그녀는 운전석에 올랐고, 뒷좌석에 내팽개쳐져 있는 유리가 의식을 찾기만을 계속해서 주시했다.

인천항으로 가서 배를 탈 생각인 건지 경인고속도로를 타라는 검은 모자의 지시에 침묵을 유지하던 봄의 귀로 빽빽거리는 소리가 울려 퍼졌다. 뒷좌석에 앉은 채 화를 내고 있는 3인조 중 리더로 보이는 자가 외친 말이었다.

검은 모자는 봄에게 들이민 총을 거두지 않고선 무심하게 대꾸했다.

"잘 생각해 봐. 이 여자는 우리한테 오히려 호재야."

"대체 그게 무슨 소리야!"

"이 여자 덕분에 톨게이트를 무사히 지날 수 있을 거라고. 경찰이잖아."

"……!"

"어차피 지금쯤 우리가 서울 뜨려는 건 다 알고 있을 테니 검문이 장난 아니겠지. 이 여자가 있다면 수월하게 통과해서 인천항에 도착할 수 있어."

검은 모자의 말에 수긍한 듯 리더는 더 이상 대답하지 않는다. 봄은 검은 모자를 흘긋거리며 미간을 좁혔다. 두뇌격인가. 하긴, 머리가 비상하지 않다면 한낮에 총기를 강탈하지는 않았을 것이다. 봄은 굳은 얼굴로 핸들을 부여잡았다.

"그러니 경찰 아가씨."

꾸욱, 금속의 총구로 봄의 허리를 찌르며 검은 모자가 쉿소리를 흘렸다.

"운전, 제대로 해. 난 딱히 누굴 죽이고 싶은 마음은 없으니

까. 당신이 우리를 목적지까지 잘 데려다만 준다면…… 당신이
랑 저 여자, 무사 귀환할 수 있도록 해 줄 수도 있어."

싱긋, 올라가는 입꼬리가 파르르 떨렸다.

봄은 대답하지 않았다.

✤ ✤ ✤

"으으."

광역수사대 사무실을 나설 때만 하더라도 쨍쨍하게 아래를
비추고 있던 해는 이미 져 버린 지 오래. 아마도 밤이 되었을 밖
의 풍경을 그려 보며 봄은 미간을 좁혔다.

차가운 바닥의 한기가 온몸으로 전해지는 이곳은 이름 모를
창고 안이다. 그녀는 누군가의 음성에 깊은 상념에서 벗어났다.
끙끙거리며 몸을 뒤척이는 사람은 봄이 잘 알고 있는 얼굴이었
다.

"……어?"

본의 아니게 여기저기 맞아 버려 얼굴이 퉁퉁 부어 있는 사람
은 다름 아닌 유리였다. 그녀가 얕은 신음을 흘리며 몸을 비틀
다 자신을 발견하고 눈을 크게 뜨는 것을 지켜본 봄은 심드렁한
목소리를 내뱉었다.

"깼어?"

"어, 어떻게 된 거야? 왜 나까지 여기에…… 악!"

유리는 찬 바닥에 붙이고 있던 얼굴을 떼며 벌떡 일어나려 했
지만 다시금 앞으로 고꾸라졌다. 다리와 손이 케이블 타이로 묶

여 있었기 때문이다. 봄은 철퍼덕 넘어지는 유리를 가만히 바라보다 중얼거렸다.

"네가 원하는 대로 됐네."

"⋯⋯뭐?"

"잡혀 왔어. 나도, 그리고 너도."

예나 지금이나 큼지막하기 그지없는 눈동자가 크게 일렁였다. 봄은 당황해 어쩔 줄 모르는 유리를 싸늘하게 바라보며 말을 이었다.

"네가 대책 없는 애인 줄은 알았지만⋯⋯ 그 상황에서 그런 말을 할 줄은 몰랐어. 아무리 우리가 악연이긴 하지만 그렇게까지 해야 했니."

봄은 쓴웃음을 흘렸다. 유리는 변명이라도 하듯 소리쳤다.

"내, 내가 뭘! 나도 살아야 할 거 아니야!"

유리는 제 잘못은 없다는 사람처럼 크게 외쳤다. 봄은 한숨을 내쉬었다. 끝까지 이기적이네. 기가 막혀 할 말이 없어졌다. 어쩐지 숨이 막혀 온다.

"됐어. 말을 말자."

슥, 유리를 쳐다보던 시선을 돌리며 봄은 중얼거렸다. 극심한 두통이 찾아왔다. 머리가 아파 와 가슴마저 답답해진다.

이럴 때는 정화가 필요한데. 제길. 눈앞에 그리운 누군가의 얼굴이 두둥실 떠다녔다. 그러고 보니 그때 이후로 목소리도 못 들었네.

'듣고 싶다⋯⋯.'

아주 잠시라도 좋으니 그 사람의 음성을 듣고 싶어졌다. 그럼 마음이 조금은 안정을 되찾을 것도 같은데.

총이 제게 겨누어진 상태에서도 눈 한 번 깜빡이지 않던 강인한 정신을 유지했지만 눈앞에 아른거리는 그를 생각하니 어쩐지 눈물이 흘러나올 것만 같다.

봄은 입술을 잘근 깨물며 긴 숨을 흘렸다. 유리는 그런 봄의 눈치를 살피는 듯 더는 말을 걸지 않았다.

"그……래서."

저와 함께 잡혀 온 유리가 의식을 찾은 것은 다행스러운 일이지만 앞으로의 일이 막막했다.

범인들의 명령에 의해 자신의 정체를 밝히고 수월하게 톨게이트를 통과하여 인천항까지 미친 듯이 차를 몰고 온 결과가 바로 지금과 같았으니까.

저와 유리를 으스스한 창고에 던져 버리고 잠시 누군갈 만나러 간다는 대화를 나누던 그들이 사라진 지 벌써 15분이 흘렀다.

아직까지 유리와 자신에게 손을 대지 않은 범인들이지만 언제 돌변할지 몰랐으므로 한시라도 빨리 이곳을 벗어나야 했다.

그러나 움직일 수 없는 것은 매한가지. 봄은 조심스럽게 입술을 여는 유리를 바라봤다. 얼굴 이곳저곳에 상처가 나 있는 자신보다 더 처참한 얼굴이었다.

"그럼 우리…… 어, 어떻게 되는 거야?"

봄은 가녀린 몸을 미친 듯이 떨고 있는 유리를 직시했다. 두려움이 가득 담긴 눈빛은 제게 구해 달라고 애원하고 있는 듯하다.

그렇게 나대지만 않았어도 다른 인질들처럼 무사하기라도 했을 것을. 흘러나오려는 한숨을 겨우 참고 자신을 직시하는 유리에게 봄은 퉁명스레 대꾸했다.

"몰라."

"봄아!"

"나도 모르겠다고!"

반사적으로 성난 목소리가 흘러나왔다. 친절하게 굴고 싶지만 저를 이곳까지 오게 만든 사람이 유리라고 생각하니 화가 치밀어 오른다.

손과 발이 꽁꽁 묶여 있는 상황이라 더욱 짜증스러워져 봄은 눈물을 억지로 삼키며 소리쳤다. 유리는 날카로운 봄의 반응에 뭐라 말을 하려다 말고 끙끙거렸다.

봄은 흠칫 놀라다 이내 엉엉 울음을 터뜨리는 유리를 바라보며 미간을 좁혔다.

"울지 마. 짜증 나."

"흑. 흐읍."

"훌쩍이지도 마. 시끄러우니까."

"흐윽. 으흡!"

"정유리."

"너 때문이잖아!"

닭똥 같은 눈물을 주르륵 흘려 대고 있는 유리를 내려다보며 봄은 눈을 부라렸다.

"이게 어째서 나 때문인데!"

"네가, 끅, 네가…….."

"내가 뭐!"

"네가 서도영이랑 약혼했다고 해서! 그래서 흐으윽, 그래서 화가 났단 말이야!"

봄은 울면서 소리치는 유리를 멍하게 응시했다. 둔기로 머리를 강타당한 느낌이었다. 고작 그런 이유로 절체절명의 위기 상황에서 저를 팔아넘긴 건가?

봄은 헛웃음을 삼키며 눈물을 토해 내는 유리를 직시했다. 유리는 계속해서 말을 이어 나가고 있었다.

"다른 사람은 다 가졌는데 그 남자만 못 가졌다고, 너 때문에! 그런데 뭐? 내 결혼식까지 와서 하는 말이 너랑 그 사람이랑 약혼을 했다고? 내가 그걸 용납할 것 같…… 악!"

침을 튀겨 가며 열변을 토하던 유리의 말은 마침 그녀의 몸 근처에 발을 놓고 있던 봄에 의해 막혔다. 유리는 자신을 걷어차 버리는 봄의 거침없는 행동에 단말마의 비명을 흘리며 인상을 썼다.

세게 차지는 않았지만 그래도 꽤 강도가 있었던 발차기여서 유리는 금세 울상을 지으며 봄을 노려봤다. 봄은 서늘한 눈을 빛내며 닫혀 있던 입술을 달싹였다.

"네가 못 가진다고 해서, 나까지 못 가지라는 법은 없어."

"……!"

"네가 허락 안 한다고 해도, 난 그 사람 가질 거야. 이젠, 예전처럼 포기 같은 거 안 해."

봄의 말에 유리의 움직임이 멎었다. 미동 없는 봄의 강인한 시선을 마주하며 유리는 입술만 덜덜 떨어 댔다. 예나 지금이나 못된 심보는 그대로구나.

"그러니까 정유리."

봄은 저를 노려보고 있는 유리에게 말했다.

"네가 날 좀 도와줘야겠어."

"아, 안 되겠어. 나, 난 못 해."

"못 하기는 무슨. 할 수 있어."

"네, 네가 대신하면 안 돼? 네가 나보다는 더 잘……."

"우리가 지금 누구 때문에 여기에 와 있는지 잊었어?"

"……!"

"괜히 나서서 일을 만든 책임은 져야 하지 않겠어?"

"너는 겨, 경찰이잖아!"

"경찰이 힘도 못 쓰게 만든 사람이 누군데."

"그, 그건……."

"게다가 나보다는 네 이가 더 날카롭잖아. 너, 덧니가 네 자랑이라며."

"나는……."

"해야 해. 정유리 네가, 해야 한다고."

얼마나 많은 시간이 흘렀는지 가늠이 안 되었다. 추운 겨울이 물러가고 따뜻한 봄이 다가와 있기는 하나 아직까지는 밤공기가 차다. 이대로 바닥에 몸을 맡겨 버린다면 얼어 죽기 십상일 터. 간간이 빛이 스며들고 있는 이 창고 안을 벗어나기 위해서는 손과 발을 묶고 있는 이 케이블 타이를 벗겨 내는 것이 우선이지만 그들이 누워 있는 곳 근처에는 케이블 타이를 벗겨 낼 만큼 날카로운 것을 찾기가 힘들었다.

하여 원시적인 방법이기는 하지만 유일한 수단인 몸을 이용하기로 결론을 내렸다. 유리는 봄의 발목에 묶여 있는 타이에 입술을 가져다 대고 이로 그것을 끊기 위해 고군분투하고 있었다.

"아, 안 돼. 이거 너무 세게 묶였어. 다, 다른 방법은 없어?"

"그게 유일한 방법이야."

"봄아……."

"연약한 척하지 마. 나한텐 안 통해. 그리고 너, 나보다 독한 거 알아."

"……쳇."

어찌나 튼튼한지 아무리 유리가 이로 질겅질겅 씹어도 도통 끊어질 기미가 없었다. 힘없이 고개를 들어 올려 봄에게 사정을 해 보려던 유리는 냉정한 답변에 입술을 삐죽이며 하던 행동을 이어 갔다.

'시간이…… 꽤 흘렀는데.'

끙끙거리는 유리를 내려다보던 봄은 스윽 눈꺼풀을 들어 굳게 닫힌 창고의 철문을 응시했다. 추측건대, 이곳은 인천항 근처에 위치해 있는 창고 중 한 곳이 틀림없다.

3인조에 의해 차에서 강제로 내렸던 시간이 오후 6시쯤이었으니, 아직도 밖은 세 명의 무장 강도들을 찾기 위해 혈안이 되어 있을 것이다.

팀원들이 예측한 범인들의 예상 도주 루트는 서해안고속도로

였지만, 도영이 제 말을 제대로 알아들었다면 적어도 4시 반쯤부턴 자신의 뒤를 쫓을 수 있었을 거다. 인천 톨게이트를 지날 때 일부러 카드를 접은 채 돈을 건네며 수납원과 눈을 마주치기도 했으니까, 상황 판단이 빠른 수납원이라면 의문을 표할 수도 있었을 터. 봄은 미간을 찡그리던 여성 수납원의 얼굴을 떠올려 보았다.

"몇 시 배야?"

"한 시간 뒤."

"좋아. 그럼 그전에 저 여자들을 처리하자고."

"죽이게?"

"그 편이 낫잖아. 내버려 뒀다가는 골치 아파질 거고."

"……."

"시키는 대로 해. 그게 최선이야."

두 여자를 창고에 집어넣은 후 한동안 보이지 않던 3인조가 다시 모습을 드러낸 것은 이가 부러질 정도로 유리가 케이블 타이를 뜯고 있을 무렵이었다.

봄은 철문 밖에서 들려오는 대화 소리에 귀를 기울이다 '보, 봄아!' 하고 저를 부르는 유리를 응시했다.

"어, 어떡해. 나 아직 다 못 뜯……."

"침착해."

"어?"

"침착하라고. 괜……찮을 거야."

봄은 바들바들 떨며 울상을 짓는 유리를 진정시키고 숨을 고르려 했지만 저 역시 쉽게 마음을 다잡을 수 없었다. 앞이 캄캄

211

해진 것이다.

어떻게 하지. 만약 손발이 여유로운 상태였다면 어떻게든 이 곳을 빠져나갈 방법을 강구해 봤겠지만 불행히도 케이블 타이는 그대로다. 점점 가까워지는 절망감에 봄은 주먹만 세게 움켜쥐었다.

끼이익.

쿵쿵. 미친 듯이 뛰는 심장 소리가 정신을 어지럽게 만들었다. 과도하게 분비되는 아드레날린이 숨을 더욱 가쁘게 만들고 있었다.

'끝……인가.'

철문 밖에서 들려오는 웅성거리는 소리가 툭 끊어짐과 동시에 몇 시간 동안 열릴 생각을 않던 창고의 철문이 쇳소리를 내며 열리자 봄은 저도 모르게 속으로 중얼거렸다. 유리에게 뱉어 낸 말과는 다른 속내였다.

칠흑같이 어두웠던 창고 안을 밝히는 환한 달빛이 열린 문틈 사이로 쏟아졌다. 무심코 고개를 들려던 봄은 눈을 질끈 감아 버렸다.

'빌어먹을…….'

하늘이 무너져도 솟아날 방법은 있는 법인데 이상하게도 타 개책이 보이질 않는다. 손과 발은 여전히 꽁꽁 묶여 있었고 상 대에게서 총기를 빼앗지는 못했다. 이곳까지 데려다주면 저와 유리를 무사 귀환시켜 주겠다던 애초의 약속은 지켜지지 않을 듯하다. 봄은 입술을 세게 짓누르며 주먹을 움켜쥐었다.

"흑. 흐읍……."

또각또각.

철문 쪽에서 시작된 구두 소리는 두 여자가 쓰러져 있는 곳과 점점 가까워졌다. 그 소리가 어찌나 괴기스러운지 유리는 차마 목 놓아 울지 못하고 소리 죽여 흐느꼈다.

봄은 유리의 울먹이는 음성을 들으면서도 아무 반응을 하지 않았다. 이렇게 허무하게 목숨을 빼앗길 줄은 저도 생각하지 못했겠지.

그러게 왜 그런 못된 마음으로 제게 시비를 걸어서는. 괜히 안타까운 마음도 들었지만 그것도 잠시였다. 따지고 보면 유리로 인해 이 일이 발생한 거나 마찬가지여서 잠깐 생겼던 동정이 금세 사라졌다. 봄은 유리를 위로하려다 말고는 순간적으로 스치고 지나가는 장면들에 집중했다.

어쩌면…… 산 채로 눈을 뜨기는 힘들지도 몰랐으니까.

또각또각.

점점 가까워지는 인기척. 이제 몇 걸음만 더 온다면 두 여자가 있는 곳에 당도할 것이다. 그런 생각을 하니 누군가가 간절해졌다. 빛조차 스며들지 않는 새까만 봄의 세계에 가장 먼저 떠오른 사람은 놀랍게도 가족인 여름이 아니라, 그 남자였다.

"손, 이마, 입술."

어느 날 갑자기 재회한 걸로도 모자라 제 마음을 미친 듯이 휘저어 버린 그 남자의 다정한 목소리가 귓가를 간질였다. 부드럽게 미소 지으며 말하던 그의 달콤한 음성이 무척이나 그리워졌다.

"난 늦은 만큼 바로 3단계부터 시작했으면 하는데."

살포시 내려앉던 입술의 감촉을 잊지 못했다. 부드럽고 따뜻
했던 입술. 잠시 닿았을 뿐임에도 현기증이 일 정도로 아찔했던
입맞춤. 봄은 마른침을 꿀꺽 삼키며 한숨을 내쉬었다.
'이럴 줄 알았으면…… 4단계부터 하자고 할걸.'
겨우 3단계. 약혼부터 시작하자 해 놓고 고작 입맞춤으로 끝
내 버리게 될 줄은 예상하지 못했다. 아쉽다. 어떻게 다시 만났
는데. 같이 하고 싶은 것이 참 많았는데. 몇 번 만나 보지도 못
하고 끝나게 될 줄이야. 왠지, 눈물이 주르륵 흘러내렸다.
또각또각. 고요한 창고 속을 울리던 걸음 소리가 멈춘 것은
그쯤이었다. 유리가 혼자 무어라 중얼대든 신경 쓰지 않고 그의
입술이 닿았던 감촉을 떠올려 보던 봄은 눈을 번쩍 떴다.
'이대로 죽기에는 너무 억울하잖아!'
아무리 생각해도 이건 아니다. 얄밉기 그지없지만 유리의 안
위를 위해서라도 최대한 안전하게 대응하려고 했다. 그러나 죽
음이 코앞인 이상, 이판사판의 상태로 나아가야 한다. 봄은 있
는 힘껏 고개를 들었다. 상대가 총을 가지고 있든 말든 일단 무
력화시키는 것이 우선이었다. 바닥을 기고 있던 몸을 상대의 다
리로 돌진시키려 하는 순간.
"봄아."
숨을 멎게 만드는 목소리가 들려왔다.

❖   ❖   ❖

　도화동 총기 강탈 사건 발생 두 시간째.

　서울시 마포구에 위치한 서울지방경찰청 광역수사대 신청사 특별 취조실에는 긴장감이 감돈다. 밖이 보이지 않는 두꺼운 유리창을 사이에 두고 광역수사대의 수사관들과 그들의 취조를 지켜보고 있는 간부급 인사들이 서 있었다.

　청담동에서 이렇다 할 결과를 얻지 못하고 이곳 신청사로 같이 돌아오게 된 도영은 광역수사대장 이웅대 총경, 그리고 광역수사 1계와 2계의 책임자들과 함께 형사들이 붙잡아 온 용의자 한 명을 관찰하는 중이었다.

　"빨리 안 불어, 이 새끼야? 네가 그렇게 입 다문다고 우리가 널 풀어 줄 것 같아?"

　쾅, 널찍한 테이블을 세게 내리치며 음산한 목소리를 흘리는 사람은 광역수사 2계에서도 소문난 성질을 자랑하는 강태수 경위. 유도 선수 출신답게 우락부락한 덩치를 자랑하며 매서운 눈꼬리를 들이밀면 아무리 간 큰 범죄자라도 가슴을 졸일 수밖에 없었다. 그렇기 때문에 특별 취조를 맡겼건만 굳은 얼굴로 앉아 있던 용의자에게서 돌아온 답변은 예상외였다.

　"변호사 오면 얘기하겠습니다."

　현재 광역수사대의 특별 취조실에 앉아 있는 사람은 놀랍게도 도화동 실탄 사격장의 현장보안팀장인 이성철이었다. 총기 탈취범들에게 얼굴을 가격당해 두 눈이 시퍼렇게 물들었던 그가 수사 결과 3인조의 탈취범들과 공범이었다는 사실이 밝혀진 것이 불과 30분 전의 일이다.

너무도 허술하게 뚫렸던 실탄 사격장의 보안 현장을 수상히 여긴 광역수사대 팀원들과 '경찰 납치'라는 민감한 사항에 대한 조속한 처리를 원한 경찰청장의 지시하에 본청에서도 도움을 주었던 결과 알아낸 진실이었다.

"이 자식이 진짜 미쳤나! 너 인마, 우리가 네가 그놈들이랑 공범인 거 모를 줄 알아?"

"변호사요."

"대체 어디로 간 거야! 그 자식들, 어느 방향으로 갔냐고! 여자들 납치한 것도 계획의 일부였냐!"

"……."

"말을 해, 이 자식아!"

상황이 팽팽해지자 지켜보고 있던 광역수사 1계 박영진 경위가 최 경위를 말렸다. 얼굴을 찌푸리며 상스러운 욕설을 흘리던 최 경위는 검은 유리창 너머에 있을 자신의 상관들 쪽을 응시하며 입술을 악물었다. 그 모습을 지켜보며 박 경위 역시 고개를 가로젓는다.

"저 새끼, 쉽게는 안 불 것 같은데요?"

밖에서는 언론과 국민들이, 위에서는 경찰청장과 서울지방경찰청장이, 아래에서는 부하 경찰들이 쪼아 대고 있었던 터라 사정없이 얼굴을 찌푸리던 광역수사대장 이웅대 총경은 한숨을 내쉬며 취조실 옆문으로 들어오는 박 경위를 노려봤다.

"안 불면 불게 만들어야지!"

답답하다는 듯 가슴을 탕 친 이 총경이 이를 부드득 갈았다. 가만히 그 모습을 지켜보던 황 계장은 후우 한숨을 내쉬며 시계를 흘긋거렸다. 사건이 발생한 지 두 시간째, 그리고 봄이 인질로 잡혀간 지 한 시간째. 서둘러 구출하지 못한다면 무슨 일이 일어날지 장담할 수가 없어진다.

'제기랄.'

목격자의 증언으로는 봄과 함께 있던 웬 여자 하나가 허튼소리를 뱉어 내는 바람에 봄이 경찰인 것이 밝혀졌다고 했다. 대체 어떻게 생겼는지 얼굴이라도 보고 싶은 심정이다. 황 계장은 '이제 어떡할까요?'라는 표정을 짓고 있는 박 경위에게 무언가 말하려 입을 열려 했다.

"제가 한번 얘기해 보겠습니다."

황 계장의 바로 옆에서 들려온 목소리. 특별 취조실에서 일어나고 있는 일들을 묵묵히 지켜보던 그가 처음으로 뱉어 낸 말에 눈을 크게 뜬 것은 비단 황 계장뿐만이 아니었다.

"이봐, 서 검사."

아까부터 연신 도영을 못마땅한 눈으로 바라보던 이 총경은 그런 기색을 숨기지 않고 결국 입술을 달싹였다.

"물론 서 검사의 마음을 이해하지 못하는 건 아니지만 이건 엄연히 아직 우리 사건이야. 검찰이 나서야 할 때가 있고 아닌 때가 있는 법이라고. 허니 경찰들이 일할 수 있도록 그냥 내버려……."

"맡겨 보죠."

본디 검사들과 사이가 좋지 않아 도영을 아니꼽게 응시하던

217

이 총경의 눈이 동그래졌다. 툭 던진 황 계장의 발언 때문이다. 황 계장이 뭐라 말을 잇기도 전에 이 총경은 그의 팔을 잡아당겨 낮게 으르렁거렸다.

"너 인마, 왜 이래! 미쳤어?"

황 계장은 눈을 부라리는 이 총경에게 한숨을 폭 내쉬며 대답했다.

"서 검사가 남도 아니고 앞으로 우리 식구 될 사람이잖습니까."

"검사가 왜 우리 식구야!"

"봄이랑 결혼하면 우리 식구죠!"

"……!"

"게다가, 그냥 사건도 아니고 유봄이 구하는 일인데. 약혼자가 가만히 있는 게 더 이상한 거 아닙니까?"

이 총경은 황 계장의 말에 꿀 먹은 벙어리인 양 눈을 깜빡였다. 맞는 말이었기 때문이다. 도영은 그들의 대화를 가만히 지켜봤다.

"괜히 또검이겠습니까. 그런 별명 붙을 정도면 믿는 구석이 있겠죠. 지금 시간이 촉박하니 서 검사 힘이라도 좀 빌려 봅시다, 형님. 우리 봄이 구해야 하잖아요. 강한 척해도 그 녀석, 여잡니다. 얼마나 무섭겠어요."

"……"

"형님!"

"젠장."

이 총경은 그 어떤 상황에서도 저를 '대장'이라 부르던 황 계장이 간절한 얼굴로 말을 하자 작게 욕설을 흘렸다. 그리고 그들의 허락이 떨어지기만을 기다리는 도영을 노려보다 살짝 고개를 끄덕였다. 황 계장은 기다렸다는 듯 도영에게 말했다.

"들어가 봐요."

도영은 걸음을 옮기다 말고 멈춰 서서 뒤를 돌아보았다. 황 계장을 비롯한 이 총경과 광역수사 2계의 장정호 계장의 눈이 동그래졌다.

도영은 어리둥절해하는 그들을 향해 화사한 미소를 지으며 붉은 입술을 달싹였다.

"녹화, 잠깐만 끊을 수 있습니까?"

도화동 총기 강탈 사건 발생 여섯 시간째.

어느덧 해는 진 지 오래였고, 환한 달빛만이 은은하게 부둣가를 비추고 있었다.

"또라이 검사라더니. 소문이 사실이었네."

광역수사 1계의 최동호 경위는 저와 함께 인천내항 제4부두 쪽으로 달려가는 도영의 뒷모습을 흘겨보며 같이 움직이던 찬주에게 말을 던졌다. 찬주는 무장한 경찰 특공대와 일사불란하게 행동하는 도영의 커다란 등을 응시하다 말없이 고개를 끄덕였다.

"인천항이란다! 경찰 헬기 준비됐냐? 봄이 구하러 가자!"

취조에 꽤나 일가견이 있다던 강태수 경위의 말에도 눈 한 번 깜빡 않던 공범, 이성철은 도영이 취조실로 들어간 지 불과 5분 만에 현재 범인들의 위치를 줄줄 불었다.

이 총경을 비롯한 지휘관들이 특별 취조실에 들어가 있는 사이 봄의 흔적을 쫓으려 애쓰던 찬주는 소리 내며 달려온 황 계장의 말에 자리에서 벌떡 일어났다.

"나 이 바닥 꽤 오래 굴렀다고 생각했지만 또검처럼 살벌한 검사는 처음 봤다. 웬 미친놈인 줄 알았잖아."

몇몇만이 허락된 특별 취조실에서 자리를 지키던 박영진 경위가 경찰 헬기를 타고 인천항으로 가던 도중 털어놓은 발언은 그곳에 없었던 다른 형사들의 상상을 자극했다.

취조 과정 녹화를 중단해 달라며 싱긋 웃던 서도영 검사가 취조실 안으로 들어가는 순간 그를 지켜보던 이웅대 총경과 광역수사 1, 2계의 계장들의 눈이 동그래진 것은 당연했고, 같은 취조실에 있던 박 경위와 최 경위 역시 뒤로 슬쩍 물러날 정도였다.

또라이 검사. 왜 악질 범죄자들이 그의 별명에 치를 떠는지 이제야 알 것 같다며 그를 적으로 만들고 싶지 않다 중얼거리는 박 경위의 말엔 진심이 들어가 있었다.

서울지방경찰청 광역수사대의 팀원들은 현재 인천항 제2국제여객터미널의 대합실에서 리더를 만나기로 했다던 이성철을 앞세운 황 계장 팀과, 인질들이 붙잡혀 있다는 인천내항 제4부두의 컨테이너 쪽으로 향하는 도영의 팀으로 나뉜 상태였다.

총기를 소지하고 있을 두 명의 범인들과 마주칠 것을 염려하여 최대한 조용히 움직이던 그들은 손을 들어 올린 도영에 의해 행동을 멈췄다.

"저기 저, 빨간 컨테이너입니다."

이성철에게 인질들이 잡혀 있는 컨테이너의 정보를 들었던 도영은 작은 목소리로 곁에 있던 경찰 특공대 전술팀장 태공준 경위에게 속삭였다.

태 경위는 고갯짓을 한 뒤 등 뒤에 있던 요원들의 자리 배치를 지시하고는 범인들이 모습을 드러낼 때까지 기다렸다. 도영을 비롯한 광수대 팀원들 역시 섣불리 움직이지 않고 빨간 컨테이너 근처에 몸을 숨긴 뒤 숨을 죽였다.

"거참, 한국 뜨기 더럽게 힘드네."

얼마쯤 지났을까. 각자의 자리에서 소리 없이 기다린 지 15분 정도 흘렀을 때, 터벅터벅 발걸음을 옮기는 소리와 걸걸한 목소리가 동시에 고요한 부두로 아스라이 퍼져 왔다.

달빛에 반사되어 모습을 드러낸 두 명의 남자가 이번 사건의 범인들이라는 것을 파악하기는 쉬웠다. 도영은 주먹을 세게 움켜쥐었다.

"황식이는 어디 있어?"

"성철이 형 만나러."

"배는 준비됐대?"

"성철이 형 말로는."

"좀 빨리 뜨게 도와줄 것이지. 대체 몇 시 배야?"

"한 시간 뒤."

"좋아. 그럼 그전에 저 여자들을 처리하자고."

'처리'라는 말을 듣자마자 도영이 그들을 향해 달려가려 했지만 태 경위가 손을 뻗어 막았다. 도영은 얼굴을 일그러뜨리며 태 경위를 응시하다 고개를 끄덕였다.

"죽이게?"

두 명의 남자 중 키가 작은 남자가 검은 모자를 쓴 남자를 향해 물음을 던졌다. 도영이 듣기로는 검은 모자의 남자가 봄을 인질로 잡아갔다고 했다. 미간이 좁아졌다. 검은 모자는 놀라는 키 작은 남자에게 대답했다.

"그 편이 나아. 내버려 뒀다가는 골치 아파질 거고. 딴죽 걸지 말고, 시키는 대로 해. 그게 최선이야."

"……."

"대답은?"

"아, 알겠어."

힘없이 꼬리를 내리는 것을 보면 명령 체계의 위에 있는 사람은 검은 모자임이 틀림없었다.

도영은 서서히 빨간 컨테이너 쪽으로 다가가려는 두 범인을 바라보다 슬쩍 옆으로 고개를 돌렸다. 경찰특공대의 태 경위가 그런 그의 마음을 알아차렸는지 대기하고 있는 자신의 부하들에게 수신호를 보냈다.

최정예 요원들에 의해 길었던 상황이 진압되는 것은, 한순간이었다.

❖   ❖   ❖

죽기 직전 들었던 목소리라기에는 너무도 달콤하고 부드러운, 그래서 왠지 모르게 눈물이 왈칵 새어 나오는 그 음성은 시야를 흐리게 만들었다.

나름 유단자에 남부럽지 않은 직업을 가지고 있었다. 어디 나가서도 기죽지 않을 만큼 성격도, 마음도 변해서 웬만한 범죄자는 제 손으로 제압할 정도였다.

대한민국 경찰이 자랑하는 정예 수사기관에서 몇 없는 여자 형사들 중 한 명. 그 직함은 언제나 자신의 콧대를 높게 세울 수 있게 해 주어서인지, 스스로가 이토록 무력하게 느껴진 적은 처음이었다.

혼자 힘으로는 아무것도 할 수 없이 끌려다녀야 했던 긴 시간들. 지켜야 할 목숨이 저 하나만이 아니었기에 섣불리 움직일 수 없어서 더욱, 간절해졌다.

"봄아."

저를 부르는, 그 목소리가.

그 다정한 목소리를 들을 수 있다면, 상냥한 표정을 지으며 부드럽게 미소 짓는 그 환한 얼굴을 다시 한 번 더 볼 수 있다면 무엇이든 할 텐데. 한 번만 더 그를, 서도영을 만날 수 있다면 정말 무엇이든……!

그렇게 생각하자 없던 힘이 솟아났다. 유리의 안위를 생각해서 주저하던 마음 따윈 저 멀리 던져 버리고 이를 악물며 제게 다가오는 남자에게 달려들려 했다.

총을 맞든 말든, 극심한 부상을 당하더라도 일단 이곳에서 살아나가고 싶었다. 저 밑바닥부터 힘을 끌어 올려 최후의 방법을 사용할 생각이었다. 그리고 시야로 익숙한 얼굴이 나타난 순간 그녀는 제 몸을 팽팽하게 옭아매던 밧줄이 뚝 끊어지는 느낌을 받았다.

"……으윽."

아프다.

온몸이.

특히 창고로 밀쳐지기 직전 검은 모자에게 맞았던 복부 부분이 심상찮다. 봄은 미간을 찌푸리며 눈앞을 가리던 눈꺼풀을 겨우 들어 올렸다. 얕은 신음 소리가 새어 나왔다.

'여긴……?'

이상했다. 분명 마지막으로 보았던 것은 낯익은 얼굴이었건만. 그 얼굴은 어디 갔는지 사라지고 없다. 봄은 미간을 찌푸리며 캄캄하기 그지없는 밤하늘을 올려다보았다.

달빛이 밝다. 으스스 시려 올 정도로 차갑게 내리쬐는 달빛을 멍하니 응시하던 봄은 스윽 고개를 돌려 주변을 살폈다. 그제야 먹먹하던 귀가 뻥 뚫리는 느낌이다.

'아.'

귓전을 찌를 것처럼 크게 울려 퍼지는 사이렌 소리. 현장에서 자주 들어 왔던 소리였다. 입술을 세게 짓누르며 일어나려 했지만 어쩐지 쉽지만은 않았다. 봄은 깊게 숨을 들이마시며 고개를 아래로 내려 보았다.

제 눈으로 들어온 것은 두껍지는 않지만 그렇다고 얇지도 않은 119 구조대에서 사용하는 얇은 이불. 그제야 봄은 자신이 누워 있는 곳이 차가운 창고 바닥이 아니라 간이침대 위라는 것을 깨닫고는 눈을 크게 떴다.

"정신이 드냐?"

이쯤 되면 혼란스러워진다. 뭐가 어떻게 된 거지. 봄은 흐려지는 기억을 더듬기 위해 인상을 썼다 펴기를 반복했다. 그런 그녀의 귓속으로 들려온 귀 익은 음성은 입꼬리를 올라가게 만들기 충분했다.

"계……장님?"

"그래, 인마. 나다. 네가 사랑하고 존경해 마지않는 황중우 계장님이시다!"

황 계장은 놀라 가쁜 숨을 흘리는 봄의 머리카락을 마구 헝클어뜨리며 피식 웃었다. 오늘 아침까지만 해도 저를 놀려 대던 황 계장의 얄미운 얼굴이 이토록 사랑스러워 보이다니. 울컥, 눈물이 차올랐지만 봄은 그 모습을 들키지 않기 위해 이를 악물었다.

'꿈이 아니었구나.'

정말로, 꿈이 아니었다. 끝이라고 생각했던 바로 그 순간, 구원의 빛이 되어 준 사람이 환상이 아니었던 거다.

저를 발견하자마자 강하게 끌어안던 거친 손길도, 보고 싶었다며 속삭이던 다정한 목소리도, 제 얼굴을 살피며 걱정 가득한 눈빛을 보내던 따뜻한 시선 모두, 꿈이 아니었다. 봄은 흡, 숨을 흘리며 고개를 아래로 떨구었다.

"이거 놔! 놓으라고!"

"닥쳐, 이 새끼야! 감히 경찰을 인질로 잡아? 넌 죽었어, 인마!"

"놓으라고! 제기랄!"

"어이! 박영진이! 고 두 놈 말고 다른 한 놈은 어디 있어?"

"바다로 도망치려다 특공대 애들한테 붙잡혔답니다."

"멍청하면 몸이 고생이라더니. 총기까지 강탈한 놈이 뇌가 없네."

"그러게 말이에요."

"얼른 데려가. 경찰 건드리면 아주 뭐 된다는 거, 이번에 제대로 보여 줄 테니까."

"예, 계장님! 뭐하냐? 빨랑빨랑 안 움직여?"

하…….

"하하."

긴장이 풀려 버려 머릿속이 하얗게 물들었던지라 상황 파악이 힘들었다. 봄은 제 앞을 지나가는 몇몇 사람들의 얼굴이 지나칠 정도로 낯익다는 것을 깨닫고 멍하니 주시하다 헛웃음을 흘렸다.

선배들의 손에 잡혀 경찰 봉고 안으로 끌려 들어간 저들은 장장 몇 시간 동안 자신을 위협했던 예의 그 인물들이었다.

"웃음이 나와?"

봄의 곁을 지키며 지시를 내리던 황 계장은 어이없는 숨을 토해 내고 있는 그녀를 내려다보며 퉁명스레 말을 던졌다. 봄은 상처로 인해 쓰라린 입꼬리를 살짝 올리며 대답했다.

"네, 나와요."

"어쭈. 이제 살 만한가 보지? 아까는 아주 시체처럼 축 늘어져 있더니."

봄은 콧방귀를 뀌며 대답했다.

"……계장님도 인질로 잡혀 봐요. 것도 총 든 놈들한테. 내가 한 놈이면 어떻게 해 보려고 했는데, 세 놈은 정말 무리더라고요. 정신이 말짱해질 수 있나, 뭐. 이제라도 정신 차린 내가 대단한 거예요."

"어이구. 하여간 입만 살아가지고는."

픽 실소를 터뜨리며 고개를 절레절레 흔들던 황 계장은 헤헤, 웃는 봄을 내려다보다 중얼거렸다.

"고생 많았어."

"……!"

"수고했다, 유봄."

"……."

"울긴 왜 울어. 다 큰 녀석이."

"안 울어요."

"우는데 뭘."

"……안 운다니까."

황 계장은 휙 고개를 돌리며 대꾸하는 봄의 어깨를 톡톡 두드리며 더 이상 말을 잇지 않았다.

"참."

자꾸만 흘러내리려는 눈물을 억지로 참고 있을 때였다. 자리를 뜨지 않고 봄의 곁을 지키던 황 계장은 무언가 생각났다는 듯 입술을 열었다.

"유봄이 너, 약혼자 하나는 제대로 뒀더라?"

그녀는 씩 웃는 황 계장의 말에 눈을 동그랗게 떴다. 약혼자?

"괜히 또검이란 별명이 붙은 게 아니더라고. 나, 대장 앞에서 그렇게 미친 짓 하는 놈, 간만에 봤다."

"예?"

"마음에 들어. 네 약혼자로 아주 딱이야, 딱."

봄은 흐뭇한 표정을 지으며 하하 웃는 황 계장을 보며 인상을 썼다. 대체 무슨 소리를 하는……! 봄은 뒤늦게 황 계장이 언급한 예의 '약혼자'가 누구를 가리키는 건지 알아차렸다. 두근. 안정을 되찾던 가슴이 세차게 뛰기 시작했다.

"계장님."

어디 있을까. 틀림없이 그를 본 것 같은데. 제 기억이 맞다면 의식을 잃기 전 저를 끌어안은 사람은 그녀의 약혼자인 바로 그 남자였다.

서도영. 이름만 생각해도 숨이 막히고 떨려 오는 바로 그 사람. 어쩌면 죽을지도 모른다고 생각했던 바로 그 순간, 아주 간절하게 보고 싶었던 단 한 사람. 재회한 지 얼마 되지도 않아서 몇 번 보지 못했던 것이 무척 아쉬웠던 그 사람.

그에 대한 생각으로 머릿속이 가득 들어차자 봄은 결의에 찬 목소리로 황 계장을 불렀다.

"어디 있어요?"

"누구?"

"알잖아요. 제 약……."

"나 말이야?"

······!

쿵쿵. 심장이 미친 듯이 뛰기 시작했다. 고작 얼굴을 떠올리는 것만으로도 도영을 다시 볼 수 있다는 기쁨에 입꼬리가 주체할 수 없을 정도로 올라가서, 아프다. 얼굴 곳곳에 생채기가 나 있었기 때문에 더욱 그러했다.

그럼에도 불구하고, 웃음을 멈출 수가 없다. 마주하게 된다면. 다시 보게 된다면 주저하던 것을 모두 던져 버리고 바로 달려가야지. 의식의 끈을 놓아 버리기 직전 품었던 결의를 다잡으며 봄은 왼편에서 들려오는 목소리에 고개를 돌렸다.

"봄아."

언제나 그랬듯이 다정하게 이름을 부르는 도영이 빙그레 웃으며 저를 내려다보고 있었다. 봄은 떨리는 시선으로 그를 올려다봤다.

"봄아. 유봄."

검은 그의 두 눈에 비치는 자신의 얼굴은 초췌하기 그지없다. 하지만 한 가지 확실한 것은 그를 바라보는 시선에 망설임이 없다는 것이다. 봄은 황 계장이 보든 말든 전혀 개의치 않고 그를 향해 손을 뻗었다. 도영은 기다렸다는 듯 봄의 손을 부여잡았다.

"괜······찮아?"

미세하게 떨리는 목소리. 저를 염려했을 그를 생각하니 어쩐지 속이 쓰리다. 아마도 많이 걱정했겠지. 흐트러진 제 앞머리를 곱게 쓸어내리는 그의 따뜻한 손길에 안도를 느끼며 봄은 흐리게 웃었다.

"네. 괜찮아요."

"봄아."

"선배가, 와 줄 줄 알았으니까."

봄은 제 말에 움찔하는 도영을 직시했다. 믿었다. 눈치챌 수 있을지 조금 의심하기는 했지만 결국은 그가 제 의도를 알아차릴 수 있을 거라 여겼다. 아무리 잊으려 해도 잊을 수 없었던 소중한 추억. 자신이 기억하고 있는 것처럼, 그 역시 기억해 줄 테니까.

봄은 미소 짓는 도영을 향해 눈꼬리를 휘었다. 도영은 말없이 손을 세게 붙들며 그녀를 내려다보았다. 두근두근. 손을 잡고 있는 것만으로도 그의 온기가 전해져 와 흐트러지려던 마음이 안정을 찾았다. 봄은 그렇게 한참 동안 도영과 손을 마주했다.

"맞다, 정유리!"

그런 봄이 유리를 떠올린 것은 도영과 재회한 지 5분 정도가 흐른 뒤였다.

❖　　　❖　　　❖

"날 감히 이딴 침대에 눕혀? 내가 어떤 사람인데! 대체 여기서 뭘 이렇게 지체하는 거야! 내가 어느 집 며느리인지 모른단 말이야!"

'움직일 수 있겠어?'라는 도영의 물음에 흐리게 웃으며 고개를 끄덕였다. 복부 쪽이 아프고 팔이 저려 오기는 하지만 걸을 수 없을 정도는 아니었다. 그렇게 걱정된다면 저를 부축해 달라며 봄은 도영의 어깨에 팔을 기대어 한 발자국, 한 발자국 움직였다.

몇 걸음 움직이지도 않았을 때, 봄은 행동을 멈췄다. 신경질적인 목소리를 마구 흘려 대며 119 구급대원들에게 소리를 내지르는 여자의 음성이 아주 익숙했기 때문이다.

이 상황에서도 저렇게 성질을 부리다니. 봄은 혀를 끌끌 차며 저와 같은 간이침대에 누워 있는 산발의 여자를 바라봤다.

오전, 청담동에서 봤던 그 모습과는 달리 처참하기 그지없는 몰골을 한 유리는 미친 듯이 짜증을 내고 있었다. 봄은 '정말 괜찮겠어?'라는 표정을 짓는 도영에게 미소를 지어 준 채 유리에게 다가갔다.

"아파, 아프다고! 붕대를 그렇게 감으면 도대체 어쩌…… 봄아!"

예전엔 정말로 천사 같았던 아이였는데. 돈과 자리가 저렇게 만든 걸까. 봄은 상처가 난 팔을 붕대로 감아 주려던 구급대원의 손을 뿌리치며 신경질을 내던 유리가 저를 발견하곤 환한 미소를 짓자 픽 웃음을 흘렸다.

유리는 세상에서 가장 반갑다는 얼굴을 하고 손을 흔들고 있었다. 슬며시 시선을 돌려 도영을 흘긋거린 봄은 그의 눈이 저를 바라볼 때와는 달리 몹시 차갑다는 것을 인지했다.

도영은 아마 봄이 범인들에게 잡혀가게 된 원인이 유리라는 것을 전해 들은 모양이었다. 쓴웃음이 터져 나왔다.

"봄아, 봄아! 어서 와. 너 괜찮니?"

유리는 터벅터벅, 말없이 저를 향해 다가온 봄에게 손을 뻗으며 걱정스러운 표정을 지었다. 어찌나 탁월한 연기인지 예전의 유봄이었다면 깜빡 속아 넘어갈 만한 얼굴이었다. 봄은 빙긋 웃었다.

"괜찮아."

"정말 다행이다!"

"……."

"도영 선배! 고마워요. 우리 봄이, 무사히 구출해 줘서! 그리고 저도요!"

도영은 대답 대신 얼굴을 까딱였다. 유리는 이곳저곳 맞아서 퉁퉁 부은 입술을 계속 달싹였다.

"나 정말 아깐 죽는 줄 알았다니까. 얼마나 무서웠는지 몰라. 정말 너 없었다면, 난 목숨도 부지하지 못했을 거야!"

"그래?"

다른 사람들이 주시하고 있어서인지 유리는 호들갑을 떨어댔다. 봄은 그런 그녀를 바라보며 계속해서 미소만 지었다.

"그런데 말이야. 대체 왜 날 집에 보내 주지 않는 거니?"

"……."

"범인들 모두 검거했다며! 상황 종료됐다고 아까 네 동료들이 그러던데, 왜 아직도 난 여기 있는 거야? 우리 남편이 날 얼마나 기다리겠어! 봄아, 네가 네 상관한테 부탁 좀 해 봐. 경찰인 네가 선량한 시민인 날 빨리 집으로 돌려보내 주…… 악!"

철썩. 손바닥과 뺨이 만나 발생하는 파공음이 인천내항 제4부두 곳곳으로 퍼져 나갔다. 간이침대에 앉아 봄에게 연신 불평불만을 늘어놓던 유리의 말도 그로 인해 끊어졌다.

봄의 손에 의해 따귀를 맞게 된 유리는 획 돌아간 얼굴을 원위치시키며 인상을 썼다.

"유, 유봄! 너 지금 뭐하는…… 악!"

다시, 철썩.

유리의 얼굴은 한 번 더 손을 뻗은 봄에 의해 힘없이 돌아갔다.

봄은 갑작스런 제 행동에 도영이 놀란 눈을 하고 있는 것을 발견하기는 했으나, 애써 모르는 척했다. 그리고 얼떨떨한 표정을 짓는 유리가 얼굴을 제게로 고정시키자 빙긋 미소를 그리며 닫혀 있던 입술을 열었다.

"만약 저기서 탈출하게 된다면 꼭, 이렇게 하고 싶었어."

유리의 커다란 눈은 튀어나올 정도로 동그래졌다. 봄은 생글생글 미소를 지어 가며 말을 이어 나갔다.

"덧붙이자면 처음 건 15년 전에 미처 주지 못했던 것. 그리고 두 번째 건, 오늘 있었던 일에 대한 앙갚음."

"유, 유봄!"

봄은 미간을 찌푸리며 제 이름을 크게 부르는 유리에게 말했다.

"해묵은 앙금은 이걸로 끝. 그리고 오늘의 앙금도, 이걸로 끝."

"……!"

"우리 앞으로 다시는 보지 말자."

유리의 입술이 파르르 떨리는 것을 지켜보며 봄은 해맑게 웃은 뒤 도영에게 고갯짓을 했다. 도영은 그런 그녀를 가만히 내려다보다 알겠다는 듯 다시 봄을 부축했다.

"너…… 너, 날 이렇게 대하고도 내가 가만히 둘 것 같아!"

유리가 분노에 찬 목소리를 흘리자 봄은 걸음을 멈추어 고개를 돌렸다. 그녀는 저와 눈이 마주치자 움찔 놀라는 유리에게 눈꼬리를 휘며 대꾸해 주었다.

"나, 오늘 너 때문에 죽을 뻔했는데. 뺨 두 대 정도는 괜찮잖아?"

정곡을 찌르는 말에 유리가 입술을 깨물었다. 봄은 유리에게 손을 흔들어 준 뒤 얼굴을 돌려 앞으로 걸어갔다.

"무서운데, 유봄."

그런 봄을 부축하던 도영이 쿡쿡 웃으며 중얼거렸다.

"그래요?"

봄은 그의 입가에 서린 미소를 바라보며 되물었다. 도영은 대답했다.

"아주 살벌했어. 너한테 잘못 걸리면 뼈도 못 추리겠어."

몸을 부르르 떨며 과장된 포즈를 취하던 도영에게 봄은 속에 맴돌던 말을 뱉어 냈다.

"선배."

"응."

"제가 잡혀 있는 동안 생각을 좀 해 봤는데요."

도영과 봄이 타고 돌아갈 차를 마련했는지, 멀리서 영진이 얼른 오라며 그들에게 손짓을 하고 있었다. 봄은 그에게 알았다는 사인을 보내며 말을 이어 나갔다.

"3단계도…… 생각보다 느린 것 같아요."

도영은 나지막한 그녀의 말에 눈을 크게 떴다. 봄은 중얼거렸다.

　"아주, 느려."

4
—

깊어 가는, 봄

　—지난 13일, 서울 도화동의 한 실내 실탄 사격장에서 당시 보안 팀장이었던 이 모 씨를 위협하고 실탄과 총기를 탈취해 청담동 K 은행에서 인질극을 벌인 후 달아난 윤 씨 외 2인이 16일 오늘, 구속됐습니다. 특수강도 및 납치, 총포·도검·화약류 등의 단속법 위반 혐의를 받고 있는 그들은 인천항을 통해 국외로 출국을 시도하려 범행 여섯 시간 만에 검거되었습니다. 이 과정에서 보안 팀장이었던 이 모 씨가 범행에 협력한 사실이 드러나 충격을 주고 있습니다. 자세한 소식을 서울중앙지검에 나가 있는 정상호 기자가……。

　도화동 총기 강탈 사건이 일어난 지 사흘 뒤. 서울지방경찰청 광역수사대 광역 1계에 속해 있는 형사, 유봄 경사는 평소와는 조금 다른 생활을 영유하고 있었다.

'심심하네.'

한가롭기 그지없다. 너무도 고요해서 따분하기까지 하다. 봄은 들고 있던 꽃게 모양의 과자를 입안으로 쏙 집어넣으며 속으로 중얼거렸다. 오전 8시 뉴스에서는 서울중앙지방검찰청을 배경으로 기자 한 명이 마이크를 들고 나와 사흘 전 있었던 일에 대해 이야기를 하고 있었다. 봄은 눈물을 찔끔거리며 하품을 했다.

"상처 다 나을 때까진 청사에 얼씬도 하지 마! 몰래 들어왔다간 뼈도 못 추릴 줄 알아!"

쉽게는 경험하기 힘든, 납치 감금 사건까지 겪었던 봄이 아무 일도 없었다는 듯 그다음 날 아침 출근을 하자 광역수사 1계의 황중우 계장은 두 눈을 부라리며 소리쳤다.

함께 붙잡혔던 유리보단 비교적 양호해서 업무를 수행하는 데는 별 무리 없을 거라 여겼기에 봄은 더더욱 미간을 찌푸렸다. 그러나 멀쩡하다고 외치는 봄의 주장은 황 계장에게 통하지 않았다. 그에 광수대의 대장, 이웅대 총경까지 나타나 봄을 쫓아냈기에 지금 하릴없이 집에 틀어박혀 휴식을 취하는 중이다.

"출근해?"

얼굴에 난 자잘한 생채기는 서서히 딱지가 내려앉아 떨어지기 직전. 시퍼런 멍이 들어 있는 갈비뼈 부근이 여전히 욱신거리기는 하지만 움직일 만했다. 이렇게 드러누워 있을 때가 아닌데. 소파에 누운 채 TV를 멍하니 응시하고 있던 봄은 오늘도 어김없이 검은 정장을 입은 채 현관으로 바쁘게 달려가고 있는 여름을 향해 툭 말을 던졌다. 서둘러 움직이려던 여름의 시선이 입을 쩍 벌리는 봄의 얼굴에 꽂혔다.

"언제까지 집에서 그렇게 뒹굴 예정이야? 꿈쩍도 안 하고 있을 거면 집 청소나 좀 하지?"

제가 납치되었다는 소식에도 눈 한 번 깜짝 안 했을 게 틀림없다, 저 매정한 동생. 봄은 혀를 끌끌 차며 고개를 들었다.

"계장님이 이번 주 금요일까진 푹 쉬래."

"팔자 좋네. 누군 매일이 출근 지옥인데."

"그럼 너도 납치당하든가."

"그건 사양. 이 몸이 구속시켜야 할 마약사범이 한둘이 아니라서."

여름은 기다란 검지를 좌우로 흔들며 대답했다. 그럼 말을 말든가. 봄은 심드렁한 시선으로 그녀를 응시하다 다시 TV를 바라봤다. 여름은 자신을 안중에도 없다는 듯 취급하는 봄을 말없이 바라보다 그녀에게 다가왔다.

"유봄."

"왜 불러. 출근 안 하냐?"

틱틱거리는 봄에게 슬며시 다가온 여름에게선 라벤더 향기가 났다. 바디 클렌저 때문이겠지. 급하게 현관으로 달려 나가던 여름은 웬일인지 봄이 누워 있는 소파 끝에 털썩 앉더니 입꼬리를 올렸다.

"너, 요즘 만나는 사람 있어?"

쿵. 심장이 팔딱거렸다. 순간적으로 동공이 흔들리고 가슴은

238

미친 듯이 요동쳤으나 내색하지 않았다. 여름에겐 말하지 않은 것이 있었다. 봄은 침을 꿀꺽 삼키며 입술을 열었다.

"나한테 그런 게 어디 있어."

물론 없지는 않다. 아니, 있다. 요 사흘간은 만나지 못했지만 확실히 만나는 사람은 생겼다. 의식하지 않으려 했으나 얼굴을 떠올리니 이상하게 귀가 빨갛게 달아오른다.

여름의 눈초리가 수상쩍어지기 전에 얼른 소파에서 일어나 침실로 들어가야 하건만 이상하게 몸이 움직이지 않는다. 식은 땀이 주르륵 흘러내리는 것을 느끼며 봄은 애써 TV 속 뉴스에 신경을 집중시키려 했다. 그러나 쉽지 않다. 젠장.

"흐응."

여름은 애써 태연하게 대답하는 봄에게 묘한 콧소리를 흘렸다. 봄의 눈동자가 스윽 옆으로 향한 것은 당연했다. 미간을 찌푸리며 말없는 눈빛을 보내자 여름의 보조개가 더욱 깊게 파였다. 그녀는 어깨를 으쓱이며 소리를 뱉어 냈다.

"아니. 그냥 이상해서."

"뭐가."

"만나는 사람이 없다는 사람이 왜 약혼을 했다는 소문이 들릴까."

"⋯⋯!"

제대로 작동하던 심장이 멎을 뻔했다. 봄은 벌어진 입을 다물지 못했다. 다 알고 놀린 거네. 여름이 생글생글 웃으며 저를 바라보고 있었다.

붉어진 얼굴을 숨길 필요는 없어졌지만 쿵쿵 가슴이 들썩이는 것은 막을 수가 없었다. 봄은 후우 한숨을 내쉬며 물었다.

"언제부터 알았어?"

"꽤 오래전부터?"

"그런데 왜 말 안 했어!"

"네가 먼저 말하길 기다렸지. 내 귀에 안 들릴 거라 생각한 게 오히려 이상한데?"

그것은 확실히 봄의 오판이었다. 광역수사대 사무실을 넘어 이미 서울청까지 퍼졌다는 도영과의 일이 어떻게 유여름의 귀에 들어가지 않을 거라 생각했던 걸까.

봄은 삐질삐질 흘러내리는 땀을 닦을 생각도 하지 못하고 어색하게 웃었다.

"마, 말하려 했어. 했는데…….."

"말했다가, 나한테 한 소리 들을까 봐?"

봄은 입을 다물었다. 사실이었으니까. 검사라 그런지 상대의 마음을 파고드는 말을 거침없이 날린다. 확실히 유여름의 취조는 수준급이었다. 봄은 말없이 웃었다. 여름은 흥, 코웃음을 치며 눈을 가늘게 떴다.

"왜, 아예 혼인신고 하고 말하지 그랬어?"

할 말이 없어 봄은 옆얼굴을 긁적였다. 그러나 유리의 결혼식에서 도영을 만났고, 어쩌다 보니 순식간에 약혼한 사이가 되었다고 이야기를 했다면 틀림없이 한 소리 들었을 것이다. 도영이 중앙지검에 발령받은 사실을 왜 말하지 않았냐고 그녀를 타박했던 것은 바로 봄, 자신이었으니까.

한 살 아래 동생의 날카로운 질문에 꿀 먹은 벙어리처럼 입을 꾹 다물고 있던 봄은 심장이 벌렁거리는 것을 느끼며 무어라 변명해야 할지 고뇌했다.

'빠르다고 하려나? 하긴. 재회하자마자 바로 약혼했다는 말이 얼마나 놀랍겠어. 제 입장에서는 없던 예비 형부가 생기는 꼴이니 더욱 당황스럽겠지. 헤어지라고 할까. 아직 어떤 감정인지도 제대로 알지 못하면서 덜컥 약혼부터 해 버렸으니, 꼼꼼한 유여름 입장에선 못마땅하겠지. 하지만 헤어지기는 싫은데. 아직 뭔가 제대로 해 보지도 않았…….'

"유봄."

두근두근. 부모님께 남자 친구를 보여 주는 마음이 이런 걸까. 여름의 반응을 살피며 인상을 쓰고 있던 봄은 심각한 표정으로 제 이름을 부르는 목소리에 정신을 차렸다.

봄은 결연한 얼굴을 한 채 여름의 눈을 직시했다. 어떻게 다시 시작했는데, 절대로 물러나지 않겠다는 눈빛을 보내자 한 살 어린 제 동생이 피식 웃음을 흘린다. 움찔한 그녀를 향해 여름은 물었다.

"너, 콘돔은 쓰냐?"

……뭐?

"철저히 해. 그러다 애라도 덜컥 들어서면…… 아, 아니다. 네 나이도 있으니 일단 임신부터 하는 게 좋을까?"

"유여름!"

긴장하던 봄의 귓가로 들려온 여름의 짓궂은 멘트에 얼굴이 화끈거렸다. 쟤는 왜 저렇게 노골적인지.

그러고 보니 여름은 봄과 조금이라도 인연이 있었던 남자들

중 도영에게 가장 호감을 가지고 있었다. 그의 이름만 나오면 제 얼굴이 서늘해져 거론하기를 꺼려했지만, 어쩌다 도영의 이야기가 나오면 '그 선배 괜찮았는데' 하고 중얼거릴 정도였으니까.

봄은 지나가는 어조로 말을 뱉어 낸 뒤 출근을 하기 위해 소파에서 일어나는 여름의 작은 등을 바라보았다. 현관으로 발을 떼려다 말고 다시 등을 돌린 여름이 붉은 입술을 달싹였다.

"참."

여름이 얼른 사라져 주기를 바라고 있던 봄은 묘하게 웃음을 그리는 그녀를 쳐다봤다. 그리고 흘리듯 중얼거렸다.

"요즘, 무척 바쁘신 것 같더라."

"……뭐?"

"보통 점심때 구내식당에서 자주 얼굴 뵀는데. 네 사건 이후로는 사무실 밖에도 잘 안 나오시더라고. 어찌나 바쁜지, 그 사무실에서 일하는 참여계장님께 전해 듣기로는 점심도 자주 거른다더라고. 그러다 보면 몸 상하지 않을까."

"……!"

"아니, 뭐. 같은 층에 있으니까. 가끔 안부 듣거든."

그 말을 끝으로 휙 몸을 돌린 여름은 이윽고 쾅 소리를 내며 대문을 닫고 사라졌다. 고요한 마음에 파란만 일으킨 채 사라져 버린 여름의 흔적을 넋을 놓고 좇던 봄이 벽에 걸린 시계를 바라보았다.

현재 시각 오전 8시 30분. 봄은 들고 있던 리모컨으로 TV 전원을 끈 채 부엌으로 달려갔다.

"곧바로 3단계 이상으로 가자, 이건가?"

부드럽게 휘어지는 눈꼬리가 가슴에 콕 박혔다. 작게 속삭이는 목소리가 어쩐지 달콤하다 못해 야릇하게 들릴 지경이었다. 어두운 밤임에도 불구하고 주위를 밝히는 환한 미소에 봄은 그를 올려다보았다. 도영은 결의를 드러내고 있는 봄을 내려다보며 쿡쿡 웃었다. '네!' 하고 힘차게 대답하자마자 그는 손을 들어 올려 봄의 머리를 슥슥 문질렀다.

"좋아."
"그럼……!"
"정말 좋은 의견인데, 지금 당장은 아니야."

고개를 가로젓는 도영의 답변에 봄의 얼굴이 실망으로 물들었다. 그 마음이 얼굴로 드러나 버렸는지 도영이 실소를 터뜨렸다. 이어 그는 다정하게 덧붙였다.

"서두를 거 없어, 봄아. 아직 네 몸도 성치 않잖아."
"아."
"일단은 휴식 좀 취하고. 그때 가서 다시 얘기하자."

타이르듯 말하는 그에게 어쩐지 아쉬운 마음이 들었지만 봄은 고개를 끄덕였다. 아마도 그의 음성에는 마법이 걸려 있는 것이 틀림없다. 잠깐이라도 이성을 잃으면 멋대로 끌려가고 있으니 원. 함께 서울로 돌아오는 동안 제게서 시선을 떼지 않고 바라보기만 하는 도영의 눈빛을 피하지 않았다. 심장이 터져 버릴 것 같았지만 적어도 기분은 좋았다.

　"아이스 아메리카노 세 잔이요."
　실질적으로 따지면 쉴 수 있었던 시간은 고작 이틀이었지만 그동안 아무것도 하지 않고 침대에 드러누워 시간을 보냈다. 어찌나 사치스러운 시간인지. 그렇게 원했던 휴가를 막상 받으니 너무도 할 일이 없어 지난 사건의 뒤처리를 담당하고 있는 찬주에게 시도 때도 없이 문자를 보냈다. 결국 찬주가 '선배. 휴식 줄 때 그냥 좀 쉬시죠?'라고 답장을 해 올 정도였다.
　왠지 갇혀 있는 것 같아 갑갑한 마음이 들던 차에 집을 나선 봄의 얼굴은 화창하다 못해 빛이 났다. 그녀는 팔랑거리는 분홍색 원피스를 입은 채 맑게 웃었다.
　"주문하신 음료 나왔습니다."
　서울중앙지방검찰청 앞에 위치해 있는 카페. 가끔 여름에게 방문할 때 들르곤 했던 곳에서 주문을 하고 밖으로 나온 봄은 따사롭게 내리쬐는 4월의 햇살을 받으며 빙긋 웃었다. 상쾌하기 그지없는 하루다. 진작 나올걸.
　'청사에 오지 말라고 했지, 밖을 다니지 말란 소리는 안 했으니까!'

억지로 제 등을 떠밀던 황 계장의 얼굴을 떠올리며 봄은 엄청난 위엄을 풍기고 있는 중앙지검의 높은 건물을 올려다보았다. 한 걸음, 한 걸음 움직일 때마다 바람에 흩날리는 분홍빛 원피스 자락이 물결을 그렸다. 매끈하게 뻗은 다리 밑으로 꽤나 높은 검은 구두가 자리 잡고 있었다.

　또각또각. 걸음을 내딛을 때 귓가를 울리는 구두 소리가 듣기 좋았다. 괜히 가슴이 두근거려 입꼬리를 올리던 그녀는 위층으로 엘리베이터에 몸을 실었다.

　"잠깐만요! 같이…… 어? 봄이 누나?"

　예고 없이 찾아온 저를 보고 당황하지 않을까. 미리 연락을 하고 올 걸 그랬나. 사무실 안의 다른 직원들의 것까지 챙긴 커피 캐리어를 들고 12층 버튼을 꾹 누르던 봄은 닫히려던 엘리베이터 문을 막는 익숙한 목소리에 눈을 떴다. 고맙다고 인사를 하던 남자가 저를 발견하고 반가운 표정을 지었다. 여름의 오랜 친구이자 직장 동료, 희승이었다.

　"여름이 만나러 오셨어요?"

　희승은 12층이 눌러진 버튼을 발견하곤 싱긋 미소를 그리며 물었다. 아직 희승이는 모르는 건가. 봄은 옅은 웃음을 짓는 그에게 고개를 저어 주었다. 희승이 고개를 갸웃거렸다. 그럼 누굴 보러 왔냐는 얼굴이었다. 봄은 대답 대신 눈웃음을 지었다. 조신한 봄의 행동이 익숙하지 않은지 엘리베이터가 위로 올라가는 동안 멍한 눈을 하고 있던 희승은 나지막하게 중얼거렸다.

　"누나."

　"응?"

"오늘 무척 예쁘시네요."

솔직한 성격의 희승이 뱉어 낸 칭찬은 기분 좋았다. 봄은 후
후 웃으며 속삭였다.

"이 정도면 웬만한 남자 홀릴 수 있겠지?"

"홀리다마다요. 저도 넘어가겠는데요?"

"아서라. 네가 나한테 넘어오면 내 목숨은 위험해져."

희승은 과장하듯 몸을 부르르 떠는 봄에게 흐린 미소를 보냈
다. 봄은 엘리베이터 안 거울에 비친 제 모습을 들여다보았다.
물불을 안 가리고 범죄자를 향해 뛰어들던 왈가닥 형사의 모습
은 온데간데없이 사라지고, 웬 봄 처녀가 맑은 웃음을 담은 채
거울을 응시하고 있었다.

언젠가 입으려 했던 이 원피스를 지금 입게 될 줄은 몰랐다.
게다가 그가 선물해 준 구두까지 신어서인지 왠지 모를 자신감
이 샘솟았다.

매일 연락을 하기는 했지만 얼굴을 마주하는 것은 그날 밤 이
후 처음이다. 살랑살랑 불어오는 봄바람이 가슴을 적셨다. 봄은
들고 있던 커피 캐리어와 도시락 통 손잡이에 힘이 들어가는 것
을 느꼈다. 쿵쿵. 이상하게, 긴장된다.

"누나!"

어느새 도착한 12층. 도영을 보면 무슨 말을 해야 할까, 머릿
속에 그려 보며 넋을 놓고 있던 봄은 저를 부르는 목소리에 고
개를 돌렸다. 저와 세 발자국 정도 떨어져 있던 희승이 웃으며
말하는 게 들려왔다.

"1208호는 왼쪽이에요."

……어?

"수고하세요!"

서글서글한 미소와 함께 말을 마친 희승은 몸을 돌려 반대 방향으로 사라졌다. 멀뚱히 서 있던 그녀는 자신이 어디로 갈지 알아차린 것이 분명한 희승의 발언에 웃어 버렸다.

'여기도 퍼지긴 퍼졌나.'

그래서일까. 로비로 들어서는 자신을 흘긋거리던 시선이 느껴진 까닭이. 봄은 고개를 절레절레 저으며 멀리 보이는 도영의 검사실, 1208호로 걸어가기 시작했다.

또각또각. 그가 선물해 준 구두가 미끄러운 바닥과 부딪쳐 소리를 냈다. 두근두근. 검사실이 가까워지면 가까워질수록 가슴의 박동 소리도 빨라졌다. 설레는 마음으로 걸어온 봄의 두 뺨은 빨갛게 물든 지 오래. 굳게 닫혀 있는 1208호의 앞에 서선 후우, 숨을 골랐다.

갑작스러운 방문을 반겨 주려나. '경찰'로서 방문할 때와는 달리 괜스레 초조해졌다. 난처해하지 않았으면 좋겠는데.

오랜만에 실력을 발휘하여 김밥을 직접 말아 왔던 터라 맛있게 먹는 그의 얼굴을 보고 싶어졌다. 어린애도 아니고, 고작 도시락 하나 전해 주러 오는 것이 왜 이렇게 떨리는 건지. 봄은 몇 번이고 문을 두드리려다 말고는 호흡을 가다듬었다.

하아, 후우.

긴 숨을 내쉬었다 다시 들이마실 때마다 분홍빛 원피스 자락이 팔락거렸다. 다리도 조금씩 후들거린다는 생각이 들 때쯤, 이대로는 안 되겠다 싶어 손을 뻗었다. 오른손을 오므리며 문을 두드리려는 순간.

"……!"

그녀는 돌연 열리는 문을 피해 뒷걸음질 치다 엉덩방아를 찧었다.

❖　　　❖　　　❖

"예. 내일 중으로 구속영장 발부가 완료될 겁니다. 그 건은 그렇게 처리해 주시고, 한정수 기소 문제에 대해 상의드리고 싶은 게 있습니다만……."

함께 일하는 참여계장과 어린 여자 실무관은 점심을 틈타 자리를 비운 터라 사무실에는 단둘뿐이다. 봄은 심각하게 전화 통화를 이어 나가고 있는 도영의 얼굴을 흘긋거리며 쿵쿵거리는 마음을 진정시키기 위해 애쓰고 있었다.

'진정이 안 돼.'

몇 분 전 일어났던 일은 둘째치고 코끝으로 스며드는 강한 체취에 눈앞이 아찔하다. 고작 그의 옷을 입고 있는 것만으로도 이렇게 숨이 막히다니. 그녀는 스윽 고개를 아래로 내렸다. 시야로 도영의 체취가 배어 있는 하얀 와이셔츠가 들어왔다.

"봄……이?"

탁, 소리를 내며 바닥으로 떨어진 것은 비단 봄의 엉덩이뿐이 아니었다. 대비할 새도 없이 열린 검사실 문으로 인해 커피 캐리어가 몸 위로 쏟아졌다. 봄은 검게 물든 원피스를 멍하게 내려다보며 앉아 있었다. 도영의 얼굴 역시 놀란 건 마찬가지였다. 뜨거운 커피를 시키려다 마지막에 마음을 바꾸었던 것은 어쩌면 운명이 아니었을까. 봄은 어색하게 웃으며 도영에게 손을 흔들었다. 선배, 하고.

"일단 이걸로 갈아입어. 여벌로 준비한 건데, 급한 대로."

커피 향이 잔뜩 밴 원피스를 바라보던 봄에게 도영은 한숨을 푹 내쉬며 무언가를 건넸다. 괜찮다며 손사래를 쳤지만 그의 제안을 뿌리칠 수도 없었다. 얼룩이 묻은 상태로 앉아 있을 수는 없었으니까. 도영의 하얀 셔츠와 비교적 편한 정장 바지를 입은 제 모습은 꽤나 우스꽝스러웠다.

"우, 웃지 마요."

옷을 갈아입고 온 도영이 풋 웃음을 터뜨려서 얼굴이 더욱 붉어졌다. 그만 웃으라며 말하려고 할 때, 마침 걸려 온 전화가 그녀를 구해 주었다.
'보여 주고 싶었는데…….'
어쩌다 보니 15년 만에 재회했던 유리의 결혼식 이후로 예쁘장한 모습을 보여 주지 못했다. 회색 트레이닝복을 입은 채 그를 만났고, 활동하기 편한 청바지와 티셔츠만 입은 상태로 그의 검사실을 들렀다. 며칠 전의 그 사건 때는 산발이 된 머리를 한 채 도영과 시선을 마주했다.

적어도 오늘만큼은 예쁘게 보이고 싶었는데. 봄은 한숨을 푹 내쉬며 고개를 아래로 떨구었다.

금방 끝내겠다던 전화가 생각 이상으로 길어지고 있었다. 역시, 연락도 없이 찾아온 것은 실례였을까. 단순히 도시락을 건네주고 싶어서 무작정 발걸음을 했는데 아무래도 날이 아니었던 모양이다. 게다가…….

'모양새도 좋지 않고.'

도영의 옷을 입은 채로 마냥 기다릴 수만은 없었다. 야심 차게 준비했던 커피는 바닥에 쏟아 버렸지만 다행스럽게도 김밥은 무사하다. 여름이 인정한 유봄표 김밥은 김이 터져도 맛있었다. 아마도 도영의 점심 정도는 거뜬하게 해결해 주겠지.

봄처녀 같은 모습은 제대로 보여 주지 못했지만 제 요리 실력은 어필할 수 있을 거다. 그 점에 만족하기로 하자. 봄은 끊어질 기미가 보이지 않는 그를 바라보다 붙이고 있던 의자에서 엉덩이를 뗐다.

"아무래도 조금 더 조사가 필요한 게 아닌가 싶…… 김 형사님, 잠깐만요. 봄아!"

"네?"

"어디 가?"

의자 앞 테이블 위에 놓여 있던 도시락 통을 바라보던 봄은 발을 움직이려다 말고 전화기를 몸에 붙인 채 묻는 도영에게 옅은 미소를 건넸다.

"돌아가려고요."

"뭐?"

"선배, 바쁘신 것 같은데 무작정 찾아와서 죄송해요. 나중에 연락할게요."

봄은 어색한 웃음과 함께 말을 건네고 검사실을 벗어나기 위해 문을 향해 걸어갔다.

"김 형사님. 제가 지금 중요한 일이 있어서 끊어야 할 것 같네요. 제가 나중에 다시 연락드리겠습니다."

응?

거의 문까지 다다랐던 봄은 다급히 전화를 끊고선 제 등 뒤까지 달려온 도영을 올려다봤다. 봄은 놀란 얼굴을 하고 도영에게 물었다.

"급한 전화 아니었어요?"

"내일 처리해도 돼."

고개를 가로젓는 그의 말에 봄은 눈을 크게 떴다. 도영은 그런 그녀를 가만히 내려다보더니 이내 나지막하게 중얼거렸다.

"그리고…… 그런 꼴로는 혼자 못 보내지."

"……예?"

봄은 자신의 아래위를 훑어보던 도영을 따라 제 몰골을 살폈다. 순간적으로 얼굴이 빨갛게 달아올랐다. 하얀 와이셔츠 안으로 검은색 속옷이 훤히 드러나고 있었다. 앉아 있을 때는 몰랐는데! 봄은 붉어진 얼굴을 차마 들지 못하고 숨을 크게 들이마셨다.

"내가 보기보다 질투가 좀 많아서."

도영은 당황해하는 봄에게 빙긋 미소를 그려 보이더니 짓궂은 음성으로 속삭였다.

"네가 그렇게 나가면 남은 업무 시간 동안 집중을 못 할 것 같네."

그는 입고 있던 슈트 상의를 벗어 봄에게 걸쳐 준 뒤 말을 이었다.

"점심, 먹으러 갈까? 나 적당한 곳 아는데."

봄은 의아한 얼굴로 되물었다.

"여기서 안 드시고요?"

도영은 고개를 끄덕였다.

"여기서 먹다가 누가 너 보는 게 싫어서."

"에이, 선배. 누가 절 본다고."

"……."

하하, 웃으며 그의 가슴을 툭 치려던 봄은 왠지 모르게 진지한 표정을 짓고 있는 도영의 눈빛에 입을 다물었다. 검은 눈동자가 미동도 없이 저를 내려다보는 느낌은 실로 숨이 가빠 왔다. 봄은 호흡이 차오르는 것을 느끼며 어색하게 미소 지었다.

"그, 그럼 그럴……까요?"

그녀의 말이 떨어지자마자 도영은 부드럽게 웃었다. 신사답게 문고리를 잡아 돌리는 도영의 에스코트를 받던 봄이 말했다.

"선배. 뭐 하나 물어도 돼요?"

"얼마든지."

"점심 먹기 적당한 곳이 어딘데요?"

도영의 미소가 짙어졌다.

"우리 집."

❖   ❖   ❖

우리 집.

보통 때였다면 아무렇지도 않게 넘어갔을 그 말이 이상할 정
도로 두근거렸다. 평범하게 생각하자면 그냥 '집'을 일컫는 표
현일지도 모른다. 그래, 그렇게 여기는 편이 아무래도 마음 편
할 것이다. 그러나 지그시 저를 쳐다보며 빙긋 웃는 그의 눈빛
이 섞이자 의미가 달라졌다.

너와 나의 집.

예쁘게 휘어지는 눈꼬리가 꼭 그렇게 말을 하는 것 같아서 심
장이 미친 듯이 들썩였다. 쿵쿵. 가슴이 떨려 와 봄은 한동안 그
의 얼굴에서 시선을 떼지 못했다.

별 뜻은 없을 거야. 무심코 뱉어 낸 말일걸?

세차게 들썩이는 심장의 박동을 안정시키기 위해 봄은 속으
로 중얼거렸다. 아무 뜻도 아니다. 의미 없는 말이다. 그냥 단순
하게 '집'을 가리키는 말이다. 몇 번이고 되뇌고 또 되뇌었지만
그러면 그럴수록 세포가 분열하듯 생각은 늘어만 갔다. 그도 그
럴 것이……

'약혼, 했잖아.'

형식을 갖춘 정식 혼약식도 아니었고 부모의 허락을 받은 것
도 아니었지만 어쩌다 보니 그와 약혼을 하게 되었다. 빠른 속
도로 관계를 진행하다 보면 어느새 눈 깜짝할 사이, 결혼을 하
게 될지도 모른다는 생각도 들었다. 맑게 웃는 도영을 바라보고

있으면 심장이 터질 듯 부풀어 오르는 것은 그에 대한 꽤 좋은 증거가 되었다. 의식하지 못하는 사이 그의 페이스에 끌려가고 있었으니까.

약혼을 하게 되면 대부분 결혼을 한다. 물론 파혼을 하는 경우도 적지 않지만 순조롭게 일이 진행된다면 많은 사람의 축복 속에 하얀 웨딩드레스를 입게 된다.

만약 유봄에게도 그런 일이 발생한다면? 도영의 집이 곧 봄의 집이 되는 것이고 봄의 집도 도영의 집이 되는 일이 일어나게 될 것이다. 즉, 그의 말대로 '우리 집'이라는 표현이 틀리다고 할 수는 없어진다.

'으으!'

작은 머리통이 터져 버릴 지경에 이르자 봄은 결국 인상을 썼다. 정작 도영은 신경도 쓰지 않는 것 같은데 저만 묘한 단어에 빠져 허우적대는 것만 같았다. 봄은 차마 입 밖으로 뱉어 내지 못할 얕은 숨을 흘리며 고개를 아래로 떨구었다.

"봄아."

도영이 걸쳐 준 그의 슈트 윗도리를 걸친 채 도망치듯 서울중앙지방검찰청 건물을 벗어났다. 중앙지검에서 일하는 사람들 대부분이 점심 식사를 하고 있던 시간이었던지라 다행히 들키지 않고 나올 수 있었다. 도영이 제 손을 꼭 붙들고 있다는 사실도 잊은 채 넋을 놓고 끌려가던 봄은 귓가를 간질이는 달콤한 목소리에 드디어 정신을 차렸다. 도영이 생글생글 웃으며 저를 내려다보고 있었다.

가끔, 그의 검은 눈동자를 바라볼 때면 아찔한 마음에 휩싸인다. 그 깊은 동공 속으로 빨려 들어가고 싶은 강한 충동을 느끼게 된다. 저도 모르는 사이 손을 뻗어 기다란 속눈썹을 만지작거리고 싶을 만큼 열렬히 타오르는 마음. 봄은 그저 자신을 직시하는 도영을 바라보며 차오르는 짙은 열망을 꾹 눌러야만 했다.

"다 왔어."

"예?"

"잠깐만. 문 열어 줄게."

분명 중앙지검에서 나와 몇 걸음 움직이지 않은 것 같은데. 봄은 눈을 휘둥그레 뜨며 제 옆을 스쳐 앞으로 걸어가는 그의 넓은 등을 잠시 지켜보았다.

여긴…….

봄은 미간을 좁히며 기억을 더듬다 입을 벌렸다. 익숙한 건물 구조가 시야로 들어왔다. 중앙지검으로 발령받았다던 여름의 동거 제안에 그녀와 함께 집을 알아보러 다니다 한 번 훑어보았던 오피스텔이었다. 예산을 뛰어넘어 뒤도 돌아보지 않고 나와 버렸는데. 봄은 저를 뒤에 둔 채 전자 도어록의 비밀번호를 누르고 있는 도영을 응시했다.

달칵. 문이 열렸다. 덩달아 심장 속도 역시, 빨라졌다.

"들어갈까?"

여전히 다정한 음색으로 뒤를 돌아보는 도영의 입꼬리가 위로 올라가 있었다. 봄은 세차게 고개를 주억였다. 어쩐지, 도시락 통의 손잡이를 움켜쥐던 손에 힘이 들어갔다. 봄은 신고 있던 검은 구두를 현관에 벗어 둔 채 터벅터벅 걸음을 옮겼다.

"이사 온 지 얼마 안 돼서. 지저분해도 이해해."

봄은 뭐라 대답하지 못한 채 그저 얼굴만 까딱일 뿐이었다. 빠르게 주변을 스캔한 그녀는 혀를 내둘렀다.

지저분하기는. 필요한 물품만 놓여 있는 그의 오피스텔은 전체적으로 깔끔한 느낌을 주었다. 거실 벽에 붙어 있는 가죽 소파는 폭신해 보였고 책장 형식으로 된 하얗고 커다란 장식장 사이에는 최신식 벽걸이 TV가 박혀 있었다.

장식장 곳곳에 꽂혀 있는 법전들은 꽤나 너덜너덜한 상태였지만 그것이 오히려 가슴을 두근거리게 만들었다. 봄은 웃으며 중얼거렸다.

"그래도 저희 집보다는 깔끔한데요?"

그의 말대로 이사 온 지 얼마 되지 않았는지, 아직 풀지 못한 갈색 박스가 베란다 쪽에 놓여 있기는 했으나 전체적으로는 아주 깔끔했다.

"저흰 여자 둘이 사는데 왜 선배네 집보다 더러운 건지 모르겠어요. 치워도 치워도 계속 뭔가가 나온다니까요?"

"그럼 시간 날 때 너희 집에도 가 봐야겠네."

"예?"

"나 청소하는 거 좋아하거든."

싱긋 웃는 도영의 얼굴이 화사해졌다. 봄은 멀뚱히 그를 직시했다. 안면을 후끈거리게 만드는 열기가 점점 퍼져 나갔다. 온몸이 붕 뜨는 기분이었다.

"너, 콘돔은 쓰냐?"

왜 하필 그 순간 여름의 노골적인 발언이 떠오른 건지. 봄은 허튼 생각을 지워 내기 위해 고개를 휘휘 저었다. 야릇한 미소를 그리는 여름의 시선이 머릿속을 떠나지 않았다.

과연 청소만 할 수 있을까. 봄은 쿵쾅거리는 마음을 가라앉히기 위해 호흡을 골라야 했다. 한 번도 남자를 집 안에 들인 적이 없는데. 도영이라면 저도 의식하지 못하는 사이 들일 수도 있다는 생각이 들었다. 그는, 평소 유봄이 안 하던 행동을 하게 만드는 마력의 소유자였으니까.

'정신 차려, 유봄!'

가만히 도영을 바라보다가는 겨우 붙든 이성의 끈을 다시 놓아 버릴지도 몰랐다. 봄은 휙 몸을 돌리며 부엌으로 발걸음을 옮겼다.

"그, 그거 아세요, 선배?"

애써 화제를 돌리며 봄은 입술을 달싹였다.

"저랑 여름이도 여기 이사 올 뻔했어요! 저희 청사랑 좀 멀긴 하지만 중앙지검 코앞이니까, 여름이가 고집 좀 부렸죠. 하지만 결국 타협 봐서 지금 집에 이사하게 됐고요."

"그래?"

도영은 봄의 뒤를 따라왔다. 봄은 들고 있던 도시락 통을 식탁으로 보이는 곳에 내려놓으며 말을 이었다.

"네. 저희가 본 곳은 7층이었거든요. 만약 계약했다면, 우리 이웃사촌이 될 뻔했네요."

도영의 집은 6층이었다. 봄이 입가에 미소를 건 채 말하며 식탁 의자에 앉자 그는 그녀의 맞은편에 자리를 잡고 웃음을 지어 보였다. 묘한 미소여서 심장이 팔딱거렸다. 봄은 침을 꿀꺽 삼켰다.

"아쉽네."

김밥이 든 도시락 통을 하나씩 풀어 헤치기 시작하며 그의 앞에 젓가락을 건네던 봄은 나지막하지만 똑똑히 들려온 도영의 목소리에 멈칫했다.

"그랬다면 매일 아침 널 볼 수 있었을 텐데."

……!

"시간 나면, 같이 저녁도 먹을 수 있었겠지. 아쉬워."

진정으로 아쉬움을 가득 담아 말하는 도영의 눈빛이 미동하지 않는다. 쿵쿵쿵쿵. 그의 귀에까지 들릴 정도로 세차게 뛰는 제 심장 소리가 부끄럽기도 하고 노골적이기도 해서 봄은 입술을 떨었다.

특히, '저녁'이라는 단어를 언급하는 도영의 검은 눈동자가 맑게 일렁여서 숨이 막혔다. 봄은 흐읍, 숨을 들이마시며 도영을 바라보다 손을 뻗었다.

"기…… 김밥 드실래요?"

서른넷. 알 만한 건 다 알 나이. 연애 경험이 없는 것도 아니고, 남자라는 종족에 대해 무관심하지도 않다. 적어도 서른넷의 봄을 맞이한 유봄은, 그러했다.

"3단계도…… 생각보다 느린 것 같아요."

단계 운운한 도영에게 빙긋 웃으며 일격을 날린 것은 틀림없이 자신이었다. 죽음의 위기에서 벗어나니 서둘러 진도를 빼지 못한 것이 걸렸기 때문이다. 하지만 쉽게 그다음 단계를 밟지 못했다. 자신의 몸 상태가 아직은 완벽히 회복하지 못했던 것이 그 이유였다. 게다가 아직까지는, 그에 대한 이 알 수 없는 이끌림이 과연 괜찮은 것인지 의문도 슬그머니 든 상태였으니까.

'진정해라, 유봄.'

이러다가 과호흡으로 죽어 버릴지도 모르겠다는 생각이 은근히 들 때쯤 봄은 속으로 중얼거렸다.

웬만한 것은 지난 세월을 통해 습득했음에도 불구하고 저를 순진한 10대 소녀로 만들어 버리는 남자로 인해 정신을 차릴 수가 없었다. 어째서 이 남자 앞에만 서면 이토록 가슴이 멋대로 움직이는 건지, 원. 봄은 물끄러미 그를 흘긋거렸다.

제가 만든 김밥을 맛있게 먹고 있던 도영이 봄과 눈이 마주치자 미소를 그렸다. 젠장! 봄은 조금은 안정을 되찾았던 심장 박동이 다시금 격해지는 것을 느끼며 어색하게 웃었다.

"마, 많이 드세요."

"너는 안 먹어도 돼?"

"네. 전 준비하면서 조금 먹고 왔거든요. 배불러요."

도영은 옅은 눈웃음과 함께 고개를 끄덕였다. 식사를 이어 나가던 그는 봄의 끈질긴 시선을 느꼈는지 젓가락을 움직이다 말고 되물었다.

"할 말 있어?"

"네? 아, 아뇨."

손사래를 치며 부정하려던 봄은 망설이다 입술을 달싹였다.

"저기……."

"응?"

"김밥, 맛있으세요?"

진지한 표정을 짓는 봄에게 도영은 다정한 목소리로 화답했다.

"맛있어. 아주."

봄은 안도의 한숨을 내쉬며 중얼거렸다.

"다행이에요. 정말…… 다행이에요."

지나친 긴장으로 인해 등 뒤로 식은땀이 주르륵 흘러내렸다. 아직까지 벗지 않은 도영의 슈트 상의가 달아오른 봄의 몸을 더욱 뜨겁게 만들고 있었다.

도영이 점심을 해결하는 것을 뚫어져라 응시하던 봄은 스스로를 향해 되뇌고 또 되뇌었다. 물론, 그러면 그럴수록 전신으로 퍼져 나가는 긴장감은 막을 수 없었지만.

오후 1시. 점심시간이 일정한 직업은 아니래도 보통 오후 2시를 점심시간의 한계로 잡는다 치면 그들에게 주어진 시간은 한 시간 정도. 거기서 조금 더 계산을 해 보자면, 이곳을 벗어나 중앙지검 내의 서도영 검사 사무실까지는 10분 정도였으니 실질적으로는 50분이라는 시간이 남아 있었다.

봄은 자신이 준비해 온 음식을 말끔히 비우고 있는 도영의 바쁜 젓가락을 바라보았다. 도시락 통이 바닥을 드러낼수록 이상하게 목덜미가 뜨거워졌다. 열기가 제 주변을 감싸고 있음에도 봄은 그에게서 시선을 뗄 수 없었다.

'붉다.'

정확히는 열심히 움직이는 남자의 입술에, 봄의 눈동자가 고정됐다.

'붉어……'

예전엔 몰랐는데, 그의 입술이 지나칠 정도로 탐스럽다. 도톰하고도 부드러운 감촉이 문득 떠올랐다. 아주 잠깐이었지만 그녀의 입술을 훔치던 그 달콤한 촉감. 회상만으로도 웃음을 그리게 만드는 도영의 입술은 봄이 준비한 김밥을 삼키기 위해 멈추지 않고 있었다.

"봄아."

얼마쯤 지났을까.

도영이 자신을 부르자 봄은 그를 똑바로 직시했다. 짧았던 입맞춤. 그와 직접적으로 나눈 스킨십 중에서 고작 단 두 번밖에 없었던 그 입술의 감촉이 눈앞을 아른거려 싱긋 웃던 봄을 향해 도영이 젓가락을 내려놓았다.

"너 계속 그렇게 바라보면…… 나, 다음 행동 장담 못 해."

"……네?"

봄은 뜬금없는 그의 말에 눈을 깜빡였다.

"짧게는 못 끝낼 것 같은데 지금, 시간이 별로 없는 것 같아서."

도영은 벽에 걸린 시계를 흘긋거렸다. 덩달아 봄의 시선도 벽걸이 시계로 향했다. 그러다 이내 봄의 얼굴을 마주한 도영은 픽 웃음을 흘리더니 자리에서 일어났다.

"아니야. 아무것도."

뜻 모를 미소를 그리던 도영은 양치를 하고 온다며 봄이 대꾸할 사이도 없이 욕실로 들어가 버렸다.

'……!'

뒤늦게 그 말의 의미를 알아차린 봄은 온몸을 부르르 떨며 굳게 닫힌 욕실 문을 바라볼 뿐이었다.

'괜……찮아, 유봄.'

잠시도 경계를 늦출 수 없는 긴장감. 숨 막히게 만드는 그의 시선. 단둘밖에 없는 은밀하고도 아찔한 공간. 이 세 가지가 조화를 이루어서인지 현기증을 일게 만든다. 쿵쾅거리는 가슴을 진정시키려 해도 쉽게는 평온을 찾기 힘들어 보였다. 봄은 후우, 후우 숨을 몰아쉬었다.

'너는 어른이야.'

그것도 아주, 매우, 익을 대로 익은 성숙한 어른.

'남자 친구…… 아니, 약혼자 집에 단둘이 있는 게 뭐 그리 어렵다고.'

정신을 차리고 보니 약혼자가 되어 버린 남자의 집에 얼떨결에 발을 내딛은 것도 자신이었고, 그가 건네준 옷으로 갈아입은 것도 자신이다.

성숙한 어른이라면 이런 일 정도는 아무렇지도 않게, 쿨하게 감당할 수 있어야 했다. 순진한 소녀처럼 잔뜩 긴장할 것이 아니라 여유롭게 그의 눈을 마주할 수도 있어야 한다. 빨라지는 호흡을 원 상태로 돌리기 위해 노력하며 봄은 생각을 이어 나갔다.

'다 큰 어른인데. 같이 있다가 무슨 짓을 저지를 수도 있는 거지. 물론…… 아닐 수도 있고. 따지고 보면 별것도 아닌데 왜 이렇게 긴장하고 그래.'

단계를 뛰어넘자고 제안한 것은 오히려 자신이 아니었던가. 은근한 기대감을 담은 속내를 털어 내며 봄은 중얼거렸다. 이렇게 긴장만 하다가는 상대가 놀라 뒷걸음질 칠 수도 있었다.

'맞아. 이 정도 일은, 별거 아냐. 별거…… 아냐.'

봄은 휘휘 고개를 저었다. 몇 번 호흡을 고르고, 스스로를 향해 말을 하다 보니 미친 듯이 들썩였던 가슴도 천천히 안정을 되찾는다. 입가에 내려앉았던 경련이 미미해진다.

봄은 자신이 준비해 온 김밥이 전부 사라진 도시락 통을 흐뭇하게 바라보다 입꼬리를 올렸다. 일단은 야심 차게 준비해 온 도영의 점심식사 계획은 해결한 셈이었다. 자신은 꽤 괜찮은 약혼녀라는 생각이 들어 기분이 좋아졌다.

"선배!"

달칵 열리는 욕실 문이 들리자마자 봄은 상념에서 벗어났다. 벽에 걸린 시계는 어느덧 1시 10분을 가리키고 있었다. 그의 말대로 두 사람에 주어진 시간은 많지 않았다. 봄은 웃으며 제게로 다가오는 그를 향해 말을 건넸다.

"슬슬 들어가 보셔야겠어요. 시간이 정말 금세……!"

터벅터벅, 걸어오는 도영의 발걸음이 몹시 빠르다고 생각했다. 의아하게 여기면서도 의연한 척 웃음을 그려 보이던 봄은 눈 깜짝할 사이에 제 앞에 당도한 도영을 올려다보았다. '선배?'라고 물을 틈도 없이 일렁이던 그의 눈동자가 그녀의 시야를 가렸다. 이어지려던 말을 봄은 내뱉을 수 없었다.

흡! 벌어진 입술을 머금어 버리는 따뜻한 온기. 봄은 눈을 동그랗게 뜬 채 제 뒤통수를 부드럽게 감싸는 도영의 커다란 손길을 느꼈다. 그의 붉은 입술에 시선을 빼앗겼던 몇 분 전처럼 봄은 눈을 지그시 감은 도영의 얼굴에서 시선을 떼지 못했다.

'아······.'

달콤한 체취가 코끝으로 스며들었다. 시야가 하얗게 물들 만큼 아찔한 향기였다. 대처할 틈도 없이 제게로 돌진한 도영의 행동에 사고 회로를 움직이기 위해 노력해야 했다. 그러다 이 행위가 도영이 언급했던 단계들 중 세 번째 것이라는 걸 알아차렸다. 귀가 멍멍해질 정도로 심장이 뛰었다.

으음. 촉촉한 입술이 봄의 것을 쓸었다. 웅크리고 있던 혀가 벌어진 틈 사이를 파고들어 와 거칠게 휘저었다. 거칠게 입안을 파고드는 물컹한 혀를 봄은 막을 수 없었다. 아니, 막지 않았다. 짜릿한 전율이 온몸으로 퍼져 나갔다. 색색거리는 그의 콧김이 느껴져 웃음이 그려졌다. 제 것이 아닌 타액이 섞여 목구멍을 타고 넘어간다.

'페퍼민트······ 맛.'

혀를 꽁꽁 묶어 세차게 빨아 당기는 도영의 입술 안에서는 알싸한 페퍼민트 맛이 느껴졌다. 갓 양치를 하고 나와서이겠지만, 봄이 무척 좋아하는 맛이었다. 그녀는 간질간질한 가슴의 박동에 미소를 그렸다.

다정하다 싶으면 거칠어지고 너무 야성적인 것 같을 땐 다시금 잠잠해졌다. 강과 약을 적절히 조절하는 그와의 키스는 입술을 떼고 싶지 않을 만큼 중독성이 있었다. 봄은 무의식적으로 도영의 목에 팔을 두르며 그의 진한 키스에 열렬히 응했다.

입안 곳곳을 훑던 도영의 혀에 온 정신을 팔고 있을 때, 그의 손이 밑으로 내려갔다. 뜨거워진 몸을 식혀 주려는 것인지, 슈트 상의를 벗기며 도영은 더욱 깊숙이 봄의 입안을 파고들었다.

봄은 제 몸을 가리고 있던 슈트 상의가 바닥에 툭 떨어지는 것을 내버려 두었다. 멈출 기미를 보이지 않는 도영의 손길은 이제 봄의 허리에 닿았다.

"윽!"

숨을 헐떡이며 도영을 받아들이던 봄의 입술 사이로 짧은 신음이 터져 나온 것은 그가 허리를 잡고 팔에 힘을 주었을 무렵이었다. 봄은 저를 식탁 위에 앉히려던 도영으로 인해 미간을 찌푸렸다. 의식한 것은 아니었다. 도영은 놀라 그녀에게서 입술을 뗐다.

"괘, 괜찮아요."

도톰하게 부풀어 오른 입술을 달싹이며 봄은 흐려지려는 의식을 붙들었다. 당황한 도영의 보드라운 뺨을 뜨거워진 손등으로 스윽, 쓸어내리며 그녀는 미소를 그렸다.

"상처, 건드린 거야?"

"네. 하지만…… 이젠 괜찮아요."

하아. 가빠 오는 숨을 내쉬며 봄은 말했다. 멈칫한 도영이 더 이상 움직이지 않자 쓴웃음을 흘리던 그녀는 자의로 벌떡 일어나더니 식탁 위에 엉덩이를 붙였다. 의자에 앉아 그를 올려다보아야 했을 때와는 달리 이제야 눈높이가 맞는 느낌이었다. 봄은 망설이고 있는 도영의 왼쪽 뺨에 손을 감싸 댔다. 검게 일렁이던 그의 눈동자가 봄과 마주했다.

"너무 빨랐나?"

사건이 일어난 지 얼마 되지 않았던지라 몸이 성치 않다는 것을 이제야 자각한 모양이었다. 손쓸 틈도 없이 차오르는 욕망에 충실하여 봄의 미간을 찌푸리게 했다는 마음이 들었는지 도영이 주저하자 봄은 유려한 미소를 지었다.

"네."

"그럼……."

"빨라도, 괜찮아요."

지금 이 순간, 이 공간에서 이렇게 농익은 키스를 할 줄은 예상하지 못했다. 열아홉, 겨울에 일어난 입맞춤처럼. 그리고 서른넷, 봄에 일어난 입맞춤처럼, 제 계획을 철저히 벗어난 일이었다.

그와 함께하는 모든 시간들은 유봄이 예상하지 못하는 범위 내에서 일어난다. 이런 돌발적인 상황을 좋아하는 편은 아니었지만…….

'원해.'

두근거리는 가슴은 그의 입술을 원한다고 외치고 있었다. 한번 입술을 맞대고 나니 참을 수 없는 갈증이 일었다. 그를 원한다. 그의 입술을 간절히 원하는 스스로를 발견했다.

'단계 따위…….'

일일이 지킬 필요도 없잖아.

어차피 재회한 그날 약혼을 했고, 그가 저를 원하는 것이 싫지 않다. 오히려 날이 갈수록 상대를 원하는 마음이 짙어진다. 눈만 마주쳐도 얼굴을 붉히던 수줍은 소녀가 아니라 상대를 원하면 거침없이 표현할 줄 아는 어른 여자가 되었다. 봄은 빙긋 웃었다.

"키스해 주세요."

도영의 눈동자가 요동쳤다. 그의 검은 눈에 파란이 이는 것이 보기 좋았다. 냉랭해 보이던 그의 얼굴이 당혹으로 물드는 것은 아찔한 생각을 하게 만들었다.

봄은 그의 뺨을 어루만지던 손을 내려 그의 넥타이를 제게로 잡아당겼다. 작은 신음과 함께 도영의 얼굴이 저와 가까워졌다.

"아님, 제가 할게요."

"......!"

도영이 뭐라 말을 할 사이도 없이 봄은 코앞으로 다가온 그의 입술 위로 제 입술을 덮었다. 짧은 숨결이 그의 입술 틈으로 흘러나왔다. 입 밖으로는 아무것도 내어 주지 않겠다는 듯 붉은 혀를 밀어 넣었다. 달콤한 타액이 혀끝으로 느껴졌다.

입꼬리가 올라갈 때 슬쩍 보였던 그의 고른 치열을 쓸며 서서히 안으로 들어갔다. 그녀의 침범에 대처할 생각을 하지 못하던 도영의 혀를 옭아매며 봄은 쿡쿡 웃었다. 강하게 입안을 빨아 당기는 봄으로 인해 고운 아미를 좁히던 도영이 곧 커다란 손으로 눈매를 휜 그녀의 뒤통수를 감쌌다.

머뭇거리던 도영이 저의 키스에 응하며 불타오르자 봄은 슬쩍 벽에 걸린 시계를 응시했다. 현재 시각 오후 1시 15분. 저야 휴가를 얻어 시간이 많았지만 이 남자는 아직 근무 중인데. 적당한 선에서 끊어 낼 수 있을지 모르겠다.

원하면 원할수록 더욱 떨어지기 싫어졌다. 어떡하지. 그의 혀가 훑고 지나가는 몸 곳곳에 전기가 흘러 신음을 흘리던 그녀는 자신이 입고 있던 셔츠 단추를 풀어 헤치는 도영을 바라봤다. 그의 기다란 속눈썹이 파르르 떨렸다.

달콤한 그의 체취가 코끝으로 스며든다.

뜨거운 그의 온기가 온몸에 뒤덮인다.

유봄의 작은 세상이 서도영으로, 물들어 간다.

봄은 반쯤 단추를 끄른 뒤 제 목덜미에 입술을 대고 있는 도영의 검은 머리카락 사이에 손가락을 집어넣으며 입술을 악물었다.

뜨거워진 전신의 열기는 식을 줄 몰랐다. 그만큼 도영을 향한 열망이 짙어졌다. 봄은 멍이 든 자신의 목 근처에 붉은 반점을 남기는 도영의 머리를 감싸 안으며 거친 숨을 흘렸다.

중단할 생각이 없는 그의 반점 새기기는 목덜미에서 쇄골, 그리고 더욱 아래를 향했다. 숨을 참고 있던 봄이 그의 머리카락을 헤집는 순간, 멀리 거실 쪽에서 요란한 소리가 들렸다.

Rrrr. Rrrr.

"선배."

푸른 멍이 든 봄의 복부에 입술을 가져다 대고 있던 도영이 고개를 들어 올렸다. 저만큼이나 붉어진 눈빛이 심장을 파고들었지만 봄은 계속해서 울려 대는 전화벨 소리를 무시할 수 없었다.

"전화 와요."

"알아."

"받아야 하지…… 않을까요?"

"급한 거 아닐 거야."

이미 열기에 물든 도영은 대수롭지 않게 대답했다. 봄은 풋웃음을 터뜨렸다.

"받아야 할 것 같은데요."

"봄아."

"사무실에서 온 걸 수도 있잖아요."

유려한 미소를 그리며 속삭이는 봄의 말에 도영이 갈등에 휩싸였다. 봄은 흐트러진 그의 넥타이를 다시 잡고 위로 끌어당겼다. 얼떨결에 끌려 일어난 도영은 제 귀에 입술을 가져다 대는 봄을 막지 않았다.

"만약, 엄청 질 나쁜 범죄자가 경찰에 붙잡혔고 서둘러 구속시켜야 하는데 저 때문에 그 과정이 늦어지면…… 저, 다시는 선배네 집에 안 올 거예요."

흔들리는 도영의 눈에 시선을 꽂은 채 봄은 미소를 그렸다. 동요하는 그의 귀를 살짝 깨물며 말을 이었다.

"받아요."

"……"

"저 어디 안 가고 여기서 기다리고 있을게요. 어서요."

어차피 금요일까지는 황 계장에게서 꿀맛 같은 휴가를 얻었다. 집에서 지내는 건 따분하지만, 도영과 함께 있다면 손해 볼 것도 없었다. 도영은 말없이 봄의 미동 없는 눈동자를 들여다보다 후우 한숨을 흘렸다.

"잠깐만 실례할게."

제게서 손을 떼고, 요란하게 울려 대는 전화를 향해 다가가는 그의 등을 바라보며 봄은 손을 흔들었다.

'그거, 필요하려나?'

❧   ❧   ❧

"금방 다녀올게."

대문을 닫기 직전, 저를 자꾸만 흘긋거리는 도영의 검은 눈동자엔 아쉬움이 가득했다. 한 발 나갔다가 그녀를 바라보고, 구두 한 짝을 신다가 또 그녀를 바라보는 도영의 행동에 봄은 웃음을 터뜨렸다.

그렇게 아쉬울까. 하긴, 아쉬운 건 봄 역시 마찬가지다. 괜히 전화를 받아 보라 그랬나. 전화를 끊자마자 봄에게 다가오더니 '미안. 아무래도 잠시 들어가 봐야 할 것 같아' 하고 말하는 그를 보며 그녀는 고개를 끄덕였다.

도영은 혹시 모를 상황을 대비하여 봄에게 집 열쇠까지 맡긴 채 그녀의 시야에서 사라졌다. 계속해서 떠나길 주저하던 그가 완벽히 문을 닫고 사라지자 텅 빈 집 소파에서 드러눕고 있던 봄은 벌떡 몸을 일으켰다.

'이러고 있을 때가 아니지!'

도영의 검사실에서 건네준 예의 그 옷차림 위에 그가 입어도 좋다고 했던 트레이닝 재킷을 걸친 봄은 살며시 집을 나섰다.

오피스텔의 입구를 지키고 있던 경비원에게 살짝 고개를 까딱이며 인사를 한 봄이 도착한 곳은 근처 편의점. 도영과 함께 들어오기 직전 스치듯 보았던 편의점 문을 열며 쿵쿵 뛰는 마음을 가라앉혔다.

스윽. 좌우로 얼굴을 돌리며 편의점 내부를 둘러본 봄은 간단한 즉석 음식들을 골랐다. 그리고 주류 코너 쪽으로 성큼성큼 걸음을 옮기다 심각한 표정을 지었다.

'와인?'

편의점에서 파는 것이니 고급은 아니겠지만 적당한 분위기를 연출하기에는 나쁘지 않을 것이다. TV에서 봤던 분위기 띄우는 방법을 머릿속으로 그리던 봄은 와인을 집으려다 말고 맥주 몇 캔을 움켜쥐었다.

'역시, 분위기엔 맥주가 최고지.'

제가 생각해도 뿌듯하기 짝이 없어 입꼬리를 올리던 봄은 어느새 꽉 찬 바구니를 내려다보다 카운터 쪽으로 걸어가려 했다.

"철저히 해."

아.

"네 나이도 있으니 일단 임신부터 하는 게 좋을까?"

웃음을 그리던 봄의 얼굴이 딱딱하게 굳어졌다. 카운터로 향하려던 걸음을 멈추어 곰곰이 생각했다.

필요할까. 필요하지 않을까.

이곳을 나오기 전에도 몇 번 고민했었던 일이 다시금 머릿속을 잠식하기 시작한다. 봄은 한참을 고민하다 주먹을 불끈 쥐었다.

인정하기는 싫지만 그녀를 놀리듯 짓궂은 표정을 짓던 여름의 말대로다. 사람은 언제 어디서나 준비가 철저해야 한다. 오늘 무슨 일이 일어날지는 아무도 모르는 법이니까. 봄은 결의에 찬 눈빛으로 주류 코너로 가기 직전 보아 둔 진열대 쪽으로 다가갔다.

'음, 그러니까…….'

뭐가 이렇게 다양한지. 한 번도 제 손으로 사 본 적이 없는 물품이라 그런지 선뜻 고르기가 어렵다. 봄은 끄응, 신음까지 흘려 가며 진열대에 걸려 있는 여러 케이스들을 뚫어져라 응시했다.

"손님."

……!

"찾으시는 것이 있으십니까?"

그녀가 수상쩍게 보였나 보다. 이미 가득 찬 바구니를 들고도 카운터는커녕 생필품 코너에 멈춰 서서 미간까지 찌푸리고 있었으니 그럴 만도 했다. 문을 열고 안으로 들어설 때 고개를 까딱이던 편의점의 직원이 어느새 그녀의 옆에 다가와 있었다.

순간적으로 귓불이 붉게 달아오르는 것을 느끼며 봄은 어색하게 웃음을 그렸다.

"아, 저……."

정말 별거 아닌데 왜 이렇게 떨리는 건지 모르겠다. 봄은 심장이 뜀박질하는 것을 느끼며 고개를 가로저었다.

"뭐…… 뭔가를 좀 찾느라고요."

"어떤 걸 찾으십니까? 도와드리겠습니다."

과잉 친절이다. 평소라면 그 친절을 거절하지 않았을 테지만 지금은 매우 부끄러운 상태였으므로 봄은 손을 휘휘 내저으려 했다.

"제가 추천을 해 드릴까요?"

그런 봄에게 묘한 미소를 짓던 편의점 직원은 갑자기 진열대에서 뭔가를 꺼내더니 분홍빛 케이스를 그녀에게 내밀었다.

"요즘 가장 잘나가는 제품입니다."

"아!"

"실망하지 않으실 겁니다."

마치 그 브랜드의 직원인 양 말하는 편의점 직원을 보고 봄은 주저하다 케이스를 향해 손을 뻗었다.

"고마……."

응?

"……저기요?"

얼굴을 붉히기는 했지만 덕분에 좋은 제품을 구했다며 편의점 직원에게서 그것을 건네받으려던 봄은 건넨 케이스를 도통 놓을 생각을 않는 그를 향해 미간을 좁혔다.

적어도 30대 초중반으로 보이는 남자는 의아해하는 봄을 가만히 응시하고 있었다.

뭐야.

저를 훑어보는 느낌. 아래위로 내려갔다 올라오는 검은 눈동자가 온몸을 삼킬 듯 바라보고 있었다. 좋지 않은 기분에 본능적으로 뒤로 물러나려다 말았다. 형사 체면이 있지, 기 싸움에서 지는 건 말이 되지 않는다.

"요즘 경찰은, 많이 한가한가 보군요."

기분 나쁜 시선은 들떴던 그녀의 마음을 가라앉혔다. 봄은 케이스를 놓으라고 말을 하려 했지만 그보다 편의점 직원의 입술이 더 빨리 열렸다. 그녀의 얼굴은 차갑게 식어 갔다.

"아아, 오해 말아요. TV에서 봤어요."

경계하며 케이스를 놓으려던 봄에게 그는 덧붙이듯 말했다. 제 얼굴이 TV에 나온 적이 있었는지 기억을 더듬어 보던 봄은 편의점 문 쪽에서 들려오는 종소리에 고개를 돌렸다.

"무슨 일이야?"

편의점 직원과 똑같은 복장이기는 하지만 연륜이 묻어나는 남자가 봄과 대치하고 있던 그를 향해 다가왔다.

"점장님. 벌써 교대 시간인가요?"

"어."

"알겠습니다."

고개를 까딱이던 남자가 케이스를 쥐고 있던 손아귀의 힘을 풀었다. 팽팽한 신경전을 벌이다 상황이 맥없이 풀리자 휘청거리던 봄은 저와 눈이 마주치자 빙긋 웃는 남자를 빤히 응시했다. 그는 '그럼' 하고, 획 몸을 돌려 직원용 사무실로 들어갔다.

"하여간 이상한 녀석이야."

봄에게 건네는 말은 아니었겠지만 나지막하게 중얼거리는 점장의 눈빛에도 경계감이 서려 있었다. 봄은 어느덧 제 손에 들려 있는 분홍색 콘돔 케이스를 내려다보았다.

한동안 인상을 쓰고 있던 봄의 귓가에 카운터로 향하려던 점장이 걸음을 멈추어 물었다.

"손님, 계산하실 겁니까?"

"하하하! 우리 지청에 서 검사가 와서 얼마나 기쁜지 몰라. 앞으로도 수고해 줘!"

서울중앙지방검찰청의 검사장인 윤석호 지검장의 호탕한 웃음소리가 중앙지검 12층, 서도영 검사실 복도 앞을 크게 울렸다. 이인수 제3차장검사와 심우빈 강력부 부장검사의 얼굴 또한 환하게 물들었다. 도영은 고개를 숙였다.

"열심히 하겠습니다."

윤 지검장은 흐뭇하게 그의 어깨를 톡톡 두드렸다.

"그럼, 그럼. 난 열심히 하는 후배들을 좋아하지! 멋진 자세야! 자, 그럼 다들 밥이나 먹으러 갈…… 참, 서 검사는 약속이 있다고 했나?"

도영은 윤 지검장의 말에 저를 바라보는 두 선배 검사들의 눈빛을 담담하게 받아 내며 대답했다.

"예. 약혼녀가 기다리고 있습니다."

"오, 약혼녀가 있었군! 헌데…… 춘천지검에 있을 때까지만 하더라도 솔로라고 들었던 것 같은데, 대체 언제 약혼까지 한 거야? 내가 중매를 좀 서 볼까 했는데! 이거 정말 아쉽게 됐어."

"마음만 감사히 받겠습니다."

"우리 서 검사는 약혼녀를 매우 사랑하나 보군."

윤 지검장은 쩝쩝 입맛을 다시며 중얼거렸다. 어리둥절해하는 윤 지검장에게 도영은 그저 미소를 그렸다.

"선배님, 가시죠. 출출하다 하지 않으셨습니까."

"아아, 그렇지. 그럼 서 검사, 또 보자고."

도영은 그들이 엘리베이터를 타고 사라질 때까지 한참을 서 있었다. 후우. 엘리베이터를 타기 직전 저를 흘긋거리던 심 부장과 눈빛을 나눈 그는 텅 비어 버린 복도를 바라보다 넥타이를 풀며 긴 숨을 뱉어 냈다.

"가셨······어요?"

달칵, 문을 열고 검사실 안으로 들어가니, 벌떡 일어난 최태우 참여계장이 낮은 목소리로 말을 걸어 왔다. 도영은 흐리게 웃었다.

"하아. 숨 막혀 죽는 줄 알았습니다."

중앙지검에서 꽤 오래 일을 해 왔음에도 불구하고, 검사장 일행들을 볼 때면 숨이 막힌다 툴툴거리던 최 계장은 고개를 절레절레 저었다. 도영은 웃으며 제 자리로 돌아갔다.

─저기······ 검사님. 점심 끝날 때까지 연락 말라 하셨지만 상황이 상황이라서요. 빨리 좀 오셔야겠습니다만······.

중앙지검에 제대로 적응하기도 전인데 벌써 중요한 사건들을 해결했다며 격려 차 잠시 발걸음을 했다던 윤석호 지검장은 무려 해가 지고 나서야 돌아갔다.

자신을 중앙지검으로 데려오기 위해 비장의 수를 썼다며 하하 웃는 그를 마주한 도영의 심장은 타들어 갔다. 요즘은 야근을 할 만큼 중요한 업무도 없었고 아직까지 당직은 맡지 않아서 정시에 퇴근할 수 있을 거라 생각했는데.

"죄송합니다, 검사님."

책상에 흩어진 서류들을 정리하고 있던 도영을 향해 최 계장은 힘없이 중얼거렸다. 도영은 고개를 들어 그를 바라봤다.

"저도 웬만하면 호출 안 드리려 했는데……."

"괜찮습니다."

빙긋 웃으며 창밖을 스윽 바라보던 도영은 검게 물든 하늘을 응시하다 벽에 걸린 시계를 바라봤다. 벌써 7시였다. 봄은 지금 뭘 하고 있을까.

"최 계장님."

"예!"

"별일 없으면 저……."

"아, 퇴근하셔야죠!"

도영은 눈에 띄게 밝아지는 최 계장과 실무관 재희의 얼굴을 발견하며 입꼬리를 올렸다.

"최 계장님도 퇴근하시죠. 재희 씨도요."

"감사합니다, 검사님!"

재희는 그 말만 기다렸다는 듯, 눈 깜짝할 사이에 카디건까지 걸치며 검사실을 나섰다. 행여나 자신을 붙잡을까 도망쳐 버리는 재희의 뒷모습을 보고 도영과 최 계장은 하하 웃었다.

"바로 퇴근하십니까?"

"예. 집에……."

"저 어디 안 가고 여기서 기다리고 있을게요."

"누가, 기다리고 있어서요."

두근두근. 가슴이 뛰었다. 누군가가 집에서 기다리고 있다는 것이 이렇게 기분 좋은 일이었나. 도영은 자꾸만 웃음이 흘러나오려 하는 것을 겨우 참았다. 도영의 짙은 미소에 잠시 놀란 표정을 짓던 최 계장의 눈꼬리가 반달처럼 휘어졌다.

"좋으시겠습니다."

도영은 대답 대신 미소로 화답했다.

Rrrr. Rrrr.

벗어 둔 슈트 상의를 위에 걸친 채 준비해 둔 브리프 케이스를 집어 들려던 도영은 귓속으로 스며드는 전화벨 소리에 걸음을 멈추었다. 봄일까. 그는 무의식적으로 슈트 상의 주머니를 뒤적였다.

"어…… 거기서 들리는 게 아닌 것 같은데요?"

도영과 함께 검사실을 나갈 생각이었는지 그를 기다리던 최 계장은 불을 끄려다 말고는 도영에게 말했다. 도영은 최 계장의 말에 잠시 미간을 좁혔다. 왠지, 좋지 않은 예감이 들었다.

설마.

Rrrr. Rrrr.

그의 검은 눈동자는 서서히 아래로 내려갔다. 책상 밑의 서랍들 중 두 번째에 위치해 있는 서랍. 검사실에 제 물품들을 차곡차곡 정리하면서 마치 습관처럼 넣어 두었던 바로 그것. 의아하게 바라보는 최 계장에게 대답해 줄 사이도 없이 도영은 책상 서랍 앞으로 다가갔다.

Rrrr. Rrrr.

대체 언제부터 켜져 있었는지 모르겠다. 그전에, 왜 해지할 생각을 하지 않았을까. 도영은 미간을 찌푸리며 미친 듯이 울려 대는 핸드폰을 내려다보았다. 매번 걸려 오던 그 전화번호가 아닌 현재 자신의 오피스텔에 설치해 둔 전화의 번호가 액정 위로 보였다. 도영은 쓴웃음과 함께 통화 버튼을 누른 후 입술을 뗐다.

"네. 서도영입니다."

입 밖으로 뱉어 내는 차분한 음성과는 달리 쿵쿵 뛰는 가슴을 애써 무시하던 도영의 귀로 밝은 음성이 울려 퍼졌다.

―선배!

제길.

"헤헤."

입을 길게 찢고 있는 봄의 두 뺨엔 홍조가 가득하다. 도영은 그런 그녀의 얼굴을 말없이 응시했다. 그러다 서서히 시선을 내려 식탁 위에 놓여 있는 맥주 캔 네 개를 응시했다.

'많이도 마셨군.'

취한 걸까. 취하지는 않은 것 같기도 하고. 아니, 취한 것이 틀림없다. 취하지 않았다면 그 핸드폰으로 전화를 걸었을 리 없으니까. 도영은 허탈한 웃음을 흘렸다.

그녀의 목덜미에 새겨진 붉은 반점이 묘하게 신경을 어지럽혔다. 미치겠네. 유혹을 하는 건지, 정말 취한 건지 알 수가 없다. 도영은 자신의 무선 전화기를 꼭 붙들고 있는 봄을 바라봤다.

"선배가 하나, 둘…… 세 명!"

도영은 싸늘한 얼굴의 저와는 달리 혼자 큭큭거리는 봄을 한동안 쳐다만 보다 한숨을 길게 내쉬었다.

"다 네가 마신 거야?"

'선배!' 라는 외침을 듣자마자 최 계장에게 작별을 고할 사이도 없이 검사실 밖을 뛰쳐나왔다. 걸어서 10분 거리의 오피스텔까지 도착하는 데는 놀랍게도 5분 정도밖에 걸리지 않았다.

하아, 하아 숨을 몰아쉬며 문을 연 도영의 눈에는 환하게 웃는 봄이 빨개진 얼굴로 제게 손을 흔들고 있었다. 두 손으로 꽃받침을 만들어 턱을 괴고 도영을 향해 눈웃음을 보내던 봄은 세차게 고개를 주억였다.

"네!"

일말의 망설임도 없이 대답하는 봄을 보자니 대꾸할 말이 생각나지 않았다. 도영은 입을 굳게 다물었다. 뭐가 그리 즐거운지 실실 웃던 봄은 여전히 꽃받침을 만든 채로 중얼거렸다.

"선배 얼굴 보니 너무 좋아요!"

생글생글 미소를 그리며 말하는 봄을 도영은 직시했다. 제 모든 행동들을 놓치지 않겠다는 듯, 힘까지 들어간 봄의 반짝이는 눈망울에 풋, 웃음이 터져 나왔다.

'못 말리겠네.'

확실히 지금의 유봄은 그의 기억 속 소녀보다 솔직하다. 그런데 술이 들어가면 그 솔직함의 정도가 지나쳤다. 도영은 해실거리는 봄에게 시선을 고정시키며 물었다.

"얼마나?"

"너무요!"

"그래?"

"네. 저 여기서 얌전히 선배가 올 때까지 가만히 기다리기만 했거든요! 진짜 엄청 기다렸어요! 오늘처럼 시간이 안 간 날은 제 인생 처음이에요!"

과장된 말이라는 걸 알면서도 왠지 듣기가 좋아 도영은 웃음을 그렸다. 술에 취해 평소보다 더욱 재잘거리는 봄은 조금 많이, 귀여웠다. 그녀의 직장 동료들이 보았다면 무슨 말을 하려나. 재미있는 상상이 들어 도영은 그녀를 계속 지켜봤다.

"문 밖에서 발걸음 소리가 들리면 선배인 줄 알고 나가 보고, 괜히 중앙지검 건물이나 뚫어져라 응시하고. 선배가 빨리 돌아오기만을 기다리고, 또 기다렸어요!"

"내가 너무 기다리게 했네."

"네! 그래서 지금 선배 보고 있으니 너무 좋아요!"

그 말은 이미 들었다. 계속 듣는다고 싫증이 날 것 같지 않았다. 도영은 헤헤 웃는 봄을 바라봤다. 그러다 제 앞에 놓여 있는 맥주 캔을 흘긋거리며 말했다.

"그런데 술은 왜 마셨어."

그것도 혼자.

못마땅한 건 어쩔 수 없다. 도영의 날카로운 질문에 봄은 짧은 숨을 터뜨렸다.

"그게 말이죠……. 완전, 긴장되잖아요."

말끝을 흐리는 봄의 대답에 도영이 눈썹을 꿈틀거렸다. 봄은 비어 있는 맥주 캔을 움켜쥐며 중얼거렸다.

"저 진짜 결심했거든요. 오늘 밤은, 멋지게 보낼 거라고."

"그래?"

도영의 눈꼬리가 휘어졌지만 그에 아랑곳 않고 봄은 말을 이었다.

"네. 그런데 그렇게 생각하면 할수록 이상하게 심장이……."

"심장이?"

"무지막지하게 뛰어서."

"……."

봄은 왼쪽 가슴 부근을 손바닥으로 어루만졌다.

"선배랑 둘만 있을 생각만 하면…… 이렇게 심장이 멋대로 움직여서, 숨이 막히더라고요."

도영은 그녀의 말을 듣고만 있었다. 봄은 땅이 꺼져라 숨을 내쉬었다.

"보고 있으면 너무 좋은데, 아까에 이어서 뭔가를 할 생각을 하니 떨리기도 하고. 참, 선배! 저 엄청 좋은 거 추천받았어요!"

봄은 벌떡 일어나 손을 아래로 내렸다. 주섬주섬. 그리고는 입고 있는 도영의 바지 주머니에서 분홍색 케이스를 꺼내 들었다. 도영의 눈동자가 큼지막해졌다.

"이것도 준비했다고요!"

자랑스럽게 케이스를 흔드는 봄을 보며 도영은 하하 웃었다. 그의 웃음소리가 웽웽거린다며 투정을 부리던 봄은 의자에 털썩 앉으며 한탄을 이어 갔다.

"음식도 준비하고, 와인은 아니지만 맥주도 준비하고…… 정말, 만반의 준비를 했는데."

"했는데?"

"침대로 걸어 들어갈 생각을 하니 심장이 도통 안정을 못 찾아서……."

도영은 시선을 아래로 떨구는 봄에게 미소를 지으며 물었다.

"그래서, 안정을 찾기 위해 맥주를 마셨다?"

봄은 세차게 고개를 주억였다.

"준비가 된 것 같기도 하고 아닌 것 같기도 해서……요."

도영은 답하지 않았다. 그녀의 마음을 알 것 같았으니까. 제 말을 들어 주는 도영을 흘끔거리던 봄은 빈 맥주 캔을 들어 입 안으로 알코올 몇 방울을 떨어뜨리더니 조심스럽게 소리를 뱉어 냈다.

"선배."

"응."

"저, 거짓말하고 싶지 않아요."

도영은 말하라는 듯 그녀를 바라봤다. 봄은 주저하다 붉어진 얼굴을 그에게 고정시키며 말했다.

"사실은요…… 조금, 무서워요."

무슨 말을 하나 싶었다. 그녀의 말을 기다려 주던 도영에게 들려온 음성은 그를 놀라게 했다.

"갑자기 약혼녀가 되고, 입맞춤을 하고, 키스를 하는 것도 좋아요. 정신없이 빠르게 움직이는 거, 저도 나이가 있으니 그래야 한다고 생각해요. 그래서 다 좋은데……."

"……."

"너무 서두르면 제가 제대로 따라갈 수 없을까 봐…… 조금, 무서워요."

그의 얼굴에서 미소가 사라졌다. 나지막하게 중얼거리는 봄에게 도영은 목소리를 흘리지 않았다.

"선배랑 같이 있는 시간이 정말로 행복하고, 꿈만 같은데 저는 아직 지금의 선배를…… 잘 모르잖아요."

봄은 순간 눈에 힘을 주며 도영을 직시했다. 도영의 차분해진 검은 눈동자 안에 그녀가 각인됐다. 봄은 결의를 다지는 사람처럼 외쳤다.

"알고 싶어요! 미친 듯이 달리고 싶은 선배 마음은 알지만 그 장단에 맞추기 전에 선배를 조금이라도 더, 알고 싶어요! 속속들이 알고 싶어요. 지금 선배가 뭘 좋아하는지, 무슨 생각을 하는지, 어떤 취미를 가지고 있는지, 전부!"

"……."

"그렇게 속성으로 지금의 선배를 알고 나서…… 지, 진도도, 확! 빼고 싶어요."

하아, 하아. 숨까지 헐떡이며 말하던 봄은 말 없는 도영의 눈

284

치를 살폈다. 그녀는 그런 도영을 바라보기만 하다가 고개를 아래로 떨구었다.

"선배."

"응."

"저…… 밉죠?"

도영은 피식 웃었다. 봄은 붉어진 제 뺨을 슥슥 매만지며 말했다.

"먼저 유혹해 놓고 발 빼서 저…… 미워할 거예요?"

걱정을 가득 담은 얼굴을 하고, 방금 전까지 빳빳하게 세우던 꼬리를 슬그머니 내린 봄을 향해 도영은 작게 중얼거렸다.

"미워한 적은 있었지."

"네?"

예상했던 답변이 아니었는지 봄의 눈동자가 큼지막해졌다. 도영은 아랑곳 않았다.

"유봄이 날 내버려 두고 돌아섰던 그날 이후, 나 한동안 너 엄청 미워했어."

봄의 연갈색 눈동자가 세차게 요동쳤다. 어쩔 줄을 몰라 하며 제 시선을 제대로 마주하지 못하는 그녀에게 도영은 말없이 웃음을 지어 보였다. 봄은 입을 꾹 다물고 있다 소리쳤다.

"그때는…… 그때는 정말…….

"하지만 어느 순간부터 끊이질 않던 전화를 무시 못 한 내가, 널 더 이상 미워할 수 있을까?"

봄은 미간을 찌푸리며 갸우뚱거렸다.

"전화요?"

도영은 풋 웃었다. 그래. 기억하지 못하겠지. 아마 오늘 일도 기억하지 못할 테지만……. 그는 눈썹을 까딱이며 대답했다.

"널 미워할 수 있다면, 아마 네 앞에 나타나지도 않았을 거야."

당연하게 뱉어 낸 대답에 봄의 눈동자가 맑게 일렁였다. 도영은 밝아지는 그녀의 얼굴을 보고 다음 말이 나오기를 차분히 기다렸다. 예상했던 대로 봄은 하얀 이를 드러내며 씩 웃더니 도영에게 손을 뻗었다.

"선배!"

벌떡 일어나 제 앞으로 다가온 봄을 올려다보며 도영은 웃었다. 봄은 외쳤다.

"좋아해요!"

힘껏 외치는 봄을 보고 도영은 인상을 썼다. '이봐, 그걸 지금 말하면 어떡해'라는 표정이었다. 그런 그의 속내를 알아차리지 못했는지 봄은 생글생글 웃으며 말을 이어 나갔다.

"좋아해요! 아주 많이 좋아했어요! 그런데 그때보다 더, 좋아하는 것 같아요!"

술에 취해 그에게 전화를 건 후, 다음 날만 되면 언제나 전날 있었던 일을 잊었던 봄이었다. 제가 무슨 소리를 늘어놓는지 기억도 못 할 봄이 외치는 그 말을 그저 듣고만 있던 도영은 답하지 않았다. 봄은 입술을 꾹 다물고만 있는 도영을 퉁한 얼굴로 내려다보았다.

"왜…… 말이 없어요?"

"무슨 말?"

오히려 되묻는 도영에게 봄은 얼굴을 찌푸렸다.

"제가 선배 좋아한다고 했잖아요!"

도영은 쿨하게 얼굴을 주억였다.

"그랬지."

봄의 붉어진 얼굴이 휴지 조각처럼 일그러졌다.

"그럼 선배도 뭔가 답변이 있어야 하는 거 아니에요?"

"술에 취했으면서 그런 건 잘 따지네."

"취한 거 아니에요!"

"취했어."

"아니라고요!"

도영은 흐음, 콧소리를 흘리더니 팔짱을 끼며 얼굴을 치켜든 채 물었다.

"그럼 어떤 말을 듣고 싶은 건데?"

"그야 당연히……."

당연히?

정곡을 찌르는 질문에 움찔하던 봄은 수줍게 흐흐, 웃다가 갑자기 얼굴을 굳혔다. 이해가 되지 않는다는 듯 입술을 잘근잘근 깨물며 인상을 썼다 말기를 반복하던 봄은 뚱하게 그를 불렀다.

"선배."

응, 하고 도영은 대꾸했다. 봄은 의심스러운 눈초리로 말했다.

"저랑 같은 마음…… 아니었어요?"

그녀의 일침에 잠시 망설이던 도영은 어깨를 으쓱였다. 그의 행동 하나에 봄이 소스라치게 놀랐다. 어찌나 놀랐는지 기겁하며 뒤로 물러나는 봄에게 도영은 고개까지 가로저어 주었다.

"아닌데."

봄의 입술이 파르르 떨리는 게 보인다. 도영은 갈 곳을 잃은 그녀의 손이 허공을 휘젓는 걸 지켜보았다.

'어차피 잊을 텐데.'

술에 잔뜩 취해 과장된 몸짓과 행동들을 이어 가고, 지나치게 솔직해진 지금의 유봄은 오늘 있었던 일을 내일이면 까맣게 잊을 것이 분명하다. 지난 몇 년 동안 줄곧 그리 해 왔으니까. 저렇게 충격을 받아 비틀거려도 제게 좋아한다고 말을 뱉어 냈던 것까지 모조리 잊을 거다.

얄미운 여자.

도영은 '그, 그럴 리가……' 하고, 울먹이며 주춤거리는 봄을 향해 한 발자국 다가갔다. 봄이 접근하는 그를 보며 흠칫 놀라 고개를 들었다. 도영은 살짝 고개를 숙여 그녀의 귓가에 입술을 가져다 댔다.

확실히, 얄밉기는 하지만…… 그래도.

"나는 널 사랑하니까."

도영은 얼굴 밖으로 튀어나올 정도로 눈을 크게 뜨는 봄에게 웃으며 속삭여 주었다.

"같은 맘, 아냐."

❖   ❖   ❖

망했다.

번쩍, 두 눈을 뜬 순간 머릿속을 스쳐 지나간 생각은 오직 하나였다. 쿵쿵, 세차게 일렁이는 가슴은 눈꺼풀을 올린 이래로 안정을 찾지 못했다. 깜빡깜빡. 눈을 떴다 감기를 반복하던 봄의 이마에는 송골송골 땀이 맺혀 있었다. 주르륵, 흘러내리는 땀방울의 감촉에 더욱 긴장하게 된다.

여기가 어디지.

스윽, 시선을 옮기며 대충 가늠을 해 보려고 했으나 도통 이곳이 어디인지 알 수가 없다. 봄은 지끈거리는 이마를 손바닥으로 꾹 누르며 미간을 좁혔다.

낯선 천장. 지금껏 보아 왔던 자신의 방 천장이 아니라 조금 더 차가운 느낌을 주는 회색빛 천장을 응시하던 그녀는 익숙한 체취가 배어 있는 이불을 목 끝까지 끌어당기며 한참을 더 누워 있었다.

고개를 돌려 벽에 걸린 시계를 쳐다보니 시침과 분침은 7시 반을 가리키고 있었다. 째깍째깍 돌아가는 초침을 흘긋거리며 망설이던 봄은 아주 조심스럽게 보라색 이불을 걷고 침대 밖으로 나오려 했다. 똑똑, 문 밖에서 들려오는 노크 소리만 아니었더라면.

"봄아."

아침에 듣기에는 너무도 상냥하고 달콤한 그 목소리에 온몸이 사르르 녹아 버릴 것 같다. 봄은 흠칫 놀라며 문 쪽을 응시하다 다시 침대 속으로 쏙 들어갔다. 음성을 듣는 순간 이곳이 어디인지 깨달아 버렸기 때문이다. 얼굴이 딱딱해졌다.

"헤헤."

입을 길게 찢으며 누군가를 향해 환하게 웃고 있는 제 모습은 누가 봐도 술에 취한 모습이었다. 앞에 앉아 있던 차분한 목소리의 그가 후우, 한숨을 내쉬며 말했다.

"다 네가 마신 거야?"

잘은 기억나지 않지만 도영은 꽤나 어이가 없는 듯 중얼거렸다. 봄은 그에 아랑곳 않고 제 말만 쏟아 냈다. 그러니까 예를 들어 '저 여기서 얌전히 선배가 올 때까지 가만히 기다리기만 했거든요! 진짜 엄청 기다렸어요!' 라든가, '선배 보고 있으니 너무 좋아요!' 라는 말들이 둥둥 떠다녔다.

눈앞이 아찔해졌다.

도영이 오기 전까지 한 모금만 마시며 목을 축인다는 것이 두 모금, 세 모금, 네 모금을 넘기다 감각이 없어졌다. 겨우 맥주 몇 캔에 이성을 잃을 정도로 주량이 약하지는 않지만 워낙 긴장을 해서 그런지 간밤의 기억이 반쯤은 사라져 버렸다. 물론, 발그레해진 자신의 얼굴을 바라보며 그가 길게 한숨을 내쉰다든가, 제 앞에 덩그러니 놓여 있는 맥주 캔을 못마땅하게 바라보는 표정은 유독 생생했다. 봄은 긴 숨을 뱉어 내며 고개를 아래로 떨구었다.

'날 뭐라고 생각할까.'

눈앞이 캄캄해졌다. 모처럼 분위기를 잡을까 했더니 초를 친

꼴이 됐다. 어찌나 부끄러운지 얼굴이 붉어져 온몸에 열기가 피어났다. 그녀는 후우, 후우 호흡을 고르며 부채질을 했다. 그래도 더위는 식지 않는다. 제길.

"많이 취했네."
"네! 저 조금 취한 것 같아요!"
"……슬슬, 자야 할 것 같은데?"

빙그레 웃으며 귓가에 속삭여 주는 달콤한 목소리가 가슴을 세차게 두드렸다. 봄은 꾸벅꾸벅 졸다 자신을 바라보던 그의 검은 눈동자와 마주치곤 히죽 웃었다.

"그럼 선배도…… 같이 누울래요?"

톡톡. 비어 있는 제 옆자리를 두드리며 봄은 하얀 이를 드러냈다. 그런 봄을 내려다보며 이불까지 덮어 주던 도영은 픽 웃음을 흘리며 고개를 저었다.

"거절할게."

봄의 미간은 좁아졌다.

"왜요?"

도영은 태연하게 대꾸했다.

"네 옆에 누우면, 그냥은 안 재울 것 같아서."

당시엔 이해하지 못했지만 얼굴이 화끈거릴 정도로 노골적인 대답이었다. 그때 그녀는 선배는 이상하다며 멀뚱히 바라보다 아쉽다고 입맛을 다셨다. 새록새록 떠오르는 간밤의 기억으로 인해 얼굴이 사정없이 일그러졌다.

'정말 정신이 나갔었구나, 유봄!'

시간이 지나면 지날수록 몸을 움직이기가 힘들어진다. 숙취도 숙취지만, 밀려오는 부끄러움을 견딜 수가 없어서. 할 수만 있다면 인사불성이던 제 모습을 되돌리고 싶어질 정도다. 봄은 이불 속에 숨어 입술을 잘근잘근 깨물었다.

"내일 아침에 봐."

잘 자라며 인사한 도영은 이마 위에 키스를 해 준 뒤 침실 밖으로 걸어 나갔다. 봄은 그런 그의 등을 향해 연신 손을 흔들다 잠이 들었다.

물밀 듯이 밀려오는 간밤의 기억으로 인해 숨이 컥 막혀 왔다. 봄은 있는 힘껏 이불을 머리 위까지 끌어당기며 잠자는 척, 숨을 죽였다.

한 번 더, 도영이 문을 두드렸지만 무시했다. 어떡해. 잠에서 깨어났을 때 심장이 미친 듯이 뛴 이유가 있었다. 단편처럼 조각난 기억의 파편들 때문이었다. 봄은 이불 속에서 제 머리카락을 부여잡으며 울상을 지었다.

"들어갈게."

뭐?

이곳이 도영의 침실이고, 자신이 어젯밤 그에게 말 못 할 모습을 보였다는 사실에 얼굴이 달아올랐다. 부디 내버려 두었으면 좋겠는데 그는 그런 그녀의 마음은 전혀 몰라주고 말을 뱉어 낸 뒤 문고리를 돌렸다.

"봄아."

죽은 척 일자로 누워 있던 봄의 귓가에 그의 부드러운 음성이 들려왔다. 도영이 저를 그렇게 부를 때면 온몸의 피가 들끓어 참을 수가 없건만, 지금은 최대한 억눌러야 한다. 봄은 이를 세게 악물었다.

터벅터벅, 점점 그가 자신이 누워 있는 침대로 다가오는 소리가 들렸다. 어떡해. 진짜 어떡하지. 범인을 잡을 때도 이토록 긴장하지는 않았다. 봄은 질끈, 눈까지 감아 버렸다.

"유봄."

결국 침대 옆에 도착한 도영이 마지막으로 봄의 이름을 불렀다. 이불을 방패 삼아 얼굴을 숨기고 있는 봄을 내려다보며 도영은 피식 웃음을 흘렸다.

"깬 거 다 알아."

어휴.

"드, 들켰어요?"

여유로운 도영의 말에 봄은 어색한 미소를 흘리며 얼굴을 가리고 있던 폭신한 이불을 슬그머니 내렸다. 헤헤, 웃는 봄을 내려다보던 도영은 빙긋 미소를 그렸다. 그는 고개를 끄덕이며 대답했다.

"응."

"언……제요?"

"들어오자마자. 네 심장 소리가, 내 귀에까지 들릴 정도로 크게 뛰고 있었거든."

봄은 눈을 동그랗게 떴다. 도영은 웃으며 그녀의 옆자리에 앉더니 중얼거렸다.

"몸은 거짓말을 하질 않지."

사실이었다. 지금도 그의 말처럼 그녀의 심장은 열심히 박동하고 있었다. 봄은 체념한 듯 고개를 아래로 내렸다 다시 들어 올리며 웃었다.

"조, 좋은 아침이에요, 선배!"

모든 것을 리셋할 필요가 있다. 그러니까 일단은, 아무 일도 없었던 것처럼.

마치 눈을 뜨자마자 그를 만난 사람처럼, 봄이 하얀 이를 드러내며 웃자 도영은 어이없다는 듯 픽 실소를 흘리더니 고개를 끄덕이며 시선을 마주했다. 그리고 들고 있던 쟁반을 비어 있던 침대 옆 테이블에 내려놓고선 붉은 입술을 달싹였다.

"그래. 좋은 아침."

부드럽게 웃는 그의 상냥한 미소가 가슴을 설레게 만들었다. 다행히도 도영은 어젯밤의 일을 크게 신경 쓰지 않는 듯했다. 봄은 안도의 한숨을 내쉬며 숨을 골랐다. 천천히 마음이 안정을 되찾는다.

"안녕히 주무셨어요?"

이왕 물꼬를 튼 거 계속해서 말을 걸어야겠다 싶어 봄은 입술을 움직였다. 그녀를 지그시 바라보던 도영이 검은 두 눈을 반달로 그리며 봄을 빤히 응시했다. 응? 왠지 뜨겁게 느껴지는 그 시선에 의아함을 느끼던 봄에게 그는 어깨를 으쓱이며 중얼거렸다.

"글쎄. 안녕했을 것 같아?"

'화는 안 났구나' 하고 가슴을 쓸어내리던 봄의 눈동자가 큼지막해졌다. 날카롭게 파고드는 질문을 날린 후 도영은 상처 받은 얼굴을 하고 한숨을 푹 내쉬었다.

"사실 별로 안녕하지 못했어."

씁쓸한 얼굴을 하고 중얼거리는 남자의 말이 귓속을 파고든다. 그녀는 꿀 먹은 벙어리가 된 상태로 돌처럼 굳어 버렸다. 그런 봄의 반응에도 아랑곳 않고 도영은 말을 이어 나갔다.

"돌아올 때까지 잠자코 기다린다더니 혼자 파티나 벌이고."

"헉!"

곧바로 본론을 꺼낼 줄은 예상하지 못했던지라 봄은 입술을 파르르 떨었다. 도영은 놀라는 봄을 향해 물 만난 고기처럼 입술을 움직였다.

"게다가 아주 인사불성이었지. 말을 해도, 도통 알아들어야 말이지."

"서, 선배?"

"덕분에 소파에서 자야 했어. 폭신한 내 침대를 놔두고. 소파에서."

도영은 특히 침대가 자신의 것이라는 것을 강조했다. 봄은 으
윽, 신음을 흘렸다.

"출근해야 하는데 허리가 아주 뻐근해. 누구 때문일까."

그가 일부러 그런 말을 뱉어 낸다는 것을 알고 있음에도 걱정
되는 건 어쩔 수 없다. 봄은 과장된 몸짓으로 허리를 만지작거
리는 도영을 흘끔거리다 염려 섞인 목소리로 물었다.

"마, 많이 불편하셨어요?"

도영은 스윽 시선을 그녀에게 고정시켰다.

"침대에서 자는 것보다는."

너무 미안해져 그의 얼굴을 바라볼 수가 없어졌다. 유봄. 너
진짜 무슨 짓을 저지른 거야. 봄은 고개를 아래로 떨구며 한숨
만 흘려 댔다. 촉, 입술이 뺨에 닿았다는 사실을 깨달은 것은 바
로 그때였다. 봄은 왼쪽 뺨에서 느껴지는 보드라운 촉감에 얼른
고개를 들어 올렸다. 도영이 빙긋 웃으며 저를 쳐다보고 있었
다.

"아침 먹어야지?"

봄은 멍한 눈으로 제 앞에 베드 트레이를 올려놓고 그 위에
쟁반을 얹는 도영을 지켜봤다. 노란 스크램블 에그와 바삭해 보
이는 갓 구운 토스트, 그리고 요즘 제철인 새빨간 딸기까지. 포
크를 건네주는 도영에게선 왠지 모르게 자취 고수의 냄새가 났
다. 봄은 풋 웃음을 터뜨렸다.

"왜?"

갑작스러운 그녀의 반응에 도영이 묻자, 봄은 대답했다.

"선배랑 같이 살면 적어도 굶지는 않을 것 같아서요. 유여름은 이런 간단한 음식도 못하거든요. 걔가 식사 당번일 때 제가 얼마나 고생하는지 선배는 모…… 선배?"

봄은 쿡쿡 웃으며 말하다 뚫어져라 응시하는 그의 눈빛을 발견하곤 고개를 갸웃거렸다. 도영은 미간을 살짝 좁히더니 나지막하게 중얼거렸다.

"의도한 건지 아닌지는 모르겠지만…… 봄이 네가 날 아주 들었다 놨다 하는 거, 알아?"

무슨 소린지. 대체 자신이 무슨 말을 했다고 그러나 생각하던 봄은 제가 뱉어 낸 말을 되짚어 보다 헉, 숨을 들이켰다. 도영은 화르륵, 붉어지는 봄의 얼굴을 바라보다 자리에서 일어났다. 마실 것을 들고 오겠다며 미소를 짓던 그는 순식간에 시야에서 사라졌다.

'같이 살면'이라니. 무심코 뱉어 낸 말이 큰 파장을 일으켰다. 봄은 화끈거리는 두 뺨을 만지작거렸다. 짓궂게 묻기는 했지만 제 말은 오해하기 딱 좋은 내용이었다.

처음으로 맞는 도영과의 아침. 물론 그와 같은 침대에 눕지는 못했지만 이렇게 눈을 뜨자마자 얼굴을 마주하는 것만으로도 충분히 가슴이 두근거렸다. 이제야 제대로 된 연애를 시작한 느낌이라 설레기도 하고.

도영이 손수 만든 그녀를 위한 아침은 입꼬리가 자꾸 올라가게 만들었다. 봄은 웃으며 떨리는 마음을 가라앉히려 했지만 소용없었다.

"⋯⋯니까. 같은 맘, 아냐."

⋯⋯응?

일단 도영을 기다리며 노릇하게 익은 스크램블 에그를 콕콕 찔러 보던 그녀는 문득 떠오르는 귀 익은 음성에 고개를 갸웃거 렸다. 흐릿한 기억의 저편에서 둥둥 떠다니던 파편들 중 하나인 지도 모른다. 뭔가, 중요한 말이었던 것 같은데 이상하게 앞의 단어가 명쾌하게 생각나지 않았다.

같은 마음이 아니라고?

귓가를 웽웽 맴돌던 그 말은 틀림없이 도영의 음성이건만 아 무리 머릿속을 헤집어 보아도 앞선 단어가 떠오르지 않았다. 이 윽고 유리잔에 하얀 우유를 가득 담고 들어온 도영이 그녀를 향 해 컵을 내밀고 '왜 그래?' 하고 묻자 봄은 멍하니 그를 올려다 보고는 이내 고개를 가로저었다.

"아무것도 아니에요."

찜찜하다.

무언가 생각날 듯 말 듯 한데, 또렷하게 떠오르지 않아서 더 더욱 그랬다.

봄은 깊은 상념에 빠져 심각한 표정을 지으며 인상을 썼다. 그런 봄의 옆에 있던 찬주가 툭 말을 던졌다.

"또인가."

서울시 종로구 이화동에 위치한 한 원룸 건물.

현장을 보존하기 위해 둘러놓은 노란 폴리스 라인 안으로 들어서던 찬주의 음성에 봄은 정신을 차렸다. 친절하게 그녀를 위해 폴리스 라인을 위로 올려 주는 찬주에게 고개를 까딱이던 봄은 이내 문이 열려 있는 집 안으로 들어가다 방바닥에 널브러져 있는 시체를 발견하곤 얼굴을 굳혔다.

비릿한 피비린내가 코끝을 자극했다. 무의식적으로 미간을 찌푸리던 봄은 어떤 표식을 깨닫곤 찬주의 말에 동조할 수밖에 없었다.

신중하게 사건 현장을 감식 중인 과학 수사대의 요원들 중 한 명에게 다가가 노트를 꺼내 들었다.

"나 왔다!"

사건을 접수받은 뒤 부리나케 달려왔지만 결과적으로는 가장 늦게 현장에 도착하게 된 서울지방경찰청 광역수사대 광역수사 1계의 황중우 계장이 활짝 웃으며 소리치다 걸음을 멈추었다. 역시, 피가 낭자한 사건 현장을 발견했기 때문이다.

본능적으로 미간을 찌푸리던 그는 얼굴을 일그러뜨리며 정보를 수집하던 자신의 부하들을 소집했다. 광역수사 1계의 네 형사들이 그를 향해 다가갔다.

"자, 보고는 간단명료하게. 영진이 너부터 시작."

눈을 부라리는 황 계장의 말을 듣고 현장에서 흘러나오는 불쾌한 냄새에 코를 막고 있던 박영진 경위가 입을 열었다.

"피해자는 29세, 김정희 씨. 구로에 위치한 M 게임 회사에 다니고 있고 미혼이랍니다. 사망 추정 시간은 밤 10시~11시 사이,

퇴근 직후 얼마 지나지 않아 살해당한 것으로 보입니다. 더 자세한 건 부검을 해 봐야 알 수 있다네요."

"동호."

"건물 주민들한테 물어보니 그 시간대는 동네 자체에 인적이 드물다고 하더군요. 요즘 이 거리에 흉흉한 소문이 많이 돌아서 밤늦게 돌아다니는 걸 자제하는 편이랍니다. 때문인지 피해자가 귀가하는 모습을 본 목격자는 없는 것 같습니다. 근처에 도움이 될 만한 CCTV가 있는지 알아보는 중입니다."

"매디?"

"계장님도 보시다시피 강제로 침입한 흔적은 없어요. 아무래도 피해자에게 위협이 될 만한 인상착의의 인물은 아닌 것 같아요. 면식범일 가능성이 더 크겠네요. 그리고……."

"그리고?"

"왼손 약지가 없습니다."

봄의 말을 듣고 있던 황 계장의 얼굴이 구겨졌다. 작게 욕을 내뱉고 으르렁거리는 그를 팀원들은 그저 바라보고 있을 뿐이었다. 황 계장은 불쾌한 기억이 떠올랐는지 머리를 벅벅 긁으며 중얼거렸다.

"정말 상큼한 월요일이지 않냐? 이놈의 살인범들은 어째 쉬지를 않아, 쉬지를."

짜증을 뱉어 내며 비좁은 자취방 밖을 나가던 황 계장은 네 명의 남녀 형사들을 향해 말했다.

"동호랑 영진이는 나랑 현장에 좀 더 남아 있다 감식반 애들이랑 같이 가고, 매디랑 막내는 먼저 복귀하도록 해. 아! 우린

따로국밥 먹고 갈 테니까 너희는 알아서 점심 해결하고. 알겠
지?"

'옙!' 대답을 한 봄은 자신을 기다리고 있는 찬주를 향해 다
가갔다. 들고 있던 차 키를 던지자 타고난 반사 신경으로 날쌔
게 받는다. 찬주에게 흐뭇한 미소를 그린 봄이 그를 지나치며
말했다.

"찬주, 네가 운전해."

"정말요?"

찬주는 신난 강아지처럼 활짝 웃더니 고개를 끄덕였다.

"같은 맘, 아냐."

제길.

찬주의 옆에 서서 차까지 걸으며 봄은 미간을 좁혔다 펴기를
반복했다. 벌써 며칠째인지. 머릿속에서 도통 떠나지 않는 도영
의 그 말이 이상하게 걸린다. 하필 기억이 조각조각난 다음 날
떠오른 말이라서 그런지 더더욱.

대체 무엇이 같은 마음이 아니라는 걸까? 좋지 않은 상상부
터 기분 좋은 상상까지. 여러 가지로 머리를 굴려 봤지만 아직
명쾌해진 것은 없었다.

핸들을 부여잡은 찬주는 현장을 벗어나 광역수사대의 신청사
까지 씽씽 달렸다. 봄은 그의 옆에 앉아 자꾸만 머릿속을 떠나
지 않는 예의 말들을 떠올리며 한숨만 푹푹 내쉬었다.

"……배."

"……."

"선배!"

"아, 응?"

제 어깨를 톡톡 두드리는 찬주의 외침에 다시금 정신을 차린 봄은 눈을 동그랗게 떴다. 찬주의 잘생긴 얼굴이 환하게 빛나고 있었다. 운전을 맡겨서 그런가. 봄이 제게 운전을 맡기면 의지하는 느낌이 들어 신이 난다고 하는 후배가 괜히 귀여워져 덩달아 웃게 된다. 찬주는 부드러운 미소와 함께 말했다.

"청사에 도착했어요."

차창 밖으로 시선을 돌리니 광역수사대 신청사 주차장이 눈에 들어왔다. 달칵, 문을 열고 나온 그녀는 운전석에서 내리는 찬주와 함께 걸음을 움직였다.

"몸은 좀 괜찮으세요? 속이 메스껍지는 않으시죠? 복귀하자마자 살인 사건이라니. 가는 날이 장날이 맞기는 한가 봐요."

출근을 하고 얼마 지나지 않아 곧바로 현장으로 달려와서인지 며칠 동안 주어졌던 강제 휴식에 대해 대화를 나눌 시간도 없었다.

봄은 저를 걱정스러운 듯 내려다보는 찬주의 등짝을 짝, 세게 후려쳤다. 윽, 신음을 흘리는 찬주에게 봄은 과장된 미소를 그려 가며 외쳤다.

"찬주, 너 대체 날 어떻게 보고 그래? 나 유봄이야. 여태껏 시체를 얼마나 많이 봤는데. 그 정도야 아무렇지도 않지!"

"선배. 아까 얼굴 하얗게 질렸던 거, 봤거든요?"

정곡을 콕 찔러 버리는 찬주의 말에 봄은 몸을 움찔거렸다.

"……들켰어?"

"예."

"……난 너한테 거짓말을 못 하겠다. 쳇."

입술을 삐죽이며 툴툴거리는 봄을 보고 찬주가 하하 웃었다. 봄은 조금 전 보았던 사건 현장을 떠올리며 중얼거렸다.

"갈수록 범행 시기가 빨라지는 것 같아. 저번 피해자 나온 지 얼마 되지도 않았는데."

"그러게요. 3개월에 한 번 일어날까 말까 했는데. 이번에는…… 조금 다르네요."

봄은 고개를 끄덕이는 찬주의 말에 고개를 들어 그를 쳐다봤다.

그러고 보니 벌써 1년이 지났나.

제가 하는 말이라면 무조건 잘 듣고, 명령하면 눈 깜짝할 사이에 처리하고, 뒤를 강아지처럼 졸졸 쫓아다니는 잘생긴 후배와 파트너가 된 지 1년이 훌쩍 넘었다.

서울 전역에서 일어나는 온갖 특수 사건을 함께 겪어서인지 찬주가 남처럼 느껴지지 않았다. 물론, 가끔 선배들과 같이 제게 장난을 걸어올 때면 얄밉기 그지없었지만 그래도 이제 식구니까.

광역수사 1계 팀원들 모두가 그녀의 '가족' 같았지만 찬주는 가끔 여름보다 더 아끼는 동생처럼 느껴진다. 봄은 웃으며 말했다.

"찬주 넌 참 좋은 후배야."

"……예?"

"네가 내 후배라 다행이야."

"……."

"왜?"

"선배."

"응."

"뭐 잘못 드셨어요?"

"뭐?"

"열 있는 거 아니에요?"

갑작스러운 칭찬이 수상하게 느껴졌는지 찬주가 경계의 눈초리를 흘리며 대꾸했다. 봄은 진심을 담아 뱉어 낸 말에 의심부터 하며 제 이마에 손까지 가져다 붙이는 찬주를 보고 인상을 썼다.

"인마. 너는 칭찬을 해도 왜 그런 식으로 받아들이냐!"

"선배가 뭐, 제 칭찬을 해 준 적이 있어야 말이죠."

"어? 내가 너 칭찬한 적 없어?"

"없죠! 계장님이나 선배들한테 꾸중 들으면 저한테 풀기 바빴잖아요. 전 처음에 선배 진짜 악만 줄 알았다고요."

……그랬나?

봄은 흥, 콧방귀 뀌는 찬주의 모습에 볼을 긁었다. 나름 칭찬을 많이 해 주었다고 생각했는데, 그게 아니었나 보다. 멋쩍게 웃는 봄을 보며 찬주는 말했다.

"그러니 앞으로도 칭찬 많이 해 주세요."

"알겠어."

"머리도 자주 쓰다듬어 주시고요."

"……네가 개니."

"해 줘요."

언제는 싫다고 난리더니. 봄은 검은 눈동자를 제게 고정시킨 찬주의 얼굴에 어이없는 웃음을 흘리다 멈칫했다. 해 줘야 하나.

허리를 굽혀 풍성한 숱을 지닌 갈색 머리를 제게 들이미는 찬주를 보고 그녀는 못 이기는 척 손을 뻗었다. 슥슥. 작은 손바닥으로 머리를 문지르자 찬주가 흐흐, 웃었다.

웃기는 녀석. 봄은 어깨를 들썩이는 찬주를 바라보며 중얼거렸다.

"덩치도 산만 한 녀석이."

"저 이거 되게 좋아하니까, 자주 해 주셔야 해요."

"그래, 그래. 대신, 너도 내 말 잘 들……!"

찬주와 함께 신청사의 로비로 들어가는 계단을 오르던 봄은 무심코 고개를 들며 대꾸하다 누군가를 발견하곤 입을 다물었다.

"왜 그러세요?"

찬주가 갑자기 멈춰 선 봄의 행동에 의아해하며 그녀가 시선을 두고 있는 곳으로 눈을 돌렸다. 웃고 있던 찬주의 얼굴에서 미소가 사라졌다. 그들의 정면에 서 있던 남자는 완벽하다는 말이 어울릴 법한 검은 슈트 차림을 선보이며 천천히 봄과 찬주 앞까지 다가왔다.

"볼일이 있어서 잠깐 들렀다가 네 생각이 나서."

도영은 그를 발견하자마자 입꼬리를 씰룩이는 봄에게 언제나 그랬듯 다정한 눈빛을 흘렸다. 봄은 밝아진 얼굴로 눈까지 반짝이며 그를 쳐다봤다.

"점심 같이할까 했는데 내가 방해했어?"

"아뇨!"

"다행이네."

그는 손과 얼굴을 동시에 휘휘, 내저으며 외치는 봄의 모습에 부드럽게 눈웃음을 그렸다. 그리고는 딱딱하게 굳은 얼굴로 저를 쳐다보고 있던 찬주를 슥, 바라봤다.

"이찬주 경장님이시죠?"

"아…… 예."

휘어지는 도영의 눈꼬리는 틀림없이 부드러운데, 이상하게 날카로워 보인다. 왜지. 봄은 이상한 얼굴로 도영을 응시했다. 봄이 어떤 표정을 짓든 크게 개의치 않던 도영은 여전히 웃음을 그리며 떨떠름한 얼굴의 찬주에게 말을 이어 나갔다.

"실례가 되지 않는다면 우리 봄이, 데려가도 될까요?"

우리? 봄은 빙긋 미소 짓던 도영이 뱉어 낸 단어에 눈을 동그랗게 떴다. 여기서 '우리'라는 단어를 듣게 될 줄은 몰랐는데. 왠지 가슴이 쿵쿵 뛰어 얼굴이 붉어졌다. 봄은 자꾸만 웃음이 터져 나오려는 것을 꾹 참고선 도영의 팔에 팔짱을 끼었다.

"선배. 그거야 당연히 되죠. 왜 찬주한테 허락을 맡고 그러세요? 찬주는 제 후배예요."

봄은 도영에게 이해가 되지 않는다는 눈빛을 보내며 서늘한 표정의 찬주에게 말했다.

"찬주야. 나 잠깐 서 검사님이랑 요 앞에서 점심 먹고 올게.

너도 얼른 먹고 와. 선배, 어서 가요.”

“…….”

“선배?”

봄은 자신이 잡아당겨도 끄떡도 않는 도영의 눈이 여전히 찬
주를 향해 있다는 것을 눈치챘다. 왜 이러지? 마치 찬주와 신경
전을 벌이는 것 같은 그의 행동에 의문을 표하던 그녀는 두 사
람을 번갈아 응시했다.

“서 검사님.”

저만 다른 세계에 갇힌 듯, 자신을 무시하고 눈싸움을 이어
가고 있는 두 명의 남자들을 흘끔거리던 봄은 본능적으로 도영
에게서 팔짱을 풀었다.

그러다 어느 순간, 찬주가 처음 보는 미소를 지으며 도영에게
말했다.

“그러지 마시고, 저도 밥 한 끼 사 주시죠.”

……뭐?

“유독 한 형사만 편애하지 마시고요. 앞으로 같이 일할 건데,
우리 두루두루 친하게 지내야 하지 않겠습니까?”

5

꽃피는, 봄

"이야. 이 집 도가니탕 진짜 맛있는데. 서 검사님, 안목이 있으시네요. 이모님! 저는 도가니탕 하나요. 우리 서 검사님은……뭘 좋아하시나? 도가니탕? 설렁탕?"

하하, 호쾌한 웃음을 터뜨려 가며 찬주는 주문을 받으러 다가온 종업원에게 외쳤다. 어찌나 맑은 웃음인지 그의 옆에 앉아 있는 봄의 눈동자가 멍해질 정도였다.

봄은 스윽, 고개를 돌려 제 앞에 앉아 있는 남자의 얼굴을 살폈다. 도영은 무슨 생각을 하는 건지 알 수 없는 표정을 지은 채 묵묵히 자리에 앉아 있었다.

아니다. 자세히 들여다보니 이마에 오도독, 핏줄이 돋아나 있는 것 같기도 했다. 봄은 침을 꿀꺽 삼켰다. 이게 무슨 가시방석이야.

"침묵은 곧 긍정이죠! 허락하신 걸로 알겠습니다. 그럼 뭐 먹을
지부터 정해야겠네요!"

평소의 찬주와는 다른 모습이었다. 검은 눈동자를 찬란하게
빛내며 도영과 봄 사이를 가로막은 찬주는 눈치 없이 실실 웃으
며 붉은 입술을 달싹였다.
봄은 기가 막혀 찬주를 쫓아내기 위한 시선을 쏟아 냈지만 그
는 놀랍게도 끄떡하지 않았다. '검사님?' 하고 은근한 독촉까지
보내는 찬주의 눈빛에 말없이 그를 노려보던 도영이 대답했다.

"청사 앞에 설렁탕 가게가 하나 있던데."
"그럼 거기 가죠! 선배, 어서요!"
"어? 야, 이찬주!"

봄의 손목을 덥석 잡으며 그녀를 청사 앞 설렁탕 가게로 끌고
가는 찬주의 행동은 무척이나 자연스러웠다. 찬주의 손에 이끌
려 앞으로 나아가면서도 터벅터벅 걸어오는 도영을 살피던 봄은
살얼음판을 걷는 기분이었다. 물론 도영이 이런 찬주의 행동에
질투를 느낄 일은 없겠지만 괜히 제 발이 저렸으니까.
'미치겠네, 정말.'
후우, 후우.
봄은 목구멍이 마르는 것을 느끼며 눈앞에 놓인 물만 벌컥벌
컥 들이켰다. 도영의 갑작스러운 방문으로 즐거워할 사이도 없
이 찬주의 낯선 태도에 괜스레 긴장하게 되어 버린 탓이다.

봄은 생글거리는 찬주와 달리 지독하게 차분한 도영의 반응이 신경 쓰였다. 오해하는 건 아니겠지.

"봄이 너는 뭐 먹을래?"

잘못한 것도 없는데 잘못하고 있는 기분이 들어 숨을 죽이던 봄은 메뉴판을 들여다보던 도영이 건넨 말에 소스라치게 놀라며 고개를 들었다. 뭘 그리 놀래, 하고 부드럽게 미소를 지으며 도영이 저를 바라보고 있는 것이 보인다. 봄은 어색하게 웃었다.

"이 경장님이 도가니탕을 좋아하시는 걸 보니, 여기 도가니탕이 유명한가 본데. 봄이 너도 그거 할래?"

"아, 저는……."

"서 검사님, 아직 모르시는구나?"

미소를 건네는 도영의 제안에 움찔거리며 대답하려는 순간, 찬주가 불쑥 끼어들었다. 찬주의 갑작스러운 개입으로 인해 17번 테이블 근처의 모든 시선들이 그를 향했다. 찬주는 고개를 절레절레 저으며 말했다.

"우리 봄이 선배, 예전에 먹다가 체한 적이 있어서 도가니탕은 절대 안 먹어요."

"……!"

"선배는 설렁탕으로 하세요. 괜찮죠?"

쯧쯧, 혀까지 찰 기세로 말하는 찬주의 시선에 봄은 굳어지는 도영의 얼굴을 살피다 고개를 끄덕였다. 찬주는 입을 다물고 있는 도영에게 빙긋, 웃음을 보여 주다 말을 이었다.

"서 검사님은 도가니탕 하시고요. 강추합니다."

"……."

"검사님?"

"그렇게 하죠."

찬바람이 쌩쌩 부는 느낌. 봄은 들고 있던 메뉴판을 내려놓고 눈을 아래로 내리까는 도영의 모습에 숨을 참았다. 찬주는 이 냉랭한 기운이 느껴지지 않는지 활짝 미소를 지으며 종업원을 향해 주문 내용을 읊어 주었다. 도가니탕 두 개, 설렁탕 하나.

종업원이 들고 있던 수첩에 메뉴를 끼적이며 사라지자 다시 셋만 남게 된 설렁탕 가게의 17번 테이블엔 적막이 감돌았다.

"그런데 생각보다…… 서 검사님이 우리 봄이 선배에 대해 잘 모르시네요."

폭풍 전의 고요와도 같던 침묵을 깬 것은 아까부터 영문 모를 행동을 이어 가고 있는 찬주였다. 조용히 물만 들이켜는 봄과 맞은편에 앉아 그녀를 빤히 바라보고 있는 도영을 번갈아 응시하며 찬주는 툭 말을 던졌다. 봄은 입안에 있던 물을 뿜어 버릴 뻔했다.

"저는 두 분이 약혼까지 하신 사이라 사소한 것도 속속들이 아실 줄 알았는데. 어째 저보다 더 모르시는 것 같습니다, 하하."

찬주는 해맑게 웃었다. 봄은 미간을 좁히며 찬주의 허리를 쿡 찔렀다. 이 녀석이 아까부터 왜 이래. 황금 같은 시간을 쪼개 가며 찾아온 도영과의 데이트를 망친 걸로도 모자라 아까부터 속을 벅벅 긁는 말을 이어 가고 있었다.

봄은 찬주에게 주의를 주기 위해 손가락을 움직였지만 그의 웃는 얼굴은 일그러질 생각을 하지 않는다. 오히려 슥 고개를 돌려 그윽한 눈길을 보내며 '왜요? 선배 뭐 필요한 거 있으세요?' 라며 능청스러움을 선보이기까지 했다. 너무나도 낯선 그 모습에 분명 식사를 하러 들어온 식당에서 봄은 먹기도 전에 체하기 일보 직전이었다.

"이 경장님은⋯⋯."

그때였을까.

차라리 얼른 주문한 음식이 당도했으면 좋겠다는 생각을 하고 있을 무렵, 굳게 입을 다물고 있던 도영이 소리를 뱉어 냈다. 봄은 귓가로 들려오는 그의 멋진 음색에 귀를 기울였다. 도영은 찬주를 직시하며 싱긋 웃었다.

"우리 봄이를 매우 따르시는군요."

'우리 봄이'.

그 말은 몇 번을 들어도 심장을 뛰게 만든다. 봄은 저를 부드럽게 응시하는 도영의 다정한 시선에 움찔거렸다. 입 주변이 간지러웠다. 봄은 서서히 번져 가려는 웃음을 굳이 숨기려 하지 않았다.

"네, 봄이 선배는 제가 아주 좋아하는 선배거든요."

찬주는 그런 두 사람 주변으로 번져 가는 핑크빛 기류를 깨뜨리기로 결심했는지 고개를 세차게 끄덕이며 대답했다. 봄은 놀란 눈으로 찬주를 바라봤다. 이렇게 망설임 없이 제가 좋다고 말하는 찬주의 모습은 처음 봤다.

저와 눈이 마주치자 찬주가 눈꼬리를 예쁘게 휘며 눈웃음을 보냈다. 봄은 다정하기 그지없는 그 시선에 부끄러워져 눈을 돌렸다.

두근두근.

진정할 줄 모르던 심장에 가속도가 붙기 시작했다.

'분위기가……'

왜 이러지?

두 남자의 신경전이 갈수록 거세지는 느낌이라 등 뒤로 식은 땀을 흘리던 봄은 애꿎은 물컵만 만지작거리며 침을 꼴깍꼴깍 삼켰다.

"17번 테이블, 주문하신 도가니탕 두 개랑 설렁탕 하나 나왔습니다!"

봄의 구세주는 설렁탕 가게 이모의 우렁찬 목소리였다.

밥을 입으로 먹는 건지, 아님 코로 먹는 건지 알 수 없던 시간이 지나갔다. 유봄 인생에서 그렇게 숨 막히는 점심시간은 난생처음이라 느낄 정도로.

봄은 터벅터벅, 제 옆을 걸어가고 있는 도영의 서늘한 얼굴을 흘긋거렸다. 쿵쾅쿵쾅. 그의 조각같이 잘생긴 얼굴이 오늘따라 무척 냉정해 보였다. 항상 다정하게만 보이던 눈빛은 어디로 갔는지 왠지 모를 경계심만 가득하다. 덕분에 심장이 멋대로 들썩였다.

아무리 생각해도 오늘의 찬주는 너무도 수상했다.

'서 검사님은 모르시죠? 저 광수대에 처음 발령받고 난 뒤로 우리 봄이 선배가 저한테 얼마나 잘해 주셨는지. 전 처음에 봄이 선배가 저 좋아하는 줄 알았다니까요?' 부터 시작하여, '저랑 봄이 선배랑 2인 1조거든요. 잠복근무하다 보면 둘이서 같은 차에 있는 경우가 많은데 가끔 봄이 선배가 간식 사 주면 그런 천사가 또 있을까 싶더라고요. 정말 좋은 선배예요!' 라든가, 심지어 '위장근무할 때 봄이 선배랑 저랑 신혼부부인 척 행세하는 경우도 있거든요. 그때마다 생각한 건데, 봄이 선배는 결혼하면 좋은 아내가 될 것 같아요!' 라는 말을 서슴없이 날리는 찬주는 평소 유봄이 알던 이찬주가 아니었다.

'찬주 자식.'

식사 내내 도영을 미묘하게 자극하던 찬주로 인해 지금의 도영에게선 제대로 말을 걸 수가 없을 정도로 사나운 기운이 흘러나오고 있었다. 찬주가 만들어 낸 불똥이 제게 튀고 있었다. 봄은 속으로 작게 투덜거렸다.

"전 먼저 들어가 봐야 할 것 같네요. 두 분, 좋은 시간 보내세요!"

갑작스러운 호출로 먼저 청사로 돌아가게 된 찬주는 찬바람을 생성시켜 놓고 홀연히 사라졌다. 봄은 사무실로 돌아가면 찬주의 머리를 쥐어박아야겠다는 각오를 다졌다. 칭찬을 하기가 무섭게 폭탄 중에서도 핵폭탄을 남기고 도망쳤으니, 그 정도의 복수는 당연했다.

하지만…….

"그렇죠. 이 경장님이 말씀하신 대로 우리 봄이는 틀림없이 좋은 아내가 될 겁니다."

"역시 그렇게 생각……."

"봄이가, 제 아내가 되면 말이죠."

"……!"

"그렇지, 봄아?"

찬주의 도발에 끄떡도 않고 웃으며 대꾸하던 도영은, 확실히 보통 사람은 아니었다.

봄은 도통 머릿속을 떠날 줄 모르는 단어 하나를 계속해서 되뇌며 숨을 골랐다.

아내.

그의 입술 사이로 흘러나온 단어가 아까부터 심장을 마구 휘젓고 있었다. 물론 대외적으로 도영과 봄은 약혼을 한 사이로 알려져 있으니 아무도 두 사람의 결혼을 의심하지 않았다. 약혼을 하기까지 생략된 과정이 어떠하든 공식적으로는 틀린 말이 아니었으니까.

봄은 세차게 뛰는 가슴의 박동을 느끼며 조용히 걸어갔다.

"여기서 택시 타고 갈게."

설렁탕 가게를 나와 한참을 걷던 내내 침묵하던 도영이 처음 한 말이었다.

봄은 그의 입 밖으로 흘러나온 굵은 음성에 정신을 차렸다. 놀란 눈으로 고개를 들어 올리자 도영이 저를 내려다보고 있었다.

"벌써 가시려고요?"

아쉬운 기색을 숨기지 않고 묻자 도영은 가만히 봄을 응시하다 고개를 끄덕였다.

"점심 끝날 시간 다 되어 가니까."

"아."

"……."

"선배?"

차분하게 대답하던 도영이 택시를 잡을 것이라 생각했던 봄은 멀뚱히 서서 저를 바라보고만 있는 그를 향해 고개를 갸웃거렸다. 도영은 말없이 봄을 쳐다보다 툭 말을 뱉어 냈다.

"얼마나 친해?"

잠시 주저하던 도영의 깊고 검은 눈동자가 저를 집어삼킬 듯 직시하자 봄은 괜스레 어색한 웃음이 흘러나오려는 것을 꾹꾹 억누르고 눈을 동그랗게 떴다.

누구를 일컫는 건지는 굳이 생각하지 않아도 알 수 있었다. 봄은 과장된 미소를 지었다.

"찬주가 많이 무례했죠? 그 녀석이 왜 그랬는지 저도 잘 모르겠어요. 안 그래도 들어가서 혼 좀 내 주려고……."

"얼마나, 친하냐고."

봄은 한 번 더 질문을 반복하는 도영의 냉정한 목소리에 입을 다물었다. 저를 응시하고 있는 그의 눈빛을 읽을 수가 없었다.

"많이 친하죠."

"많이?"

"네. 찬주는 제 가족이나 마찬가지거든요."

"가족?"

도영의 동공이 일렁였다. 봄이 살짝 고개를 끄덕이자 그는 흐음, 낮은 콧소리를 흘렸다. 봄은 말을 덧붙였다.

"광수대 와서 둘 다 고생을 너무 많이 했거든요. 그러다 보니 끈끈한 정이 생겼달까. 하하. 이젠 남이 아니라 가족같이 느껴진다니까요?"

그녀가 미소와 함께 뒷머리를 긁적이며 말하자 지켜보던 도영은 서늘한 음성을 흘렸다.

"그럼 계속, 동생으로만 대해."

뜬금없는 도영의 말에 봄이 그를 바라봤다. 도영은 서늘하게 중얼거렸다.

"남자로는 안 돼."

"네?"

"안 돼. 절대로."

❖   ❖   ❖

"내가 보기보다 질투가 좀 많아서."

택시를 잡으러 가기 전 제게 경고하던 도영의 말이 귓가를 아른거린다. 남자로는 안 된다니. 찬주가 무슨 남자라고.

이상하게 찬주를 경계하는 도영의 태도에 피식 실소를 흘릴 뻔했지만 검사실에서 제게 옷을 입혀 주며 뱉어 내던 또 다른 말이 떠올라서 봄은 택시를 탄 도영이 시야에서 사라질 때까지 한참을

317

서 있었다.

'확실히 질투가 많긴 하네.'

찬주와 저 사이를 질투하는 걸 보면.

우스갯소리로 들었던 그 말이 도저히 잊혀지질 않아서 괜히 심각해진다.

굳은 얼굴로 책상 위에 턱을 괴고 있던 봄은 '선배' 하고 저를 부르는 목소리에 고개를 들었다. 출근하자마자 청사 1층에 위치한 자판기에서 커피를 뽑아 왔는지 찬주가 종이컵 하나를 내밀고 있었다. 봄은 심드렁한 얼굴로 찬주에게서 종이컵을 받아 들며 입술을 삐죽였다.

"이찬주 너 인마……."

"예?"

"어젠 대체 왜 그랬어."

봄은 고운 아미를 좁혔다. 황 계장의 부름을 받고 외근을 나갔던 찬주는 어제 사무실로 돌아갔을 때 더 이상 볼 수 없었다.

찬주가 출근을 하면 바로 핀잔을 늘어놓을 계획이었던 봄은 제 옆자리에 자연스럽게 착석하는 찬주에게 투덜거렸다. 찬주는 영문을 모르겠다는 표정을 지으며 어깨를 으쓱였다.

"너 때문에 내가 얼마나 곤란해졌는지 알아?"

"저 때문에요?"

"그래, 인마. 네가 서 검사님 앞에서 이상한 소리를 늘어놓으니까 서 검사님이 오해하시잖아."

"오해요? 무슨 오해?"

태연자약하게 웃기까지 하는 찬주의 뻔뻔한 태도에 헛웃음을 삼켰다. 입 밖으로 말을 뱉어 내려다 만 그녀는 하아, 긴 숨을 흘리며 뒷머리를 긁적였다.

"됐어. 아무것도 아니야."

아무래도 도영이 큰 착각을 하고 있는 것이 틀림없다. 찬주가 저를 선배 이상으로 바라볼 일은 없을 테니. 어제 찬주가 이상했던 건 그의 말대로 도영이 자신을 편애해서이기 때문인지도. 그러고 보니 또검이 중앙지검에 발령받았다며 먼저 언급했던 건 찬주였지 않은가.

봄은 고개를 절레절레 흔들었다. 이럴 때가 아니지.

"흐응."

그제 밤에 발생했던 이화동 원룸 여성 살인 사건에 대한 현장 감식 보고서를 뒤적이며 업무에 집중하고자 눈을 부라리던 봄은 제게서 시선을 거두지 않고 찬주가 흘리는 음성에 다시 얼굴을 들었다. 찬주는 싱긋 웃으며 그녀를 바라보고 있었다.

왜 이래. 봄은 싱글거리는 찬주의 표정에 의아함을 느끼며 그를 쳐다봤다.

"저는 서 검사님이 왜 오해하시는지 알 것 같은데."

무슨 소리냐는 표정을 짓는 봄에게 찬주는 오히려 물었다.

"선배는 진짜 모르시는 거예요?"

뭘?

"제가 선배 좋아하는 거요."

❖   ❖   ❖

'......'

도통, 미동을 하지 않는다.

시선을 두지 않으려고 해도 자꾸만 눈길이 갔다. 오늘만 해도 벌써 몇 번쨴지. 도영은 살벌한 눈초리를 거두지 못한 채 한동안 핸드폰에서 눈을 떼질 못했다. 출근을 해서부터 퇴근 시간이 가까워 오는 지금까지, 핸드폰과 서류 사이에서 번갈아 바라보길 반복했다.

"저기, 검사님."

그럼에도 불구하고 핸드폰에서는 아무 소음도 들려오지 않고 있다. 기분이 더욱 나빠져 인상을 쓰고 있던 도영은 코앞에서 들려오는 목소리에 상념에서 벗어났다.

"뭘 그렇게 유심히 보십니까?"

평소에도 말이 많지는 않지만 오늘은 더욱더 입을 다물고 있는 도영의 눈치를 살피던 최태우 참여계장이 어느덧 그의 책상 앞까지 다가와 있었다. 요청했던 자료라며 파일 하나를 건네는 최 계장에게 도영이 대답했다.

"아무것도 아닙니다."

신경을 쓰지 않으려 했지만 저도 모르게 의식이 다른 곳으로 향했나 보다. 도영은 옅게 웃었다.

"아무것도 아닌 게 아닌데요!"

서도영 검사실의 실무관인 재희가 그런 두 사람을 물끄러미 응시하다 소리쳤다. 다시 업무에 집중하려고 마음을 다잡던 도영과 뒤로 물러나려던 최 계장의 얼굴이 굳어졌다.

"오늘 아침부터 검사님 표정, 진짜 살벌했던 거 아세요? 무슨 일 있으신 거죠? 누가 전화 오기로 했는데 안 오고 있는 거예요?"

"재, 재희 씨!"

"그러고 보니 유 경사님 얼굴을 뵌 지가 좀 된 것 같은데. 혹시…… 두 분 다투시기라도 하셨어요?"

"김재희!"

망설임 없이 질문을 이어 나가는 재희에게 최 계장이 주의를 주기 위해 소리쳤다. 1208호 검사실에서만큼은 자신의 의견을 가감 없이 표현하기로 했다지만 이번 건 너무 눈치가 없었다.

'왜요! 다투셨으면 도와드리려 그러죠!' 하고 대답하는 재희에게 최 계장은 조용히 하라는 신호를 보냈다. 그리고 아슬아슬한 외줄을 타는 심정으로 도영을 흘긋거렸다.

도영은 후우 한숨을 흘리며 자리에서 일어났다.

"커피 한잔하고 오겠습니다."

"예? 아, 예!"

달칵, 문이 닫히기 직전 최 계장이 재희에게 주의를 주는 소리가 들려왔지만 도영은 신경 쓰지 않았다. 머리가 지끈거린다. 그는 주머니 속에 든 핸드폰을 꺼내 들려다 말고 터벅터벅 휴게실 쪽으로 걸음을 옮겼다.

'이렇게 속이 좁았었나.'

거슬린다. 이미 여름이 언질을 주기는 했었지만 직접 보고 나니 이상할 정도로 신경이 쓰였다. 어제, 설렁탕 가게에서 있었던 일은 그에게 확신을 주고도 남았다.

"에이, 찬주는 진짜 아니라니까요. 선배가 괜히 오해하시는 거예요! 정말이에요!"

손사래까지 쳐 가며 웃던 봄의 말과는 달리 이찬주 경장이 그녀를 바라보던 눈빛은 의심하기에 충분했다.

여름에게 줄곧 들어왔던 터라 유봄이 남자에게 익숙하지 않은 것 정도는 알고는 있었지만 직접 눈으로 보니 꽤 답답한 것 같기도 하고.

도장을 확실히 찍어 놨어야 했는데.

약혼녀라는 사실 하나만으로는 안심을 할 수가 없어 괜히 조급해지는 것 같다. 아침부터 봄에게 전화를 걸어 주의를 줄까 하다가 겨우 마음을 억누른 그는 휴게실로 향하려던 발걸음을 돌리며 엘리베이터 쪽으로 향했다. 옥상에 가서 시원한 바람이라도 쐬어야 이 엉망진창인 마음을 다잡을 수 있을 것 같았다.

도영은 미세하게 이는 두통으로 인해 이마를 문지르며 걸음을 옮겼다.

"……!"

1층에서부터 올라오던 엘리베이터가 12층에 멈추기까지는 적지 않은 시간이 걸린다.

마음을 가라앉히며 호흡을 고르던 도영은 드르륵 엘리베이터 문이 열리자마자 들어온 낯익은 얼굴에 멈칫했다. 서울중앙지방검찰청에서 보기 힘든 사람이 앞에 서 있었다. 도영은 본능적으로 미간을 좁히며 그를 바라봤다.

"아."

뭔가를 들고 있던 상대 역시, 문이 열리자마자 도영을 만나리라고는 예상하지 못했는지 어색한 숨을 터뜨렸다. 그는 짧게 목례하며 입을 열었다.

"또 뵙네요, 서 검사님."

찬주는 빙긋 웃으며 엘리베이터 밖으로 나오며 말했다. 도영은 고개를 끄덕였다.

"이 경장님이 여긴 어쩐 일로?"

"저희 계장님이 뭘 좀 시키셔서요. 막내가 별수 있나요. 그나저나, 어디 가시는 길이었나 봅니다."

"예. 잠깐 위에."

"……."

"그럼, 일 보고 가십시오."

찬주의 물음에 옅은 미소를 지으며 대답한 도영은 다시금 엘리베이터를 타기 위해 발을 뻗으려 했다.

"어제 일은…… 죄송했습니다."

막 몸을 엘리베이터에 싣자마자 들려온 목소리는 도영을 시선을 잡아끌기에 충분했다. 닫힘 버튼을 누르려던 도영이 눈을 크게 뜨며 찬주를 응시했다. 찬주는 멋쩍은 미소를 지으며 뒷머리를 긁적였다.

"저도 참아 보려고 했었는데 잘되지 않더라고요."

"이 경장님?"

"두 분이 잘 어울리시는 건 알고 있지만…… 사람 맘이라는 게 마음대로 되는 건 아니잖습니까."

쓰게 웃는 찬주의 표정이 조금 어두워졌다. 도영은 말없이 그를 응시했다. 찬주는 길게 한숨을 뱉어 내며 주저하다 결심한 듯 입술을 달싹였다.

"우리 봄이 선배, 잘 부탁드립니다."

흔들리지 않는 찬주의 눈빛이 도영에게 닿았다. 도영은 말을 이어 나가는 찬주를 보고 서 있었다.

"물론 서 검사님께서 어련히 알아서 하시겠지만 만약 조금이라도 틈이 보인다면…….."

"틈은, 없을 겁니다."

고심 끝에 뱉어 낸 찬주의 말을 끊으며 도영은 유려하게 웃었다.

"조금도 내 줄 생각이 없거든요."

빈틈을 보일 생각이었다면 돌아오지도 않았을 테니까.

❖　　　　❖　　　　❖

어떻게.

"하아, 하아."

어떻게…… 잊을 수 있지?

"하아, 하아."

가쁜 호흡을 내쉬며 봄은 미친 듯이 달렸다. 퇴근을 하자마자 달려가는 그녀를 누구도 막을 수 없었다. 왜 잊고 있었을까. 그날 이후 며칠 동안 줄곧 머릿속을 잠식하던 그 말이 하필 찬주와 심각한 대화를 나누던 도중, 떠올라 버렸다. 그 때문에 오후 내내 심장을 제대로 제어하지 못했다.

"같은 맘, 아냐."

부드럽게 속삭이던 바로 그 말.

틀림없이 무언가 빠져 있다고 느꼈던 바로 그 말을 상기한 순
간부터 봄의 마음은 이미 그의 곁에 가 있었다.

"나는 널……"

두근두근. 뛰는 가슴의 박동 소리가 점점 거세진다. 봄은 목
구멍이 마르는 것을 느꼈지만 발을 멈추지 않았다. 다정한 눈웃
음을 지으며 귓가에 속삭이던 그의 음성이 온몸을 휘감았다.

"사랑하니까."

하아.

화면을 확인하자마자 비상구 문을 세게 열어젖혔다. 엘리베
이터를 기다리기보다는 6층까지 뜀박질을 해서 올라가기로 결
심한 봄은 비 오듯 흘러내리는 땀방울을 닦을 생각도 하지 않고
숨을 헐떡였다.

왜 전화는 안 받는 거야. 두 볼을 빨갛게 붉히며 도영의 집 대
문 앞까지 성큼성큼 걸어간 그녀는 조금의 망설임도 없이 초인
종을 길게 눌렀다. 딩동, 꾸욱 세게 버튼을 누르자 '봄이?' 하고
의아한 목소리가 인터폰으로 흘러나왔다.

봄은 가쁜 호흡을 가다듬으며 세차게 고개를 끄덕였다.

"네! 저예요. 얼른 문 열어 주세요, 선배!"

서른넷, 봄.

홀로 살고 있는 남정네의 집에 무작정 달려와 힘차게 외치기에는 꽤나 적절치 못한 내용이었지만 지금 봄의 머릿속엔 그 말한마디만 가득 차 있었다. 서도영을 봐야 한다.

초조한 마음으로 서 있던 봄은 달칵 열리는 문 틈 사이로 보이는 그의 의아한 얼굴을 마주했다.

"봄이 네가 연락도 없이 이 시간에 어쩐⋯⋯."

"일단 안에 들어가서 얘기해요."

"뭐?"

"어서요!"

봄은 대문을 잡고 있던 도영의 손목을 덥석 잡고 그를 뒤로 밀며 현관 안으로 들어섰다. 잠시 당황스런 표정을 지었지만 그는 이내 못 이기는 척 그녀에게 끌려갔다.

어디였더라.

성큼성큼.

오로지 직진만 하겠다는 일념하에 걸음을 움직이던 봄은 도영의 집으로 달려오는 내내 머릿속을 떠나지 않았던 장소를 찾아 주위를 두리번거렸다. 이내 시야로 예의 식탁이 들어왔다. 저기다. 봄은 결심한 듯 행동을 멈추곤 제게 끌려온 도영을 올려다봤다.

"왜 그래. 무슨 일인데?"

갑작스러운 봄의 방문에도 불구하고 금세 태연함을 되찾은

도영이 미소를 그리며 그녀를 응시했다. 봄은 눈에 힘을 주며
말했다.

"억울해서, 생각나자마자 찾아왔어요."

"억울해?"

"네. 진짜 억울해서요."

대뜸 말을 던지는 봄의 말에 도영의 얼굴에도 의문이 감돌았
다.

"뭐가 그리 억울한데?"

상냥하게 되묻는 그의 목소리가 귓가를 파고들었다. 봄은 요
동치는 심장 박동 소리를 느끼며 식탁을 가리켰다.

"얼마 전에 제가 저기서…… 선배한테 아주 중요한 말을 들었
던 것 같은데, 그 말을 제정신으로 듣지 못한 게 너무 억울해서
요."

확신을 가지고 말하는 봄을 물끄러미 직시하던 도영은 픽 웃
음을 흘렸다.

"어차피 기억도 못 하는 말이잖아."

"한다면요?"

"……!"

"기억한다면, 다시 해 주실 거예요?"

두 걸음 정도 떨어져 있던 도영을 향해 봄이 한 걸음 다가가
며 물었다. 코끝에서 흘러나오는 그의 숨결이 그녀의 두 뺨에
닿았다. 눈앞이 어지러울 만큼 아찔해졌지만 봄은 그를 향했던
시선을 거두지 않았다. 도영은 차분하기 그지없는 눈으로 봄을
바라보다 입꼬리를 올렸다.

"듣고 싶어?"

봄은 주저 없이 고개를 끄덕였다.

"듣고 싶어요."

한 자도 빠짐없이, 전부.

도영은 결연한 의지를 표현하는 봄을 쳐다보다 살짝 허리를 굽혔다.

'아.'

따뜻하고 부드러운 숨결이 뺨이 아닌 귀를 간질였다. 봄은 미친 듯이 뛰는 가슴을 부여잡으며 도영의 입술이 열리기를 기다렸다.

"유봄."

이번만큼은 절대로 뇌리에서 잊지 않겠다고 다짐하는 그녀를 향해, 도영은 속삭였다.

"사랑해."

❖   ❖   ❖

찬주는 어두컴컴한 주변을 두리번거리며 잠시 걸음을 멈춰 섰다. 잔업이 남은 경찰들, 혹은 당직 경찰들을 제외하고는 대부분 귀가를 하는 시간인지라 붐비던 신청사 앞은 쓸쓸한 기운이 감돌았다.

오후에 검찰청까지 외근을 나갔다 돌아온 그는 로비에 들어서기 직전, 심호흡을 골랐다.

"다녀왔어?"

터덜터덜. 어쩐지 오늘따라 제대로 힘이 들어가지 않는 다리를 억지로 움직여 가며 광역수사대의 사무실로 걸음을 옮긴 그는 발을 내딛기가 무섭게 아는 척하는 얼굴을 발견했다.

찬주의 검은 눈동자가 보고서를 작성 중이던 박영진 경위를 향했다. 그는 박 경위를 향해 고개를 살짝 끄덕이더니 제 자리로 걸어갔다. 짐을 챙기기 위해서였다.

아.

'왜 이렇게 일이 많아'라는 말을 중얼거리고 있는 박 경위의 말에 어색한 미소를 지으며 외근 직전 두고 나왔던 겉옷을 챙겨 들던 찬주는 비어 있는 제 옆자리를 흘긋거리며 잠시 행동을 멈추었다.

자리의 주인은 벌써 퇴근했는지 보이지 않는다. 무언가 잔뜩 올려져 있는 책상은 그녀의 성격을 단적으로 드러내고 있었다. 좀 치우고 다니지. 그는 피식 웃음을 흘리며 그녀가 미처 치우지 않은 사탕 비닐을 버리기 위해 손을 뻗었다.

"매디 녀석, 또 어질러 놓고 갔나?"

쯧. 차곡차곡 그녀의 책상을 정리하는 찬주의 행동을 물끄러미 지켜보던 박 경위가 혀를 차며 툭 말을 던졌다. 찬주는 대답 대신 흐리게 웃었다.

"어이, 막내."

"예."

"……너 좀 수상하다?"

이상하게 그녀의 책상을 벗어날 수가 없어 자꾸만 멈칫하던 그는 쿡쿡 아려 오는 통증을 무시하며 이를 악물었다.

찬주의 어두운 얼굴이 수상하다 여겼는지 박 경위가 들고 있던 서류를 내려놓으며 그를 불렀다.

찬주의 고요한 눈동자가 박 경위를 향했다. 의심스러운 시선을 쏟아 내고 있는 박 경위를 향해 찬주는 대꾸하지 않았다. 박 경위는 지나칠 정도로 차분한 찬주의 동공을 뚫어져라 응시하더니 돌연 미간을 좁혔다.

"너, 유봄한테 고백했지?"

가늘어진 박 경위의 눈을 마주하고 있던 찬주의 눈빛이 흔들렸다. 정곡을 찔러 버리는 박 경위의 말에 그는 입을 열 수가 없었다. 하여간 눈치는 빨라가지고. 찬주는 결국 쓴웃음을 터뜨렸다.

"나, 나를? 네……가? 찬주 네가 나를?"

은근히 뱉어 내는 말은 전혀 통하지 않았다. 그랬기에 결국, 던지듯 직구를 흘렸다. 쉽게는 이해하지 못했는지 눈을 크게 뜨며 저를 바라보던 여자의 얼굴엔 전혀 몰랐다는 표정이 가득했다. 어쩐지 쓰게 웃을 수밖에 없었다. 어떻게 몰랐던 거지. 그렇게 티를 냈는데.

"예. 좋아합니다. 정말 좋아해요, 선배."

요즘 들어 한층 더 예뻐진 그녀를 빤히 응시하며 찬주는 속마음을 털어놓았다. 그녀의 두 눈이 세차게 흔들리는 것을 보고도 멈추지 않았다. 그에게 있어선 이번이 마지막 기회가 될 수도 있었다.

아니, 솔직히 이것도 제대로 된 기회인지 의문이 들기는 하지만. 그럼에도 자신에게 기회가 주어진다면, 빈틈이 보인다면 찬주는 더 이상 물러나 있지만은 않을 생각이었다. 그는 몹시 당황해하는 그녀에게 한 자, 한 자 말을 뱉어 냈다.

"저기, 찬주야. 네가 한 말은 그러니까 그…… 동료 형사로?"

"선배. 아닌 거 아시잖습니까."

"자, 장난은……."

"장난처럼 보여요?"

"……."

'아니' 하고 나지막하게 중얼거리는 봄의 두 뺨은 빨갛게 물들어 있었다. 찬주는 빙긋 웃었다. 놀라는 그녀의 모습은 무척이나 낯설었다. 태연한 척하는 얼굴과 달리 심장이 미친 듯이 들썩였다. 두 남녀 사이에 침묵이 내려앉은 것은 순식간이었다.

"찬주야."

그녀가 입을 다물었다. 재잘거리는 것을 좋아하는 사람이 말을 하지 않자 좋은 느낌은 들지 않았다. 사실, 그도 이렇게까지 하고 싶은 생각은 없었는데. 충동적으로 흘러버린 그 말에 동요하는 그녀를 보자니 약간의 기대감도 차올랐다.

찬주는 꽤나 길게 느껴지던 고요를 깨뜨려 버리는 그녀의 낭랑한 목소리에 시선을 아래로 내렸다. 제게 고백을 들었을 때와는 달리 진정을 되찾은 여자의 눈빛은 흔들림이 없었다. 속이 쓰려 왔다.

"난, 좋아하는 사람이 있어. 그 사람이 너무 좋아서, 다른 사람한테는…… 눈이 안 가. 미안해. 정말 미안해."

순간적으로 헛웃음을 터뜨릴 뻔했다. 그래, 이런 반응을 예상했었다. 찬주는 빙긋 웃었다. 그녀가 좋아하는 사람에 대한 일화를 모르는 사람은 없었다. 술만 취하면 오랫동안 좋아했던 누군가에게 전화를 걸어 대는 여자의 주정은 적어도 광수대의 일원이라면 누구나 알고 있었다.

"알아요."

찬주는 고개를 끄덕였다. 몇 분 생각하지도, 빈틈 따위도 주지 않는 여자를 향해 그는 엷게 웃어 주었다.

"그래서 더 좋아했어요. 선배 같은 외길 사랑은 흔치 않으니까, 신기해서."
"뭐?"

놀라는 봄에게 찬주는 뒷머리를 긁적이며 중얼거렸다.

"에이, 김빠진다. 조금 흔들리면 그대로 낚아채려 했는데 끄떡도 않네."

"······!"

"꽉 식었어요. 우와, 사람 마음 진짜 신기하네. 차이자마자 극복했어!"

어쩔 줄 몰라 하는 봄을 내려다보며 찬주는 그녀를 관찰하듯 들여다보더니 씨익, 웃었다. 그리고는 쯧쯧, 혀를 차며 말했다.

"하긴, 선배 가만히 보니까 가슴도 뭐 크지 않고 키도 작아. 얼굴 하얀 거 말고는 딱······ 윽!"

"이 자식이, 진짜 못 하는 소리가 없네. 내 가슴이 뭐 어때서! 이 정도면 충분히 크거든! 키도 보통 이상이라고! 너 인마, 방금 그것도 장난이지?"

"진짜 폭력적이야. 선배, 전 선배보다 더 상냥하고 예쁘다 못해 쭉쭉빵빵인 여자 만날 겁니다. 선배가 나 놓친 거 후회하게요!"

"후회 안 해! 그나저나 너 아까 그 말 사과 안 해? 내 가슴에 대한 사과, 인마!"

어색해질 앞으로의 상황을 방지하기 위해 능청스레 말을 뱉어 내는 찬주에게 봄은 장단을 맞춰 주었다. 겉으로는 검지를 좌우로 까딱이며 그녀를 놀리고 있었지만 사실은 제게 호응해 주는 봄이 고마워 미칠 지경이었다. 지난 몇 개월 동안 끌어왔던 그의 짝사랑이 완벽하게 마침표를 찍을 수 있도록 도와주었으니까.

아주 조금, 약간의 기대를 품었지만 틈은 없었다. 고백받은 상대는 물론이거니와 그녀의 옆자리를 지키고 있는 그 남자에게도. 찬주는 제 말에 오만한 웃음을 흘리며 속삭이던 번지르르한 누군가의 얼굴을 떠올리며 한숨을 내쉬었다.

"술 한잔할래?"

어느새 다가온 박 경위가 그의 어깨 위로 턱 손을 얹으며 그윽한 눈빛을 보냈다. 유봄을 제외하곤 모두가 알고 있던 그의 짝사랑에 대한 결말이 날 밝으면 청사 전체로 퍼질 것이 분명하다. 찬주는 체념한 얼굴로 박 경위를 응시하다 퉁명스레 대답했다.

"선배님, 솔직히 말씀하시죠. 당직이 지루해서 그러시는 거죠?"

"……들켰나?"

"당직에 술이라뇨!"

"야. 많이 안 마셔. 그냥 맥주 한 캔 사 가지고 와서……."

"너무하신 거 아닙니까! 저 오늘 실연당했습니다."

"얌마! 실연이 뭐 대수냐. 그냥 인연이 아닌 거지. 뭘 그리 마음에 담아 둬. 그리고 유봄이 걔는 예전부터 네 것이 아니었어, 인마."

"쳇, 그래도 도전해 볼 만은 하잖습니까."

"이, 이찬주. 너 인마 설마…… 또검을 이길 생각이었어?"

투덜거리는 찬주의 말에 박 경위는 흠칫 놀라 뒤로 물러났다.

찬주는 저를 놀란 눈으로 바라보는 박 경위의 시선에 곰곰이 생각해 보았다. 악명 높은 또라이 검사. 얼마 전 일어났던 총기 강탈 사건에서의 그를 떠올려 보면 확실히…….

"뭐, 이긴다고는…… 한 적 없습니다만."

소름이 오소소 돋아나는 것을 느끼며 슬쩍, 꼬리를 내려 버리는 찬주의 대답에 박 경위는 큰 웃음을 터뜨렸다. 찬주는 제 어깨에 손을 걸치는 박 경위의 행동을 내버려 두며 입술을 삐죽였다.

그렇게 짝사랑은 완벽하게 끝이 났다.

"좋아해요! 아주 많이 좋아했어요! 그런데 그때보다 더, 좋아하는 것 같아요!"

찬주의 고백을 듣는 순간, 누군가를 향해 힘차게 소리치던 제 목소리가 귓가를 아른거렸다. 분명히 찬주를 눈앞에 두고 있는데 이상하게 심장이 달아올라 봄은 몇 번이고 숨을 골라야 했다. 자신이 확신을 가지고 그런 말을 뱉어 낼 수 있는 사람은 오직 한 사람뿐이었다. 단 한 사람. 그밖에 없다. 봄은 발작처럼 뛰는 가슴의 박동 소리를 느꼈다.

"그럼 어떤 말을 듣고 싶은 건데?"

여유로운 대답. 진심을 담아 외친 제 말에 '흐응, 그래? 그래서 뭐'라는 식의 반응을 보이는 그에게 봄은 당황했었다. 이제야 기억이 났다. 그때 느꼈던 감정들, 당시 그가 흘리던 숨결, 그리고 자신의 떨리던 손끝까지. 대수롭지 않다는 표정을 지으며 오히려 되묻는 그를 향해 봄은 얼굴을 일그러뜨렸었다.

"선배. 저랑 같은 마음…… 아니었어요?"

다시 물을 수밖에 없었다. 틀림없이 같은 마음일 것이라 여겼는데, 제 착각이었던 건가? 아니, 그럴 리는 없다. 봄은 휘휘, 고개를 저으며 부정했다. 입술이 파르르 떨렸다. 광역수사 1계의 황중우 계장이 '나 퇴근한다!'를 외치며 사무실을 나서는 것을 보자마자 벌떡 일어났던 것은 바로 그 이유에서였다. 핸드폰의 통화 버튼을 눌러 전화를 걸어 보아도 받지를 않자 더욱 초조해졌다.

"아닌데."

얄밉게 눈웃음까지 그려 가며 말하는 그의 태도에 봄의 심장이 철렁거렸다. 아닐 리가 없는데, 어째서 아니라고 하는 걸까. 괜히 침울해졌다. 봄은 아무 말도 하지 못하고 그저 그를 바라보기만 했다.
바로 그 순간.
그녀의 우울했던 마음을 모두 가시게 만들어 버리는 그 말이 봄의 귀를 휘감았다. 쿵쾅쿵쾅. 미세하게 뛰던 심장은 터질 듯 부풀어 올랐다.

그리고…… 억울해졌다. 아주 억울했다. 무척 억울했다. 정말 억울했다!

'이놈의 술주정!'

빨리 고치든가 해야지.

헉헉. 정신없이 숨을 몰아쉬며 달려갔다. 버스보다 택시가 빠를 것이라 여기며 그의 오피스텔에 다다른 봄은 다짐하고 또 다짐했다. 절대로 술을 마셔서는 안 된다. 그런 중요한 말을 까맣게 잊고 있었다니. 너무 억울하잖아. 택시 문을 열자마자 쉬지 않고 뛰었다. 땀이 비 오듯 흘렀지만 멈추지 않았다.

그의 집, 대문 앞에 서선 초인종 버튼을 누르는 봄의 손가락 엔 요 근래 가장 세게 힘이 들어갔다. 문이 열리기까지 진정할 생각을 않는 마음을 다독이며 기다리고 기다렸다. 얼마 뒤 그가, 도영이 제 시야로 들어오자마자 온 세상이, 환해졌다.

"어때."

제정신으로 듣지 못해서 억울해 죽겠다는 그녀를 향해 도영 은 빙긋 웃음을 그렸다. 화사한 그 미소가 얼마나 심장을 약하게 만드는지 아마 그는 모를 것이다. 봄이 빨갛게 익은 얼굴을 그에게 고정시키고 있자 도영은 짓궂은 미소와 함께 물었다.

"한 번 더, 들려줄까?"

선심 쓰듯 뱉어 내는 도영의 제안에 봄은 있는 힘껏 고개를 끄덕였다. 바들바들 떨리는 입술을 차마 열지 못하고 얼굴만 주억이는 봄이 귀엽다는 듯 가만히 내려다보던 도영이 그녀를 향해 팔을 뻗었다. 어! 하고, 탄성을 흘리던 봄은 제 허리를 감싸 쥐는 도영의 자연스러운 행동에 그의 품에 쏙 안겼다. 달콤한 체취가 느껴졌다. 눈앞이 아찔하다.

"유봄."

상냥하고 다정하게, 그가 그녀의 이름을 불렀다. 봄은 스윽, 얼굴을 위로 들었다. 도영의 검은 눈동자가 자신을 삼킬 듯 응시하고 있었다. 언제나 부드러워 보이는 사람이지만 가끔은 이렇게 숨이 막힐 정도로 섹시하기도 하다. 봄은 침을 꿀꺽 삼켰다. 도영의 붉은 입술이 벌어졌다.

"봄아."

그녀의 심장은 서도영 한정으로 반응하기로 작정한 것이 틀림없다. 봄은 점점 갈증이 짙어지는 것을 느꼈다. 어지럽다. 뜨거운 시선, 야릇한 숨결, 가까워진 거리, 전부. 하지만 그에게서 눈을 뗄 수는 없다. 떼지 못하겠다. 봄은 가만히 그를 바라봤다.

"유봄, 널 아주 많이 사랑……."

"준비됐어요!"

아무 말이라도 뱉어 내고 싶었다. 그의 마음에 화답하고 싶었다. 그래서 급하게 도영의 말을 끊어 버리면서까지 봄은 외쳤다.

은근한 분위기를 잡던 도영의 눈동자가 큼지막해졌다. 그의 벌어진 입술이 쉽게 다물어지지 않고 있었다. 아차 싶었지만 이미 흘려버린 이상 주워 담을 수는 없는 노릇이다. 봄은 어리둥절해하는 도영의 목으로 팔을 뻗었다. 그와의 거리는 더욱더, 좁아졌다.

봄은 기다란 두 팔로 도영의 목을 감쌌다. 입을 쭉 내밀면 도영의 입술에 닿을 만큼 가까워졌다. 코끝으로 도영의 숨결이 느껴졌다. 그 역시 마찬가지일 터. 봄은 천천히 입을 닫는 도영을 올려다보며 눈꼬리를 휘었다.

심장은 여전히 제어 불가능할 정도로 뛰고 있었지만 그녀는 제 마음을 표현하고 싶어졌다. 아니, 표현해야만 했다.

"도영 선배."

봄은 빙긋 웃었다.

"저, 완전 준비됐어요."

—너…… 방금 뭐라고 그랬어?

핸드폰 너머로 들려오는 여름의 숨소리가 빨라졌다. 뭐라고 그랬긴. 뻔히 들었으면서 못 들은 척한다. 봄은 되묻는 여름을 향해 칫, 입을 삐죽이다 친절하게 한 번 더 말을 해 주었다.

"나 오늘 집에 안 들어간다고."

결의에 찬 얼굴로 봄은 목에 힘까지 주며 말했다. 여름이 크게 호흡하는 소리가 들려왔다. 놀라는 건가. 야근을 하거나 잠복근무로 집에 들어가지 못했던 적도 많건만 뭐가 그리 새삼스러운 건지. 혹시나 들어오지 않는 저를 염려할까 싶어 전화를 했지만 아무래도 괜한 일이었는지도 모르겠다. 내 나이가 몇인데 하루 정도는 마음대로 외박할 수도 있는 거지, 뭐.

—너 지금 누구랑 같이 있어?

"어?"

—또검 선배지? 그래. 알겠어. 또검 선배면 오케이야.

귀신같네.

누가 자매 아니랄까 봐, 여름도 봄처럼 자문자답했다. 봄은 황당한 실소를 터뜨렸다. 그걸 어떻게 안 건지에 대한 의문이 차올랐지만 그것보다 먼저 전화를 끊어야 한다는 생각이 가득해졌다. 봄은 주변을 살피며 다급히 입을 열었다.

"이, 이만 끊어야겠다. 참! 유여름. 너, 문단속 잘하고 자. 요즘…….

—유봄!

"어?"

—파이팅!

"……뭐?"

—이 동생은, 하루라도 빨리 조카를 보고 싶어. 너보다는 또검 선배를 꼭 닮은 사랑스러운 조카! 나를 위해서 힘써 줘. 오늘 만들면 언제 나오려나? 아, 그전에 혼인신고가 먼저겠지? 에이, 뭐 또검 선배가 알아서 하겠지. 그 선배도 꽤 급하지 않아? 그래, 급할 거야. 너나 선배나 나이가 있으니까. 어쨌든 이번엔 나기대해도…….

뚝.

봄은 큭큭, 기괴한 웃음소리까지 흘려 가며 재잘거리는 핸드폰 너머의 음성을 가만히 듣고 있다 일말의 망설임도 없이 종료 버튼을 눌렀다. 하이톤의 목소리가 툭 끊어졌다.

온몸을 파르르 떤 그녀가 손에 세게 움켜쥐고 있던 핸드폰을 물끄러미 내려다보았다.

'어린 게 못 하는 소리가 없어.'

일그러진 미간이 쉬이 펴지질 않는다. 후끈거리는 열기가 그녀를 덮쳐 왔다. 두근두근. 안정을 되찾았던 심장이 정신없이 뛴다. 봄은 붉어진 두 뺨을 차가운 손바닥으로 덮으며 고개를 휘휘 저었다.

진정해야 했다.

빨갛게 익은 몸으로 그를 맞이할 수는 없으니까.

"후우, 후우."

고르게 숨을 내쉬며 봄은 비어 있는 거실을 두리번거렸다. 거실에 홀로 남아 있어서인지 얼마 전의 일이 아른거렸지만 이번만큼은, 그때와 다르다. 봄은 픽 웃었다.

"제기랄."

확고한 눈빛을 보내는 봄의 외침에 도영은 그녀가 생각했던 반응이 아닌 다른 반응을 선보였다. 갑자기 흘러나온 욕설에 봄의 눈동자가 동그래진 것은 당연했다. 도영은 갈등하는 시선으로 한숨을 푹 내쉬며 그녀의 어깨를 부여잡았다.

"봄아."

"네?"

"5분만 줘."

"예?"

"아니다. 최대한 달려갔다 올 테니 딱, 3분만 기다려."

봄의 어깨를 잡고 있던 도영의 손아귀엔 힘이 많이 들어갔다. 아프다고 생각될 만큼 세게 저를 잡고 있는 도영을 의아하게 올려다보던 봄은 이를 악물면서까지 외치는 그를 멀뚱히 쳐다봤다. 도영은 계속해서 제길, 하고 욕설을 중얼거리며 자책했다.

"이날이 이렇게 빠를 줄은 몰라서 미처, 준비를 못 했어."
"네? 무슨…… 아!"

봄이 탄성을 터뜨리는 순간 도영은 고개를 떨구었다.

"내 실수야. 젠장."

세상이 무너진 표정을 지으며 나지막하게 중얼거리는 그를 보며 봄은 쿡쿡 웃었다. 그리고는 밖으로 나설 준비를 하는 그의 팔을 잡고 입꼬리를 올렸다.

"3분까지 기다릴 이유는 없을 것 같아요."

외투도 걸치지 않고 그대로 근처 편의점으로 달려갈 생각이 었는지 발을 한 발 내딛으려던 도영의 눈동자에 의문이 감돌았다. 봄은 씨익 하얀 이를 드러내며 웃었다. 그녀는 바지 주머니 속에서 분홍색 케이스를 꺼냈다. 도영의 눈이 동그래졌다.

"완전 준비가 됐다고, 했잖아요."

"봄아."

거실의 소파에 앉아 흘러가는 시간을 재고 있었다. 1초, 2초, 3초. 초침이 움직이면 움직일수록 심장의 고동은 빨라졌다. 하지만 기분이 나쁘지 않다. 설렘을 가득 안고 문이 열리기를 기다리고 또 기다리고 있던 봄은 달칵 열리는 욕실의 문소리와 동시에 귓전을 두드리는 달콤한 음성을 들을 수 있었다.

"긴 밤이 될 것 같아."

밤은 길다.

봄은 고개를 돌려 창밖을 응시했다. 거실 커튼 사이로 살짝살짝 보이는 밖은 어느새 어두컴컴해져 있었다. 고요하기 그지없는 세상. 침묵을 깰 사람은 오직 그와 자신, 둘뿐이다.

꿀꺽. 다시 시선을 돌린 봄의 시야로 천천히 걸어오고 있는 그가 보였다. 길쭉한 다리를 쭉쭉 뻗으며 자신을 쳐다보고 있는 잘생긴 남자의 머리카락에서는 후드득, 반짝이는 물방울이 떨어지고 있었다. 귓가를 간질이는 말을 뱉어 낸 후 희미하게 미소 짓는 것을 잊지 않은 남자의 화사한 눈웃음에 심장이 쿵쿵, 멋대로 반응했다.

진정해, 유봄. 컴 다운. 컴 다운.

안 쓰던 영어까지 사용하며, 스스로를 가라앉히려 했지만 봄은 어쩐지 벌렁대는 가슴을 막을 수 없었다. 얼굴이 화끈거렸다. 태연함을 유지하기 위해 붉어진 목덜미를 슥슥 문지르려고 했으나 허벅지 위에 잠자코 놓여 있던 팔이 위로 올라가지 않았다. 그녀는 소파에 걸터앉은 상태에서 굳어 있었다.

'무지……'

섹시하네.

고급 호텔에나 있을 법한 와인색 목욕 가운 사이로 언뜻 보이는 남자의 길쭉한 다리가 시선을 사로잡는다. 느릿하지만 절도 있게, 마음을 흔들어 버리는 그의 길쭉한 다리를 멍하니 응시하며 봄은 생각했다. 서른넷. 곪을 대로 곪아 있던 여자를 휘어잡기에는 충분한 몸짓에 끌려간다. 일부러 저러는 거지? 봄은 제게로 걸어오고 있는 남자의 발걸음이 유독 느리다고 생각하며 살짝 인상을 썼다.

"선배."

그녀의 계산대로라면 욕실에서 걸어 나온 도영이 이미 제 앞에 서 있어도 모자랄 판이건만, 어찌 된 셈인지 그는 여전히 자신과 거리를 두고 있었다. 봄은 결국 끓어오르는 감정을 주체하지 못하고 파르르 떨던 입술을 움직였다. 도영이 여유롭게 그녀를 바라보며 고개를 주억였다.

"지금, 저 애태우시는 거예요?"

숨이 한껏 달아오른다. 얼굴의 열기가 온몸을 휘감았지만 도통 닿지를 않는 그와의 거리가 그녀를 목 막히게 만들고 있었다. 봄은 입안에서만 맴돌던 말을 툭 던져 버리고 말았다. 놀란 눈으로 저를 바라보던 도영의 입꼬리가 스윽, 올라갔다.

"눈치……챘어?"

길쭉한 다리가 그 자리에서 뚝 멈췄다. 휘어지는 눈꼬리를 바라보던 봄은 그의 대답이 끝나기가 무섭게 소파에서 벌떡 일어났다. 도영이 성큼성큼 걸어오는 봄을 보며 피식 실소를 흘렸다. 봄은 뒤로 물러나지 않고 저를 맞이하기 위해 서 있는 도영을 향해 팔을 벌렸다. 그리고는…….

"윽!"

"안 무거우면서 뭘."

힘껏 그의 품에 올라타며 속삭였다. 제게 뛰어드는 봄을 받아들려 양팔을 내밀던 도영은 휘청거리며 중심을 잡다가 봄의 말에 고개를 들어 올렸다. 무겁지는 않지. 씨익 올라가는 그의 붉은 입술이 봄의 눈에 다가왔다. 도영은 제 목에 팔을 두르고 자신을 내려다보는 봄을 향해 중얼거렸다.

"적극적인데."

"그럴 나이니까요."

솔직한 그녀의 대답에 도영이 크게 웃음을 터뜨렸다. 봄은 그의 탐스러운 입술을 말없이 내려다보다가 얼굴을 숙였다.

"……!"

뭔가 말을 하려던 도영의 입은 제 입술을 주저 없이 덮어 버리는 그녀로 인해 다물어졌다. 달콤해. 충동에 끝내 굴복해 버린 봄은 조금 전의 샤워로 수분을 가득 담고 있는 도영의 입술을 핥으며 생각했다. 도톰하고 붉은 입술이 그녀의 입안으로 빨려 들어오듯 반응했다. 갈증이 점점, 커져 간다.

"으음."

그의 허리를 감싸고 있던 봄의 다리에 조금씩 힘이 들어갔다. 그녀의 등을 받치고 있던 도영의 팔에도 핏줄이 선명하게 그려진다. 입술을 파고들고, 치열을 훑어 웅크리던 혀를 휘감아 버리는 봄의 거침없는 행동에 도영이 얕은 숨을 흘렸다. 귀를 울릴 만큼, 짜릿한 신음 소리였다. 봄은 입꼬리를 올리며 그의 안을 더욱 헤집었다.

타액을 교환하며 숨 쉴 틈도 없이 그를 농락했다. 봄의 주도하에, 그녀가 원하는 대로 내버려 두던 도영의 검은 눈동자가 탁해지는 것이 보였다. 그의 미간이 좁아지고, 그녀를 부축하고 있던 커다란 팔이 부들부들 떨렸다.

흐읍, 도영의 입안을 제 마음껏 농락시킨 후에 봄은 그에게서 떨어져 나왔다. 파르르 흔들리는 검은 동공이 시선을 사로잡는다. 봄은 옅은 미소를 지으며 좁아진 그의 미간 사이에 입을 맞추었다. 도영은 살짝 부어오른 자신의 입술을 살짝 짓누르더니 이내 봄을 빤히 응시하며 인상을 썼다.

"봄이, 너……."

"갈까요?"

"뭐?"

"전 가고 싶은데."

기다랗고 얇은 손가락으로 송골송골 맺힌 그의 이마 위의 땀방울을 닦으며 봄이 야릇하게 속삭였다. 침실 쪽을 고갯짓하는 봄의 말에 도영의 눈이 급격하게 흔들렸지만 곧, 평정을 되찾았다. 도발하는 봄의 제안을 아무렇지도 않게 받아치겠다는 듯 그녀를 안아 든 도영의 발걸음이 서서히 옮겨 갔다.

"궁금해요."

그가 자신을 안아 들고 성큼성큼, 열려 있는 침실 쪽으로 향하자 봄은 중얼거렸다. 붉게 물들어 있는 도영의 눈동자가 그녀를 향했다. 봄은 그의 축축한 머리카락을 제 손가락으로 배배 꼬며 말을 이었다.

"선배의 모든 것이."

문틈을 지나치기 위해 봄의 머리를 제 손으로 덮어 주는 매너까지 선보인 도영이 피식 웃었다.

잠깐 말을 하고 있던 사이, 침실 안으로 들어와 버린 자신들의 모습에 봄은 쿵쿵 뛰는 심장의 박동을 느끼며 웃었다. 도영은 제 목을 감싸고 있던 봄을 침대 위로 천천히 뉘이며 작게 말했다.

"가르쳐 줄게."

저보다 훨씬 전, 샤워를 마친 봄의 목욕 가운을 내려다보며 그가 눈웃음을 그렸다. 도영의 손이 매듭에 닿자 봄이 얕은 숨을 터뜨렸다. 그는 망설임 없이 매듭 끝의 줄을 잡아당기며 봄의 귓가에 속삭였다.

"하나도 빠짐없이, 전부."

스르륵.

그의 답변이 이어지기가 무섭게 봄의 전신을 가리고 있던 목욕 가운이 흘러내렸다. 도영의 검은 눈동자에 자신의 나신이 완벽하게 새겨지자 부끄러운 마음이 차올랐지만 시선을 피하지 않았다.

봄은 제 위에서 자신을 내려다보고 있는 도영을 향해 손을 뻗었다. 미동 않던 도영이 뺨을 말없이 어루만지는 봄의 손길에 의해 움직이기 시작했다.

"봄아."

뜨겁다 못해 달콤했던 입술 사이로 제 이름이 흘러나왔다. 다른 사람들에게도 많이 들어온 이름이건만 그가 뱉어 낼 때면 호흡이 흐트러진다. 봄은 웃으며 자신의 두 눈을 직시하고 있는 도영을 올려다봤다.

"네."

"예쁘다."

답하는 봄을 향해 도영이 말했다.

"예쁘다, 너."

도영의 시야 아래, 실오라기 하나 걸치지 않은 상태가 되어 버린 자신에게 그가 각인시키듯 말했다. 봄은 쿡쿡 웃었다.

"알아요."

봄의 뻔뻔한 대답에 도영의 입꼬리도 스윽 올라갔다. 봄은 허리를 들어 도영의 입에 쪽, 제 입을 맞추고 그의 목을 끌어당기며 속삭였다.

"선배 눈에 제가 무척 예뻐 보인다는 거 잘 알고 있으니까, 어서……!"

웃음을 머금으며 말을 잇던 봄의 말은 그녀의 목덜미 쪽으로 고개를 숙이는 도영으로 인해 멎어 버렸다. 읍! 봄은 반사적으로 입을 다물며 숨을 크게 들이마셨다. 망설이지 않고 그녀의 하얀 목에 자신의 흔적을 새기기 시작하는 도영의 행동은 거침이 없었다.

눈썹을 꿈틀거리던 봄은 풍성한 그의 머리카락 속으로 제 손을 집어넣었다. 그녀의 얇은 손가락 틈으로 그의 머리카락이 비집고 들어왔다. 눈앞이 어지러워졌다.

그녀를 물고 뜯던 뜨거운 입술은 하얀 목덜미를 핥고 아래로 내려갔다. 일자로 파인 쇄골에 잠시 멈춘 붉은 혀가 살짝 튀어나온 뼈를 훑자 봄이 '으읏!' 하고 몸을 파르르 떨었다.

도영은 제 행동 하나하나에 움찔거리는 그녀를 흘긋 올려다보더니 더욱 아래로 몸을 숙였다. 봄을 달아오르게 만든 검은 눈동자가 봉곳 솟아 있던 두 개의 언덕에 멈추었다.

"하아!"

목을 간질이고, 쇄골을 핥아, 천천히 움직이던 그의 혀끝이 언덕 위에 우뚝 솟아 있던 돌기에 닿았다. 봄은 전신을 부르르 흔들며 뜨거운 숨결을 토해 냈다. 아주 잠깐, 찰나의 순간에 스치듯 지나갔음에도 불구하고 전율이 이는 것을 막지는 못한다.

말캉거리는 그의 혀끝이 자극하듯 그녀를 유린하고 있었다. 도영은 얼굴을 살짝 일그러뜨리는 봄을 올려다보더니 다시 고개를 숙였다. 봄의 과실이 도영의 붉은 입술 속으로 깊게 빨려 들어갔다. 흐읍, 봄이 강한 흡입에 온몸을 비튼 것은 순식간이었다.

숨이, 막힌다.

호흡이 거칠어졌다.

봄은 미친 듯이 일렁이는 가슴의 뜀박질 소리를 느꼈다. 그녀가 소유 중인 두 개의 봉긋한 언덕은 모두 그에게 사로잡혀 버렸다. 한쪽은 강렬하게 빨아 당기는 뜨거운 입속에, 그리고 다른 한 쪽은 차갑게 휘어잡는 커다란 손안에. 냉기와 온기를 동시에 느끼며 그녀는 숨을 헐떡였다. 그를 향한 갈증이 갈수록 커져 간다.

'갖고 싶어.'

욕망이 일었다.

채워도, 채워도 끝이 없는 누군가를 향한 욕구가 머리를 잠식해 버리는 건 한순간이다. 봄은 그의 야한 혀 놀림에 끊임없이 반응하는 제 몸을 느끼며 생각했다. 그가 제 마음을 휘어잡은 것처럼 저 역시, 그를 잡아 두고 싶었다. 그 어떤 누군가에게도 든 적이 없었던 강한 욕망이 그녀를 굴복시켰다.

"흐웃."

과실을 한껏 취하던 도영의 혀가 다시 움직인 것은 그녀의 동공이 풀어지기 시작할 무렵이었다. 깊게 파인 가슴골 사이를 훑아 내리던 그는 배꼽을 지나 잔뜩 움츠러든 허벅지 사이에서 행동을 멈추었다.

색색, 교태로운 숨결을 뱉어 내던 봄의 눈동자가 고개를 들어 올리는 도영의 흑안과 마주했다. 봄은 흐트러진 눈빛을 바로잡지 못하고 도영을 바라보았다.

어느새 그녀의 다리 밑에 자리 잡은 남자의 짙은 욕망이 발끝에서 느껴져 찌릿거렸다. 봄은 준비됐다는 표정을 지으며 살짝 고개를 끄덕였다. 도영의 번들거리는 입술이 허벅지 안쪽과 닿은 것은 바로 그 때였다.

"하아, 웃!"

입술을 다물려고 했지만, 숨이 터져 나왔다. 봄은 벌어진 다리를 그의 어깨에 걸친 채 가쁘게 호흡했다. 몸짓 하나하나. 지나칠 정도로 예민한 봄을 배려할 생각 따위는 없어 보이는 도영의 행동에 봄은 사정없이 끌려갔다.

아흑—

숨결은, 빨라진다.

허벅지와 은밀한 곳의 경계선에 닿자마자 봄은 눈을 질끈 감았다. 그가 움직이면 움직일수록 비밀스러운 여성이 촉촉이 달아오르는 것이 느껴졌다. 온몸이 타들어 갈 듯한 흔적을 새기던 그의 혀끝이 젖어 있는 검은 숲과 닿자 반응은 거세졌다.

그 누구에게도 선보인 적이 없었던 그녀의 소중한 곳이 결국 그의 앞에 모습을 드러냈다. 봄은 자꾸만 감기려는 눈꺼풀을 억지로 올리며 다리 사이에 얼굴을 파묻고 있는 그를 내려다보았다. 핏대가 서린 남자의 붉은 눈동자가 들린 다리 사이로 언뜻 보였다. 봄은 이를 악물었다.

가장 자극적인 부분에 그가 입을 맞추었다. 그녀가 반응한 것은 동시였다. 질척한 그곳으로 기다란 손가락이 침범하자 가슴의 들썩임이 빨라졌다. 봄은 도영의 어깨를 누르고 있던 다리에 힘을 줄 수밖에 없었다.

하아, 하아.

차갑고 긴 손가락이 젖어 있던 입구를 자극했다. 집요하게 들어갔다 나오기를 반복하는 손가락의 수가 하나둘씩, 늘어간다. 가쁜 숨을 흘릴 수밖에 없었다. 내벽을 긁어 버릴 만큼 자극적인 손짓에 봄은 함락되어 갔다.

차오른다.

강한 열망이.

차가운 손가락이 온몸을 간질여 미쳐 버릴 것 같았다. 봄은 제 숲 속을 끊임없이 자극하는 그를 죄었다 풀기를 반복하며 인상을 썼다. 미간 사이에 깊게 파인 주름이 선명하게 새겨지기 직전 그녀는 반사적으로 튕긴 허리로 인해 몸을 들었다.

"⋯⋯!"

도영은 갑자기 제 목을 둘러 버린 그녀의 다리 때문에 무심코 행동을 멈추었다. 붉은 욕망이 휘감고 있는 봄의 두 눈이 그를 죽일 듯 노려보고 있었다. 그의 입술 사이로 말이 터져 나오기 전에 봄은 힘껏, 몸을 돌렸다. 옴짝달싹하지 못하고 그녀에게 잡혀 있던 도영의 몸이 돌려진 것은 눈 깜짝할 사이였다.

"못, 참겠어요."

달아오른 얼굴을 숨기지 않고, 봄이 말했다.

분명 천장을 향해 있던 제 등이 침대 위로 눕혀 있자 눈을 크게 뜨던 도영은 제게로 기어 올라오는 봄을 멀뚱히 응시했다. 그녀는 이글거리는 눈으로 그를 내려다보고 있었다.

침대 끝에 머리를 맞대게 된 도영은 피식, 웃음을 흘리며 자신의 목욕 가운 매듭에 손을 가져다 대고 있는 봄에게 물었다.

"어떻게 하려고?"

그녀의 행동이 대충 예상됐지만 그는 모르는 척, 어깨를 으쓱였다. 배 위에 튼실한 엉덩이를 맞대고 있던 봄이 히죽 웃으며 그의 귀를 살짝 깨물었다. 도영의 미간이 좁아졌다.

"이렇게."

“……!”

“하려고요.”

야스럽게 웃으며 봄이 줄을 잡아당기자 힘없이 매듭이 풀렸다. 봄이 앉아 있던 곳을 제외하고 그의 몸을 가리던 목욕 가운이 사르륵, 내려갔다. 봄은 튼튼한 가슴을 작은 손바닥으로 슥슥, 문지르더니 그의 입술 위에 제 입술을 가져다 댔다. 언제나 느끼는 거지만 도영의 입술은 달콤하다 못해 아찔하다. 마치 마약처럼, 그녀의 정신을 어지럽게 만드는 그는 위험한 존재임에 틀림없다.

“선배 몸도, 멋져요.”

상황은 역전됐다.

조금 전까지만 하더라도 침대에 누워 있던 사람은 봄이었지만 이제는 그녀가 그를 내려다보고 있었다. 봄은 사뭇 진지한 표정을 지으며 그의 몸을 평가했다. 도영이 여유롭게 웃었다.

“그래?”

서울지방경찰청의 꽃, 광역수사대에 일하기 위해 다른 동료들과 격투 훈련을 하곤 했던지라 남자의 몸에 대해서는 일가견이 있는 봄이 느끼기에도 도영의 몸은 아름다웠다. 괜히 강력계 검사라는 칭호를 단 건 아닌가 보다. 봄은 웃고 있는 그의 가슴 끝을 손가락으로 쓸며 중얼거렸다.

“탄탄한 가슴도…….”

“…….”

“여기, 각진 복근도.”

“…….”

"굵은 허벅지도."

"……!"

"모두, 내 취향이야."

야한 눈길로 그의 허벅지 사이를 문지르던 봄의 말에 도영의 눈동자가 큼지막해졌다. 한껏 여유로운 표정을 유지하던 그가 돌연 얼굴을 일그러뜨리는 것으로 보아 그녀가 그를 자극한 것은 분명해 보였다. 봄은 도영의 배 위에 얹어 두었던 엉덩이를 살짝 들어 올렸다. 그 순간, 도영의 남성이 모습을 드러냈다. 그녀의 눈동자에 그것이 담겼다.

"봄아."

"쉿."

처음으로, 잔뜩 흐트러진 그의 얼굴이 보였다. 봄은 입술을 깨물었다 굵은 음성을 흘리는 도영을 내려다보며 검지를 들어 올렸다. 도영이 입을 다물자 봄은 다시 위로 반응하고 있는 그의 남성을 바라보았다. 크고, 거침없이 서 있는 남성이 그녀의 신경을 건드렸다.

후우.

봄은 깊게 숨을 들이마셨다. 쉽지는 않겠지만, 여기서 포기하려고 모든 것을 보인 것은 아니다. 말없이 지켜보고 있는 그를 실망시키지 않기 위해서라도 각오를 다져야 했다. 뜨겁게 젖어 있던 자신의 여성 역시 모든 준비를 끝마쳤다.

봄은 슬쩍 등을 돌려 팔을 뻗었다. 베개 근처에 놓아두었던 분홍색 종이 박스 안에서 예의 그것을 꺼내어 하늘 높이 솟아 있던 남성 끝에 씌웠다. 제 손가락이 닿자 요동치는 남성이 시야를 어지럽혔지만 봄은 들어 올린 엉덩이를 움직이는 것을 멈추지 않았다.

"하윽!"

손안에 다 들어가지 않는 남성을 움켜쥐고 들어가야 할 곳을 정확히 찾은 봄이 허리를 아래로 내렸다. 이미 도영의 전희로 인해 조금은 벌어진 입구였지만 아무래도 처음이었던지라 전부가 들어오지는 않았다. 봄이 얼굴을 찡그리며 신음을 흘리자 그녀의 허리를 지탱하고 있던 도영의 손끝이 흔들렸다.

"봄아."

"괜찮아요!"

"……"

"저, 할 수 있어요."

"……"

"그러니까…… 허락해 주세요."

그가 무슨 말을 뱉어 낼지 짐작이 되었기에 봄은 세차게 고개를 저었다. 후우, 후우. 거칠게 숨을 몰아쉬며 흐리게 웃었다. 도영은 걱정스러운 표정을 지었지만 이내 그녀의 뜻에 따랐다.

그의 모든 것을 스스로 받아들이고 싶었다. 봄은 각오를 다지며 조금 더, 아래로 내려갔다. 꾹. 허리 밑에서 살결이 찢어질 듯한 통증이 느껴졌지만 멈추지 않았다. 깊고 깊은 그녀의 은밀한 곳을 가득 채운 그의 남성이 아래에서 꿈틀거렸다.

"하아……"

뜨거워.

길게 호흡하며 봄은 평정을 되찾았다. 힘겹기는 했지만, 그

의 전부를 받아들인 스스로가 뿌듯하기 그지없다. 이제 남은 것
은 이것을 어떻게 다루느냐인데. 봄은 강하게 조여드는 자신으
로 인해 파르르 입술을 떨고 있는 그의 손으로 팔을 뻗었다. 도
영의 흔들리던 눈동자가 자신을 올려다본다.

봄은 그의 양손에 깍지를 끼며 빙긋 웃었다. 그녀는 그의 손
을 힘껏 쥔 상태에서 천천히 허리를 움직였다.

"큭!"

폭신한 침대 위에서 천 조각 하나 걸치지 않은 지 몇 분이 흘
렀지만 여태껏 신음 하나 흘리지 않던 그의 입술 사이로 뜨거운
숨결이 터져 나왔다. 송골송골 맺히기 시작한 이마의 땀방울은
등까지 전염이 됐는지 주르륵 흘러내렸다.

쿵쿵.

은밀한 살결과 살결이 부딪히고, 가슴이 아래위로 흔들렸다.
뜨거운 신음이 침실 안을 가득차서 강한 열기가 피어올랐다. 여
전히 그와 손깍지를 낀 상태에서 봄은 흐려지려는 정신을 억지
로 붙들었다. 허공에서 마주치는 두 사람의 눈동자에서 불꽃이
튀었지만 그들은 멈추지 않는다.

들썩이는 봄의 몸처럼, 그의 침대도 삐걱거리는 소리를 냈다.
봄은 강약을 조절해 몸을 흔들며 이를 악물었다. 조였다 풀기를
반복하며 그와 하나가 되어 갔다. 강렬하고 야릇한 행위에 녹아
내리는 것은 비단 봄뿐만이 아니었다.

"유봄! 너…… 제길!"

허벅지와 허벅지가 만나고, 저를 들었다 놓기를 반복하는 도
발적인 몸짓에 도영은 결국 끓어오르는 혈기를 참지 못하고 그

녀의 이름을 크게 불렀다.

봄의 동공이 세차게 일렁였다. 도영은 힘을 주어 그녀를 다시 아래로 눕혔다. 그리고 겹쳐진 몸이 반대의 포지션이 되어 버리자마자 그녀의 눈두덩에 입을 맞추더니 강한 키스를 퍼붓기 시작했다.

휑하던 등이 폭신한 이불과 닿자 토해 내듯 긴 숨을 쉬던 봄은 깊게 들어오는 그를 받아들이며 등을 감싸 안았다.

두 남녀의 반동으로 인해 침대는 여전히 삐걱거린다.

그리고 아직도, 밤은 길다.

❖   ❖   ❖

"정말 그렇게 말했어?"

웃음 섞인 목소리로 그가 물었다. 약간의 쇳소리가 가시지 않은 그의 음성은 조금 전의 일을 떠오르게 만들었다. 그의 팔에 머리를 대고 있던 봄은 힘차게 고개를 끄덕였다.

"네. 사실이니까요. 제 심장은 하나밖에 없어서, 고작 한 사람밖에 수용 못 한다고요."

도영이 싱그럽게 웃었다. 조금 놀려 주고 싶은 생각이 들어 봄은 아쉬운 듯 나지막하게 중얼거렸다.

"아무래도 문제가 있는 것 같아요."

"문제라니?"

"고작 하나밖에 수용 못 할 심장이면 수용력에 문제가 있는 거, 아닌가요?"

"……!"

"어쩌지. 조금, 넓혀야 하나."

"하나면 됐지."

"윽!"

"감히 또 넣을 생각을 하다니. 봄이 너는, 보기보다 욕심이 많네."

핀잔하듯 그녀의 이마에 딱, 꿀밤을 때리며 말하는 도영을 보고 봄이 참다못해 웃음을 터뜨렸다. 도영 역시도 붉어진 그녀의 이마에 다시 입을 맞추며 봄을 강하게 끌어당겼다.

"봄아."

귓가를 간질이는 달콤한 숨결에 눈앞이 새하얗게 물들었지만 봄은 그에게 시선을 고정시켰다. 도영은 반달처럼 눈을 휘며 속삭였다.

"우리, 빨리 날……."

"유봄!"

어디선가 들려오는 커다란 목소리에 봄은 정신을 차려야 했다. 자신을 정확히 바라보고 있는 뜨거운 눈길이 느껴졌다. 봄은 놓으려던 이성을 붙들고 고개를 휘휘 움직였다. 저와 두 발자국 떨어진 곳에서 황 계장이 서슬 퍼렇게 쳐다보고 있었다. 봄은 어색하게 웃었다.

"부, 부르셨어요?"

"무슨 생각을 하길래 그렇게 히죽거려?"

"예?"

"간밤에 좋은 일이라도 있었냐?"

움찔. 가끔 보면 황 계장은 무당 못지않다. 괜히 강력계 형사가 아니었다. 봄은 핵심을 찔러 버리는 황 계장을 무섭다는 듯 응시하며 잠시 대답하지 않았다.

"조, 좋은 일은 무슨."

그러다 문득 든 생각에 얼른 고개를 휘휘 저었다. 강한 부정은 강한 긍정이라지만 발뺌하면 그만이다. 봄은 얼굴을 붉히며 그의 시선을 피했다. 의심의 눈초리를 거두지 못한 황 계장은 흐응, 하고 묘한 콧소리를 흘리며 그녀의 등 뒤를 가리켰다.

"멍청하게 서 있지 말고 피해자 진술이나 받아. 놈의 결정적인 실수를 놓칠 순 없잖아."

"아, 예!"

봄은 힘차게 고개를 끄덕였다. 말이 끝나자마자 황 계장은 현장 감식반 팀원들과 이야기를 나누고 있는 다른 형사들을 향해 다가갔다. 봄은 이미 저보다 앞서 피해자를 진정시키고 있는 찬주에게 걸음을 옮겼다.

"선배 오셨어요?"

'찬주야' 하고 그를 부르는 봄에게 찬주는 눈짓하더니, 뒤로 물러났다. 봄의 자리를 마련해 주기 위해서였다.

미묘한 일이 있었음에도 불구하고 아무렇지 않은 듯 행동하는 후배가 고맙게 느껴져 빙긋 웃던 봄은 파리하게 질린 얼굴로 의자에 앉아 숨을 헐떡이고 있는 여성을 바라보며 크게 호흡을 들이마셨다. 그리고 찬주가 건네는 물을 꿀꺽꿀꺽 들이마시는 여자에게로 메모지와 펜을 들고 다가갔다.

자신을 올려다보는 여자를 향해 봄은 다물고 있던 붉은 입술을 달싹였다.

"안녕하세요, 유미 씨. 서울지방경찰청 광역수사대, 유봄 경사입니다. 어젯밤 유미 씨에게 일어났던 사건에 대해 자세히 알고 싶은데…… 협조 부탁드립니다."

❀　　　❀　　　❀

처음으로 사랑하는 사람과 몸을 맞댔다는 여운을 느끼기가 무섭게, 새벽 6시에 긴급 호출을 받은 봄은 도영의 셔츠를 걸쳐입고 사건 현장으로 바로 출동해야 했다. 간밤의 일로 인해 다리 사이의 통증을 느끼며 인상을 찌푸리던 봄에게 동료들은 의아한 눈길을 보냈지만 깔끔하게 무시하며 현장에서 발견한 피해자의 인터뷰도 끝마쳤다.

서초동 중앙지방검찰청 근처에 위치한 도영의 집에서도 그리 멀지 않은 고급 빌라촌에서 일어난 이번 사건은 광역수사대의 눈길을 사로잡기에 충분했다.

피해 대상은 언제나 그렇듯, 20대 후반에서 30대 초반 사이의 여성. 역시나 미혼이다. 밤늦게 귀가를 하고 집으로 돌아온 그녀에게 일어난 사건은 단순 강도 침입 사건이라고 하기에는 수상한 점이 있었다.

피해자가 용의자에게 스스로 문을 열어 주었다는 점에서. 그리고 용의자가 피해자를 살해하려 들었다는 점에서. 그리고 칼을 들고 그녀의 왼손 약지를 움켜쥐려 했다는 점에서.

"외, 왼손을 자꾸 잡으려 들었어요. 뿌리치려고 했는데 너무 우악스러운 손길이라 쉽게는 벗어나지 못했어요. 그, 그래서 저는……흐흐흡!"

같은 여성이자 형사인 봄의 질문에 차근차근 답하던 피해자 이 씨는 결국 울음을 터뜨리며 고개를 떨구었다. 봄은 찬주에게 부탁하여 두꺼운 요를 준비해 줄 것을 부탁하고는 벌겋게 달아오른 그녀의 왼손 위로 자신의 손을 덮으며 그녀를 달랬다. 아무래도 떠올리기에 쉽지 않은 일을 생각하려 들자니 겁을 먹게 되는 그녀의 마음을 충분히 이해하며.

'정말 빈도가 점점 잦아지는 느낌이네.'

왠지 모르게 스산한 기분이 들어 봄은 오소소 돋아난 팔의 닭살을 슥슥 문질렀다.

지이잉.

급하게 도영의 옷을 빌려 입기는 했지만 이 씨의 사건으로 인해 왠지 퇴근을 못 할 것 같은 느낌이 강하게 들었다.

속옷도 챙길 겸, 사무실로 돌아가려는 황 계장에게 옷을 챙겨 오겠다고 말을 한 뒤 어젯밤 들어가지 못했던 집으로 걸음 하던 봄은 주머니에서 울리기 시작하는 핸드폰을 꺼내 들었다.

발신인이 적혀 있지 않은 메시지 하나가 와 있었다. 그것으로도 모자라 문자의 내용 역시, 비어 있었다. 봄은 인상을 쓰며 핸드폰 액정을 내려다보다 1번 버튼을 길게 눌렀다.

―응. 나야.

"선배가 문자했어요?"

그녀의 1번은 도영이었다. 봄이 대뜸 질문을 던지자 도영이 의아한 숨을 흘렸다.

―문자? 아니, 한 적 없는데.

"그래요?"

―왜. 내 문자, 기다렸어?

엘리베이터에서 내려 복도를 걷던 도중 봄은 풋 웃음을 터뜨렸다.

"기다렸죠."

오전 내내. 이렇게 혼을 빼도 되는가 싶을 정도로. 봄의 대답에 도영 역시 달콤한 음성을 뱉어 냈다.

―몸은 어때? 괜찮아?

"거뜬해요."

―흐음.

"이상하네. 선배, 실망한 눈친데?"

―괜찮지 않아야 정상 아닌가. 이거 내가 어제 너무 자제했나봐. 안 되겠어, 나도 보약 좀 먹어야겠는걸.

장난기 가득한 그의 말에 봄은 쿡쿡거렸다.

―이번에 눕히면 유봄이 아예 못 움직일 정도로 힘을 써야겠어.

도영이 다부진 각오를 다지자, 봄은 대꾸했다.

"저는 환영이긴 하지만 그랬다가는 서 검사님, 우리 계장님한테 엄청 욕 들으실걸요?"

―그런가?

"당연하죠. 저같이 유능한 형사를 옴짝달싹 못하게 한다는데, 반길 상사가 어디 있겠어요?"

─하긴, 그러면 곤란하지. 황 계장님과는 좋은 사이를 유지해야 하니까. 그럼 적당히 하는 걸로 타협할게.

"음…… 너무 적당하면 저도 곤란한데."

─무슨 소리야?

"내 남자가 어느 정도 힘을 써 줬으면 해서요. 아예 축 늘어지면 재미없잖아요."

도발하는 봄의 말에 도영이 참지 못하는 듯 하하 웃었다.

─어디야? 광수대?

"아뇨. 잠시 옷 챙기러 집에 왔어요."

달칵. 전자 도어록의 비밀번호를 누르자마자 문이 열렸다. 봄은 귀에 핸드폰을 댄 채 문고리를 잡아 돌렸다.

─옷 챙기러? 아까 호출당한 사건 때문인가?

도영이 의아한 목소리를 흘리자, 봄은 고개를 끄덕였다.

"네. 아무래도 며칠은 집에 못 올 것 같아서. 온 김에 샤워도 하고요."

─살인 미수 사건이었다지?

"알고 계시네요. 계장님은 예의 그 사건이랑 연관 있다고 보시는 것 같아요."

─아아.

무슨 사건을 가리키는지 알겠다는 듯 도영이 낮은 숨을 흘렸다. 봄은 현관에서 신발을 벗으며 집 안으로 들어갔다. 그런 봄을 향해 도영은 말했다.

─그럼 한동안 못 보겠네.

"아마도 그럴 것 같아요. 아! 점심시간엔 잘하면 짬 낼 수 있겠어요! 물론, 선배가⋯⋯."

　어?

　—그래. 내가 갈게. 도시락이라도 싸 가면 되려나?

　부드러운 그의 음성이 핸드폰 너머로 들려왔지만 봄은 대답하지 못했다. 그녀는 거실로 향하는 길목에서 우뚝 멈춰 서 있었다. 봄이 어느 시점 이후로 말을 하지 않자 말을 잇던 도영 역시 의문을 느꼈는지 그녀를 불렀다.

　—봄아?

　봄은 입을 다물고 있었다.

　—봄아, 왜 그래?

　"⋯⋯."

　—유봄!

　아⋯⋯.

　"저, 저기⋯⋯ 선배."

　그녀는 파르르, 입술을 떨었다. 창백하게 질린 눈으로 거실의 광경을 바라보던 봄이 말을 이었다.

　"부, 부탁이⋯⋯ 있어요."

　—부탁?

　심장이 강하게 조여 왔다. 봄은 말라 가는 입술을 억지로 움직였다.

　"유여름 검사실 좀, 확인해 주실래요?"

❖　　❖　　❖

―정말 괜찮겠어?

평소에는 툴툴거리기만 하던 목소리가 웬일로 다정하다. 봄은 쓰게 웃음을 흘렸다.

"괜찮아."

―불안한데. 안 되겠어. 잠깐 집에……

"됐어. 내가 알아서 정리할 테니까 여긴 걱정 말고 네 할 일해. 밤샜다며. 숙직실에서 눈이라도 잠깐 붙여. 그동안 난 청소부터 해야겠다. 치울 게 꽤 많아. 안 그래도 대청소하려 했는데 오히려 잘된 건지도."

―그래도 내가…….

"넌 사건에나 집중해. 끊는다."

더 말이 들려오기 전에 종료 버튼을 눌렀다. 짧은 신호음과 함께 핸드폰 너머로 들려오던 가느다란 목소리는 더 이상 울리지 않았다. 어느새 대기 화면으로 돌아간 핸드폰 액정을 멍하니 내려다보던 봄은 난장판이 된 주변을 흘긋거렸다.

'어디서부터 해야 하지…….'

머리가 지끈거린다.

경찰, 그것도 강력계 형사 출신인지라 사건이 터져 아수라장이 된 곳은 숱하게 보아 왔다. 그러나 그 '사건 현장'이 설마 제집이 될 줄이야. 지금 이 광경을 여름이 직접 보았다면 기겁하겠지. 멀쩡한 구석이 없는 집을 두리번거리던 봄은 여자 둘만 살던 곳에 바글거리는 건장한 이들을 응시하며 긴 한숨을 내쉬었다.

"연락은 됐어?"

인기척에 시선을 돌린 봄은 카키색 점퍼를 입은 채 제게로 다가오는 익숙한 얼굴의 남자를 향해 어색하게 웃었다. 소식을 듣고 급히 봄의 집으로 달려 온 황 계장이었다. 봄은 닫혀 있던 입술을 움직였다.

"네. 어제 마침 야근이었다더라고요."

"천만다행이야. 그 여린 분이 집에 계셨으면 무슨 일을 당했을지 짐작도 안 가는군."

쯧, 혀를 차며 나지막하게 중얼거리는 황 계장에게 그녀의 동생, 유여름이 마약 거래를 하던 조폭들도 직접 잡아넣은 강력계 검사라는 걸 잊었냐며 대꾸해 주려다 말았다.

"황 선배."

그때였다.

사건 수첩으로 보이는 작은 노트를 손에 쥔 덥수룩한 수염의 남자가 두 사람을 향해 다가왔다. 봄과 여름이 살고 있는 이촌동 관할인 용산 경찰서에서 나온 윤성철 형사였다. 마침 황 계장의 후배였다고 하는 그가 우락부락한 덩치를 이끌고 다가오자 봄은 짧게 목례했다.

"어때? 용의자는 확보했어? 우리 애 건드린 이 간 큰 놈, 대체 누구야!"

다른 이도 아닌 서울 경찰의 꽃이라 불리는 광역수사대 팀원의 집을 턴 대담한 도둑이 누구인지 알아내야 했다. 광수대의 자존심도 걸려 있는 일이라 직접 사건을 맡고 싶은 마음이 굴뚝같았으나 넘겨받기에는 지리적으로 너무 멀었고, 또 마침 광수대는 '왼손 약지 살인범'으로 인해 골머리를 썩이고 있는 상황인지라 쉽지 않았다.

다행히 용산 경찰서는 검거율이 나쁘지 않은 편이었고, 후배가 담당 형사로 있어서인지 황 계장은 봄에게 크게 염려할 게 없다고 말해 주었다.

황 계장은 흐음, 숨을 흘리며 턱 끝을 매만지는 윤 형사에게 눈을 크게 뜨며 물었다. 윤 형사는 여전히 증거를 수집하고 있는 감식반을 흘끔 쳐다보다 다시 두 남녀를 응시했다.

"오래된 아파트라 복도 내의 CCTV가 고장이 났더군요. 엘리베이터에 카메라가 있기는 한데 화질이 안 좋아서 지금 개선 중입니다. 그런데……."

응?

"왜 그러시죠?"

사건 수첩을 들여다보던 윤 형사가 말끝을 흐렸다. 구레나룻을 긁적이며 미간을 좁히는 그의 모습이 이상해 봄이 고개를 갸웃거리자 윤 형사가 천천히 고개를 들었다. 그는 닫혀 있던 입술을 달싹였다.

"뭔가 이상해서 말이야. 빈집에 들어와서 물건 하나 안 가져갔잖아."

"그럼 성철이 네 말은, 누가 유봄이 집을 의도적으로 난장판 만들었다는 소리야?"

윤 형사는 황 계장의 외침에 심드렁한 표정을 지었다.

"그게 아니고서야 말이 안 되잖습니까. 도둑이 들어 집을 이렇게 휘젓고 갔는데 도난당한 물품이 하나도 없다니. 유봄, 너 짐작 가는 거 없어?"

봄은 대답하지 않았다. 저 역시 의문을 느꼈던 부분이었기 때문이다. 입을 다물어 버린 봄을 쳐다보던 윤 형사가 인상을 쓰며 황 계장에게 물었다.

"황 선배는 이상하다고 생각 안 해요?"

"……."

"유봄, 진짜 짐작 가는 거 없어? 요새 너한테 크게 원한 가졌을 만한 놈이라든가?"

"에이, 선배님도 참. 우리가 뭐 범죄자들이랑 형, 누나 하는 사이도 아니잖습니까. 그놈들이랑 사이 나쁘기로는 우리 계장님만한 분이 없을 걸요?"

잠자코 대화를 듣고 있던 박영진 경위가 픽 웃으며 그들 사이를 가로막자 냉랭해지려던 분위기가 조금은 풀어졌다. 그런가, 하고 뒷머리를 긁적이며 한 발자국 뒤로 물러난 윤 형사가 여전히 봄을 흘긋거렸지만 봄은 여전히 입을 꾹 다문 상태였다. 황 계장은 긴 한숨을 흘리며 입술을 움직였다.

"어쨌든 용의자 나오면 우리한테도 좀 전해 줘. 광수대 형사 건드린 간 큰 놈 얼굴 정도는 보고 싶으니까. 그리고…… 매디 너는 오늘 나올 수 있겠냐?"

"당연하죠. 금방 정리하고 출근하겠습니다."

수사 인력이 언제나 부족하다는 것을 잘 아는 봄은 고개를 끄덕이며 주먹을 불끈 쥐었다. 황 계장은 짧게 혀를 차고는 뒤로 물러나 있는 찬주에게 말했다.

"막내야, 네 선배 좀 도와줘라."

"계장님. 전 괜……."

"예."

얼른 손을 저으려 했던 봄은 찬주의 말을 듣고 그를 응시했다. 찬주는 씩 웃으며 그녀를 바라보고 있었다.

❀　　　　❀　　　　❀

'완전 난장판을 만들어 놨네.'

오전에 집에 들어와서 다행이지, 만약 밤늦게 이 모습을 발견했다면 치울 생각에 막막했을 것이다. 훔쳐 갈 물건이 없었던 걸까, 아니면 아예 그럴 생각이 없었던 걸까. 봄은 유리로 된 테이블이 부서져 있는 것을 겨우 정리하고선 입술을 삐죽였다.

"선배. 이건 어디다 버릴까요?"

"아, 그건……헉!"

여름이 주로 모으곤 했던 각종 소설책들이 갈기갈기 찢어진 채로 바닥에 나뒹굴고 있었다. 종잇장 하나를 일일이 모아 가며 커다란 쓰레기봉투에 담던 봄은 찬주의 말에 고개를 들다 눈을 크게 떴다.

"윽!"

"이 녀석이 감히 하늘 같은 선배를 놀려."

찬주의 손에 들려 있는 브래지어를 낚아채듯 빼앗고선 무릎을 발로 차자 그가 뒤로 나자빠졌다. 넌 그래도 싸다며 콧방귀를 뀐 봄이 나름 정리가 된 주변을 둘러보았다.

"타이밍이 참 안 좋네요."

정신을 차린 찬주가 횡하기 그지없는 거실을 두리번거리며 중얼거렸다. 그러게 말이다. 정말로 최악의 타이밍이 아닐 수 없다. 하필이면 '왼손 약지 살인범'으로 정신이 없는 이때, 집에 도둑이 들다니.

지난여름, 여름이 모처럼 장만했던 최신형 TV는 이미 액정까지 부서져 수거를 앞두고 있었고 봄이 마련했던 유리 테이블은 산산조각이 난 상태로 봉투에 들어가 있었다.

"지극히 악의적이에요. 진짜 걸리기만 해 봐. 가만 안 둔다."

찬주는 주먹을 불끈 쥐며 눈에 힘을 줬다. 봄이 그를 스윽 바라보자 무슨 뜻인지 깨달았는지 얼른 손을 휘휘 젓기는 했지만.

"아아, 오해 마세요! 선배 일은 곧 광수대의 일! 딴마음 없습니다."

"누가 뭐래."

부정하는 찬주에게 옅은 미소를 지어 준 봄은 그녀의 부풀어오른 검은 봉투 쪽으로 걸어갔다. 부서진 나무판자가 가득 든 봉투였다. 한참 동안 봉투 안을 들여다보던 봄의 머릿속에 오전에 있었던 일들이 떠올랐다.

"빈집에 들어와서 물건 하나 안 가져갔잖아."

단순한 절도범이 아닐 거라는 윤 형사의 말에 봄은 공감하고 있었다.

아무도 없는 빈집. 물건은 훔쳐가는 대신 의도적으로 침입했다는 흔적만 남겨 놓고 떠날 도둑은 흔치 않다. 누가 봐도 일부러 그랬다는 것이 다분한 흔적들, 예를 들어 유리 테이블을 부쉈다든가, 창문을 깨 버렸다든가, 나무 가구를 발로 찼다든가 하는 행위들은 분노한 경우가 아니면 벌이지 않을 일들이다.

'그런데…… 대체 누가?'

성철의 말대로 봄과 사이가 나쁜 범죄자들이 이런 일을 벌였을 가능성이 아예 없는 것은 아니었다. 그것은 여름도 마찬가지였다. 자매가 강력계 형사와 검사니 둘 다 범죄자들과 얽히기 쉬웠다. 그녀들에게 악심을 품은 범죄자가 있다면 이런 일을 벌일 가능성이 없진 않았다.

그러나 아직 단정 짓기는 일렀다. 단순 도둑일 확률이 더 높았으니까. 게다가 용의자 추적에 한창인 관할서 동료들의 수사에 혼동을 주고 싶지는 않다. 사건이 일어난 시점의 CCTV를 확인해 보는 수밖에는…….

"아, 잠깐만요!"

간신히 해가 지기 직전에 청소를 끝낼 수 있었다. 오늘이 재활용 분리수거 날인 것이 천만다행이었다. 아니었으면 사건으로 계속 대기 상태일 자신이 돌아오기 전까지 저 커다란 봉투들 모두 집에 계속 둘 뻔했다. 찬주와 함께 쓰레기를 버리고 집으로 올라 온 봄은 닫히려는 엘리베이터를 향해 소리쳤다.

드르륵, 반쯤 닫히던 엘리베이터의 문이 다시 열리자 봄은 고개를 까딱였다. 봄과도 몇 번 마주쳤던 같은 라인의 주부들이었다. 그녀들은 큰 키의 찬주가 봄의 뒤를 따라 들어오는 것을 흘긋거리며 봄이 13층 버튼을 꾹 누르는 것을 지켜보았다.

"맞다. 그러고 보니 오늘 아침에 또 그런 일이 있었다던데. 유민 엄마, 그 소식 들었어?"

1층에서 2층으로 올라가는 엘리베이터 안, 찬주와 봄은 버튼을 누르자마자 얘기를 꺼내는 갈색 머리 주부의 말에 귀를 기울였다. 물론 뒤는 돌아보지 않았지만.

"무슨 소식이요? 난 못 들었는데?"

"아니 왜, 오늘 13층에 경찰들 오고 난리 났잖아. 그렇죠, 아가씨?"

아마도 저를 부르는 듯한 그 말에 봄은 뒤를 돌아보았다. 두 명의 여자들이 자신을 향해 눈을 빛내고 있었다. 봄은 쓰게 웃으며 찬주와 무언의 눈짓을 주고받다 말없이 미소를 지었다.

"이러다 집값 떨어지는 거 아닐까 몰라. 이번 달만 벌써 몇 번째야."

"그러게 말이에요. 한 세 번 정도 되지 않나?"

"아마도 다섯 번째일걸. 저번 주엔 102동에도 도둑이 들었다던데."

……뭐?

"사모님들. 그게 무슨…… 소립니까? 도둑이라뇨?"

엘리베이터가 8층을 향하고 있을 때였다. 집에서 물건만 챙긴 후 광수대가 있는 마포로 갈 생각에 가득 찼던 봄은 신경을 건드리는 소리에 고개를 돌렸다.

갑자기 제게 말을 걸자 수상하게 느껴졌는지 서로 눈치만 주고받는 그녀들에게 봄은 경찰 배지를 보여 주었다.

"잠깐 얘기 좀 나눌 수 있을까요?"

❖　　　❖　　　❖

"제가 부녀회에 자주 나가는 편이라 다른 동 입주자들이랑 안면이 좀 있는데, 한 달 전부터 13층에 살고 있는 주민들 집에서 이상한 일이 일어났다고 하더라고요."

"이상한 일이요?"

"집에 돌아오니 문이 열려 있다든가, 아님 누군가 들어왔다 나온 흔적이 느껴진다든가…… 하는."

섬뜩한 기분이 들어 봄은 크게 외쳤다.

"왜 신고하지 않았습니까?"

그러자 갈색 펌의 주부가 대답했다.

"의심뿐이잖아요. 만약 정말 무언가를 훔쳐 갔다면 신고했겠지만, 훔쳐 간 것도 없고 들어왔다는 흔적도 그냥 지레짐작이니까요. 게다가 자기들이 문을 안 잠그고 나갔을지 모른다는 생각에 입을 닫고 있었던 모양이에요."

"그럼, 이상하다는 걸 알게 된 건……."

"저번 주 부녀회에서요. 라인 앞에 설치할 자동문 건으로 토의를 하고 있었는데, 102동 13층에 살고 있는 입주자가 슬며시 말을 꺼내더라고요. 그때부터 110동도 그렇고 108동도 그렇고, 거의 한 동 걸러 한 동에서 그런 일이 있었다고 말을 하더라니까요! 경찰 아가씨도 이상해 보이죠? 수사, 해야 하는 건가요?"

눈을 반짝반짝 빛내는 그녀의 말에 봄은 대답하지 못했다. 미심쩍은 부분이 한두 군데가 아니었기 때문이다. 그녀의 말대로 모두들 입을 닫고 있었던 까닭은 범인이 봄의 집을 휘저은 것처럼 침입의 흔적을 남기지 않기 때문이었다.

용산서의 형사들이 용의자를 추리는 데 어려움을 겪을지도 모른다고 말했던 것은 바로 이런 일들에 대해 알지 못했기 때문인 건지도.

딩동.

집으로 돌아오자마자 광수대로 출근할 계획이었던 봄은 갈기갈기 찢겨진 소파에 앉아 생각을 정리하고 있었다. 곧 출발할 예정이라며, 광수대의 선배들과 전화 통화를 하던 찬주를 흘긋거리던 봄은 초인종 소리에 천천히 자리에서 일어났다.

"……어?"

현재 시각 오후 7시. 봄은 현관문을 달칵 열자마자 보이는 낯익은 얼굴에 눈을 동그랗게 떴다.

"들어가도 되지?"

예상 못 했던 인물이 봄을 보며 빙긋 웃었다. 얼떨결에 고개를 끄덕인 봄은 그가 자신의 옆을 지나쳐 집 안으로 들어가는 모습을 지켜봐야 했다.

"오셨습니까?"

"오늘 고생하셨다고 들었습니다."

"뭘요, 후배로서 할 일인데요. 그나저나 생각보다 더 일찍 오셨네요?"

"퇴근하자마자 바로 왔습니다."

"그러시군요."

봄은 그의 등장에 기다렸다는 듯 인사를 하는 찬주를 멍한 눈으로 쳐다봤다. 뭐가 어떻게 된 거야? 찬주는 어리둥절해하는 봄을 향해 천천히 시선을 돌렸다.

"오늘 많이 놀라셨을 텐데, 식사나 하고 들어오시라고 제가 연락드렸어요."

"찬주, 네가?"

찬주는 슈트 상의를 벗고 있는 도영을 흘끔거렸다. 그리고는 씩 웃으며 봄을 향해 다가왔다.

"내색 안 하셨지만 지금 많이 놀라셨잖아요."

"……!"

"진통제 맞고 다시 힘내시라는 의밉니다. 우리한텐 아직 해결해야 할 큰 사건이 있으니까."

제 귀에 대고 속삭이는 찬주의 말에 봄은 입술을 파르르 떨었다. 이 녀석……. 할 말을 잊어 찬주를 흘긋거리던 봄은 그가 너무 그녀에게 가까이 붙어 있다고 생각했는지, 인상을 쓰는 도영을 보며 풋 웃음을 터뜨릴 뻔했다. 찬주는 말을 마치고 뒤로 살짝 물러났다.

"그럼 수고하십쇼, 서 검사님! 선배, 조금 이따 사무실에서 봬요."

부를 틈도 없이 찬주는 짧은 경례를 취하곤 봄과 도영의 앞에서 사라졌다. 갑작스러운 이 상황을 여전히 받아들이지 못하던 봄은 멀뚱멀뚱 서 있다 쾅, 닫히는 현관문 소리에 겨우 정신을 차렸다.

봄은 눈 깜짝할 새에 사라져 버린 찬주의 흔적을 좇다 어색한 미소와 함께 고개를 돌렸다. 잠시 시선을 판 사이 앞으로 다가와 있던 도영이 검은 눈을 빛내며 자신을 쳐다보고 있었다. 봄은 얼른 입술을 달싹였다.

"찬주 재가 이럴 줄 몰랐어요. 선배도 놀⋯⋯!"

봄은 말을 끝낼 수 없었다. 도영이 그녀를 향해 긴 팔을 뻗었기 때문이다.

'아.'

쿵쿵, 뛰는 그의 가슴 소리가 맞닿아 있던 귓가로 흘러 들어왔다. 봄은 심장이 일렁이는 것을 느끼며 천천히 얼굴을 들었다.

"유봄."

그의 그윽한 눈동자가 자신을 향하자 목이 바짝 말랐다. 있는 힘껏 그녀를 끌어안은 도영의 입술은 촉촉하게 젖어 있었지만 그의 눈빛에선 왠지 모를 갈증이 느껴졌다. 봄은 제 이름을 부르는 그를 말없이 응시했다.

"널 어떡하면 좋지."

도영이 중얼거렸다. 봄은 쓰게 웃었다.

"오늘, 엄청 놀라셨죠?"

"놀라다 뿐이겠어? 왜 오지 말라고 했는지 이해가 안 돼. 온종일 너 걱정돼서 미치는 줄 알았다고."

여름이 당직으로 집에 오지 않았다는 것을 알게 된 봄은 집으로 찾아오겠다는 도영을 극구 말렸다. 당시 몹시 화를 냈던 도영을 겨우 설득했지만 결국 계속 신경을 쓰게 만든 모양이다. 봄은 눈꼬리를 휘며 그를 바라봤다.

"선배 일도 바쁘잖아요."

"너보다 중요한 일은 없어."

"⋯⋯."

"왜."

"그런 말 들으니까…… 싫지는 않아서."

두근두근. 가슴이 들썩이는 걸로 보아서는 확실히 그에게서 이런 말을 듣는 것이 싫지는 않은 모양이었다. 봄은 헤헤, 웃으며 인상을 쓰고 있는 그의 허리에 제 손을 휘감았다. 단단히 그녀에게 화를 낼 생각이었던 도영은 그를 꼭 껴안고 있는 봄으로 인해 조금은 누그러졌다.

"여름이는 괜찮아요?"

"멀쩡해."

"다행이다."

"유 검사는 당분간 친구네 집에서 지낼 거라던데."

아아.

봄은 그를 안은 채로 싱긋 웃었다.

"네. 그렇게 하는 편이 좋을 것 같아요. 대충 치우기는 했지만 침대도 엉망진창이고, 깨진 유리창을 보수하는 데도 시간이 꽤 걸릴 것 같아서요."

보수비가 만만찮게 나가겠지만 어쩔 수 없는 노릇이다. 따뜻한 봄이라도 밤이 되면 바람이 차다. 찬바람이 쌩쌩 부는 곳에서 잠을 청했다간 감기에 걸릴 수도 있었다.

"너는?"

도영은 한숨을 푹푹 내쉬며 대답하는 봄의 뺨을 어루만지며 물었다. 봄은 태연하게 대답했다.

"저요?"

"그래. 너. 너는 어쩔 건데?"

"어차피 지금 맡은 사건 때문에 매일 밤새야 할 거예요. 너무 피곤하면 숙직실에서 자죠, 뭐."

"숙직실?"

"네. 선배, 저희 숙직실 얼마나 좋은지 아세요? 얼마 전에 대장님이 여경들 쓰라고 새 이불 하나를 마련해 주셨는데, 그게 엄청 따뜻하거든요! 무려 거위털 이불이래요! 믿어지세요? 우리끼리 숙직실에서 그거 차지하려고 매번 다툰다니까요."

봄은 서울지방경찰청 광역수사대장이자 '자린고비'로 유명한 이웅경 총경이 지갑을 열었던 몇 안 되는 사건을 언급하며 싱글벙글 웃었다.

도영의 얼굴이 조금 전보다 차분해진 것을 그녀는 아직 알아차리지 못하고 있었다.

이 총경이 얼마나 돈을 아끼는지에 대해 술술 읊으며 거위털 이불을 마련해 준 것은 거의 기적이나 가깝다고 찬양에 찬양을 거듭하던 봄은 '유봄' 하고 저를 부르는 그의 목소리에 입을 다물어야 했다.

"네, 선배!"

반짝반짝. 헤벌쭉 웃은 봄이 눈을 빛내며 그를 올려다봤다. 닫혀 있던 도영의 붉은 입술 사이로 부드러운 음성이 귓가로 울려 퍼졌다.

"우리 집에 와."

"……예?"

도영이 숙직실에 마련된 거위털 이불에 대해 관심을 가지는 것 같아 입꼬리를 올리던 봄이 얼굴을 굳혔다. 방금, 무슨 소리를……? 도영은 그녀의 경직된 **뺨**을 쓸어내리며 속삭였다.

"보이는 곳에 둬야겠어. 잘 보여야 안심할 것 같아. 그러니까,"

두근두근, 심장이 멋대로 반응했다. 봄은 숨이 막히는 걸 느끼며 도영을 쳐다봤다. 그에게서 눈을 뗄 수가 없었다. 그가 옅게 웃었다.

"같이 지내자."

6

무르익는, 봄

쿵쿵.

크게 심호흡을 한 봄의 입술이 파르르 떨렸다. 숨을 가다듬
었는데 어째서 이렇게 가슴이 진정되지 않는 건지. 봄은 멋대로
팔딱이고 있는 심장 근처를 어루만졌다. 그럼에도 불구하고 호
흡은 점점 빨라지기만 할 뿐이었지만.

"긴장되냐?"

봄은 어느새 제 곁으로 다가온 황 계장을 발견하며 눈을 크게
떴다. 터벅터벅 느릿하게 걸어온 황 계장은 어색한 미소를 흘리
고 있는 봄을 쳐다보다 툭 말을 던졌다.

서울시 마포구에 위치한 광역수사대 신청사 내로 발을 디디
자마자 총경실에서 자신을 부른다는 이야기를 듣고 당황했던 것
이 조금 전인데, 지금 그녀의 손에는 반짝이는 카메라 앞에서
읊어야 할 웬 종이들이 가득 쥐어진 상태였다.

어쩌다 일이 이렇게까지 됐을까.

봄은 지끈거리는 머리를 부여잡고 고개를 아래로 떨구었다.

얼마 전 있었던 도화동 총기 강탈 사건 이후, 유봄은 서울지
방경찰청 내뿐 아니라 전국에서도 꽤나 인지도가 있는 경찰이
되었다. 인질이 되기는 했으나 함께 끌려간 시민을 안전하게 구
출되도록 보호했다는 이유였다.

언론들은 '이 시대의 용기 있는 여경'이라는 주제로 그녀를
취재하려 했으나 맡은 사건들 때문에 바쁘다는 이유를 대며 봄
은 인터뷰를 사양하곤 했다.

끈질겼던 언론의 관심이 잠잠해져 다행이다 싶을 때쯤, 봄이
결국 카메라 앞에 서게 된 이유는 의외로 간단했다.

"이유? 뭐 있겠냐. 네가 요즘 핫해서 그래, 인마. 그러니 매디
네가 희생 좀 해. 너 알잖아. 우리가 요새 얼마나 이곳저곳에서 치
이는지. 이럴 때 괜찮아 보이는 경찰이 브리핑 한번 딱! 하면, 또
어찌 알아? 추락했던 경찰 신뢰도가 다시 상승할지?'

언론 브리핑은 대부분 계장급 이상인 형사들의 일이다. 그렇
기에 그녀는 앞에 던져진 서류를 보며 당황할 수밖에 없었다.
봄이 묻자 이 총경은 한숨 섞인 목소리로 대답했다.

"위에서 네가 발표하기를 강력하게 원하는 것 같으니 잔말 말
고 시키는 대로 해. 이미 내 손을 떠난 문제라고."

거절은 용납 못 하겠다는 눈빛을 빛내는 이 총경의 말에 봄은 울며 겨자 먹기로 브리핑 준비를 할 수밖에 없었다.

"원래는…… 계장님이 하셔야 하는데."

봄은 손에 쥔 서류들을 세게 움켜쥐며 나지막하게 중얼거렸다. 황 계장은 피식 실소를 흘리며 중얼거렸다.

"원래라면 당연히 내가 하거나 아님 장 계장이 맡았겠지만, 윗선에서 그렇게 하라는데 뭐 어떡해. 너 인마, 실수하기만 해봐. 그럼 우리 팀에서 그냥……."

목을 좌우로 긋는 시늉을 하며 눈을 부라리는 황 계장 덕에 봄은 웃음을 터뜨렸다. 조금 누그러진 봄의 얼굴을 보고 옅게 미소 짓던 황 계장은 주머니를 뒤적거리더니 무언가를 내밀었다. 봄은 그것이 황금 박지로 싸인 청심환이라는 것을 깨달았다.

"먹고 들어가. 일단 플래시 터지면 아무 생각이 안 나더라고. 그거 먹으면 조금 진정이 될 거야."

"계장님……."

"대장도 참. 이 녀석이 무슨 신뢰라는 게 있다고. 하여간 이래서 우리나라 언론이 문제라니까. 하나 물었다 싶으면 엄청 또 띄워 줘요. 매디 너 인마, 카메라 너무 좋아하지 마라. 걔네들 등 돌리는 거 한순간이야!"

쯧, 혀를 차는 그에게 '계장님도 카메라 앞에 서시는 거 좋아하시잖아요'라고 대답하려다 봄은 말없이 웃었다.

조용히 황금 박지를 깐 후 동그란 청심환을 입안으로 털어 넣었다. 살짝 깨물 때마다 현기증이 일 정도로 입안 가득 퍼져나가는 약재의 향기가 속을 울렁거리게 만들었지만 꿀꺽 삼키니 의외로 진정되는 건 금방이었다.

봄은 천천히 쥐고 있던 브리핑용 서류를 내려다보았다. A4 용지에는 봄이 언론에게 말해야 할 사항들이 자세하게 적혀 있었다. 심지어 띄어쓰기 기호까지 표시되어 있었다.

"같이 지내자."

두근.

청심환을 먹었음에도 이렇게 가슴이 멋대로 진동하는 까닭은, 아마도 긴장한 이유가 결코 언론 브리핑에 있지 않기 때문일 것이다. 봄은 불현듯 생각나는 목소리에 눈썹을 꿈틀거렸다. 달콤하기 그지없는 그 목소리가 머리를 마비시켰다.

"유 검사도 없는 그 집에, 내가 너 혼자 둘 거라고 생각했어?"

멍하니 올려다보는 봄을 향해 도영은 짙은 미소를 그리며 속삭였다. 봄은 여전히 눈만을 깜빡거리고 있었다.

"싫대도 소용없어. 그럼 억지로 데려갈 거니까. 그러니 잔말 말고 짐 챙겨서 나한테 줘. 빼도 박도 못 하게 만들 예정이거든."

도영은 웃고 있었지만 왠지 모르게 결연해 보였다. 이번만큼 은 절대 양보 못 한다며 눈빛을 빛내는 그를 봄은 거절하지 못했다. 결국 그녀는 얼떨결에 대충 짐을 싸 도영에게 건넸고, 그런 봄의 짐 가방은 지금 현재 도영의 집 거실에 잘 보관되어 있다고 한다.

─야! 대박. 그거…… '그거' 잖아!

봄이 제집이 아닌 도영의 집에서 머물게 되었다는 이야기를 들었을 때, 여름이 호들갑을 떨어 댄 것은 어쩌면 당연한 일이었다. 봄은 귀청이 떨어져라 소리를 질러 대는 여름의 목소리에 미간을 좁혔다.

"그거?"
─동거 제의!
"동거는 무슨. 아니야. 잠깐 머물게 해 주시는 거라고. 어떻게 보면 희승이가 너한테 잠깐 방 내어 준 거랑 비슷……."
─한 거, 절대 아니거든? 그 녀석은 그냥 진짜 둔해서 나한테 방 내 준 거고. 너랑은 차원이 다르지!
"……."
─어휴, 이 둔팅아! 누가 봐도 그거 동거 제의잖아! 이야, 또검 선배 엄청 저돌적인데? 헉, 잠깐. 선배 곧 너한테 청혼하겠어! 나 드디어 조카 보는 거야? 그런 거야?

확실히 봄보다 뜨거운 계절의 이름을 지닌 여성답게 여름은 흥분을 감추지 못하고 소리쳤다. 왠지 낯이 간지러워 봄은 서둘러 전화를 끊고 심호흡을 했지만 여름의 텐션만큼이나 높아진 심장의 열기를 식히진 못했다.

청혼……이라.

'말도 안 돼.'

눈 깜짝할 사이에 약혼을 하게 되었고, 약혼을 한 뒤 정식 교제를 시작하게 되는 이례적인 관계를 맺게 되었으며, 뜨겁고 짙은 여운이 남는 밤을 보내기는 했지만 그래도 아직은 알아 갈 것이 많다. 물론 만약 결혼을 하게 된다면 상대는 도영이길 바랐고, 그가 되기를 믿어 의심치 않지만…… 설마.

"야, 매디! 준비하래!"

하얀 드레스를 입고 도영의 옆에 설 자신의 모습을 그려 보니 이상하게 얼굴이 붉게 달아올랐다. 청심환을 먹었음에도 불구하고 가슴이 가라앉을 생각을 하지 않아 철썩철썩, 제 손바닥으로 양 뺨을 때리던 봄은 벌컥 열리는 브리핑룸 문을 발견하곤 크게 고개를 끄덕였다.

'이 정도야 뭐.'

의도하지는 않았지만 광수대를 대표하는 얼굴로서 국민들의 앞에 선다. 얼마 지나지 않아 도영과 자신이 연인 관계라는 사실이 알려질 가능성도 있었다. 광역수사대의 명예를 위해서도, 도영을 위해서도 지금 이 자리에서만큼은 실수하지 않겠다고 주먹을 불끈 쥐며 봄은 또각또각 걸음을 옮겼다.

찰칵거리는 카메라의 플래시 세례가 단상 위로 올라간 봄의 시야로 쏟아졌다.

봄은 수많은 기자들과 동료 경찰들이 가득한 브리핑룸 안을 스윽 훑어본 뒤, 붉은 입술을 움직이기 시작했다.

"안녕하십니까. 서울지방경찰청 광역수사대 광역수사 1계, 유봄 경사입니다. 지금부터 지난해 3월 23일 밤 11시경 약수동에서 처음 일어나 서울 각지로 뻗어 가고 있는, 일명 '왼손 약지 연쇄 살인' 사건의 용의자에 대한 브리핑을 시작하도록 하겠습니다. 총 여섯 건의 살인과 한 건의 살인 미수 혐의로 수배를 받고 있는 용의자는 대략 30대 초반에서 후반의 남성으로, 키는 183에서 185센티를 웃도는 걸로 추정됩니다. 주로 홀로 살고 있는 20대 후반에서 30대 초반의 미혼 여성들을 타깃으로 삼고 있습니다. 마지막 피해자의 증언을 토대로 저희 광역수사대 팀원들은……."

"어? 나 처자 알아!"

최동호 경위가 부탁했던 고깔 모양의 과자 봉지를 집어 드는 순간 들려오는 목소리에 봄은 고개를 돌렸다. 머리카락의 절반이 하얗게 물든 노부인이 봄을 가리키고 있었다. 봄은 두 눈을 크게 떴다.

'어쩌지.'

마치 잘나가는 연예인이라도 보듯 쳐다보고 있는 노부인의 눈빛이 왠지 모르게 매서웠다. 노부인은 재빠르게 봄의 위아래를 훑었다. 봄은 경직된 자세로 그녀를 쳐다보며 침을 꼴깍 삼켰다.

숙직실에서 다른 동료들과 웅크리고 자느라 산발이 된 머리카락에서부터 오래 신어 너덜너덜해진 운동화까지. 얼마 전 방송에서의 제복 차림과 비교했을 때 많은 차이가 있었건만 알아본 것이 놀라울 따름이다. 봄의 트레이드마크나 다름없는 회색 트레이닝복이 왠지 모르게 부끄러웠다.

"저를…… 아신다고요?"

"그러엄! 처자, 얼마 전에 테레비 뉴스에 나온 사람이지? 그렇지?"

노부인은 정확했다.

"내가 뉴스 광이거든."

자랑스럽게 외치는 그녀에게 봄은 옅은 미소를 그려 주었다. 노부인은 대답 없는 봄을 다시금 찬찬히 살피더니 나지막하게 중얼거렸다.

"내가 테레비 보면서도 느꼈던 거지만, 처자 너무 곱상해. 그래 가지고 못된 범인들 뚜드려 잡겠어?"

쯧쯧, 혀를 차는 노부인을 보며 괜한 자존심이 스멀스멀 차올랐다. 봄은 미간을 팍 구기더니 들고 있던 과자 봉지를 진열대에 되돌려 놓으며 노부인을 향해 팔을 뻗었다.

"할머니. 저 이렇게 보여도 힘 엄청 세요!"

운동으로 단련된 팔근육을 보여 주기 위해 봄은 있는 힘껏 힘을 줬다. 안쓰러운 눈으로 봄을 지켜보던 노부인의 눈이 휘둥그레진 것은 당연했다. 호오, 탄성을 흘려 대는 노부인을 보고 흐뭇한 미소를 짓던 봄은 걷었던 옷자락을 내렸다.

"그런데 처자."

"예."

"몇 살이야?"

생전 처음 보는 노부인에게 요즘 경찰 일이 힘들지 않느냐부터 시작하여 범인은 많이 잡았느냐, 월급은 얼마나 받느냐 등등의 이야기를 일방적으로 듣고 있을 때였다. 호구조사하듯 제게 말을 거는 노부인을 멀뚱히 쳐다보던 봄의 눈이 동그래졌다. 노부인은 덥석 그녀의 손을 잡았다.

"내가 처자를 테레비에서 처음 보고 그런 생각을 했지! 저 처자는, 우리 태용이 색시감으로 딱이다!"

"……네?"

"처자. 우리 조카 태용이, 진짜 괜찮은 놈이야. 비록 웬 이상한 여자한테 잡혀서 한 번 갔다 오기는 했지만 돈도 그만하면 잘 벌어! 사 자 들어가는 직업이란 말이지. 그러니까…… 의사거든."

주위를 살피며 제게 귓속말을 하는 노부인을 보고 봄은 하하, 웃었다. 봄의 손을 쥐고 있던 노부인의 힘은 점점 더 들어갔다. 그녀는 진심을 가득 담아 봄을 바라보고 있었다.

대체 이 난감한 상황을 어떻게 타개해야 할까. 과자를 하나 집으러 왔을 뿐인데. 제게 예의 과자를 사 오라고 신신당부하던 최 경위가 원망스러워졌다. 노부인의 열망은 점점 커져 갔다.

"처자만 괜찮다면 우리 태용이, 소개해 주고 싶은데. 어때. 괜찮……."

"그건 좀 곤란할 것 같은데요, 할머님."

……!

봄은 갑자기 제 허리를 감싸는 손길에 번쩍 정신을 차렸다. 상황 파악을 하기 위해 고개를 든 순간 그녀는 이미 낯익은 체취를 풍기는 남자의 가슴 안으로 들어간 상태였다.

"형씨는 뭐야?"

노부인은 자신의 계획이 틀어지자 경계 서린 눈빛으로 봄을 안고 있는 남자를 노려보았다. 봄은 입꼬리가 씰룩거리는 것을 느끼며 그의 품에 살포시 안겨 있었다. 남자의 닫혀 있던 입술이 움직였다.

"저 이 사람 약혼잡니다만."

노부인의 눈동자는 튀어나올 정도로 커졌다. 봄은 '정말?' 이라는 눈빛을 제게 보내 오는 노부인에게 수줍게 고개를 끄덕여 주었다. 노부인은 한참 동안 도영과 봄을 번갈아 응시하더니 이내 입술을 삐죽이며 중얼거렸다.

"뭐, 인물은 그쪽이 조금 더 낫긴 하네."

아쉬운 기운이 가득한 숨을 흘리며 노부인은 마지막까지 봄과 도영 근처를 서성이다 결국 자취를 감췄다. 그녀가 제 앞에서 사라지는 것을 발견하자마자 봄은 그의 품 안에서 빠져나와 눈을 반짝였다.

"선배 아니었으면 정말 큰일 날 뻔했어요."

봄은 제 손을 덥석 붙잡으며 기어코 조카의 연락처를 쥐어 주려 하던 노부인을 떠올리며 고개를 절레절레 저었다.

"우리 유봄, 유명인 다 됐네."

도영은 흐트러진 그녀의 머리카락을 정돈시켜 주며 빙긋 웃었다. 봄은 푹 한숨을 내쉬었다.

"그러니까요. 하필 그게 뉴스에 떠 버려서. 알아보는 사람이 너무 많아 피곤하다니까요."

"흐음. 그럼 걱정인데."

"응?"

"내가 빨리 채어 가지 않으면 다른 놈한테 빼앗길 수도 있잖아."

도영이 자신을 슬쩍 띄워 주길래 그 잘난 비행기를 한번 타 볼까 했더니 기어코 우주까지 보낼 참인가 보다. 봄은 붉어진 얼굴로 손을 휘휘 저었다.

"전 선배면 돼요. 충분해요! 정말이에요!"

다른 남자는 필요도 없다고 손사래를 치는 봄의 행동이 싫지만은 않은지 도영의 입가에 옅은 미소가 걸렸다. 봄은 그런 도영의 팔에 팔짱을 끼며 그가 끄는 카트를 따라 발걸음을 맞추었다.

"그런데 선배, 정말 괜찮으세요? 엄청 바쁘신 걸로 아는데 저 따라서 마트까지 와 주시고……."

왼손 약지 연쇄 살인 사건의 언론 브리핑이 있었던 날 이후로, 아니 그전부터 광역수사대 팀원들 거의 대부분이 이번 사건에 매달려 있었던지라 구비해 놓은 생필품은 금방 동이 났다.

휴지나 욕실 용품 같은 것들은 경찰청에서 따로 지급되었지만 형사들이 수사 도중 먹는 빵이나 커피 등의 간식들은 턱없이 부족한 상황.

원래라면 청 내에서 서열이 가장 낮은 막내들이 근처 마트에 들러 선배들의 심부름을 했을 텐데, 이번에는 봄이 가위바위보에서 지는 바람에 홀로 나왔다. 마침 사무실에 들른 도영이 아니었더라면 이 무거운 짐을 끙끙거리며 쥐고 왔을 것이다.

"어차피 봄이 너 보러 온 건데, 뭘. 같이 있을 수 있어서 나는 더 좋은데?"

선후배 경찰들의 간식들을 모두 챙기다 보니 그녀가 가지고 가야 할 양은 네 봉지가 넘었다. 도영의 도움을 받아 그의 차 트렁크에 하나씩 집어넣던 봄은 마지막 봉지를 받다가 하마터면 다리의 힘이 풀릴 뻔했다.

도영은 가끔 다정한 말을 너무도 태연하게 뱉어 낸다. 뒷목이 화르륵 붉어졌다는 것을 들키지 않기 위해 잠시 입술을 내리눌렀다 뗀 봄은 헤헤, 웃을 뿐이었다.

"아직도 감감무소식이야?"

신청사의 주차장으로 들어서던 도영이 불쑥 말을 던졌다. 밤 8시가 되어 감에도 불구하고 여전히 켜져 있는 신청사의 불빛이 신경 쓰였던 모양이다. 봄은 흐리게 웃었다.

"쉽지 않네요. 핫라인을 연결하기는 했는데…… 인상착의가 같은 사람이 대한민국에 생각 이상으로 많더라고요. 범인이 흔적을 남긴 건 이번이 처음이라 용의자들이랑 대조 중이기는 한데, 어려워요. 아까 보셨죠? 사무실에 사람들 별로 없는 거. 다 걸려 온 전화 받고 용의자들 확인하러 간 거거든요."

"흐음."

"1년 동안 골머리를 썩게 만들더니 쉽게는 안 잡힐 모양이에요. 이번엔 특히 살아 있는 피해자가 있어서 상부에서는 꼭 잡아야 한다고 하는데…… 이상하게 전보다 더 잡기 어려워진 것 같아요. 광수대 검거율은 서울 내에서도 거의 최고나 다름없는데, 유독 이 녀석만 못 잡고 있다니까요. 우리 검거율 다 말아먹고 있는 중이라 더 미치겠어요."

봄은 머리를 쥐어뜯으며 긴 한숨을 내쉬었다. 의도한 건 아니었지만 도영에게 한탄한 꼴이 됐다. 걱정, 하려나? 그녀는 말없이 주차하고 있는 도영을 흘긋거렸다.

"……배는?"

자신이 들 수 있건만 '피곤한데 됐어'라며 그녀에게서 남은 봉투 두 개도 빼앗아 든 도영이 신청사 안으로 성큼성큼 걸어갔다. 봄은 그의 널찍한 등을 멍하니 바라보다 붉은 입술을 움직였다. 도영이 그녀의 목소리에 반사적으로 고개를 돌렸다.

두근.

그의 검은 눈동자와 눈이 마주치자 심장이 쿵쾅거린다. 봄은 자신을 내려다보는 그윽한 눈빛에 숨을 크게 몰아쉬었다 내쉬며 다음 말을 이어 나갔다.

"선배는, 요즘 어떻게 지내요?"

"궁금해?"

도영이 걸음을 멈추곤 짓궂은 미소를 그렸다. 쿵쿵. 심장의 박동이 조금 더 빨라졌다.

"나는 뭐…… 이제나저제나, 언제 네가 올까 하염없이 기다리고 있지. 마치 집 나간 남편 기다리는 현모양처 같달까."

"풋."

"진짜야."

도영이 작게 웃는 봄을 향해 눈에 힘을 주었다. 그 모습이 귀여워 봄은 더 큰 웃음을 터뜨렸다. 하하, 웃는 봄의 웃음소리가 커져가자 도영은 주위를 두리번거렸다. 사건 해결을 위해 아직 집으로 돌아가지 않은 경찰들이 태반이었지만 그들이 마주 보고 있던 신청사 로비에는 웬일로 사람 한 명 보이지 않았다. 그는 들고 있던 봉투를 모두 바닥에 내려놓은 채 봄에게 다가왔다.

"사건이 빨리 해결되면 좋겠어."

"저도요. 얼른 집에 들어가서 푹 쉬고 싶어요."

"집이라면…… 우리 집?"

"예?"

어느새 봄의 코앞까지 다가온 도영이 빙긋 웃으며 다정하게 물었다.

"우리 집이 나 혼자만의 집이 아닌, 네 집도 되었으면 하는 건…… 너무 큰 바람일까?"

"……!"

환하게 웃고 있던 봄의 얼굴이 딱딱하게 굳어졌다. 무슨 의미인지 알아차린 까닭이다. 봄은 멍한 표정을 지으며 그를 올려다보았다.

언제나 이 사람은, 예기치 못한 말로 가슴을 떨리게 만든다.

그래서 더욱 벗어날 수 없고, 자꾸만…… 끌려가게 돼.

파르르 떨리는 입술의 진동을 막을 수가 없었다. 가빠지는 호흡도, 달아오르는 온몸의 열기도, 모두. 봄은 예기치 못한 장소에서, 예기치 못한 순간 마주한 상황에 그를 가만히 쳐다봤다. 도영은 아무렇지도 않은, 태연한 얼굴로 봄에게 환한 미소를 지어 주더니 입고 있던 슈트 안쪽에서 무언가를 꺼내 들었다. 봄의 동공이 커져 가는 것은 순식간이다.

"봄아."

서서히. 아주 느릿하게.

어떤 행위를 하는 건지 충분히 알 수 있을 만큼 설레게.

도영은 무릎을 꿇었다.

"결혼하자."

―미안해요, 선배. 나갈 수 있을 줄 알았는데 쉽지 않네요. 방금 새로운 사건 하나가 터졌거든요. 이번엔 종로에서 일어났다고 하더라고요. 다들 출동하고 난⋯⋯.

―야, 매디! 또검이랑 통화 중이냐?

―아, 선배! 좀!

―이야. 유봄 완전 새색시네. 또검이랑 전화할 때면 영락없다니까? 너 그러다 정말 시집가야겠다?

―영진 선배, 마지막이에요. 거기서 더하면 저 주먹 나갑니다!

―넌 우리는 남자로는 안 보이냐? 방금 전처럼 좀 나긋나긋하게⋯⋯.

―최동호! 박영진!

―저 무시무시한 것. 또검, 아니, 서 검사님! 다음에 술 한잔합시다! 곱창 콜?

―진짜 좀 가요, 제발! 으으, 저 망할 인간들!

이곳저곳에서 들려오는 외침에 귀가 몹시 따가웠지만 입꼬리가 스윽 올라가는 것은 어쩔 수가 없다. 도영은 치를 떨며 선배 경찰들을 쫓아내고 있을 봄의 모습이 상상돼서 옅은 미소를 지었다.

―하아. 선배, 죄송해요. 너무 시끄러웠죠? 저 망할 인간들이 꼭 선배랑 통화할 때만 저런다니까요?

겨우 진정이 됐는지 숨을 헐떡이던 봄이 미안한 음성을 뱉어냈다. 도영은 고개를 가로저으며 웃음을 흘렸다.

"괜찮아. 그런데 보기보다 다들 쌩쌩하시네. 야근한 지 일주일 넘었다고 하지 않았었나?"

―다 선배가 주고 가신 간식 덕분이죠. 우리 팀원들이 얼마나 단순한데요. 간식이라면 아주 사족을 못 써요. 계장님, 아니, 심지어 총경님도 와서 드시고 가셨다니까요.

"그래?"

―고맙다고 전해 달래요. 특히 총경님이요. 자기 돈 안 써서 좋다나 뭐라나.

"하하하."

작은 숨소리가 들렸다. 눈앞에 있지는 않지만, 무슨 생각을 하고 어떤 표정을 짓고 있을지 선하기만 하다. 하지만 여전히 갈증이 이는 건 왜일까. 도영은 고른 봄의 숨결을 느끼다 입술을 움직였다.

"왜 말이 없어."

―……선배가, 보고 싶어서.

귓가를 아른거리는 부드러운 음성이 심장을 간질였다. 터벅터벅 걸어가던 도영이 멈춰 서서는 핸드폰을 한 번 내렸다가 다시 들어 올렸다. 유봄, 진짜⋯⋯. 도영은 떨리는 안면 근육을 진정시키는 데 온 힘을 다해야 했다.

—분명 아까 봤는데, 또 보고 싶은 건 무슨 이유 때문일까요?

봄이 긴 숨을 흘리며 중얼거렸다. 도영은 환한 빛이 쏟아지는 목적지의 간판을 올려다보며 픽 웃었다.

"네가 날 너무 사랑하기 때문이지."

—⋯⋯.

"아냐?"

—아뇨, 정확해요.

숨김이 없다. 언제나 자신의 감정에 솔직한 그녀를, 매우 사랑한다. 도영은 오히려 어떻게 내 마음을 그리 잘 아냐며 호통을 치는 봄의 대답에 눈꼬리를 휘었다.

딸랑.

"어서 오세요."

—응? 어디 들어갔어요?

"편의점이야. 살 게 있어서."

도영은 자신을 반기는 편의점 직원에게 고개를 까딱인 뒤 봄에게 답해 주었다. 아아, 하는 탄성 소리가 들려왔다. 하루 일과가 끝나기 직전, 이젠 일상이 되어 버린 봄과의 전화 통화는 그의 마음을 평화롭게 만들었다. 도영은 사려 했던 물건을 정확히 집어 든 후 천천히 카운터로 다가갔다.

—선배. 제가 집에 들르는 날, 꼭 선배도 집에 있어야 해요.

"응?"

─좀 전에 있었던 일에 대해서 전화 말고, 선배 얼굴 보고 대답하고 싶어서요.

아.

─그러니 집에 있기에요. 약속해요.

무슨 소리를 하려고 이렇게 뜸을 들이나 했다. 도영은 고개를 끄덕이며 웃었다.

"알겠어. 꼭 집에 있을게."

─고마워요. 선배, 얼른 들어가요. 저도 빨리 나가야 할 것 같아요.

"그래. 조심하고."

─당연하죠! 그리고…….

그리고?

─사랑해요, 서도영 씨.

순간적으로, 당황했다.

제 입으로 뱉어 낼 땐 자연스럽던 그 말이 봄의 목소리로 들으니 왜 이렇게 두근거리는 건지. 입꼬리가 길게 찢어지는 것을 겨우 막고선 도영은 들고 있던 곽 티슈 몇 개를 카운터 위로 올려놓았다.

"나도 사랑해, 유봄."

다정하기 그지없는 음성으로 대답한 뒤 도영은 종료 버튼을 눌렀다. 미치겠군, 정말. 하루하루가 고역이다. 떨어져 있는 몇 시간이 이렇게 괴롭다니. 그녀의 다리를 꽁꽁 묶어 곁에서 떠날 수 없게 만들고 싶다. 도영은 왠지 모를 여운이 감도는 핸드폰을 멍하니 내려다보다 고개를 들었다.

"아, 죄송합니다."

곽 티슈의 바코드를 모조리 찍은 편의점 직원이 도영을 빤히 쳐다보고 있었다. 도영은 얼른 지갑을 꺼내 들었다.

"여자 친구신가 보네요."

"예?"

"고객님 얼굴에서 애정이 흘러넘쳐서요."

넉살 좋은 미소를 지으며 편의점 직원이 말하자 도영은 잠시 멈칫하더니 이내 피식 웃었다.

"약혼녑니다. 여기요."

봄을 가리키는 호칭이, 이젠 아주 자연스럽기만 하다. 도영은 지갑 속에서 신용카드를 내밀며 편의점 직원을 응시했다.

제게서 신용카드를 받아 드는 편의점 직원의 표정이 왠지 모르게 섬뜩해 한동안 그를 쳐다보던 도영은 눈에 거슬리는 것을 발견하곤 입술을 달싹였다.

"치료, 하셔야겠어요."

"……!"

"많이 다치신 것 같습니다만."

신용카드를 건넬 때 언뜻 보게 된 직원의 왼팔에 기다란 상처가 나 있었다. 정확히 두 줄. 핏기가 어른거리는 그곳을 뚫어져라 응시하던 도영은 시선을 들었다. 편의점 직원은 도영의 지적에 놀라 왼팔을 뒤로 감추며 미간을 찌푸렸다.

"고……맙습니다."

당황한 남자의 얼굴이 다시 생긋, 웃는 얼굴로 변하는 것은 순식간이었다. 도영은 서둘러 계산을 마친 뒤 이번엔 오른손으로 신용카드를 내미는 편의점 직원을 쳐다보며 대답했다.

"뭘요. 수고하십시오."

딸랑, 편의점 문의 종소리가 한 번 더 울렸다. 도영은 집으로 향하기 직전 여전히 환하게 켜져 있는 편의점의 간판을 바라보다 등을 돌렸다.

"뭐냐, 그거."

점퍼 주머니에 손을 집어넣고 있던 봄의 행동이 멈췄다. 스윽, 고개를 들어 보니 누군가 그녀를 빤히 쳐다보고 있었다. 하필 봉고 내 옆좌석에 앉아 있었던 터라 무의식적으로 만지작거리던 행동이 티가 났나 보다. 봄은 매서운 눈을 부라리며 저를 쳐다보고 있는 황 계장에게 어색한 웃음을 그렸다.

"보셨어요?"

"아까부터 혼자 실실거리는데, 모를 리가 있나. 뭔데? 털어놓지?"

"비밀이에요."

"매디, 나 두 번 말하게 할 거야?"

"쳇."

물러설 기미를 보이지 않는 황 계장에게 히죽 웃던 봄은 그와 신경전을 벌이다 입술을 삐죽였다.

어두운 밤, 갑작스레 호출을 당해 사건 현장으로 달려가고 있었던지라 봉고 내에 축 늘어져 있던 광역수사대의 다른 팀원들은 두 남녀의 실랑이에 하나둘씩 관심을 보이기 시작했다.

봄은 앞으로 일어날 상황이 눈에 그려져 잠시 망설이다 이내 슬그머니 주머니 속에 들어 있던 '그것'을 황 계장의 눈앞에 내밀었다. 함께 그들을 주시하고 있던 팀원들의 입이 벌어졌다.

"헉!"

"대박."

"서, 선배?"

지금으로부터 정확히 30분 전인 오후 8시 30분경, 광역수사대의 핫라인이 크게 울렸다. 또 다른 살인 미수 피해자가 나타났다는 이야기였다. 마침 다른 사건의 용의자들을 찾으러 나선 광역수사 2계의 팀원들을 제외한 광역수사 1계 팀원들만 현장에 출동했다. 봄 역시, 마찬가지.

다른 사건들보다 훨씬 긴 시간 수사를 했지만 단서라고는 살아남은 피해자의 증언이 전부였다. 진척된 것이 없어 다들 지쳐 있던 차였기에 비록 사건에 관한 실마리는 아니었지만 그녀가 가져온 소식은 모두에게 작은 활기를 주기 충분했다.

봄은 제 손에 들린 남색 보석 케이스를 가리키며 환호성을 지르는 영진과 동호, 그리고 찬주의 반응에 멋쩍은 미소를 지었다. 그 보석 케이스가 무엇을 뜻하는지 모르는 인물들은 적어도 이곳, 봉고 내에선 아무도 없었다.

"언제냐?"

"예?"

"언제 받았어, 그거."

황 계장 역시 마찬가지일 것이라 생각했다. 아마도 틀림없이 저 세 명처럼 기겁하거나, 아니면 놀리겠지. 황 계장에게 뭐라고 대꾸해 주어야 할지부터 생각하던 봄은 다른 팀원들과는 달리 지나치게 차분한 표정을 짓는 그의 모습에 조금 당황했다.

"아, 아까요. 선배가 돌아가기 전에……."

화르륵. 얼굴이 빨갛게 달아오른다. 봄은 왠지 뜨거워지는 두 뺨에 손을 가져다 대며 말을 이었다. 수줍어하는 봄의 모습에 영진이 '매디, 너 정말 시집가?' 하고 물었지만 봄은 대답하지 않았다. 쿵쿵, 심장이 뛰어서 참을 수가 없었다.

사건이 일어났다는 종로구 신교동으로 향하는 길. 피곤한 형사들을 대신하여 운전대를 잡은 신참 순경이 대체 무슨 일이냐고 고개를 갸웃거렸지만 아무도 그의 의문을 풀어 주지 않았다.

"계장님?"

봄은 제 답변을 들었음에도 불구하고 여전히 그녀만 쳐다보고 있는 황 계장을 의아한 눈으로 응시했다.

뭔가, 잘못된 건가?

황 계장은 지나치다 싶을 정도의 진지한 표정으로 봄의 손에 들린 보석 케이스에서 눈을 떼지 않았다. 그녀의 눈빛이 의아하게 물드는 것은 당연했다.

"유봄."

황 계장은 굳게 다물고 있던 입술을 달싹였다.

"서 검사님, 정말 믿고 맡겨도 되는 사람이냐?"

봉고 내의 모든 이들이 황 계장의 입술이 열리기만을 기다렸다. 봄 역시 시험을 치르는 사람처럼 그의 입이 움직이기만을 기다리는 중이었다. 봄은 한참 만에 보석 케이스에서 눈을 떼고

선 저를 똑바로 직시하는 황 계장을 보고 픽 웃음을 터뜨렸다.

"걱정되세요?"

"당연하지."

"도영 선배, 훌륭한 검사예요."

그럼, 그럼. 두 남녀의 대화에 끼어들지는 않았지만 귀를 쫑긋거리던 두 경찰 선배가 고개를 끄덕였다. 그들은 여전히 도화동 총기 강탈 사건 때 도영의 모습을 잊지 않은 듯했다. 황 계장은 흥, 콧방귀를 뀌었다.

"왜 또검이라 불리겠어. 나도 그 명성은 익히 들었고, 또 직접 봤어. 그렇지만 남자로선 어떤지 모르지. 어찌 알아? 그놈이 화나면 네 앞에서 헐크로 돌변할지. 남자 모르는 거다."

분명 얼마 전, 아니, 조금 전까지만 하더라도 간식을 싸들고 온 도영을 함박웃음으로 반겼던 황 계장은 어느새 의심으로 똘똘 뭉쳐 있었다.

봄은 입가가 간질거려 미칠 지경이다. 황 계장은 꼭 시집가는 딸을 빼앗기기 싫어하는 아버지의 모습 같았다. 봄이 얼떨결에 도영의 '약혼녀'가 되었을 때 그렇게 좋다고 하하 웃던 사람이었건만. 봄은 예전과는 천지 차이인 그 모습에 입꼬리를 올렸다.

"도영 선배 그럴 사람 아니라는 거, 계장님이 더 잘 아시면서."

"알긴 뭘 알아. 내가 그놈을 본 지 얼마나 됐다고."

황 계장에게서 도영은 '서 검사님'에서 '그놈'으로 격하되어 있었다. 봄은 결국 크게 웃음을 터뜨렸다.

"이 녀석이 왜 웃어. 난 진지해."

"어휴, 계장님. 그만 좀 하세요. 유봄이 어련히 알아서 하겠어요!"

"맞아. 갑자기 왜 그래요? 맨날 시집 안 간다고 닦달할 땐 언제고. 게다가 애인이 서 검사라는 소리 듣고 좋아하셨잖아요!"

"이것들이 진짜! 너흰 같은 동료라는 놈들이, 유봄이 이상한 놈한테 시집갈지도 모르는데 걱정 안 되냐? 그리고, 난 시골 계신 이 녀석 아버님이랑 손 걸고 약속했어! 유봄이 이상한 놈이랑 못 만나게 한…… 악!"

흥분하며 벌떡 일어난 황 계장은 낮은 봉고 천장에 머리를 찧고선 인상을 썼다. 그를 말리던 두 명의 경위가 혀를 차며 고개를 절레절레 저었다. 황 계장은 여전히 씩씩거리면서 봄에게 물음을 던졌다.

"너, 벌써 대답한 건 아니지?"

시골에 계시는 아버지까지 언급하는 황 계장에게 봄은 알 듯 말 듯 눈웃음을 그려 주었다. 황 계장은 답답했는지 얼굴을 일그러뜨렸다.

"내가 조금 더 알아볼 테니까, 대뜸 승낙하지는 마. 알았어?"

"……."

"왜 말이 없냐?"

"네. 알겠어요. 알겠으니까, 흥분 가라앉히세요."

"흥분은 무슨. 내가 언제 흥분했다고."

황 계장은 토라졌는지 휙 고개를 창 쪽으로 돌리며 입을 삐죽였다.

'계장님도 참.'

보기만 하면 시집 운운하던 황 계장이 자신을 꽤나 아끼기는 한 모양이다. 그의 마음이 느껴지는 것 같아 옅은 미소를 그리던 봄은 저를 빤히 쳐다보고 있는 찬주와 눈이 마주쳤다.

'……!'

찬주는 그 시선에 놀라 눈을 크게 뜨다 이내 슬그머니 엄지손가락을 치켜들며 배시시 웃었다. 봄은 살짝 눈꼬리를 휘었다.

"결혼하자."

숨이 막혔다. 그의 붉은 입술 사이로 흘러나온 말들은 항상 그녀를 떨리게 만들었으나, 그 순간처럼 아찔해진 적은 없었다. 봄은 멍청하게 서 있었다. 도영은 특유의 자신만만한 미소를 지으며 봄을 올려다보았다.

그녀의 손등 위로 살포시 내려앉는 그의 붉은 입술은 촉촉했다. 봄은 찌릿, 울려 퍼지는 전율에 도영에게서 눈을 뗄 수 없었다. 도영은 서서히 젖어 가는 그녀의 동공을 응시하며 말을 이었다.

"너와 결혼하고 싶어."

달콤하고도 다정하게 그가 말했다. 무의식적으로 고개를 끄덕일 뻔했으나 봄은 가까스로 참아 냈다. 일단 정신을 차려야 했으니까. 강하게 휘몰아치는 서도영이라는 바람이 불 때, 제정신을 번쩍 차리고 있지 않는다면 휩쓸려 가는 것은 순식간이었다. 도영은 혼란스러워하는 봄의 눈빛을 읽었는지 다음 말을 뱉어 냈다.

"네가 눈뜨고 잠드는 모습을 모두 지켜보고 있어야 안심을 할 것 같아. 그러니까 결혼해 줘."

"도영 선……."

"물론, 지금 당장 답해 달라는 건 아니야. 난 봄이 네가 충분히 생각하고, 생각해서 답해 줬으면 좋겠어. 결혼이라는 게…… 쉬운 결정은 아니니까. 게다가 우린 빨랐으니 더더욱 그렇지. 인생에서 평생 함께할 또 다른 사람을 선택하는 거잖아? 그러니 잘 생각해서……."

"……배는."

"응?"

"선배는……확신이 든 거예요?"

내가 당신과 평생을 걸어갈 사람이라는, 확신이?

목구멍을 간질이는 말이 입 밖으로 흘러나오지 않았다. 봄은 제 질문에 굽혔던 무릎을 펴고 똑바로 서선 환하게 웃는 도영을 넋을 놓고 올려다보아야 했다. 도영은 손에 들린 남색 보석 케이스를 그녀의 손에 세게 쥐어 주고선 속삭였다. 다정한 음색에 온몸이 녹아 내릴 것만 같았다.

"들어."

한 치의 망설임도 없이 그가 고개를 끄덕였다. 쿵쾅쿵쾅, 심장이 요란한 장단에 맞추어 휘몰아쳤다. 봄의 떨리는 입술을 내려다보던 도영은 말했다.

"너무도 확신하니까 널 잡으려는 거야, 봄아."

한바탕 폭풍이 지나간 뒤 다시 봉고 내는 고요해졌다. 정적이 감도는 차 안에서 봄은 손에 들린 남색 보석 케이스를 내려다보았다. 두근두근, 일렁이는 가슴의 뜀박질 소리가 조용히 숨을 가쁘게 만들었다.

딸깍.

감히 열어 볼 생각도 못 했던 케이스를 위로 올리자 소리가 났다. 봉고 내의 형사들이 그런 그녀를 숨죽이고 지켜보고 있었지만 봄은 모른 척했다.

'확신……'

오래전부터 좋아했고, 지금도 역시 좋아한다. 그는 유봄의 마음을 쥐고 흔들 수 있는 처음이자 마지막 남자가 될 것이다. 인생의 마지막 순간까지 함께할 사람을 고르는 기회가 주어진다면 봄 또한, 그를 선택할 터.

봄은 희미한 미소를 지으며 케이스 안에 들어 있던 금색의 반지를 꺼내 들었다.

'아.'

반짝이는 보석이 박혀 있는 것은 아니었지만 둥근 민자 반지는 봄의 성격을 잘 파악한 그의 세심한 선택이 아니었나 싶다.

"너……!"

황 계장이 조심스럽게 왼손 약지에 반지를 끼우는 봄을 보며 눈을 크게 떴지만 그녀는 대꾸하지 않았다.

확신하니까.

그가 제게 확신을 하는 것처럼, 봄 역시 확신하고 있으니까.

"잘 어울리죠?"

봄은 경악하는 동료들에게 왼손을 들어 올리며 눈부시게 미소 지었다.

"뭔가 이상하지 않나요?"

찬주가 비교적 침착해 보이는 피해자를 흘긋거리며 봄에게 다가왔다. 난투극의 흔적이 남아 있는 집 안을 흘긋거리던 봄은 고개를 들었다. 찬주는 수첩을 들고 피해자에게서 증언을 받고 있는 선배들을 바라보다 봄을 응시했다. 봄이 대답하지 않자 찬주는 말을 이어 나갔다.

"너무 빠르잖아요."

"빨라?"

"네. 아무리 그래도 이전 사건이 일어난 지 얼마 지나지 않아 이렇게 또 일을 벌이다니. 얼마 전까지만 하더라도 3개월씩 텀을 뒀던 범인답지 않네요."

"……!"

"게다가 이번 피해자는 다른 피해자들보다 훨씬 손쉽게 처리가능한…….”

찬주는 말끝을 흐렸지만 봄은 그가 무슨 말을 할지 짐작할 수 있었다. 찬주의 시선 끝에는 영진에게 물이 든 유리컵을 받는 것조차 힘겨워하고 있는 한 여자가 있었다. 앞이 보이지 않는 것이 분명해 보이는, 시각장애인.

“비웃기라도 하는 걸까요.”

찬주의 미간이 좁아졌다. 어쩔 수 없이 사건을 종결하려고 할 때마다 다시 나타나 광수대를 흔들어 버리는 ‘왼손 약지 살인범’의 살인 빈도가 빨라지고 있다는 것을 봄이 모를 리는 없었다. 그리고 그것은 광수대의 다른 선배 경찰들 또한 느끼고 있는 바. 찬주의 말에 봄은 무심코 고개를 끄덕이려다 말았다.

“이번 달만 벌써 두 번째 살인미수 피해자라니. 게임이라도 하자는 거야, 뭐야.”

“뭐 새로운 소식이라도 있어요?”

피해자에게서 증언을 받고 있는 영진을 스쳐 동호가 다가오자 봄은 얼른 입술을 벌렸다. 머리를 벅벅 긁고 있던 동호가 그녀의 시선에 멈칫하다 고개를 끄덕였다.

“새로운 게 있기는 있더라.”

“그게 뭡니까?”

찬주가 씩 웃는 동호를 보며 소리를 뱉어 냈다. 동호는 사건 현장을 감식 중인 감식반 팀원들을 흘긋거리며 두 남녀를 향해 제게로 손짓했다.

“범인의 DNA를 얻을 수 있을 것 같아.”

“예?”

"피해자가 그놈한테 상처를 입힌 것 같더라고. 지금 피해자 손톱 밑에서 그놈 표피로 짐작되는 샘플, 국과수에 넘겼어. 이 유령 같은 놈, 우리 손에 거의 들어온 거나 마찬가지야. 잡히면 진짜 가만 안 둬."

동호는 주먹을 불끈 쥐고 봄과 찬주의 어깨를 툭툭 두드리더니 그들보다 한 발 앞서 현장 근처에 세워 둔 봉고를 향해 다가 갔다. 보다 빨리 시동을 걸도록 지시하기 위해서다. 봄은 떨리는 눈으로 찬주와 시선을 교환했다.

"매디, 막내!"

사건 현장을 쭉 둘러보며 묵묵히 지켜보던 황 계장이 피해자를 부축하고 있는 영진을 힐끔거리다 두 남녀를 불렀다. 반사적으로 목을 세운 그들을 향해 황 계장은 외쳤다.

"대충 정리 됐으면 청사로 돌아간다. 지금부터 발바닥에 땀나도록 뛰어야 할 거야."

쾅—!

"말이 안 되잖아!"

책상을 세게 내리찧는 소리에 광수대 내의 모든 시선이 한곳을 향했다. 굉음의 주인공은 사건 파일을 들여다보던 최동호 경위였다. 벌써 며칠째 밤을 샜던 터라 두 눈이 시커멓게 물들어 있던 최 경위의 눈은 혼돈으로 가득했다. 하지만 사무실 내의 그 누구도 최 경위가 소리를 지르는 것을 막지 못했다. 그들 역시, 이해가 안 가는 것은 마찬가지였다.

"둘 중 한 명이 거짓말을 하는 것도 아닌데 어떻게 이럴 수가 있어!"

"어이, 최동호. 시끄럽다. 귀 아파."

이젠 아예 일어나서 외치는 최 경위를 흘긋거리던 앞 책상의 박영진 경위가 인상을 쓰며 툴툴거렸다. 최 경위의 미간이 좁아진 것은 반사적이었다.

"내가 뭐 틀린 말이라도 했냐?"

"알아. 아는데, 시끄럽다고. 여기 귀 먹은 사람 아무도 없으니 그렇게 큰 소리로 말하지 말라고. 짜증나니까."

"뭐라고? 야. 너 말이면 단 줄 아냐?"

"왜. 나도 뭐 틀린 말 한 건 아니잖아?"

"박영진 너 지금 뭐라고 했냐? 이 새끼가!"

"뭐? 내가 뭐!"

쾅—

"이것들이 진짜! 다들 입 안 닥쳐?"

말다툼을 지켜보던 황 계장이 책상을 내리치지 않았더라면 일어난 두 명 경위는 멱살을 잡고 나뒹굴었을지도 모르겠다. 봄은 황 계장의 욕설에 입술을 삐죽이며 털썩 자리에 앉는 두 선배들을 응시하며 긴 한숨을 내쉬었다.

째깍째깍.

시간은, 여전히 흐르고 있었다. 하지만 놀랍게도 수사에 대한 진척은 며칠 전보다 나아진 점이 없었다. 조급해지는 것은 비단 봄뿐만이 아니었다. 사건을 전담하고 있는 서울지방경찰청 광역수사대의 모든 인원들이 머리카락이 빠져라 움직이고 있음에도 주도면밀한 범인은 꼬리를 내빼고 있었다. 범행 기간을 제외한다면 들쑥날쑥했던 범인의 범죄 구역은 용의자를 추려 내는 데 어려움을 겪게 만들기 충분했다.

답답한 마음에 봄은 TV를 틀었다.

―……사를 진행한 지 벌써 열흘째. 아직까지 잡히지 않은 '왼손 약지 연쇄살인범'에 대한 두려움으로 시민들은 문을 걸어 잠그고 밖을 다니지 않고 있습니다. 작년 3월부터 시작되었다고 전해지는 범행 행각은 날이 갈수록 빨라지고 있건만 어찌하여 경찰은 손을 놓고 있는 건지에 대한 의문은 깊어집니다. 우리는 이쯤에서 이틀 전, 경찰이 특정한 범인의 인상착의에 대해 짚어 볼 필요성을 느낍니다. 양세원 기자가 자세한 소식, 알려드리겠습니다. 양세원 기자.

제길.

―지난 화요일 오후, 마포구에 위치한 서울지방경찰청 광역수사대의 신청사에서 서울 시민들을 두려움에 빠뜨린 '왼손 약지 연쇄살인범'에 대한 언론 브리핑이 열렸습니다. 광역수사대의 유봄…….

다른 경찰들의 입에서 TV를 끄라는 말이 흘러나오기 전에 봄은 먼저 전원 버튼을 눌렀다. 그러자 무의식적으로 TV로 시선을 두고 있던 사무실 내의 형사 몇몇이 긴 한숨을 흘렸다. 봄은 제 얼굴이 떴던 뉴스 화면을 떠올리며 고개를 아래로 떨구었다.

"선배 잘못이 아니에요."

힘없이 책상 위로 이마를 박자 곁에 있던 찬주가 나지막하게 속삭였지만 봄은 고개를 들 수 없었다.

'못 믿을 경찰', '입만 산 경찰', '쓸모없는 경찰' 등등. 작년 3월부터 시작하여 지금까지. 벌써 여덟 번째 피해자가 발생해 버린 이상, 더 끌 수 없었다. 불안에 빠진 국민들 또한 광수대를 질타했다. 개중에서도 가장 몰매를 맞고 있는 사람은 언론 브리핑을 맡았던 봄이었다.

"유봄."

왠지 범인을 잡지 못하는 것이 제 탓인 것 같아 머리가 지끈거렸다. 얼굴을 들 생각을 하지 못하던 봄은 황 계장이 어느새 제 앞에 다가와 서 있는 것을 알아차렸다. 의아한 표정을 짓자 황 계장이 굳은 얼굴로 말을 던졌다.

"머리 좀 식히고 와."

"네? 아. 저는 괜……."

"식히고 와. 너 하나 없다고 달라지는 거 없으니까."

"……."

"어서."

"……네."

봄은 끝내 의자에서 일어났다. 곁에 있던 찬주가 '급한 일 있으면 콜할게요' 하고 오른손으로 전화기 모양을 만들어 흔드는 모습을 보고 흐린 미소를 지었다.

근처에 앉아 있던 광역수사 2계의 팀원들도 힘내라는 듯 그녀의 어깨를 툭툭 두드려 주었다.

쿵쿵.

'답답해.'

이렇게 길게 수사를 하는 사건은 처음이다. 경찰의 꽃이라 불리는 천하의 광역수사대 광역수사 팀원들이 전부 달려들고 있는데 무엇 하나 밝혀진 것이 없다니.

터덜터덜 사무실 밖을 나와 신청사 건물 앞에 선 봄은 칠흑같이 어두운 밤하늘을 올려다보며 길게 숨을 뱉어 냈다.

"아뇨. 제 느낌으로는…… 180센티를 넘지 않는 것 같았어요. 커 봤자 170대 중, 후반 정도? 생각보다 왜소한 체격이었고, 목소리도 생각보다 힘이 없었어요. 주눅이…… 들어 있었다고 해야 하나."

"왜소했다고요? 말도 안 돼요. 건장한 체격이었다고요! 뭐예요, 형사님? 제가 본 걸 의심하시는 거예요?"

이전의 피해자들과는 달리 목숨을 부지한 두 명의 새로운 피해자. 틀림없이 똑같은 수법을 사용하는 범인에게 위협을 당했고, 가까스로 목숨을 건졌던 것 역시 같건만 놀랍게도 범인의 묘사가 미묘하게 어긋났다.

"둘 중 한 명이 거짓말을 하는 것도 아닌데 어떻게 이럴 수가 있어!"

최 경위가 책상을 치면서까지 흥분했던 것이 이해가 된다. 범인의 DNA를 얻게 되면서 한층 수월하게 용의자를 추려 낼 수 있을 거라는 예상과 달리, 마지막 피해자의 증언과 이전 피해자의 증언이 맞물리는 부분이 없었던 터라 더더욱 수사는 혼선으로 치닫고 있었다.

하필 마지막 피해자가 눈이 보이지 않는 시각장애인이었던 까닭에 광수대 내에서는 그녀의 증언을 완벽하게 신뢰할 수 있는지에 대한 논란도 오가곤 했다.

'보고 싶다.'

도영을 보지 못한 것이, 벌써 몇 시간인지.

흠뻑 사랑에 취해 있어야 할 계절, 봄이건만 끈질긴 사건에 붙잡혀 봄은 그의 얼굴을 제대로 마주하지도 못했다. 도영 역시 바쁜 일에 허덕이는 중인지 오늘 통화를 한 것은 이를 닦고 난 후의 30초도 채 안 된다.

'……볼까.'

봄은 말없이 금색 민자 반지가 끼워져 있는 왼손 약지를 내려다보았다. 두근두근. 사무실 안에서 느꼈던 답답한 마음이 도영의 잘생긴 얼굴을 보면 조금은 풀어질 것 같다는 기대도 들었다.

찬주가 전화해 주기로 했으니까.

걱정 말라며 봄에게 맑게 웃던 찬주의 모습을 떠올리며 봄은 성큼성큼 신청사 앞 철문 쪽으로 걸어가기 시작했다.

"택시!"

딸랑.

"어서……!"

"안녕하세요."

문을 열자마자 저를 반기는 듯한 목소리가 들려와 봄은 싱긋 웃었다. 그녀에게 인사를 하려던 편의점 직원이 약간 놀란 표정을 지으며 봄을 응시하다 반쯤 내렸던 얼굴을 더욱 아래로 내렸다.

"……오세요."

저를 아래위로 훑는 시선이 느껴졌지만 봄은 크게 개의치 않고 진열대 쪽으로 발을 내딛었다.

항상 이곳을 드나들 때면 심장이 멋대로 박동한다. 도영의 집 앞이라서 그런지, 아님 곧 도영을 만날 생각 때문인지. 봄은 자꾸만 올라가려는 입꼬리를 겨우 가라앉히며 진열대에 놓여 있는 린스와 트리트먼트 하나를 각각 꺼내 들었다.

'그때 엄청 뻑뻑했어.'

아무래도 남자 혼자 사는 집이어서 그런지 그의 욕실에는 샴푸가 하나밖에 없었다.

도영을 만나기 전까지만 하더라도 대충 머리를 감았던 봄이었지만, 여름의 철저한 교육으로 인해 찰랑거리는 머리카락이 얼마나 중요한지 깨닫게 되었다. 요 근래 들어선 그녀도 린스와 트리트먼트를 자주 사용하는 중이었다.

"린스랑 트리트먼트? 야! 이게 왜 필요해! 비누 하나면 장땡인 거 아니냐? 샴푸도 감지덕지구만."

샤워실에도 생필품을 구비해 달라고 리스트를 적는 봄에게 혀를 끌끌 차던 동호와 같은 선배도 있기는 했지만.

'또 뭐가…… 아!'

미리 도영의 집에 두어야 할 것이 무엇이 있을까. 한참을 두리번거리던 봄의 두 눈에 익숙한 분홍색 케이스 하나가 들어왔다. 봄은 마치 저를 유혹하듯 빛을 뿜어내고 있는 듯한 케이스 쪽으로 걸음을 옮겼다.

'나도 참.'

풋 웃음이 터져 나올 뻔했다. 왜 하고 많은 것들 중에 이것이 시야로 들어왔을까. 씰룩거리는 입꼬리를 겨우 제자리에 가져다 놓은 봄은 결국 콘돔 케이스 하나를 집어 들고선 카운터로 성큼 성큼 걸어갔다.

모자를 푹 눌러쓰고 있는 편의점 직원을 향해 봄은 상냥한 미소를 보냈다. 자고로 고객을 응대하는 직업을 지닌 사람들에게는 친절해야 하는 법이니까. 봄은 현금을 꺼내기 위해 주머니를 뒤적였다.

"……네요."

그때였다.

봄은 나지막한 음성에 주머니를 뒤적이다 말았다. 모자를 쓴 직원의 눈동자가 봄의 특정한 신체 부위에 고정되어 있었다. 그녀의 미간이 좁아졌다.

"예쁜, 반지네요. 고객님과 잘 어울리는 것 같아요."

편의점 직원에게서 들을 거라고는 생각되지 않는 말에 봄은 순간 당황했다. 그러나 이내 스르륵 올라가는 입꼬리를 막지는 못했다.

"그렇죠? 약혼자가…… 선물해 준 거예요."

약혼자.

놀랍게도 이제는, 그 말을 뱉어 내는 것이 어렵지 않았다.

내 약혼자, 서도영.

봄은 갑작스러운 그녀의 등장에 깜짝 놀랄 도영의 얼굴을 일차적으로 그려 보았다. 그리고 그녀의 왼손에 끼워진 반지를 발견하곤 그녀를 와락 끌어안을 그의 격한 숨결 역시 상상해 보았다. 다시금 심장이 뛰기 시작했다.

"26,000원입니다."

배시시, 입가에서 시작된 웃음이 얼굴 전면으로 퍼져 나갈 무렵 상념을 깨뜨리는 소리가 들려왔다. 봄은 아, 하고 어색한 눈웃음을 그리며 고개를 끄덕였다. 주머니에서 꺼낸 만 원 세 장을 그에게 내밀며 봄은 말했다.

"덕분에 좋은 제품 알았어요. 고마워요."

"……예?"

조금은 답답하다 싶을 정도로 느릿하게, 봄이 산 제품들을 하나둘씩 하얀 봉투 안에 집어넣던 직원의 눈이 동그래졌다. 봄은 짓궂게 미소 지으며 그에게 분홍색 콘돔 케이스를 턱짓했다.

아아. 모자를 쓴 직원이 묘한 눈빛으로 그녀를 바라보더니 흐리게 웃었다.

"그럼, 수고하세요."

"……."

봄은 대답 없는 직원에게 꾸벅이며 인사를 한 뒤, 편의점 문
을 밀었다. 딸랑거리는 종소리가 길게 울려 퍼졌다.

'딱히 친절하지는 않네.'

대부분의 편의점 직원들은 항상 미소를 건네면 억지로라도
웃어 준다. 그러나 저 남자만은, 이상하게 다르다. 무언가 자신
을 관찰하는 듯한 짙은 눈동자. 빛나는 편의점 간판을 흘긋거리
며 봄은 구레나룻 쪽을 긁적였다.

'……어?'

한 걸음.

두 걸음.

그리고 세 걸음.

편의점과 아주 살짝 멀어졌을 때였다. 스무 걸음 정도면 도영
이 살고 있는 건물 안으로 들어갈 수 있는 상황. 그럼에도 불구
하고 이상하게 머릿속을 아른거리는 편의점 직원의 태도에 의문
을 느끼며 편의점 앞을 서성이던 봄은 우뚝, 걸음을 멈추었다.

"네. 긁었어요. 양팔을 잡았지만, 오른손에 힘이 더 들어가서,
있는 힘껏 세게 긁었어요. 검지와 중지로 크게 내렸던 것 같아요.
짧은 신음 소리가 터져 나온 걸로 봐서는 그 남자도…… 아팠던
것이 분명해요. 볼 수는 없지만 확신해요. 아무것도 보이지 않아
도 상대가 어떤 소리를 내는지는 잘 들을 수 있거든요."

십……일자.

범인과 마주 보고 있었던 피해자가 오른손에 크게 힘을 주었다면 다친 곳은……!

숨이, 가빠졌다. 봄은 미친 듯이 뛰는 심장의 박동 소리에 얼른 주머니를 뒤적였다. 다급하게 손을 움직이는 바람에 왼손에 쥐고 있던 편의점 봉투가 바닥으로 떨어졌다. 약지가 따끔거렸지만 그것을 의식할 틈도 없이 봄은 주머니 속에서 핸드폰을 꺼내 들었다. 3번 버튼을 길게 누르자 '사무실'이라는 글자가 액정에 떴다.

—네. 서울지방경찰청 광역수사대 유봄 경사 전화입니다.

다행히 찬주가 빠르게 전화를 받았다. 봄은 침을 꿀꺽 삼켰다.

"찬주야! 난데. 너 지금 시간 나니?"

—선배? 아, 네. 당연하죠. 무슨 일이신데요?

"아. 뭐 별건 아니고. 조사 좀 해 줘야…… 윽!"

—……선배?

오른손에 쥐고 있던 핸드폰이 바닥으로 떨어진 게 보인다. 무언가 둔기로 뒤통수를 후려친 것처럼 강한 통증이 느껴졌다. 감으면…… 안 되는데. 자꾸만 아래로 내려가는 눈꺼풀이 미간을 좁히게 만들었다.

—선배, 선배? 들려요?

놀란 찬주의 목소리가 여전히 들려오고 있었으나 봄은 길바닥에 털썩 주저앉은 무릎을 펴지 못했다.

―선······.

와지직.

인기척이 느껴지기가 무섭게 누군가 핸드폰을 짓밟는 소리가 들려왔다. 봄은 하아, 하아 숨을 헐떡이며 겨우겨우 고개를 들었다.

"눈치챌 거라고 믿었어요."

겨우 고개를 든 그녀의 시야로 올라가는 입꼬리가 보였다.

❖   ❖   ❖

―대체 언제 데려올 거야?

오피스텔의 문을 열자마자 브리프 케이스 속의 핸드폰에서 요란하게 벨소리가 울려 댔다. 봄인가? 자연스럽게, 이 시간에 전화를 걸어 올 사람은 그녀뿐이라고 여겼다. 씩 입꼬리를 올리며 '응' 하고 소리를 흘리자 대뜸 그를 향해 누군가 재촉에 가까운 음성으로 답했다. 도영은 눈을 동그랗게 떴다.

"어머니?"

―그럼, 나지. 누구야?

평소 아들의 업무에 방해가 될까 봐 도영이 연락하지 않는 이상 전화를 걸어 온 적이 없었던 장 여사가 밤 8시를 향해 가는 이 시점 전화를 건 것은 이례적이었다. 도영은 순간 당황하면서도 이내 곧 차분해진 얼굴로 미소를 그렸다.

"어쩐 일이세요?"

장 여사는 여유로운 그의 반응에 버럭 소리를 질렀다.

―어쩐 일이긴. 서도영, 너 진짜 이러기야?

"무슨 소리신지 모르겠어요."

―이번 주 주말에 집에 들러. 아니다. 그럼 너무 부담스러워하겠지? 레스토랑 같은 곳에서 만나는 편이 그쪽도 편할 거야. 그치?

"어머니?"

―나도 모르는 사이에 생긴 네 약혼자, 그 얼굴 좀 보자고!

넥타이를 풀며 소파에 엉덩이를 붙이던 도영의 입술 사이로 결국 풋 웃음이 터져 나왔다. 결국 들켜 버린 건가. 봄이 준비가 될 때까지 숨길 생각이었던 도영이 입꼬리를 올렸다.

비록 얼굴이 보이지는 않지만 핸드폰 너머의 장 여사에게선 씩씩, 콧김이 뿜어져 나오고 있을 것이다. 도영은 흘러내린 앞머리를 뒤로 넘기며 입술을 달싹였다.

"어떻게 아셨어요?"

―어떻게 알긴. 영배 엄마한테 들었다! 서도영이 약혼했다는 소문이 검찰청 내에 아주 파다하다던데!

영배 엄마라면 도영의 사법연수원 동기이자 지금은 춘천지방 검찰청에서 일하고 있는 최영배 검사의 어머니를 가리켰다. 도영의 어머니인 장 여사와 가끔 만나 차를 마시며 담소를 나누는 시간을 가지곤 했었다.

춘천 쪽 사람의 귀에까지 들어간 건가. 역시 발 없는 말이 빨리 간다는 속담이 괜히 있는 것은 아닌 모양이다. 도영은 하하 웃었다.

―웃긴. 내가 그 말 듣고 얼마나 놀랐는지 알아? 중앙지검 서

도영 검사가 내 아들이 아닌 줄 알았어!

"하하. 죄송해요. 그래서, 화……나셨어요?"

—화?

반대를 할 것이라고는 생각해 본 적 없었지만 긴장되는 것은 어쩔 수가 없나 보다. 도영은 흥, 콧방귀를 뀌는 장 여사의 말이 이어지길 잠자코 기다렸다.

—화는 무슨! 내가 화를 낼 처지니? 그 애가 싫다고 해도, 제발 우리 아들 좀 데려가 달라고 사정해야 할 판인데. 일단 데려와. 한번 보자니까? 어휴. 진짜 말 안 듣는 아들내미, 빨리 보내버려야지. 엄마가 예쁜 손주 기다리다가 늙어 죽겠다!

쯧쯧, 혀를 차는 장 여사의 말에 도영은 큰 웃음을 터뜨렸다. 도영에게 여자 친구가 있다는 이야기를 들으면 그때부터 장 여사가 그를 닦달할 것이라 예상했기에 일부러 말하기를 늦췄던 건데.

그는 이 이야기를 하면 휘둥그레 변할 봄의 눈을 떠올려 보며 옅은 미소를 지었다.

—그나저나, 서도영을 구제해 준 착한 아가씨의 이름이 뭐니?

나이도 나이인 만큼 하루라도 빨리 날을 잡자고 재촉하는 장여사의 말에 웃음소리만 흘리던 도영은 심장이 쿵쾅쿵쾅 뛰는 것을 느꼈다. 이름?

"봄이요."

—응? 보미?

"아뇨, 외자예요. 봄. 유봄."

사랑에 빠질 수밖에 없는, 이름이죠.

봄을 부른 것도 아니고, 고작 이름을 입 밖으로 흘렸을 뿐인데 심장이 뛴다. 도영은 가슴을 적시는 부드러운 바람을 느꼈다.

'보고 싶네.'

세간을 떠들썩하게 만든 사건 때문에 봄은 눈코 뜰 새 없이 바빴다. 도영의 집에 두고 간 그녀의 짐 가방은 여전히 거실 한 자리에 놓여 있었다. '선배!'라고 환하게 웃으며 제 앞에 나타날 그날이 머지않았으면 싶지만 사건이 종결되지 않는 이상은 무리일 것이다. 도영은 쓰게 웃었다.

"제가 집에 들르는 날, 꼭 선배도 집에 있어야 해요. 좀 전에 있었던 일에 대해서 전화 말고, 선배 얼굴 보고 대답하고 싶어서요."

태연한 척했지만 프러포즈를 하는 과정이 쉽지만은 않았다. 그 말을 제대로 뱉어 내기 위해 몇 번이고 거울 앞에서 연습을 해야 했다. 천천히 무릎을 꿇을 때도 어찌나 가슴이 울렁거렸는지, 아마 그녀는 절대로 알지 못할 것이다.

시간은 걸리겠지만 그녀의 대답이 무엇일지는 대충 예상하고 있었다. 언제, 어느 시점에서 답변을 들려주느냐가 문제겠지만. 그 말을 기다리는 시간이 왜 이리도 길게 느껴지는 건지 모르겠다. 도영은 '이름은 예쁘네' 하고 중얼거리는 장 여사의 음성을 들으며 곧 연락드리겠다는 말과 함께 전화를 끊었다.

어느새 시곗바늘은 9시를 향해 달려가고 있는 상황. 혼자 사는 것에 익숙해졌다고 생각했지만 잠시 머무르는 사이 봄은 집 안 곳곳에 제 흔적을 남기고 갔다. 왠지 모르게 마음이 헛헛해진다. 그녀가 돌아오면 집 안 가득 환해질까.

'빨리 결혼해야겠는데.'

고개를 절레절레 저은 도영이 간단한 샤워를 하기 위해 자리에서 일어나려 할 때였다.

"네."

장 여사와의 통화로 잠잠해졌던 핸드폰이 다시 울렸다. 아마도 봄에 대한 궁금증을 참지 못한 장 여사가 다시 전화를 걸었을 거라 여기며 느긋하게 입술을 움직이던 도영의 얼굴이 핸드폰 너머로 들려오는 목소리에 딱딱하게 굳어졌다.

"그게…… 무슨 소립니까?"

심장이, 내려앉았다.

❖   ❖   ❖

"끄응……."

떠지지 않는 눈을 억지로 올린 봄은 뺨에 스며드는 차가운 감촉을 느끼며 미간을 좁혔다. 축축한 무언가가 볼에서부터 전신으로 퍼져 나가고 있었다.

입술을 파르르 떨며 봄은 눈알을 굴렸지만 어두컴컴한 이곳이 어디인지는 알아볼 수가 없다. 잠시 망설이던 그녀는 몸을 일으키기 위해 팔을 들려 했다.

"윽!"

어쩐지 팔목이 세게 아려 오고 있더라니.

왼쪽 팔꿈치를 바닥에 대고 일어나려 했지만 오른쪽 팔이 함께 끌려왔다. 맥없이 다시 아래로 곤두박질치는 움직임을 막지 못하고 그녀는 다시 바닥에 턱을 찧었다. 제길. 파리한 입술 사이로 욕설을 흘리고 싶었지만 그것마저 잘되지 않는다. 봄은 인상을 썼다.

'여긴……'

어디지?

캄캄하기 그지없었다. 어둠에 가려 사물의 구분조차도 명확하지 않아 정체를 파악할 수가 없었다. 제대로 서는 것을 포기한 봄은 일단 주변부터 살피기로 결정하고 칠흑 같은 어둠을 파고들었다. 그나저나 난 왜 여기 있어?

불빛 하나 새어 나오지 않는 암흑 속에서 눈을 이리저리 옮겨 보아도 소용은 없었다. 거의 바닥에 눕혀진 채 팔과 다리를 옴짝달싹 못 하던 그녀는 제 손과 발이 케이블 타이로 묶여져 있다는 것을 알아챘다. 의문은 생각보다 오래가지 않았다.

"눈치챌 거라고 믿었어요."

가슴을 파고드는 저릿한 감각이 그녀의 몸에 닭살을 돋아나게 만들었다. 슥, 올라가는 입꼬리가 그리도 서늘할 줄은 예상하지 못했다. 흐려지는 의식 사이로 퍼져 나가는 비웃는 목소리가 목을 조여 오고 있었다.

빌어먹을! 봄은 질끈 눈을 감았다.

'방심했어.'

찬주에게 전화를 거는데 급급한 나머지 등 뒤에서 누군가 다가오는 인기척을 듣지 못했다. 평소 같았으면 차분히 연락을 했을 텐데, 서울을 들끓게 만들고 있는 거물급의 용의자인지라 흥분을 감추지 못했던 것이다. 봄은 어느새 퉁퉁 부어 있던 붉은 입술을 세게 악물며 인상을 썼다.

의식을 잃기 전, 무언가가 강하게 뒤통수를 내리치는 느낌을 받았다. 아무리 무술 유단자인 사람이라도 단단한 것으로 머리를 맞으면 쓰러지는 것은 당연했다.

아직도 머리 뒷부분이 어지러운 것을 보니 뚝뚝 흘러내리는 저 소리의 정체가 이곳에 서린 물소리만은 아니었던 모양이다. 봄은 하아, 하아 길게 숨을 내뱉으며 의식을 놓치지 않기 위해 노력했다.

이곳이 어딘지는 모르겠지만 빠져나가기는 쉽지 않아 보인다. 불빛 하나 새어 들지 않은 것으로 보아 지하실 정도겠지. 팔과 다리를 묶고 있는 케이블 타이를 끊어 내기 위해서는 날카로운 무언가가 필요한데, 이 축축한 지하실 내에는 봄의 몸만 덩그러니 있었다.

치밀한 놈. 서울에 살고 있는 20대 여성들을 불안하게 만들고 있는 '왼손 약지 살인범'이 그 오랜 시간 동안 잡히지 않은 것은 바로 이러한 성격 때문이 아니었을까. 봄은 작게 욕설을 흘리며 억지로 기던 몸을 축 늘어뜨렸다.

'응?'

그 순간 눈에 들어온 낯익은 물체는, 틀림없이 봄도 알고 있는 것이었다.

"이게…… 뭐예요?"

잠시 광수대에 들렀던 도영이 선물이라며 제게 무언가를 건네주자 봄은 고개를 갸웃거렸다. 펜이라면 책상 위에 이미 수도 없이 굴러다니고 있건만 어째서 이걸 주는 걸까. 차라리 수첩이었다면 조금 환영했을지도 모르겠다. 봄은 어리둥절한 표정을 지으며 도영을 응시했다.

"선배. 저 볼펜이라면 정말 엄청 많……."
"아냐, 볼펜."
"네?"
"잠깐만."

묘한 미소를 짓던 도영은 볼펜의 특정 부위를 세게 누르더니 봄의 앞에 들이밀었다. 의아한 얼굴을 하고 있던 봄의 얼굴은 금세 새빨갛게 익어 갔다.

─좋아해요! 아주 많이 좋아했어요! 그런데 그때보다 더, 좋아하는 것 같아요!

"서, 선배?"

"쉿. 계속 들어 봐."

―제가 선배 좋아한다고 했잖아요!

제 말을 끊어 내는 도영으로 인해 입을 다물어 버린 봄의 얼굴은 점점 더 붉어졌다. 완벽하게 홍당무가 되어 버린 봄을 웃으며 응시하던 도영은 그를 원망스럽게 쳐다보는 봄에게 한층 더 짙은 미소를 그렸다.

"선배 사실 저 미워하시는 거죠?"

볼펜 속에서 흘러나오는 목소리가 잔뜩 취해 있다는 걸 깨달은 봄이 입을 쭉 내밀며 도영에게 외쳤지만 그는 여전히 웃음만 흘리고 있었다. 도영은 '으으, 쪽팔려'를 중얼대고 있는 봄에게 작게 속삭여 주었다.

"처음엔 기억 못 할 네가 왠지 약이 올라서, 시간이 흐르고는 그 말이 왠지 듣기가 좋아서. 그래서 가지고 있었어."

봄은 얼굴 전체로 퍼져 가는 그의 환한 미소를 넋 놓고 응시했다. 도영은 봄의 손에 볼펜을 쥐어 주며 말했다.

"하지만 이젠 필요 없겠지."

"네?"

"네가 기억하니까. 그 말 전부, 기억하니까. 똑똑히 기억해서

제정신으로 내게 해 줄 거니까. 그렇지, 유봄?'

유려하게 휘어지는 눈꼬리를 바라보던 봄은 슥슥, 고개를 끄덕였다. 도영은 부드러운 목소리로 말을 이었다.

"그러니 네가 가져. 아마도 나보다는 너한테 더 필요한 물건인 것 같으니까. 피해자들 인터뷰할 때, 유용하지 않겠어?'

나이프였다면…… 더 좋았으려나.
그날 이후 부적처럼 들고 다니던 볼펜 녹음기가 신경을 자극했다. 날카로운 곳이 있었다면 이 빌어먹을 케이블 타이를 끊어 낼 수도 있었을 텐데. 지금으로썬 도움이라곤 하나도 되지 않아 초조해졌다.
'으윽.'
그럼에도 불구하고 봄은 녹음기를 손에 쥐기 위해 안간힘을 썼다. 끙끙, 신음을 흘려 대며 몸을 뒤척인 결과 겨우겨우 묶여 있던 신발 끝과 볼펜이 닿았다. 봄은 묶여 있는 발에 힘을 주며 그것을 손에 쥐기 위해 더욱 허리를 구부렸다.
조금만, 더.
왠지 곁에 두어야 안심이 될 것 같아 몸을 옆으로 굴려서까지 바닥을 기던 봄은 겨우겨우 손끝에 닿는 차가운 감촉을 느끼며 눈을 동그랗게 떴다.
'됐어!'
등 뒤로 돌아가 있는 손안에 서늘한 볼펜이 들어왔다. 이것으로 무엇을 할 수 있을까. 따지고 보면 지금 이 상황에서 딱히 유용할 것 같지는 않은데. 절망적이기 그지없었지만 봄은 차분함을 유지하려 애썼다.

생각해 보자. 조금만 더 생각해 보자. 헐떡이는 숨을 억지로 가라앉히며 쥐고 있던 볼펜 녹음기로 케이블 타이를 끊어 내기 위해 움직여 보기도 했으나 얼마 되지 않아 힘이 빠졌다.

제길.

입안 가득 욕설이 맴돈다. 봄은 숨이 점점 가빠지는 것을 느끼며 인상을 썼다.

'냉정해야 해, 유봄.'

여전히 뒤통수는 따갑고 호흡은 힘들어진다. 빛 한 점 들어오지 않는 어두컴컴한 방 안. 축축한 냄새가 가득해서 지하실일 가능성이 높은 이곳에서 빠져나갈 방법은 지금 당장으로썬 없어 보였지만 포기는 하면 안 된다.

'기다리고…… 있을 테니까.'

죄여 오는 가슴의 고통을 애써 무시하며 봄은 인상을 썼다. 너무 맥없이 잡혀 오기는 했으나 그래도 그녀는 경찰의 꽃이라 불리는 광수대의 일원이지 않은가. 총기를 든 범죄자들에게서도 살아 나왔는데, 이런 곳에서 개죽음을 당할 수는 없지. 봄은 눈앞을 아른거리는 도영의 얼굴을 떠올리며 의지를 다졌다.

"후우, 후우."

다시 한 번 크게 심호흡을 했다. 봄은 어떻게 해서든 손목과 발목을 묶고 있는 케이블 타이를 풀어내기 위한 수단을 찾기 위해 억지로 고개를 치켜들었다. 뚝뚝, 머리카락 끝에서 흘러내리는 핏물이 현기증을 일게 만들었으나 어떻게 해서든 찾아야 했다. 찾아야 해. 이것을 끊어 낼 무언가를…….

끼이익—

그때였을까.

봄은, 끼이익 소리와 함께 흘러 들어오는 환한 빛을 보며 반사적으로 미간을 찌푸렸다. 아마도 계단을 타고 내려오는 건지, 발과 계단이 맞물리는 소리 역시 들려왔다. 봄의 심장이 더욱더, 빨라졌다.

"……!"

이 젠장맞은 짓거리를 준비한 사람의 마지막 모습을 떠올려 보며 조각을 맞추던 봄의 눈동자는 휘둥그레졌다.

"다, 당신?"

입술이 파르르 떨렸다.

"어떻게 된 겁니까!"

미친 듯이 액셀러레이터를 밟았다. 아마 신호 몇 개는 위반했을 거다. 그만큼 냉정을 잃었다. 힘껏 달려온 도영이 광수대 사무실 안에서 크게 외치자 바쁘게 움직이던 형사들의 시선이 그에게 집중됐다.

도영을 바라보는 그들의 반응은 총 두 가지였다. 헐레벌떡 뛰어온 도영을 보며 한숨과 함께 눈을 질끈 감는 유형과 창백한 표정으로 서로의 눈치를 살피는 유형. 도영은 자신을 쳐다보기

만 할 뿐, 선뜻 나서지 않는 형사들의 반응에 더욱 가슴이 철렁
거려 입술을 세게 악물었다.

"됐어! 핸드폰 위치, 찾았어! 중앙지검 앞 편의점에서 마지막
으로…… 아, 서…… 검사님, 오셨……습니까."

다급하게 사무실 안으로 뛰어 들어오던 박영진 경위가 문 앞
에 서 있는 도영을 발견하곤 사색으로 변했다. 도영은 그런 박
경위의 옷을 세게 움켜쥐며 그를 쳐다봤다.

"중앙지검이요?"

무슨 말을 들었는지 모르겠다. 도영은 눈앞이 캄캄해지는 것
을 느끼며 박 경위를 노려봤다. 박 경위가 한숨을 푹 내쉬며 말
을 주저하자 뒤따라 들어오던 황 계장이 그의 팔을 떼어 냈다.

"자세한 이야기는 가시면서 하시죠."

"황……."

"가시죠."

도영은 제 말을 끊어 낸 후 자신의 뒤에 서 있던 찬주에게 눈
짓하는 황 계장을 노려봤다. 찬주는 비틀거리는 도영을 부축하
며 고개를 살짝 내저었다. 황 계장은 찬주와 함께 돌아서서 나
가는 도영을 흘긋거리며 외쳤다.

"마지막으로 전화가 걸려온 장소는 서초동 S 오피스텔 앞 편
의점 근방이다. 2계 2팀, 사무실에 남아 교통과 애들한테 연락
해서 S 오피스텔 근방 감시카메라 확인하고, 나머지는 현장 도
착하자마자 근처를 샅샅이 수색한다. 자, 시간이 없어!"

다리가 후들거려 넋을 놓고 있던 도영의 얼굴이 차갑게 식은
것은 바로 그 시점이었다. 찬주에게 끌려 함께 계단을 내려가던

도영은 자신을 잡고 있는 팔을 뿌리치곤 그의 멱살을 잡아 벽으로 밀쳤다.

"윽!"

"무슨 일인지 말해."

섬뜩하기 그지없는 목소리가 도영의 입술 사이로 흘러나왔다. 함께 내려가던 광수대의 형사 몇몇이 도영을 말리기 위해 다가왔지만 도영의 시선은 찬주에게 박혀 있었다. 찬주는 떨리는 눈으로 그를 내려다봤다.

"이찬주 경장!"

"……겼습니다."

"뭐?"

"끊겼다고요! 전화를 하던 도중에! 지금으로부터 30분 전이니까, 아직 늦지 않았습니다. 그러니 이러고 있을 시간이 없다고요, 서 검사님!"

찬주는 자신의 옷깃을 잡고 있는 도영의 손을 뿌리치며 눈을 부라렸다. 도영은 제길, 하고 욕설을 흘리며 아래로 달려가는 찬주의 뒤를 쳐다봤다.

"냉정해지셔야 합니다. 이런 일, 한두 번 아니잖습니까."

다급히 내려오던 황 계장이 도영에게 흘리듯 말했다. 도영은 그를 응시했다. 황 계장은 흐린 미소를 지으며 말을 이었다.

"잘 견디고 있을 겁니다. 그러니……."

"그놈, 입니까?"

쿵쾅거리는 심장의 박동을 애써 무시하며 도영이 물었다. 그러자 황 계장의 눈동자가 살짝 흔들렸다. 이내 말없이 고개를 끄덕이는 그를 보며 도영은 주먹을 세게 움켜쥐었다.

이럴 줄 알았으면 기다리지 않는 건데.

목구멍이 타들어 갈 듯, 쓰려 왔다.

제기랄.

❖　　　❖　　　❖

"잠깐 자리 좀 비켜 줄래요?"

부드러운 눈웃음을 지으며 남자가 말했다. 그의 옆에 다소곳이 서 있던 여자가 방긋 미소를 그리며 고개를 끄덕였다. 차분히 계단을 타고 올라간 여자가 문을 닫고 나가는 소리가 들렸다. 그들에 의해 강제로 의자에 앉게 된 봄은 반쯤 감기는 눈을 억지로 뜨며 남자를 노려보았다.

쿵쿵.

심장이 제어 불가능 상태로 치닫고 있었다.

"놀랐어요?"

문이 닫히자마자 획 고개를 돌린 남자는 눈에 힘을 주고 있는 봄에게 짙은 웃음을 그렸다. 그가 들고 있는 양초 끝의 불빛이 미친 듯이 요동쳤다. 남자의 얼굴은 승리의 미소로 가득했다. 봄은 흐려지려는 의식을 바로잡기 위해 손에 힘을 주고선 천천히 입을 뗐다.

"그래서…… 잡히지 않았던 거군?"

한 명이 아니라, 두 명이었어.

피해자들이 쉽게 문을 열어 주었던 것을 단순히 범인의 인상착의가 놀라울 정도로 평범하기 때문이라 여긴 것이 실수였다.

왜 여자일 가능성을 놓치고 있었던 걸까. 문 밖에 서 있는 사람이 남자가 아닌 여자여서, 비교적 경계심을 덜 가지게 되는 같은 성별의 사람이었기에 그렇게 쉽게 문을 열어 주게 된 것이다.

아마도 시각장애인인 마지막 피해자가 스스럼없이 문을 연 것도 문 밖에서 들려오는 목소리가 굵고 묵직한 것이 아니라, 같은 여성이었기에 경계를 풀었던 건지도 모른다.

봄은 이를 세게 악물었다. 이제야 모든 의문에 대한 답이 맞아떨어졌다. 봄은 제 말에 더욱 휘어지는 남자의 눈꼬리를 놓치지 않았다. 그는 붉은 입술을 달싹였다.

"생각보다 꽤 괜찮은 조력자죠. 유미 씨는."

"……제부터."

"응?"

"언제부터, 이유미 씨가 당신의 조력자가 된 거지?"

이유미.

'왼손 약지 살인범'이 살해하지 못했던 첫 번째 살인미수 피해자. 봄이 직접 현장에서 인터뷰도 했던 그녀를 이 지하실에서 맞닥뜨릴 줄은 예상하지 못했다. 편의점 유니폼을 입고 있는 남자의 뒤를 따라 사뿐사뿐 걸어오는 그녀를 보고 심장이 내려앉는 줄 알았다.

광수대의 수사가 혼선을 빚었던 까닭은 모두 이 여자 때문이었다. 그녀가 잘못된 증언을 했기에 두 번째 살인미수 피해자였던 시각장애인, 장태연 씨의 말을 믿지 못했다. 뭔가 이상하다고 소리치던 동호의 외침을 떠올리며 봄은 입술을 깨물었다.

이 사실을 얼른 알려야 하는데.

초조해졌다. 하지만 내색해서는 안 된다. 봄의 경계심이야 어찌되었든, 이미 게임은 끝났다는 얼굴을 하고 있던 남자의 앞에서는 절대로 굴복해서는 안 됐다. 남자는 애써 마음을 감추려는 봄의 질문에 어깨를 으쓱였다.

"글쎄요. 내가 처음 목을 졸랐던 사람이 유미 씨니…… 아마, 그 두 번째부터였을까?"

……뭐?

"그때는 어설펐죠. 유미 씨를 한 번 만에 죽이는데 실패했거든요. 처음이라 그랬던 것 같아요. 그래서 나도 꽤 당황했었죠. 하지만 두 번째부터는, 수월했어요. 유미 씨가 나를 아주 잘 도와줬거든요. 왜, 그런 말도 있잖아요. 어제의 적이 오늘의 동지가 된다는. 생각해 보면 우린 꽤 잘 맞는 동지였던 것 같아요. 그 뒤로 꽤 멋진 합작품들을 여럿 만들었잖아요. 어때요? 유 형사님도 그렇게 생각하죠?"

그의 손에 숱하게 죽어 갔던 피해자들을 '합작품'이라고 지칭하는 것을 보면 확실히 제정신은 아니다. 연쇄살인범이 제정신일리야 있겠냐만. 봄은 터져 버릴 것 같은 심장 소리를 감추며 남자를 쳐다봤다.

정혜석.

편의점 내에서 사용하는 이름표와 그의 얼굴이 촛불에 반짝거려 더욱더 오싹하게 빛났다. 봄은 그를 똑바로 직시했다. 생글생글 웃고 있는 정혜석의 얼굴에서는 기쁨과 희열이 가득 흘러나오고 있었다.

봄은 후우, 숨을 뱉어 낸 뒤 다시 고개를 들어 그를 노려봤다.

"나를, 노리고 있었던 거야?"

"그럼요. 유 형사님은, 아주 오래전부터 제 타깃이었죠. 정확히는 형사님이 TV에 나오기 시작할 무렵부터였어요?"

"……."

"저도 경찰을 건드리고 싶지는 않았어요. 너무 쉽게 끝나면 재미가 없잖아. 우리 사이의 밀당이 꽤 재미있다고 여기던 중이어서 더더욱. 하지만…… 구미가 당기는 먹잇감이 계속 앞에서 어슬렁거리는데 물지 않으면, 훌륭한 사냥개가 아니죠?"

봄은 픽 웃음을 흘렸다.

"사냥개는 무슨. 넌 그냥 인간쓰레기일 뿐이야. 그것도 많은 사람의 목숨을 거둔, 쓰레……!"

철썩, 뺨과 손바닥이 맞닿는 소리와 함께 얼굴이 돌아갔다. 거친 손찌검에 의자에 묶여 있던 봄은 쿵 소리를 내며 바닥으로 몸을 내리찧었다. 정혜석은 퉤, 붉은 핏물을 밖으로 뱉어 내는 봄을 서늘하게 내려다보았다.

"나, 화나게 하지 마요. 형사님이랑 나누는 대화가, 재미없어질 것 같거든. 유 형사님. 대화가 재미없으면 내가 뭘 하는 줄 알아요?"

그가 차갑기 그지없는 나이프로 봄의 뺨을 쓸어내리며 속삭였다. 봄은 고이는 침을 삼키지 못하고 그를 노려봤다. 정혜석이 봄의 목 근처에 나이프를 대며 말했다.

"푹."

"……!"

"하하. 쫄았어요? 괜찮아요. 아직은 재미있으니까. 너무 쫄지 마요."

봄은 의자와 함께 바닥에 얼굴을 맞대고 있던 자신을 일으키는 정혜석을 응시했다. 그는 봄의 뺨을 스친 나이프를 혀끝으로 핥으며 하하 웃고 있었다. 소름이 오소소 돋아나 미칠 지경이었지만 냉정해져야 했다. 봄은 침착하게 입술을 열었다.

"나랑 있는 게 재미가 없어지면, 넌 나를 죽이겠지."

흥미로운 시선으로 봄을 지켜보던 정혜석이 그녀의 말에 당연하다는 듯 고개를 끄덕였다. 봄은 다음 말을 뱉어 냈다.

"그럼, 이유미 씨는?"

"응?"

"유미 씨랑 있는 시간도 재미가 없어지면…… 그녀를 죽일 건가?"

정곡을 찌르는 봄의 질문에 정혜석의 눈에 이채가 스쳤다. 흐응, 콧소리를 흘리며 봄을 바라보던 그는 잠시 생각하다 대답했다.

"아무래도, 그래야겠죠?"

"유미 씨가 실망하겠네."

"어쩌겠어요. 조력자를 잃는 건 아쉽지만, 재미가 없으면 없애 버리는 게 득이죠. 내 정체를 알고 있는 사람을 살려 둘 수는 없는 노릇이니. 유미 씨도 이해할걸요? 이미 오래전에 나한테 죽을 뻔했던 사람이잖아요. 그동안 살려 준 것도 용했죠."

"……."

봄은 크게 웃음을 터뜨리는 그를 보며 숨을 죽였다.

좋아. 필요한 것은 얻었어. 남은 것은 그 여자와 단둘이 남게 되는 상황만 있으면 되는데.

봄은 빠르게 주변을 살폈다. 정혜석이 촛불로 주위를 밝히고 있어서 지하실 내부의 모습이 훤히 눈에 들어왔다. 출구는 오직 하나뿐. 의자에서 일어나 일직선으로 달려가 계단을 올라 문고리를 돌리면 된다.

방법은, 간단했다. 하지만 어떻⋯⋯게?

빠르게 사고 회로를 굴려 보아도 뚜렷한 해법이 떠오르지 않아 봄은 미간을 좁혔다.

"사실 형사님을 오래 보고 싶었어요."

봄의 행동을 주시하던 정혜석이 다시 입을 열었다. 그녀는 상념에서 벗어나야 했다.

"하지만 걸리는 게 있어서."

정혜석은 터벅터벅, 그녀를 향해 다가왔다. 봄은 재빨리 엉덩이 뒷주머니로 삐져나와 있던 '그것'을 아래로 밀어 넣었다. 어느새 그녀의 뒤로 다가온 정혜석이 '그것'을 눈치챌까 봐 초조해졌지만 다행스럽게도 발견한 것 같지는 않았다. 봄이 눈을 동그랗게 뜬 것은 쑥, 빠져나가는 왼손 약지의 촉감을 느꼈던 까닭이다.

"너⋯⋯!"

"짜증 나더라고요. 좋아하는 모습을 보니까."

"이 자식⋯⋯."

"그 남자한테서 받은 거죠? 그 검사 양반?"

봄은 두 눈을 휘둥그레 뜨며 정혜석을 노려봤다. 도영에게서 받은 금색 민자 반지를 흥미로운 듯 내려다보고 있는 정혜석에게 봄은 눈을 부라렸다.

"당장 이리 줘!"

"곧 죽을 사람이 이딴 반지가 뭐가 중요해요. 유 형사님도 참, 욕심이 많으시네."

"정혜석!"

"걱정 마세요, 형사님. 가시는 길 심심하지 않게, 제가 그 양반도……."

똑똑.

으르렁거리는 봄에게 코웃음을 치던 정혜석은 오른손 엄지와 검지로 반지를 뱅글뱅글 돌리다 말고 뒤를 돌아보았다. 달칵, 다시 지하실 문이 열리더니 이유미가 쭈뼛거리며 고개를 빼꼼 내밀고 있었다. 정혜석이 짜증스러운 듯 그녀를 쳐다보다 이내 싱긋 웃는 것을 봄을 놓치지 않았다.

"무슨 일이죠, 유미 씨?"

다정한 그의 음색에 볼을 빨갛게 붉히던 이유미가 말했다.

"잠깐 나와 보셔야 할 것 같아요. 점장이 자리를 비웠다고 난리예요."

❀　　　❀　　　❀

"그게 말이 됩니까!"

매장 안을 울리는 쩌렁쩌렁한 외침에 이곳저곳에서 탄식이 흘러나왔다. 항상 생글거리던 찬주답지 않은 반응에 근처의 영진과 동호가 그를 말렸다. 황 계장과 함께 한발 물러나 있던 도영은 어쩔 줄 몰라 고개를 숙이는 편의점 점장을 바라봤다.

"그럼 점장님 말씀은 CCTV를 봐도 소용이 없을 거란 얘깁니까?"

날카로운 질문에 점장이 몸을 움찔거렸다.

"죄송합니다. 정말 죄송합니다! 저, 저희도 요즘 너무 힘들어서…… 그, 금방 고치려 했는데…… 쉽지가…….."

빌어먹을.

낮은 욕지거리가 입 밖으로 흘러나올 뻔했다. 도영은 가까스로 욕설을 삼켰다. 대체 매장 관리를 어떻게 하는 거냐고 찬주가 점장에게로 달려들 태세를 보였지만 영진과 동호가 막아 세웠다. 쫓겨나가듯 매장 밖으로 나가는 찬주를 무심하게 응시하던 황 계장이 붉은 입술을 달싹였다.

"점장님은 언제부터 여기 계셨습니까?"

"예?"

"오후 내내, 이곳을 관리하신 겁니…….."

"무슨 일이죠?"

도영이 차분하게 그를 쳐다보고 있을 때, 갑자기 등 뒤에서 딸랑거리는 종소리가 들리더니 낯익은 얼굴의 남자가 등장했다. 도영은 그가 익숙한 이유를 알아냈다.

"야! 너 왜 이제 와! 어디 갔다 왔어?"

형사들에게 둘러싸여 창백하게 질려 있던 점장이 어리둥절하는 남자를 향해 소리쳤다. 남자는 순진무구한 표정을 지으며 입술을 달싹였다.

"자, 잠깐 화장실이요. 그런데 이분들은……."

"서울청 광역수사대입니다. 혹시, 오후 파트 담당자십니까?"

황 계장은 제 명함을 남자에게 내밀며 그를 아래위로 훑었다. 남자가 어색한 얼굴로 고개를 끄덕이자 황 계장의 다음 말이 이어졌다.

"지금으로부터 50분 전에, 주변에서 이런 여자를 못 봤습니까?"

두근.

도영은 황 계장의 손에 들린 봄의 증명사진을 바라보며 입술을 세게 악물었다. 무언가를 알고 있을까? 절박한 심정으로 그를 쳐다보던 도영은 흐음, 낮게 신음을 흘리는 남자를 주시했다. 남자의 눈꺼풀이 미세하게, 아주 미세하게 떨리더니 이내 고개를 끄덕였다.

"네. 봤…… 큭!"

"검사님!"

"어디서 봤어!"

답하던 남자를 향해 도영이 돌진한 것은 순식간이었다. 멱살을 움켜쥐며 카운터로 몰아세우자 남자가 숨을 컥컥거렸다. 도영은 있는 힘껏 그를 부여잡으며 소리쳤다.

"이 여자, 어디서 봤냐고!"

심장의 박동이 급속도로 빨라졌다. 도영은 저를 두려움에 가득한 눈으로 올려다보는 남자에게서 시선을 떼지 못했다. 정혜석. 유니폼에 달린 그의 이름을 빠르게 훑은 도영은 얼른 남자가 입술을 움직이기를 기다렸다. 정혜석은 도와 달라는 듯 당황해하는 황 계장과 다른 경찰들을 응시했다.

"서 검사, 그만하세요."

황 계장이 부르르 떨고 있는 팔을 억지로 떼어 내며 그를 말렸으나 도영은 끄떡도 않았다. 말해, 하고 음산한 소리를 흘리고 있는 도영의 검은 눈이 크게 일렁였다. 정혜석은 그제야 바들거리던 입술을 조심스럽게 움직였다.

"우, 우리 매장에 자, 잠깐 들렀어요. 린스랑 트리트먼트를 사고 나갔다고요!"

"그 뒤엔?"

"예?"

"그 뒤에, 그 여자가 어디 갔는지 기억해?"

제 뺨을 강타하듯 매섭게 몰아치는 도영의 냉기에 정혜석이 우물쭈물거렸다. 잘 기억나지 않는다는 듯 끙끙거리던 그가 한참 끝에 '아!' 하고 탄성을 흘렸다.

"어떤 남자 차를 타고 갔어요!"

……남자?

"맞아요. 그랬어요. 아마 검정색…… 소나타였던 것 같아요. 최신형 있잖아요."

"조금 더 자세하게 말해 봐요."

도영을 말리지 못하고 가만히 지켜보던 황 계장이 끼어들었다. 도영은 정혜석의 유니폼을 쥐고 있던 손에서 힘을 스르륵 풀었다. 털썩, 쓰러지지 않은 것이 천만다행이었다. 정혜석은 겨우 자신을 놓아주는 도영을 노려보다가 이내 콜록거리며 유니폼을 탈탈 털었다. 그리고는 확신을 가진 눈빛으로 황 계장에게 말했다.

"매장에 자주 들르셨던 분이라 저도 기억나요. 웃으시면서 왼손에 낀 반지를 보여 주셨던 것도. 설마, 그분한테 무슨 일이 생겼나요?"

'반지' 이야기가 나오는 순간 가슴이 철렁거렸다. 황 계장은 세게 이를 악무는 도영을 안타까운 눈으로 흘긋거리다 다시 정혜석을 응시했다.

"번호판 기억, 납니까?"

"그, 글쎄요. 워낙 어두워서…… 아! 9자로 시작했던 것 같아요. 맞아요. 9였어요!"

"검정색 최신형 소나타에 9자로 시작하는 번호, 동호!"

"네. 지금 연락하겠습니다!"

최동호 경위가 휙 고개를 돌리는 황 계장의 말에 고개를 끄덕이며 편의점 밖을 나갔다. 황 계장은 찬주와 영진은 근처 CCTV 확보할 수 있는 곳을 알아보겠다며 그를 따라나섰다. 황 계장은 매서운 눈으로 점장과 정혜석을 번갈아 바라봤다.

"다시 찾아오겠습니다. 그때까지, 사건에 협조 좀 부탁드립니다."

"혀, 협조라 하면……."

"어디 가시지 말라는 소립니다."

"예? 그럼 언제까지……."

"그러죠."

당황해하는 점장과는 달리 정혜석이라는 이름의 아르바이트생이 싱긋 웃으며 고개를 끄덕였다. 황 계장은 그런 그를 쳐다보다 이내 도영을 응시했다.

"검사님. 다시 샅샅이 살펴보죠. CCTV 확보하면 곧 봄이 위치 찾을 수 있을 겁니다."

"……."

"서 검사님?"

"아. 예."

멍하게 서 있던 도영은 뒤늦게 정신을 차렸다. 황 계장은 편의점 밖에 대기하고 있던 순경 몇몇에게 '이곳, 단단히 지켜!' 라 외치며 매장을 벗어났다.

"매장을 비우면 어떡해! 정말 제정신이야?"

도영 역시 그런 그의 뒤를 따라 밖으로 나가려는 순간, 눈치를 살피던 점장이 핀잔을 늘어놓았다. 도영은 슥 고개를 돌려 어색하게 웃는 남자의 왼팔을 응시했다.

하얀 붕대가 돌돌 말린 팔이 도영의 시야로 들어왔다. 옷으로 가려져 있어 잘 보이지 않았지만 칭칭, 붕대로 감싸져 있는 팔.

편의점을 나서려던 도영의 발걸음이 멎었다.

"……습니다!"

그리고 다시 몸을 돌리려는 순간.

"유 경사님 핸드폰, 발견했습니다!"

❖　　　❖　　　❖

시간이 얼마나…… 흐른 걸까.

점점 촉촉이 젖어 가는 손바닥의 열기가 온몸을 휘감았다. 식은땀이 줄줄 흘러내리는 이유가 뚝뚝 떨어지는 뒤통수의 핏물 때문인지, 아니면 자신을 말없이 쳐다보고 있는 이유미의 소름 끼치는 눈빛 때문인지 가늠하지 못하겠다.

　봄은 후우, 길게 숨을 뱉어 내며 호흡을 가다듬었다. 여전히 뛰는 심장이 지금 제 눈앞에서 일어나고 있는 상황이 얼마나 위급한 건지 알려 주고 있었다.

　'정신 차려야 해. 유봄, 정신 차려.'

　눈꺼풀이, 자꾸만 아래로 내려갔다. 자칫하다가는 정신을 잃을 수도 있는 상황. 봄은 흐려지는 의식을 바로잡기 위해 혀를 깨물었다. 으윽. 입안 가득 퍼져 나가는 혈향이 그리 반갑지만은 않지만 다행스럽게도 의식은 돌아왔다.

　"혼자 뭘 그렇게 끙끙거려요?"

　그런 봄을 감시하던 이유미가 결국 굳게 다물고 있던 입술을 달싹였다. 봄은 고개를 숙인 채, 아무 말도 하지 않았다.

　걸려라.

　제발…… 제발 걸려 줘.

　"이봐요."

　이유미는 대답 없는 봄에게 인상을 썼다. 봄은 여전히 대꾸하지 않았다.

　"이봐요. 내 말, 안 들려요?"

　"……."

　"이봐요!"

　"당신, 그 남자를 어디까지 믿어?"

멀찌감치 떨어져 있던 이유미가 계단에서 벌떡 일어났다. 봄은 그제야 고개를 들며 이유미를 노려봤다. 램프를 들려 하던 이유미의 눈동자가 살짝 일렁였다.

"무슨 소리죠?"

"어디까지 믿느냐 물었어."

하아, 가빠지는 호흡을 가다듬으며 봄은 이유미를 도발했다. 자신을 노려보는 봄을 가만히 응시하던 이유미가 풋, 웃음을 터 뜨렸다.

"지금 나와 혜석 씨 사이를 이간질하려는 건가요, 유 형사님?"

1년 넘게 붙잡히지 않았던 살인범의 조력자답게, 이유미는 쉽 게 걸려들지 않았다. 봄은 정혜석이 금방 다녀오겠다고 이유미 의 손에 쥐어 준 날카로운 나이프를 빤히 응시하다 빙긋 미소를 그렸다.

"딱히 그런 건 아니지만 두 사람 사이가 화기애애해 보이지는 않는 것 같아서."

"무슨 소리를 하시는 건지 모르겠지만, 유 형사님이 뭔가 오 해하신 것 같네요. 혜석 씨랑 나 사이는, 이 세상 그 누구보다도 완벽해요. 당신과 당신의 약혼자보다요."

"과연…… 그럴까."

봄은 코웃음을 치는 이유미를 향해 나지막한 음성을 흘렸다. 뒤통수가 지끈거렸지만 봄은 아랑곳 않고 이유미를 바라보는 시 선을 거두지 않았다. 봄의 자신만만한 태도가 신경에 거슬렸는 지, 이유미가 눈썹을 까딱였다.

"윽!"

터벅터벅 걸어온 이유미가 봄의 뺨을 내리친 것은 순식간이었다. 다행히 발끝에 힘을 주어 의자까지 넘어지지는 않았지만, 봄의 얼굴은 세차게 옆으로 돌아갔다. 이유미는 냉랭한 눈빛으로 봄을 내려다봤다.

"당신이 뭘 안다고 그래. 고작 몇 분 전에 우리랑 만났으면서."

봄은 픽 웃음을 흘리며 고개를 들었다.

"그러니까 하는 말이야. 만난 지 얼마 되지도 않은 내가 당신 두 사람 사이를 알아차릴 만큼, 당신들이 그리 가까워 보이지는 않아서. 왠지…… 당신이 불쌍하게 느껴, 큭!"

"이봐, 지금 내가 당신을 살려 두는 이유가 무엇 때문이라고 생각해?"

이유미가 묶여 있는 봄의 목을 찌를 듯 칼을 겨누었다. 코앞으로 다가온 이유미의 숨결이 느껴지자 봄은 입을 다물었다. 살기가 가득 한 눈으로 봄을 노려보던 이유미는 싱긋 입꼬리를 올렸다.

"혜석 씨가, 당신의 마지막을 장식하고 싶어 해서야. 솔직한 심정으로는 나, 지금 당장이라도 당신 목 그어 버리고 싶어. 혜석 씨가 당신한테 눈길 두는 거, 무지 싫거든."

"……"

"그러니까 그만 자극해요, 유 형사님. 혜석 씨가 돌아올 때까지, 당신 살려 두고 싶으니까."

소름끼칠 정도로 차가운 독설을 뱉어 낸 이유미는 툭툭, 봄의 어깨를 두드리며 무릎을 피려 했다.

'저 나이프……'

좋아. 할 수 있어, 유봄.

넌 할 수 있어.

돌아서는 이유미의 오른손에 들린 나이프에 시선을 두고 있던 봄은 아까부터 계획해 두었던 일을 실행하기로 결심했다. 봄은 오른쪽 엉덩이에 힘을 줬다.

"우리 혜석 씨, 언제 오……."

—그럼, 이유미 씨는?

봄의 의도대로 의자의 딱딱한 부분과 '그것'의 버튼이 맞물렸다. 다행스럽게도 리플레이는 적절한 시점에서 재생되었다. 봄은 안도의 한숨을 내쉬며 앞을 주시했다. 자리에서 일어난 이유미의 눈동자가 급격하게 흔들리고 있었다.

—유미 씨랑 있는 시간도 재미가 없어지면 그녀를 죽일 건가?

"뭐하는…… 거야?"

이유미가 파르르, 나이프를 든 채로 봄을 노려보았다. 봄은 아무 말 없이 그녀를 올려다봤다. 봄의 엉덩이 쪽에서는 계속해서 음성이 흘러나왔다.

—아무래도, 그래야겠죠?

—유미 씨가 실망하겠네.

—어쩌겠어요. 조력자를 잃는 건 아쉽지만, 재미가 없으면 없애버리는 게 득이죠. 내 정체를 알고 있는 사람을 살려 둘 수는 없는…….

"뭐하는 거냐고!"

봄은 크게 소리를 지르는 이유미의 행동에 다시 엉덩이에 힘을 주었다. 흘러나오던 목소리가 멎었다. 이유미는 분노에 가득 찬 음성으로 봄에게로 성큼성큼 다가왔다. 봄은 싱긋 웃으며 말했다.

"왜 모르는 척합니까, 이유미 씨. 똑똑히 들었으면서."

"뭐?"

"당신이 필요 없다고 하잖아."

"……!"

"쓸모가 없어지면, 버릴 거라던데. 내가 당신 두 사람 사이가 그리 돈독하지 않다고 여기는 게, 과연 착각일까요?"

"너, 너 말 다했어?"

조금만…… 더.

파르르 떠는 이유미의 입술이 시야로 들어왔다. 봄은 미친 듯이 뛰는 심장의 박동을 애써 무시하며 냉정을 유지하려 애썼다. 조금만 더 힘내라, 유봄. 저 나이프만, 저것만 확보하면 돼.

"글쎄요. 나는 있는 사실을 이야기 할 뿐이에요. 당신도 들었잖아. 정혜석 씨가 당신을 두고 뭐라고 말했는지."

"너……!"

"못 믿겠으면, 당신이 직접 확인하든지."

"……!"

"오른쪽 바지 뒷주머니. 거기 정혜석이 한 말이 그대로 있습니다."

이유미의 눈이 혼돈에 휩싸였다. 봄은 짙은 미소를 지었다.

"선택은 당신 몫이에요."

쿵쿵. 심장이 뛰었다. 봄은 볼펜 녹음기를 그에게서 처음 받아 들었던 때를, 다시 한 번 떠올렸다.

"버튼이 하나뿐이네요?"

"응. 너무 복잡한 건 싫어할 것 같아서."

"어떻게 사용하는데요?"

"한 번 누르면 재생, 다시 한 번 누르면 정지."

"그럼 녹음은……."

"5초 정도 길게 누르면 돼. 녹음 정지는 다시 한 번 누르면 되고. 그럼 녹음된 부분까지 자동으로 저장되는 형식이야. 재생은 녹음 시작한 부분부터 플레이되고."

"으악! 복잡해! 버튼은 하나뿐인데 왜 이렇게 복잡한 거예요!"

"흠. 그런가?"

"나 이거 많이 안 쓸 것 같아요. 선배 다시 가져가요!"

"한 번 준 선물은 다시 받는 거 아니야. 그냥 가지고 있어."

"흐웅……."

"부적이라고 생각해. 서도영이, 항상 유봄 곁에 있다는 부적."

"이런 게 무슨 부적……."

"봄아."

"……알았어요. 넣을게요. 넣으면 되잖아요. 보세요! 저 넣었어요!"

고작 녹음기 따위가 무슨 부적이 될까 싶었다. 피해자 인터뷰는 대부분 찬주를 시켰으니까. 하지만 도영의 눈빛이 너무도 강렬해서 차마 거절할 수 없었다. 그를 실망시키고 싶진, 않았으니.

'보고 싶다, 진짜.'

흔들리는 이유미를 흘긋거리며 봄은 의지를 다졌다. 꼭, 살아서 나가야 한다. 정혜석이 자리를 비운 이 기회가 아마도 유봄의 생사를 결정할 처음이자 마지막 기회가 될 수도 있었다.

아직까지 출혈은 멎지 않고 있었고 심장은 미친 듯이 뛰고 있었지만 이 기회를 놓치면 도영을 다시 볼 수 있을지 확신이 서지 않았다.

'봐야 해.'

봄은 저를 죽일 듯 노려보던 이유미가 결심한 듯 침을 꿀꺽 삼키는 모습을 발견했다.

봐야 한다.

살아서, 반드시 도영을…… 봐야 했다.

아직 유봄은, 그에게 하지 못한 이야기가 있었으니까.

서도영에게 꼭 하고 싶은 그 말을, 하지 못했으니까.

하나밖에 없는 기회를 잘 살려야겠다는 생각에 움켜쥔 주먹에 힘이 들어갔다. 봄은 저를 경계하면서도 성큼성큼 다가오는 이유미가 제 뒤로 완벽하게 돌아서는 모습을 지켜보았다.

"……디에, 있는 거야."

아직.

아직은…… 아니야.

"어디에 있는 거야?"

이유미가 나이프를 들고 있던 손이 아닌 왼손으로 봄의 뒷주머니를 살피기 위해 움직였지만 봄은 빳빳이 몸을 굳히고 있었다.

"없잖아!"

신경질적인 이유미의 음성이 들려왔다.

"조금 더 밑에 있어요. 잘 찾아봐요."

"……."

"어서요."

이유미가 봄의 재촉에 젠장, 하고 욕설을 흘리더니 다시 무릎을 굽혔다.

'조금만.'

조금만 더 가까이…….

탁.

깊숙이 집어넣은 그녀의 녹음기를 찾기 위해 이유미가 인상을 쓰며 오른손에 들고 있던 나이프를 바닥으로 내려놓는 소리가 들렸다. 봄의 눈동자가 반짝였다.

"당신, 몸 똑바로 안…… 아악!"

봄이 그 소리를 듣자마자 의자를 뒤로 젖힌 것은 순식간이었다. 이유미가 갑작스러운 공격에 뒤로 자빠졌다. 봄은 그녀가 신음을 흘리든 말든 개의치 않고 이유미의 몸 위에서 몸을 일으키고는 의자 등 쪽에 묶여 있던 양팔을 앞으로 돌렸다. 그리고 있는 힘껏 팔꿈치로 이유미의 배를 내리찧었다.

"크헉!"

요란한 신음 소리와 함께 이유미가 고통에 휩싸이는 소리가 들렸다. 봄은 그녀가 끙끙거리는 사이 얼른 몸을 돌려 몇 발자국 앞에 있는 나이프를 향해 뛰어들었다.

제발…… 제발!

딱.

"……!"

됐어!

손에 쥔 나이프로 팔목을 묶고 있던 케이블 타이를 끊어 내는 것은 손쉬웠다. 두 명의 범인이 당도하기 전에 볼펜으로 수도 없이 연습했었으니까. 봄은 눈 깜짝할 사이에 손을 풀고 인상을 썼다. 찌릿한 전기가 온몸으로 퍼져 나갔다.

"크으으."

명치를 맞은 탓에 이유미는 여전히 바닥을 나뒹구는 중이었다. 발목을 묶고 있던 케이블 타이 역시 끊어 낸 봄은 끙끙거리고 있는 이유미를 향해 다가갔다.

손목은 저려 왔고, 발목은 화끈거릴 만큼 뜨겁다. 지혈하지 못한 뒤통수의 상처가 현기증이 일어날 만큼 그녀를 괴롭히고 있었으나…… 해야 할 것은, 해야지.

"이유미 씨."

봄은 고통스러워하는 이유미를 내려다보며 빙긋 웃었다. 그리고는 놀란 눈으로 응시하는 여자의 목을 깍지 낀 양손으로 세게 내리쫗었다.

❦　　　❦　　　❦

아까부터…… 무언가가 계속해서 걸린다.

쿵쿵. 정신없이 뛰는 심장의 박동소리가 더욱 거세져 갔지만 도영은 그것을 바로잡을 수 없었다. 뭐지. 대체 이 찜찜한 기분은.

"……사님."

놓치고 있는 기분이 든다. 도영은 인상을 쓰며 우뚝 서 있었다. 급박하게 움직여야 할 시점이지만 이상하게 발이 떨어지질 않는다.

"서 검사님!"

찬주가 그런 도영을 정확히 다섯 번쯤 불렀을 때, 공허한 빛을 띠던 도영의 동공이 제자리로 돌아왔다. 도영은 인상을 쓰고 있는 찬주를 멍하니 응시했다.

"불렀……습니까?"

"예. 대체 무슨 생각을 하시는 거예요, 지금 이 순간에!"

찬주는 정신을 차리지 못하는 도영을 타박했다.

"서 검사님이 정신을 차리셔야 합니다. 그래야 선배를 찾을 수 있어요!"

"……안합니다. 미안, 해요."

도화동 총기 강탈 사건 때와는 느낌이 달랐다. 심장이 죄여와 참을 수가 없을 정도여서 도영 역시 당황할 지경이다. 그는 바짝 말라 가는 입술을 축이지도 못한 채 고개를 아래로 떨구었다.

"정신 차리십시오!"

찬주가 그런 도영의 어깨를 세게 짓누르며 한숨을 내쉬었다. 도영은 겨우 얼굴을 들어 주위를 살폈다.

편의점과 얼마 떨어지지 않은 도로의 길가에서 봄의 핸드폰을 발견했다. 배터리가 분리된 봄의 핸드폰은 액정이 박살 난 상태로 길가를 나뒹굴고 있었다. 그것을 발견하자마자 일대를 수색하라는 황 계장의 명이 떨어진 것은 당연했다.

스스로가 이렇게 무능했던가에 대해 다시 한 번 생각해 보는 계기가 됐다. 납치된 봄의 흔적조차 찾을 수 없다니. 이전의 사건과는 차원이 달랐다. 여성들만을 납치하여 왼손 약지를 잘라 냈던 연쇄살인범이 아닌가.

얼마 전, 그녀에게 쥐어 준 남색 보석 케이스가 눈앞을 아른거렸다. 심장이 저려 와 도영은 입술을 세게 악물었다. 혹시 자신 때문일 수도 있었다. 만약 봄이…… 가느다란 약지에 그 반지를 끼웠다면, 범인의 타깃이 됐을 가능성이 높았다.

'제기랄!'

뇌리를 스치는 아찔한 생각에 도영은 주먹을 세게 움켜쥐었다. 이러고 있을 때가 아니었다. 이렇게 멍하게 서 있을 때가 아니었다. 이렇게, 바보처럼, 아무것도 하지 못하고 서 있을 때가 아니…….

—……된 소식에 의하면, 용의자의 오른팔에는 마지막 피해자

가 남긴 상처가 새겨져 있다고 합니다. 경찰 관계자는 세로로 두 줄, 그러니까 십일자 모양의 상처가 새겨진 남성을 발견하게 된다면 곧바로 아래 자막에 흐르는 핫라인으로 연락을…….

……어?

"치료, 하셔야겠어요. 많이 다치신 것 같습니다만."
"아."

심장이 울렁거렸다.

"고맙습니다."

휘어지는 눈꼬리가 숨을 막히게 만들었다. 도영은 생각이 미치자마자 저 멀리 보이는 목적지로 달려갔다.
"서 검사님? 어디……."
봄의 흔적을 쫓기 위해 경찰들은 이미 뿔뿔이 흩어진 상황. 근처 분식집 주인과 이야기를 하던 황 계장이 머리카락을 휘날리며 달려가는 도영을 발견하고 말을 걸었지만 미친 듯이 뛰는 도영을 말리지는 못했다.

"우, 우리 매장에 자, 잠깐 들렀어요."

편의점 근처에서 봄의 흔적이 발견된 것으로 보아 입술을 떨던 그의 말은 결코 거짓이 아닐 것이다. 도영은 주먹을 세게 움켜쥐었다. 숨이 가득 차올랐지만 그는 눈앞에 보이는 편의점으로 달려가는 것을 멈추지 않았다.

'뻔뻔하게!'

모르는 척을 했다. 여타 범죄자들이 그러하듯, 연기를 선보였다. 빨리 눈치채지 못한 것은 정신을 팔고 있었기 때문이다. 조금만 더, 내가 조금만 더 정신을 차렸더라면. 여전히 시간은 흐르고 있었고 봄의 안위는 장담할 수가 없었다. 도영은 숨 쉬는 것도 잊은 채 미친 듯이 달렸다. 달리고 또 달렸다. 저 멀리 보이는 편의점이 가까워질 때까지. 헐떡이며 달려갔다.

"서…… 검사님? 무슨 일이십니까?"

"하아, 하아."

"서 검사님?"

편의점 앞을 지키고 있던 순경 한 명이 갑자기 달려온 도영을 의아한 눈으로 바라보았다. 도영은 깊은 숨을 뱉어 내며 그의 옷깃을 움켜쥐었다.

"……원."

"예?"

"그 직원, 어디 있습니까!"

❖　　　❖　　　❖

"잠깐, 화장실 간다고 하던데요. 저기 저 앞 건물 보이시죠? 금방 다녀오겠다고 하길래 보내 줬습니다만 무슨 일이…… 서

458

검사님!"

의아해하는 순경이 가리킨 곳은 편의점과 고작 한 블록 떨어진 건물이었다. 도영의 오피스텔의 왼편에 편의점이 위치해 있었다면 건물이 위치한 곳은 오른편. 도영은 당황해하는 순경에게 얼른 다른 형사들을 불러오라고 말한 뒤 예의 건물을 향해 달려갔다.

'무사해야 해, 봄아.'

무사해야 해, 제발……!

심장이 저려 와 미칠 지경이다. 이렇게 가까운 곳에 있을 줄은 아무도 상상하지 못했을 것이다. 대한민국의 검사들이 모인 검찰청 코앞, 바로 이 건물에서 서울에 사는 20대 여성들을 떨게 만들던 범인이 있을 거라고는 그 누구도 예상하지 못했겠지.

도영은 떨리는 다리에 힘을 주며 달리고 또 달렸다. 타들어갈 듯한 갈증이 그를 괴롭혔지만 지금 멈췄다간 봄을 볼 수 없을지도 모른다는 생각이 머리를 장악했다. 도영은 쉬지 않았다.

"하아, 하아."

건물 앞에 도착하자마자 주위를 살폈다. 집으로 돌아가기 위해 몇 번이고 이 건물을 지나쳤지만 한 번도 의심하지 못했다. 도영은 자책하며 컴컴한 건물 안으로 발을 내딛었다.

예상했던 대로 유리문은 쉽게 열렸다. 도영은 숨을 크게 들이마셨다. 다른 형사들의 지원을 기다릴 여유 따위는, 없었다.

어디에 있을까.

가장 가능성이 있는 곳은 건물의 은밀한 곳, 지하실 혹은 주차장. 경비원도 보이지 않는 이 칠흑 같은 건물에 주차장이 구

비되었을 가능성은 없어 보였다. 도영은 검은 눈으로 깜깜하기
그지없는 지하실로 내려가는 계단을 노려보았다.

"날 찾는 거야?"

그때였다.

"큭!"

계단으로 내려가기 위해 발을 내딛으려던 도영은 갑자기 등
뒤에서 들리는 소리에 고개를 돌리다 무언가 강한 둔기가 자신
을 내리찧는 것을 느꼈다. 그가 비틀거리는 것은 순식간이었다.

"용케도 기억해 냈나 보네."

큭큭, 웃음을 흘리며 남자가 중얼거렸다. 계단 앞에 털썩 무
릎을 굽힌 도영은 제게로 터벅, 터벅 걸어오는 남자를 멍하니
올려다봤다.

"당신……."

"그래, 나 맞아. 찾아와 줘서 고마워요, 검사 양반. 수고를 덜
었네."

편의점에서 그에게 멱살을 잡혔을 때와는 다른, 차갑기 그지
없는 웃음소리가 고막 안으로 흘러 들어왔다. 미친 듯이 달려와
마침 산소가 부족했던 차에 머리까지 가격당해 도영은 쉽게 정
신을 차리지 못했다. 딱딱한 둔기, 야구방망이로 느껴지는 그것
을 이리저리 휘두르며 남자는 점점 도영에게 가까워졌다.

"으윽!"

"너무 섭섭해 마. 곧, 형사님도 검사 양반 곁으로 보내 줄 거
니까."

도영이 정신을 차리기 위해 계단 난간으로 손을 뻗으려고 하

자 정혜석은 그런 그의 손을 발로 짓밟으며 음산한 말을 이어 나갔다.

도영은 곧 형사들이 이곳으로 몰려올 것이라는 것도 짐작하지 못한 채 웃음을 띠고 있는 정혜석을 노려보았다. 정혜석은 미소를 그리며 쥐고 있던 야구방망이를 높이 치켜들었다.

"그럼."

봄아.

코앞인데.

정말 코앞인 것 같은데.

도영은 가늘게 숨을 내쉬며 입술을 세게 짓눌렀다.

봄아.

봄의 이름이 입안을 맴돌았다. 이름을 부르면 꼭 달려올 것만 같은 환한 얼굴이 눈앞을 아른거렸다. 산소 부족과 급습으로 의식을 잃어 가던 도영은 슥 올라가는 정혜석의 입꼬리를 마주했다.

"검사 양반."

정혜석은 그런 도영의 머리를 찧기 위해 힘껏 아래로, 야구방망이를 내렸다.

"굿바…… 컥!"

적어도 그녀가 무사해야 하는데, 라고 생각하던 도영의 눈동자가 제 쪽으로 쓰러지는 정혜석으로 인해 튀어나올 듯 큼지막해졌다.

"……!"

곧 도영은 어둠 속에서 나타나 화려한 무술 실력으로 정혜석을 순식간에 제압해 버린 뒤, 그의 위에 올라타선 멱살을 움켜쥐는 낯익은 얼굴을 발견하곤 환희의 웃음을 터뜨렸다.

"이 개자식, 너 오늘 죽었어!"

❖   ❖   ❖

"남들은 벚꽃 축제다 뭐다 정신이 없는데 우린 이게 뭐야!"

긴 한숨을 내쉬며 창밖에 흐드러지게 핀 화려한 꽃들을 응시하던 박영진 경위가 결국 서류를 작성하던 손을 책상 위로 내리치며 입술을 삐죽였다. 근처에서 함께 사건 경위서를 작성하고 있던 최동호 경위는 혀를 끌끌 찼다.

"야, 이미 개화 시기 다 지났어. 내가 얼마 전에 검색해 봤는데 벚꽃 개화 시기는 3월 말에서 4월 초라더라. 축제는 무슨."

"아니, 그러니까! 남들은 룰루랄라 놀러 다니는데 우리는 왜여기 있냔 말이지!"

박 경위는 오늘 단단히 마음을 먹은 것이 분명했다. 서울시마포구 마포동에 위치한 서울지방경찰청 광역수사대 신청사 사무실에는 주말인데도 불구하고 출근하여 업무를 보고 있는 경찰 공무원들로 가득했다.

매일 뉴스 말미에 전해지는 소식에 의하면 가벼워진 옷차림으로 바꿔 입은 국민들이 전국 각지에서 봄을 수놓는 꽃들을 보러 다닌다던데, 5월이 가까워진 지금까지 대부분의 광수대 경찰공무원들은 벚꽃 구경 한 번 다니지 못했다. 박 경위는 그것이 불만이다.

"안 되겠어. 나 오늘 대장님한테 항의할 거야!"

쯧쯧, 곳곳에서 박 경위를 향한 안쓰러운 시선이 쏟아졌다. '몇 주 동안 밤낮없이 일해서 그런지 아주 맛이 갔네, 갔어'라는 반응이 대다수였지만 그를 응원하는 이들이 아예 없지는 않았다.

박 경위는 결심 끝에 벌떡 일어나 이웅대 총경실로 향하기 위해 출입구 쪽으로 발걸음을 돌렸다. 최 경위는 그런 박 경위를 말리려다 말았다. 내 일이나 해야지.

"모두 기다리라고! 내가, 다들 벚꽃 구경하게 만들어 줄……"

"벚꽃?"

헉, 힘차게 출입구 쪽으로 향하던 박 경위가 돌연 걸음을 멈춰 좌중을 향해 주먹을 불끈 쥐었다. 박수를 치며 그에게 힘을 실어 주던 몇몇 형사들에게 환한 이를 드러내던 박 경위는 다시 몸을 돌리며 문고리를 잡으려다 먼저 들려오는 목소리에 흠칫 놀랐다. 황 계장이 피곤에 절어 있는 얼굴을 하고 그를 쳐다보고 있었기 때문이다.

"계장님! 오, 오셨습니까!"

토요일 오전임에도 불구하고 출근하자마자 총경실로 불려 간 황 계장은 정오가 되어서야 모습을 드러냈다. 며칠 전 일어난 대형 사건으로 인해 이 총경에게 한 소리를 들은 것이 틀림없었다.

박 경위는 '벚꽃은 갑자기 왜?'라며 물음을 던지는 황 계장에게 과장된 웃음을 흘렸다. 황 계장은 제 눈을 마주하지 못하고 뒷걸음질 치는 박영진 경위를 의심쩍은 눈으로 바라보다 툭 말을 던졌다.

"앉아."

"……예?"

"두 번 말하게 할래?"

싱긋, 올라가는 황 계장의 눈이 매섭게 빛났다. 박 경위는 하
하, 어색한 미소를 그리며 연신 고개를 끄덕였다. 살벌하기 짝
이 없는 황 계장의 태도에 모두들 숨을 죽였다. 오늘은 건드려
서는 안 되는 날이군. 사무실 내 형사들의 입술이 바짝 타들어
갔다. 황 계장은 그런 그들을 흘긋거리다 이내 자리로 돌아갔
다.

"최동호. 조서 작성은 끝났나?"

"예!"

"두 연놈들 다?"

"당연하죠. 이제 검찰에 넘기면 됩니다."

"빨리 넘겨 버려. 그 지긋지긋한 놈들, 얼른 콩밥 먹여야 하
니까."

"알겠습니다!"

그날 밤을 생각하면 치가 떨렸다. 설마 오랫동안 찾고 있던
범인이 한 놈도 아니고 두 연놈일 줄이야. 그나마 흡족한 것은
피떡이 된 채로 발견된 두 남녀의 처참한 몰골이었다. 장기간
집에도 가지 못하게 만든 빌어먹을 범죄자들이 생채기 하나 없
이 발견되었다면 몹시 화가 났을 터였다.

재빠르게 검찰 쪽으로 전화를 거는 최 경위를 기특하게 보다,
황 계장은 자신을 응시하는 시선을 느꼈다.

"뭐냐."

"네?"

"하고 싶은 말 있으면 말해, 막내."

시선의 주인공은 찬주였다. 찬주는 서늘하기 그지없는 황 계장의 태도에 움찔거리면서도 흠흠, 헛기침을 골랐다. 머릿속을 맴돌던 그 말을 뱉어 내기 위해서다.

"저기……."

"뭐."

이 총경에게 우리 애가 잡힐 때까지 광수대는 대체 무엇을 한 거냐고 한바탕 핀잔을 듣고 온 황 계장은 심드렁하기 그지없는 대답을 들려주었다. 찬주는 그에 굴복 않고 결연한 의지를 다지며 제 옆자리를 가리켰다.

"봄……."

"응?"

"봄이 선배는, 대체 언제 복귀합니까?"

그 말에 각자의 일에 매진하던 광수대의 움직임이 뚝 멎었다. 광역수사 1계의 팀원들뿐 아니라 2계의 팀원들 역시 황 계장의 대답이 궁금했는지 그의 두툼한 입술만을 응시하고 있었다.

"그러게. 매디 녀석 안 나온 지 꽤 되지 않았냐?"

광역수사 2계 장정호 계장이 찬주의 말에 동조했다.

"예. 일주일쨉니다."

찬주는 얼른 고개를 끄덕였다.

"뒤통수 한 번 맞았다고 했었나?"

"멀쩡하던데요."

"야, 나는 피 철철 흘리면서도 그렇게 팔팔한 애는 처음 봤다. 역시 매디가 괜히 매디가 아니야. 그치?"

"계장님! 우리 매디, 언제 복귀합니까! 면회도 못 가게 하고. 보고 싶어 죽겠습니다!"

장 계장뿐 아니라 조서를 작성하던 최 경위, 창밖의 벚꽃만 멍하게 응시하던 박 경위까지 벌떡 일어나 황 계장의 대답을 기다렸다.

오늘따라 이 녀석들, 진짜 왜 이래. 황 계장은 다 죽어 가는 동태눈처럼 멍하던 부하들의 눈빛에 활기가 피어오르자 고개를 절레절레 저었다. 있을 땐 마구 놀려 대더니, 자리를 비우자 그 소중함을 안 모양이다.

"아직 입원 중이라더라. 다음 주쯤 복귀한다니까, 오면 복귀식이라도 해 주든가."

"계장님이 쏘시는 겁니까?"

"내가 왜!"

"이봐, 황 계장. 한턱내지 그래? 매디 덕분에 으뜸 경찰상도 받을 거잖아."

"장 계장. 내가 그 상을 받는 건 나의 지휘 실력이 워낙 뛰어나서……."

"한턱내시죠, 계장님!"

당황하는 황 계장의 얼굴과는 대조적으로 책상 앞에 앉아 있던 광수대 소속 형사들의 얼굴이 환해졌다. 2계의 형사들까지 박수를 치며 동조하자 분위기는 금방 후끈 달아올랐다.

갑작스러운 몰이에 당황하던 황 계장은 반항 아닌 반항을 해 보았지만 소용없었다. 결국 그는 백기를 들어 올리며 고개를 아래로 떨구었다.

"대신 매디가 먹고 싶은 거 먹으러 갈 거니까, 메뉴 선정은 책임 못 진다."

찬주는 툴툴거리는 황 계장을 보며 세게 고개를 끄덕이더니 이내 전화기를 집었다.

"그럼 미리 선배랑 얘기를……."

"막내! 동작 그만!"

신이 났던 찬주의 행동이 버럭 소리 지르는 최 경위의 외침에 뚝 멎었다. 찬주는 도둑질을 하다 들켜 버린 범죄자처럼 눈을 동그랗게 뜬 채 최 경위를 응시했다. 최 경위는 쯧쯧, 혀를 차며 검지를 좌우로 까딱였다.

"죽다 살아와서 한참 봄을 만끽하고 있을 텐데 이번 주 주말까지는 내버려 둬. 안 그렇습니까, 계장님?"

최 경위가 씨익 웃으며 황 계장을 응시했다. 황 계장은 그런 최 경위와 찬주의 시선에 말없이 어깨를 으쓱여 주었다. 그리고 그는 이내 책상 위에 고이 놓여 있는 며칠 전의 조간신문을 내려다봤다.

알고 보니 두 명? '왼손 약지 연쇄살인범', 드디어 검거!

1면을 장식한 굵은 헤드라인이 가늘게 뜬 황 계장의 눈으로 들어오고 있었다.

"그게 결정적이었어요!"

탁, 힘껏 침대의 끝부분을 내리치던 봄이 눈에 힘을 주며 외쳤다. 침대 헤드에 등을 기댄 도영은 침대 위에 올라타 열심히 침을 튀기고 있는 봄에게 옅은 미소를 짓고 있었다.

벌써 몇 번이고 들었는지 모르겠지만 그녀가 신이 났으니 굳이 말릴 이유는 없었다. 잠시 독서를 즐기려던 시간은 깨졌으나 책을 읽는 것보다 봄의 목소리를 듣고 있는 것이 더 좋았다.

도영은 휘어지는 눈꼬리를 거두지 않으며 봄의 다음 말을 기다렸다. 봄은 일부러 과장된 몸짓을 보이며 입술을 달싹였다.

"갑자기 보이는 거예요. 그 녹음기가! 데굴데굴 굴러 가는데, 얼마나 가슴이 철렁거리던지!"

"그래?"

"네! 그거 못 잡으면 난 끝이구나란 생각이 들더라고요."

"그래서?"

"그래서긴요! 그것만은 꼭 잡아야 한다는 생각에 온 힘을 다해서 그걸 잡으려고 기었죠!"

당시의 긴박했던 상황을 떠올리며 봄은 소리쳤다. 도영은 그때를 떠올리듯 미간을 좁히는 그녀의 행동에 풋 웃음을 터뜨렸다. 결국 볼펜 녹음기를 손에 쥐었다고 말하던 봄의 눈동자가 맑게 일렁였다.

봄은 미소 짓는 도영의 손을 덥석 잡으며 외쳤다.

"선배 말이 맞았어요. 그거, 진짜 부적이었다고요!"

"그렇지?"

"네! 와, 저는 사실 평생 그 녹음기는 쓸 일이 없을 거라고 생…… 아, 이, 이건 취소. 흠흠. 선배. 못 들은 척해 주세요. 네?"

무심코 본심을 늘어놓던 봄이 가늘게 눈을 뜨는 도영을 발견하고 두 손을 내저었다. 그것마저 사랑스러워 잠시 골려 줄까 하다가 그는 너그러이 고개를 끄덕여 주었다.

"이유미가 들고 있는 나이프만 손에 들어오면 탈출할 수 있을 것 같더라고요. 아무리 그 여자가 연쇄살인범한테 홀려서 제정신이 아니라고는 하지만, 유단자인 저를 꺾기는 쉽지 않을 테니까요. 그래서 이유미가 최대한 가까이 오도록 유도했죠! 그리고 이유미가 제 뒤에 섰을 때, 딱!"

그때의 상황을 재연하듯 봄은 뒤로 고개를 젖히며 침대에서 쓰러지듯 몸을 움직였다. 도영이 놀라 그녀를 잡아 주기 위해 손을 뻗으려 했으나 그전에 봄이 먼저 배시시 웃으며 뒤로 넘어가려던 허리를 바로 세웠다. 봄은 한숨을 내쉬는 도영을 바라보며 주먹을 불끈 쥐었다.

"머리 부상을 당한 상태긴 했지만 그래도 유봄 실력이 어디 가겠어요? 여자 하나 정도 제압하는 건 손쉬운 일이죠."

액션 영화의 주인공처럼 모션을 취하던 봄을 물끄러미 응시하던 도영이 다정한 목소리를 흘렸다.

"그래도 다음부터는 칼 든 사람한테 무턱대고 달려들지 마."

봄은 제 손을 살포시 움켜쥐는 도영의 따스한 손길에 넋을 놓고 그를 응시하다 고개를 끄덕였다. 염려하는 그를 안심시키기 위해서 봄은 장담할 수 없는 앞으로의 일에 대해 걱정을 덜어 주기로 했다.

"네."

"약속해."

"응. 약속해요."

결국 새끼손가락까지 걸고 나서야 그녀의 답을 받아 낸 도영은 안도의 한숨을 내쉬었다. 봄은 그런 도영을 빤히 응시하다 슬금슬금 침대 위를 움직였다. 그가 링거를 맞고 있는 팔이 아닌 비어 있는 팔 쪽까지 다가온 그녀는 살포시 머리를 기대며 도영을 올려다보았다.

"선배는 언제 퇴원한댔죠?"

"다음 주 수요일."

"왜 이렇게 길어요. 저는 오늘인데."

그럼 앞으로 사흘이나 더 기다려야 하잖아. 봄은 입술을 씰룩였다.

예상했던 대로 정혜석은 지하실로 돌아왔다. 봄이 지하실의 위치가 편의점 맞은편 건물이었다는 사실을 안 것은 이유미를 지하실에 가두어 두고 난 후의 일이었다. 만약 평소의 그녀였다면 탈출을 하자마자 동료들을 호출했을 테지만, 당시 봄의 머릿속에는 도영에 대한 안전이 우선이었다.

봄은 틀림없이 정혜석이 도영을 이곳까지 끌고 올 것이라 여겼다. 지끈거리는 머리의 통증을 인내하며 묵묵히 정혜석을 기다린 것은 바로 그러한 이유 때문이었다. 도영이 정혜석에게 당하기 직전, 그를 응징해 주기 위해서.

봄은 비록 여성이기는 했으나, 오랫동안 범죄자들을 현장에서 검거해 온 꽤 능력 있는 무술인이기도 했다. 정혜석을 급습하여 제압하는 것은 순식간이었다. 헉헉 숨을 몰아쉬던 도영이 갑자기 등장한 봄을 보고 놀란 표정을 짓다 웃음을 터뜨린 것은 당연한 일이었는지도 모른다.

"이, 이게 다…… 아니, 이 녀석 상태가 왜 이래?"

감히 자신을 납치한 죄, 그것에 더 나아가 도영을 습격한 죄, 그리고 죄 없는 안타까운 20대 여성들의 목숨을 앗아간 죄로 주먹을 날리던 봄으로 인해 정혜석의 얼굴은 퉁퉁 부어 버렸다. 뒤늦게 현장에 당도한 황 계장을 비롯한 형사들이 봄에게 맞고 있는 정혜석을 발견하곤 기겁한 것은 이제 광역수사대의 회식 때마다 그들 사이에서 오르내릴 만한 가십거리가 되었다.

"이것 좀 볼래요, 선배?"

살짝 열린 도영의 병실 창틈으로 둥둥 떠다니던 벚꽃 잎이 내려앉았다. 봄은 분홍빛 꽃잎을 흘긋거리다 도영의 허리를 감싸안았다. 침대 헤드에 기대 있던 도영의 팔이 답이라도 하듯 그녀의 팔을 덮었다. 봄은 나지막한 목소리를 뱉어 내며 도영을 쳐다봤다. 도영의 부드러운 시선이 천천히 그녀를 향했다. 봄은 왼손을 들어 올렸다.

도영의 눈이 휘둥그레진 까닭은 간단했다. 의식을 차린 이후로도 그녀의 손에서 볼 수 없었던 반지가 봄의 왼손에 끼워져 있었기 때문이다. 봄은 놀라는 도영을 향해 맑은 눈웃음을 지었다.

"제가 이거 다시 돌려받느라고 얼마나 고생했는지 모르죠? 하필 그 정신 나간 놈이 이걸 들고 가 버리는 바람에. 증거물이 되어 가지고. 내 것 돌려받겠다는 데 무슨 절차가 그렇게 복잡한지."

"봄아."

고개를 절레절레 저으며 투덜거리는 봄을 도영은 와락 끌어안았다. 봄은 코끝으로 느껴지는 그의 달콤한 체취에 입가를 씰룩였다. 쿵쿵, 뛰는 그의 심장 소리가 자신의 소리와 섞여 좋은 울림을 냈다. 봄은 잠시 닫았던 입술을 이어 나갔다.

"약속, 했잖아요. 선배한테 대답하기로. 그 대답을 하기 전까지는, 죽을 수가 없더라고요. 그래서 끝까지 정신 차렸어요. 반드시 돌아갈 거라고. 선배한테 이 손가락 보여 주기 위해서라도 살아서 돌아갈 거라고. 그러니 선배."

크게 일렁이는 그의 검은 눈동자를 직시하며 봄은 깊게 숨을 들이마신 후 길게 내쉬었다. 말이 나오지 않는지, 도영이 입술을 파르르 떨며 그녀를 응시하고 있었다. 두근두근. 가슴이, 뜀박질 쳤다.

'참 길게도 돌아왔지.'

봄은 그런 도영을 바라보며 속으로 중얼거렸다.

생각해 보면 정말로 길게 돌아온 인연이다.

열여덟, 봄에 시작해서 서른넷, 봄까지 이어졌다. 이제 몇 년 뒤면 강산이 두 번 바뀌는 20년이 된다. 그 전에 완벽하게 이어져야 유봄 역시, 안심할 수 있을 것 같다. 제게 있어 서도영이라는 남자는 아무것도 모르던 열여덟 그 당시나, 세상을 알게 된 서른넷인 지금이나 여전히 너무도 멋진 사람이니까. 절대로 놓치고 싶지 않은 저만의 선배니까. 첫사랑이자 마지막 사랑이니까.

"서도영 씨."

봄은 몇 번이고 고른 숨으로 정신을 가다듬은 뒤 도영을 똑바로 응시했다. 사뭇 진지해 보이는 그녀의 눈빛에 도영은 웃음을 그리며 가만히 봄의 말이 이어지기를 기다렸다. 봄은 주머니를 뒤적였다. 여름에게 부탁하여 겨우 구해 온 반지 하나가 손끝에 걸렸다. 도영이 제게 건네준 것과 비슷한 스타일의 금색 민자 반지를 움켜쥔 그녀는 그의 왼손을 덥석 잡았다.

"······!"

도영이 스윽, 제게 반지를 끼워 주는 봄을 보며 눈을 크게 떴다. 봄은 완벽하게 들어맞는 반지를 흡족한 표정으로 내려다보더니 이내 왼손에 입술을 맞추고 고개를 들었다.

"저랑 결혼해 줄래요?"

말을 꺼내는 순간 속눈썹이 파르르 떨렸다. 말없이 저를 쳐다보고 있는 도영을 보자니 그가 제게 반지를 건넬 때 어떤 마음이었는지 대충은 짐작이 갔다. 선배도, 냉정한 척했지만 꽤나 긴장했겠네. 봄은 침을 꿀꺽 삼키며 말을 이어 나갔다.

"그러니까 결혼해 줘요. 아니, 그냥 결혼해요. 네? 저 또 무슨 일 당하기 전에, 당장!"

도영은 여전히 말이 없었다. 그는 의미심장한 표정을 지으며 봄을 지켜보고 있었다.

'왜, 왜 답이 없어.'

봄은 괜히 조급해졌다.

"서, 선배?"

"……."

"뭐, 뭐예요. 벌써 마음 바뀐 거 아니죠?"

당연히 '그래'라든가, 아니면 '그 말을 기다렸어'라는 식의 환영을 담은 대답이 흘러나올 줄 알았건만 어찌된 셈인지 도영은 봄을 바라보고 있기만 했다. 이 남자, 왜 이래? 예상했던 반응이 나오지 않자 봄의 속은 괜히 타들어 갔다.

"서도영 씨! 왜 이래요? 그동안 진짜 마음 바뀐 거예요? 이봐요! 제가 프러포즈했잖아요! 뭐라고 말 좀 해 보라니까요?"

"……."

"제가 한 말 못 들은 거예요? 흠흠. 그럼 다, 다시. 서도영 씨, 나랑 결혼해 줘요. 더 늦기 전에 어서. 이렇게 매번 제 주변에 일이 생기는 걸 보면 결혼을 못 해서 이러는 게 틀림없어요. 이러다 정말 처녀 귀신으로 죽을지도 모르겠어. 그러니 그 전에 결혼 꼭, 아니 선배랑 결혼 꼭 하고 죽을 거예요. 내 평생의 한을 풀고 죽을……."

조급해졌다. 말이 없는 도영을 보자니 심장이 쿵쿵 뛰어 견디질 못하겠다. 그래서인지 횡설수설, 말을 늘어놓았다. 그럼에도 불구하고 도영은 봄을 내버려 두고 있었다.

정말 왜 이러는 거지. 싫으면 싫다, 좋으면 좋다고 말해 주면 좋을 텐데 그저 쳐다만 보는 도영 때문에 더욱 긴장이 된다.

머릿속에만 맴돌던 말을 모조리 뱉어 내며 봄은 숨을 헐떡였다. 도영이 아무 말이나 해 주었으면 하는 바람으로. 그리고 그 순간.

'아.'

봄은 현기증이 일 만큼 자신을 안아 드는 도영의 포옹에 입술을 파르르 떨었다. 그의 달콤한 체취가 눈앞을 휘감아서 어지러웠다. 봄은 도영의 어깨에 얼굴을 파묻었다. 그녀의 귓가로 간지러운 도영의 음성이 흘러 들어왔다.

"해."

봄은 고개를 들었다.

"하자. 봄아."

도영이 벚꽃이 만개한 것만큼 아름다운 미소를 지으며 봄을 내려다보고 있었다. 그는 떨리는 봄의 입술에 제 입술을 맞대며 상냥하게 속삭였다.

"당장 하러 가자. 네 맘 바뀌기 전에."

봄은 링거를 뽑아 들 기세로 눈에 힘을 주는 도영을 응시하며 풋 웃음을 터뜨렸다.

"에이, 그래도 선배 퇴원할 때까지는 기다릴 수 있어요."

서둘러 봄이 그를 말리려 했지만 도영은 고개를 가로저었다.

"내가 못 기다려."

응?

"나 퇴원하는 사이 너 또 잡혀가면 어쩌려고. 당장 가자. 그래야 안심하겠어."

"헉. 서, 선배? 정말이요? 지금요?"

"내가 언제 너한테 빈말하는 거 봤어?"

확실히, 그런 적은 없었다. 도영이 봄에게 뱉어 내는 말은 언제나 진심을 가득 담고 있었으니까. 봄은 픽 웃으며 침대에서 몸을 일으키려는 도영을 당황한 듯 응시했다. 도영은 정말로 링거를 뽑으려 하고 있었다.

"서, 선배, 잠깐만요!"

봄은 황급히 그의 팔을 붙잡았다. 바늘을 빼려던 도영이 미간을 좁히며 그녀를 응시했다.

"왜. 나랑, 결혼하기 싫어졌어?"

그럴 리가!

"하하. 선배도 참. 저야 지금 당장이라도 결혼하고 싶⋯⋯."

"그럼 하면 되겠네. 일단 혼인신고부터 하자고."

"저 선배네 부모님도 못 뵀어요! 야, 양가 허락은 받아야⋯⋯."

"우리 부모님은 너만 오케이하면 바로 장가들라고 이미 말씀하셨어."

"제가 누군지도 모르는데요?"

"유봄."

"네?"

"그 이름 하나면 충분해."

봄은 씩 웃는 도영을 멍하니 올려다봤다.

'저, 정신 차려, 유봄.'

검사다운 화려한 언변에 잠시 홀릴 뻔했으나 봄은 가까스로 이성을 붙잡았다.

"그, 그럼 저희 부모님도 만나 봬야죠!"

"이미 뵀는데?"

⋯⋯뭐?

"아버님이랑 어머님이 왜 빨리 결혼 안 하냐고 닦달하시던데? 조만간 인제로 인사하러 오라시더라."

인제로 귀농하신 부모님들 언제 어떻게 만난 건지, 어깨를 으쓱이는 도영의 답변을 듣고 봄은 경악했다. 도영은 어쩔 줄 몰라 하는 봄에게 속삭였다.

"그러니 너만 오케이하면 돼. 일단 혼인신고부터 하고, 결혼식 치르자. 퇴원하면 잠시도 떨어지기 싫으니 바로 우리 집으로 들어와. 그리고 집 알아보러 다니지, 뭐."

넘어간다.

처음 그와 약혼을 때처럼, 속절없이.

도영의 유려한 목소리와 눈웃음에 시선을 빼앗겨 마음을 내어 준다.

어떻게 부모님들을 구워삶았는지 모르겠지만, 이미 여름과 합심한 듯한 그가 부모님을 설득하는 것은 쉬웠을 거다. 봄의 부모님들은 그녀가 얼른 시집을 가길 원하는 분들이시니까.

생각 이상으로 빠른 진도에 봄이 비틀거렸다. 도영은 그것을 즐기는 것이 분명했다. 그의 입가에 서린 미소가 약간은 짓궂었으니까. 봄은 말을 쏟아 내는 도영을 멍하니 응시했다.

"신혼집은, 광수대랑 중앙지검 딱 중간이면 되려나? 아니다. 광수대랑 가까운 곳에 신혼집 차리는 게 좋겠어. 그래야 유봄이 제때 집에 들어올 테니. 그럼 마포동 쪽에 구해야……."

"유 형사님!"

……어?

"또 여기 계셨어요? 대체 왜 말을 안 들으세요! 서 검사님은 제

대로 쉬셔야 한다니까요! 유 형사님이 자꾸 놀러 오시니까 서 검
사님이 잘 안 낫……헉! 서 검사님! 대체 왜 서 계시는 거예요?
그, 그건 또 뭐예요? 링거 바늘에 손은 왜 대고 계시는 거죠? 당
장 침대로 돌아가지 못해요!"

맹렬하게 다가오는 도영에게 봄이 99% 정도 넘어갔을 때, 봄
은 드르륵 열리는 문소리와 함께 등장한 백의의 천사를 발견하
곤 함박웃음을 지었다. 도영은 자신을 담당하는 간호사의 등장
이 달갑지만은 않았는지 입을 삐죽였다. 그는 한숨을 푹 쉬며
침대 위로 몸을 움직였다.

"거의 다 됐는데."

도영은 헤헤, 웃으며 제게 손을 흔드는 봄을 흘긋거리며 나지
막하게 중얼거렸다. 간호사는 그런 도영에게 '다 됐기는 무슨!
절대 안정이에요, 절대 안정!' 이라 외친 뒤 봄을 쫓아내려 했다.
봄은 그녀가 자신의 등을 밀기 전 발꿈치를 들어 도영의 뺨에
입을 맞춘 뒤 씩 웃었다.

"사랑해요, 선배!"

"말로만."

"말뿐 아니라 진심을 담아서! 아주 많이, 사랑해요!"

도영은 양팔로 크게 하트를 그리는 봄을 보며 옅은 미소를 그
렸다.

"아이고, 위대하신 사랑꾼들 나셨네요. 유 형사님, 얼른 가셔
서 퇴원 수속부터 하신 뒤 다시 오시죠? 어서요!"

두 남녀의 완벽한 방해자가 되기로 결심했는지 간호사는 봄
을 쫓아내며 툴툴거렸다. 봄은 웃으며 마지막까지 그에게 하트

를 날려 주다 병실을 나섰다.

봄.
사랑으로 가득 물드는 계절이, 어느새 찾아와 있었다.

에필로그
—

사랑으로 물드는, 봄

봄.

유독 춥고 길었던 겨울의 차디찬 바람이 자취를 감추고 따뜻한 온기를 담은 계절의 숨결이 가득해지는, 봄.

거리의 사람들이 두툼하고 무거웠던 외투를 벗어 던지고 한결 가벼운 복장으로 갈아입기 시작하는, 봄.

사랑에 빠진 여성들이 온풍에 팔랑팔랑 흩날리는 원피스를 옷장에서 꺼내 드는 싱그러운, 봄.

바야흐로 온 세상이 화사한 꽃잎으로 뒤덮이기 시작하는 계절, 봄.

"뭐 이 자식아?"

은은한 핑크빛으로 번져 가는 하늘처럼 사람들의 마음 역시 부드러워지는 바로 그 계절, 서울특별시 마포구 마포동에 위치한 서울지방경찰청 광역수사대 광역수사 1계 유봄 경사의 아침은 그런 사랑스러운 계절을 맞고 있다고 보기엔 거리가 멀다.

"너 진짜 말 안 해? 어디 숨겼어? 어디 숨겼냐고!"

"선배, 살살 하세요."

쾅, 취조실 내의 책상을 내리치며 눈을 부라리는 봄의 행동에 수갑을 찬 채 의자에 앉아 있던 꾀죄죄한 얼굴의 남자가 인상을 썼다. 보다 못한 찬주가 긴 한숨을 내쉬며 봄을 말리려 했으나 봄은 그의 팔을 뿌리치며 성질을 냈다.

"내가 살살하게 생겼니? 지금 이 자식이, 나 여자라고 무시하고 있잖아! 만만한 여경한테는 얘기 안 한다는 게 말이나 돼? 요즘 시대가 어떤 시댄데 남녀 차별이야!"

"이보쇼! 내가 언제 여경이 만만하다고 했어? 단지, 당신한테는 말 안……으아악!"

살벌한 기운을 풍기고 있던 봄을 향해 변명이랍시고 입술을 움직이던 남자가 돌연 비명을 내질렀다. 봄과 찬주의 시선이 매우 자연스럽게 남자를 향했다. 남자는 테이블 위에 올려 둔 손을 턱짓하며 울부짖었다. 봄은 '아!' 하고 탄성을 터뜨렸다.

"어머, 미안. 나도 모르게…… 누르고 있었네?"

"흐익! 빠, 빨리……!"

"응? 뭐라고?"

"빨리 좀, 떨어지라고, 크악!"

일부러 능청을 부리며 생글거리던 봄을 향해 남자가 몸서리를 쳤다. 픽 웃음을 흘린 봄이 고개를 끄덕이며 테이블을 누르고 있던 무릎을 떼자 붉어진 얼굴의 남자가 고개를 저었다. 봄은 제 무릎에 짓눌린 손을 후후 불고 있는 남자에게 말했다.

"고의는 없었어."

"……보내."

"응? 방금 뭐라고……."

"당장 이 미친 여자, 내보내라고!"

"어떻게 돼 가고 있어?"

소리치는 남자를 한심한 눈으로 바라보던 봄은 등 뒤에서 들리는 소리에 고개를 돌렸다. 어느새 취조실의 문을 열고 들어온 황 계장이 각본대로 말을 흘렸다. 우리 계장님, 이 짓을 할 때마다 느끼는 거지만 참 연기 못한다. 봄은 웃음을 참으려 애쓰는 찬주와 말없는 눈짓을 주고받고선 모르는 척 황 계장을 응시했다.

"아, 계장님. 오셨어요? 음. 보시다시피, 안철종 씨 열심히 취조받고 계십니다아."

봄이 일부러 말을 늘어뜨리자 황 계장은 씩씩거리고 있는 용의자 안철종을 흘긋거리다 입술을 열었다.

"자백은 아직 못 받은 거야?"

"후우. 그러게요. 전부 제 능력이 부족해서죠. 그래서 우리 안철종 씨와 조금 더 진지한 대화를 해 볼까 해요. 그러니 계장님도 모르는 척 협조를……."

"할게요!"

……응?

"말, 한다고! 그 빌어먹을 가방, 어디 숨겼는지 전부 말할 테니까 저 미친 여자 당장 여기서 쫓아내요! 어서!"

온몸을 부르르 떨어 가면서까지 외친 안철종은 봄을 괴물 보

482

듯 응시했다. 찬주는 그 처참한 광경에 아예 안철종에게서 등을 돌려 어깨를 으쓱였고 황 계장 역시 침착함을 유지하려 숨을 골랐다. 괜히 불쾌해진 것은 봄뿐이었다. 그녀는 뚱한 얼굴로 황 계장을 바라봤다.

"유 형사도 들었잖아. 안철종 씨가 자백한다니 어쩔 수 없지. 나가."

"계장님!"

"어서."

재촉하는 황 계장을 흘긋거리다 봄은 마지막으로 안철종을 향해 무시무시한 시선을 날렸다. 허공에서 봄과 눈이 마주친 안철종이 흠칫 놀라 휙 고개를 돌렸다. 봄은 쳇, 입술을 삐죽이며 취조실을 벗어났다.

"어어. 왔냐?"

이윽고 투덜거리던 봄이 도착한 곳은 취조실 바로 옆에 위치해 있는 방. 밖에서만 안이 들여다보이는 방으로 들어서며 봄은 제게 손을 흔드는 두 명의 경위들을 향해 다가갔다.

"어떻게 됐어요? 불었어요?"

눈을 반짝이며 묻는 봄에게 박영진 경위와 최동호 경위는 말 없이 창 너머의 취조실을 가리켰다. 그녀의 시야로 황 계장을 향해 무언가 술술 뱉어 내고 있는 안철종의 모습이 들어왔다. 봄은 안도의 한숨을 쓸어내렸다.

"매디, 수고 많았다."

"아무리 봐도 너 이 분야에 소질 있어. 이제 배드 캅 역할은 네가 맡는 게 좋겠다."

흐흐, 웃으며 그녀의 등을 세게 두드리는 두 명의 경위들의 입가엔 웃음꽃이 가득 피었다. 봄은 그 말에 찌릿, 날카로운 시선을 보내며 인상을 썼다.

"싫어요! 왜 매번 저예요? 다음번엔 선배님들이 배드 캅 해요!"

"인마. 네가 잘하니까 그러지."

"잘하기는 무슨. 자기들이 하기 싫어서 그러는……."

투덜거리는 그녀를 달래기 위해 박 경위가 말을 덧붙였지만 봄은 코웃음만 칠 뿐 입술을 삐죽였다. 바로 그때, 바지 뒷주머니에서 지이잉 진동이 울리자 봄은 얼른 핸드폰을 꺼내 들었다. 무심한 얼굴로 액정을 내려다보던 봄의 얼굴이 화사해졌다.

"네, 선배!"

방금 전까지 두 명의 남자에게 씩씩거리던 여경이라고 보기에는 꽤나 거리가 있는 모습. 최 경위와 박 경위는 저들에게서 조금 멀어지며 두 볼에 홍조까지 띄우는 봄을 흘긋거렸다. 틱틱거리던 목소리는 어디에 내던졌는지 나긋나긋하다 못해 녹아내릴 것 같은 음성을 흘리는 모습이 천상 여자였다. 그들은 고개를 절레절레 흔들었다.

"봄이네."

"그러게. 유봄, 저 녀석만 완연한 봄이야."

닭살이 돋아난 시늉을 해 가면서 온몸을 파르르 떠는 그들을 향해 봄은 입술에 검지를 가져다 대며 외쳤다.

"으으, 선배들! 제발 좀 조용히 하세요!"

몸서리를 치며 그들에게 주의를 주던 봄은 언제 그랬냐는 듯 눈꼬리를 휘며 핸드폰에 가져다 댄 입술을 움직이기 시작했다.

"응, 선배. 얘기…… 어? 그게 오늘이었어요?"

❖   ❖   ❖

'후우.'

크게 숨을 들이마신 봄의 눈꺼풀이 파르르 떨렸다. 이런 곳에
오는 건 처음인데. 그녀는 자신이 입고 있는 핑크색 원피스가
영 익숙지 않아 연신 미간을 좁히는 상태였다. 그럼에도 불구하
고 봄이 원피스를 입는 이유?

"자랑하고 싶어서."

옅은 미소를 지으며 제게 속삭이던 도영의 목소리가 귓가를
아른거렸다. 소파 위에서 그와 함께 앉아 있던 봄의 눈동자가
동그래졌다.

"자랑이요?"

도영은 의아해하는 봄의 의문을 풀어 주기 위해 입술을 달싹
였다.

"너, 내 여자라고 친구들한테 자랑하고 싶어. 원래 그런 걸 별
로 좋아하지는 않는데, 긴 세월을 돌아 겨우 내 손에 들어온 유봄

이니 이 정도 과시욕은 부려 줘야지. 안 그래?'

과시욕.

부드럽게 휘어지는 그의 눈꼬리가 심장에 콕 박혔다. 다정한
음성에 사르르 녹아 버릴 것만 같은 건 둘째치고서라도 왠지 모
르게 싫다는 말이 입 밖으로 나오지 않았다. 자랑이라니. 도영의
눈동자에 서린 독점욕이 이상하게 가슴을 설레게 만들어서 봄은
픽 웃었다.

"그래서, 가고 싶은 곳이 어딘데요?"

'정말 괜찮은 건가……'

'제28회 혜은인의 밤'이라 적혀 있는 입간판이 시야로 들어
왔다.

얼마 전 있었던 도영의 제안으로 이곳까지 발걸음 하기는 했
는데 아직도 망설여지는 것은 어쩔 수가 없나 보다. 봄은 동문
회가 열리는 대연회장으로 발을 디디기에 앞서 잠시 심호흡을
했다.

―급히 처리해야 할 구속영장 신청서 때문에 조금 늦어질 것
같아. 먼저 가 있을 수 있지?

호텔로 출발하기 직전 걸어 온 도영의 목소리에는 그녀를 향
한 미안함이 가득 담겨 있었다. 참으로 배려 넘치는 사람이 아

닌가. 봄은 먼저 가 있겠다고 힘차게 외치며 도영의 걱정을 덜어 주었다. 그에게 심려를 끼치고 싶지는 않았으니까.

"어라? 어디서 많이 본 얼굴이 왔는데?"

"유봄 아니야?"

"뭐? 봄이?"

크게 호흡을 한 뒤 슬쩍, 아주 슬쩍 대연회장 앞으로 발을 내딛었다. 왁자지껄한 대연회장 안의 분위기가 적응되지 않아 머쓱한 표정을 지으며 주위를 두리번거리던 그녀는 샴페인을 들고 있던 사람이 자신을 가리키며 뱉어 낸 말에 움찔 놀랐다. 뭐야, 한 번만에 알아본 거야?

봄은 환하게 웃으며 제게로 다가오는 낯선 남자들의 모습에 본능적으로 경계를 했다. 그들은 샴페인 잔을 든 채로 그녀의 코앞까지 오더니 눈을 반짝이며 말하기 시작했다.

"우와, 진짜 유봄 맞네! 나 형석이! 같이 문예부에서 활동했었는데. 잊었어?"

형석이? 아!

"아, 형석 선배. 오랜만이에요."

"그래! 정말 오랜만이다! 네 활약 뉴스에서 봤어. 이야. 대단하던데? 얼마 전엔 연쇄살인범도 잡았다며?"

"뭐? 진짜?"

"봄아, 나는 기억나? 나 진태데! 회지 만들 때 같이 상의하고 그랬잖아!"

잠시라도 쉴 틈을 주지 않고 사건을 저지르는 범죄자들을 처단하느라 동문회에 들르는 것은 꿈도 꾼 적이 없었다. 아마 도영의 제안이 아니었더라면 이곳에 발걸음도 하지 않았겠지.

특히 이번 동문회에는 예전 도영과 봄, 그들 두 사람과 함께 문예부로 활동했었던 도영의 친구들이 온다는 이야기를 들었기에 적잖게 긴장을 했다. 그래서인지 저를 와르르 둘러싸는 사람들의 시선이 꽤나 부끄럽다. 오래전 함께 부 활동을 했던 사람들임에도 불구하고.

"민중의 지팡이로서 해야 할 일을 했을 뿐이죠. 별거 아니에요. 진태 선배? 당연히 기억하죠. 우리 그때 회지 만들면서 아이디어 생각 안 나가지고 고생했던 거 기억하시죠? 저 아직도 그회지 들고 있어요."

사실 그 지팡이로 활동하다가 죽을 뻔했다. 진태와 함께 만들었던 회지를 아직까지 보관하고 있는 까닭은 그 회지 위에 문예부 부장 서도영이라는 글자가 박혀 있기 때문이었다. 약간의 과장을 첨가하며 봄은 너스레를 떨었다.

"어머. 봄이…… 왔네?"

고등학교 이후 꽤 오랜 시간이 지났다. 봄의 눈앞에 서 있는 낯익은 선배들은 30대 중반을 지나고 있었고 저 역시 그러했다. 그동안 세월 많이 흐르기는 했구나, 생각하며 그들과 대화를 나누던 봄은 등 뒤에서 들려오는 음성에 고개를 돌렸다.

'윽.'

그녀의 미간이 좁아진 것은 반사적인 일이었다. 봄은 자신이 쉽게 소화하기 힘든 하이힐을 신고선 또각또각 걸어오는 여자의 화려한 얼굴을 바라보며 한숨을 푹 내쉬었다.

"우리 앞으로 다시는 보지 말자."

여전히 매끄러운 피부를 자랑하는 유리가 아니나 다를까, 요란한 드레스를 입고 제 앞에 서 있었다. 그녀에게 마지막으로 뱉어 낸 말이 '다시 보자'가 아닌 '다시는 보지 말자'였건만 결국은 마주칠 수밖에 없는 운명이었다. 봄은 쓴웃음을 흘리며 빙긋 미소 지었다.

"어. 오랜만이다."

봄을 둘러싸고 있던 몇몇 남자 선배들이 심상치 않은 기운을 풍기는 그녀와 유리 사이의 기류를 감지하고선 뒤로 살짝 물러났다. 봄은 제게 도발적인 시선을 보내며 눈을 부라리는 유리에게 고개를 까딱여 주었다.

"혼자…… 왔어?"

심드렁한 대답에 약간 자존심이 상했는지 유리가 얼굴을 찌푸렸다. 봄은 망설이다 대답했다.

"응."

틀린 말은 아니니까.

그녀의 말이 떨어지기가 무섭게 유리의 한쪽 입꼬리가 스르륵 올라갔다. 봄은 풋 웃음이 터질 뻔한 것을 겨우 참아야 했다. 대충 무슨 생각을 하는 건지 눈에 훤히 보였다.

"봄아."

"응?"

"너, 깨졌구나?"

역시나.

예상을 조금도 빗나가지 않는 유리의 발언에는 헛웃음이 나올 정도다. 봄은 이젠 아예 환하게 웃고 있는 유리를 무심하게 응시하며 일부러 고개를 갸웃거려 주었다.

"뭐가?"

"뭐긴! 너랑 도영 선배 말이야. 깨졌지? 그렇지?"

이 세상에서 유봄과 서도영이 헤어지기를 가장 바라고 있는 사람은 바로 눈앞의 이 여자가 아닐까.

봄은 깔깔 웃으며 묻는 유리가 황당해서 가만히 서 있었다. 이게 아직도 정신을 못 차렸네. 역시 사람은 쉽게 변하지 않는다.

어디까지 가나 싶어 봄은 신이 난 유리를 내버려 두었다. 유리의 얇은 입술 사이로 흥에 겨운 목소리가 흘러나왔다.

"아무리 봐도 진짜 안 어울리는 커플이었어. 아! 커플이라는 말이 좀 속에 쓰리지? 미안."

"……."

"솔직히 그렇잖아. 너랑 도영 선배라니. 정말 말도 안 되는 관계라고. 날 거들떠도 안 보던 도영 선배가 결국 선택한 여자가 너라니. 너무 웃기잖아. 안 그래?"

봄은 제게 동의를 구하는 유리에게 모르는 척 상심한 표정을 지어 주었다. 그에 더욱 탄력을 받았는지 유리는 계속해서 말을 이어 나갔다.

"잘 헤어졌어. 너랑 완전 안 어울리는 남자였다니까? 아니, 네가 선배한테 안 어울리는 건가? 호호호."

"그거 참 아쉽군."

……응?

"정유리 네 바람을 완벽하게 이뤄 주지 못해서."

"선배!"

봄은 그런 유리의 뒤에서 나타난 반가운 사람을 향해 밝은 미소를 보냈다. 현재, 대연회장 안에 있던 그 어떤 사람보다 멋진 유봄의 남자는 자신을 아는 체하는 친구들에게 살짝 고개를 까딱여 주며 봄과 유리를 향해 다가왔다.

얼굴을 일그러뜨리는 유리와는 달리 환한 표정을 지으며 봄은 그에게로 손을 뻗었다.

"언제 온 거예요?"

"방금 전에."

"전화하지."

"어차피 안에서 볼 건데 뭐. 그리고……."

도영의 눈이 스윽, 봄의 아래위를 훑었다. 왠지 끈적한 그 시선에 봄이 눈을 동그랗게 뜨자 그가 짓궂은 미소를 그리며 작게 속삭였다.

"여성스러운 유봄도 몰래 감상할 겸."

"어휴, 농담도!"

봄은 툭, 그의 가슴을 치며 크게 웃었다. 슬쩍 미간을 찌푸리던 도영은 팔을 뻗어 그녀의 허리를 감쌌다. 윽, 소리를 내며 봄이 그의 몸에 닿자 도영은 주위의 시선을 아랑곳 않고 뜨거운 입김을 흘렸다.

"많이 기다렸어?"

두근두근.

다정하게 묻는 그의 목소리가 귀를 간질인다. 봄은 멍하니 그를 올려다보다 얼른 고개를 내저었다.

"아뇨. 저도 온지 얼마 안 됐어요."

"걱정했어. 우리 유봄, 나 없어서 안절부절못할까 봐."

"에이, 참. 선배도. 내가 무슨 애긴가."

"애기지. 내 눈에는 한참 애기야. 왜 드라마 대사도 있잖아. 애기야, 가……."

"악! 그만. 으으, 저 소름 돋을 뻔했어요!"

봄은 온몸을 부르르 떨며 깔깔 웃었다. 도영은 그런 봄의 흐트러진 앞머리를 손을 뻗어 정돈해 주더니 말했다.

"오늘, 예쁘다."

달콤하기 그지없는 그의 음성이 심장을 쿵쿵 뛰게 만들었다. 봄은 저를 단단히 녹여 버리기로 결심한 그를 올려다보며 입술을 움직였다.

"여름이한테…… 도와 달라고 했어요. 이 옷 입을 거니까 머리, 예쁘게 해 달라고."

"알아. 처제가 오늘 서둘러 퇴근하는 거 봤어."

그가 검은 눈동자를 흘기며 속삭였다. 봄은 어쩐지 짜릿한 전율이 전신을 감도는 것을 느꼈다.

"선배가 준 구두도…… 신었는데."

"응. 보여. 그런데 너무 그것만 신고 다니는 거 아니야?"

"네?"

"조만간 백화점 한번 가야겠네. 안 그러면 우리 유봄, 그거 닳을 때까지 신고 다니겠어."

나지막하게 웃는 도영의 눈동자가 크게 일렁였다. 깊은 그 눈동자에 빠져 버릴 것만 같아 봄은 그의 품속에서 수줍게 미소 지었다.

"너희들…… 뭐하냐?"

혜은 고등학교 제 28회 동문회가 열리고 있는 서울 강남의 H 호텔 대연회장. 수많은 사람들 앞에서 거리낌 없이 애정을 과시하는 웬 남녀의 행각은 그들을 바라보는 이들을 황당하게 만들기 충분했다. 봄은 '너희 둘, 사귀어?' 라고 묻는 형석에게 힘차게 고개를 끄덕이고선 잔뜩 구겨진 유리를 응시했다.

"참! 유리야. 나 너한테 줄 거 있어."

닭살 돋으니까 얼른 떨어지라고 아우성치는 남자 선배들의 반응에 못 이겨 도영에게서 벗어난 봄은 들고 온 클러치 안에서 하얀 봉투를 꺼내 들었다. 좋든 싫든, 혹시나 유리와 만날 것을 예상하여 챙겨 왔는데 보람이 있었다. 유리는 고급스러운 하얀 봉투를 물끄러미 내려다보며 미간을 좁혔다.

"……뭐야?"

뭐긴 뭐야.

"애도 참. 딱 봐도 모르니? 청첩장이잖아."

"……!"

유리의 얼굴이 참혹하게 일그러졌다. 묘한 쾌감이 들어 봄은 얼굴에 진한 웃음꽃을 피웠다. 그녀는 붉은 입술을 달싹였다.

"유리 너는 나한테 문자로 보냈지만 나는 직접 봉투로 줬다. 그러니 나중에 딴말하기 없기다?"

"……"

"참. 선배들도 오실래요? 다음 주 토요일 12시예요."

"뭐? 다음 주?"

클러치 안에서 봉투 몇 개를 더 꺼내는 봄의 행동에 도영의 허리를 쿡쿡 찌르던 형석과 진태가 눈을 동그랗게 떴다. 이게 어떻게 된 일이냐고 묻는 듯한 눈빛에 도영이 어깨를 으쓱였다.

"다른 사람은 모르겠지만 유리 너는 꼭 와 주었으면 좋겠어."

봄은 다시 유리를 응시하며 말했다.

"난 네가 우리가 얼마나 잘 어울리는 한 쌍인지 꼭 목격해 줬으면 싶거든."

"......!"

"게다가 그날 나, 엄청 예쁘고 행복한 신부가 될 예정이라서. 웨딩드레스 입은 내 모습에 감탄해 줬으면 좋겠어."

봄은 청첩장을 세게 움켜쥐는 유리에게 승리자의 미소를 지어 준 뒤 도영을 바라봤다. 살짝 뒤꿈치를 들어 올린 그녀는 그의 귓가에 대고 작게 속삭였다.

"임무, 완수."

"기분이 어때?"

잠깐 얼굴만 비추러 들린 거라며 양해를 구한 뒤 봄과 도영은 대연회장을 빠져나갔다. 여전히 익숙해지지 않는 높은 구두로 인해 발이 아려 오는 것을 느끼던 봄은 제 손을 꼭 붙잡고 있는 도영의 목소리에 얼굴을 들었다.

"좋아요."

입술을 꽉 깨물며 봄과 도영의 결혼식에 오겠다고 말하던 유리의 모습이 떠올라 봄은 활짝 웃었다.

"다신 보지 말자고는 했는데, 어떻게 안 보겠어요. 그래도 같은 학교까지 나온 친군데. 하지만 이 정도 복수는 해 줘야죠. 애가, 아직도 못돼 처먹어서 제대로 알아들을지는 모르겠지만."

비록 일전의 사건으로 해묵은 앙금들을 모두 해소하자고 말하기는 했지만 오늘 하는 모습을 보자니 이 정도 복수 정도는 나쁘지 않은 듯싶다. 봄은 뒤늦게 유리에게로 걸어온 그녀의 남편, 유환이 씩씩거리는 유리를 발견하곤 의아해하던 모습을 떠올리며 생글생글 웃었다. 아마, 열 좀 받을 거다, 정유리.

"그런데 선배."

공개적인 자리에서 결혼식 초대를 받았으니 자존심이 상하더라도 하객으로 참석해야 할 것이다. 그곳에서 더할 나위 없이 행복한 신부의 모습을 보여 주겠다고 자부하며 봄은 주먹을 불끈 쥐었다. 그러다 문득 생각나는 것이 있어 봄은 소리를 뱉어 냈다.

"우리…… 어디 가는 거예요?"

무언가 이상했다.

분명 주차장이 있는 곳으로 가려면 지하로 내려가야 하는데, 어째서 그는 자신의 손을 붙잡고 호텔 프론트 데스크 쪽으로 향하고 있는 걸까. 봄의 손을 감싸고 있던 도영은 걸음을 멈추지 않고 입꼬리를 올렸다.

"그러고 보니 말이야. 나, 얼마 전에 새 침대 주문했어."

"네? 침대를 샀어요?"

원래 있던 건?

제 질문엔 답하지 않고 뜬금없는 말을 뱉어 내는 도영을 봄은 황당한 시선으로 응시했다. 도영은 뜻 모를 미소와 함께 말을 이었다.

"기억 못 하는 구나."

"뭘요?"

"봄이 너, 저번에 우리가……."

우리가?

"흠흠. 어쨌든 매트리스, 내려앉았던 거 기억해?"

"매트리스가 내려앉았다고요? 진……."

헉.

의아함을 감추지 못하던 봄의 눈앞에 순간적으로 스치는 장면이 있었다.

무르익은 밤, 고요함을 깨뜨리던 도영의 침실.

"선배! 더요. 더, 조금 더…… 아악!"

"큭!"

자연의 상태로 돌아간 두 명의 남녀가 거친 숨을 뱉어 내며 서로에게 팔을 뻗고 있던 도중, 들려온 소리.

봄은 귓불까지 빨갛게 붉히며 도영을 쳐다봤다.

며칠 동안 이어지던 잠복근무를 끝내자마자 도영의 집으로 달려갔던 그녀는 소식을 듣고 부리나케 달려온 도영과 오후 늦게부터 시작하여 야심한 새벽까지 미친 듯이 서로를 탐했다.

굶주려 있었던 두 남녀였기에 튼튼한 그의 침대 다리와 매트리스가 한순간에 무너져 내린 것도 어느 정도 이해는 한다. 이해는…… 하는데.

"기억……해요."

봄은 어째서 도영이 야릇한 눈으로 그녀를 내려다보는지 알아차리고는 목소리를 살짝 떨었다. 부끄러운 기색이 역력한 봄을 지그시 응시하며 도영은 주머니에서 티켓 하나를 꺼내들었다.

"일전에 처제가 나한테 이걸 준 적이 있지."

도영의 손에 들려 있는 것은 'H 호텔 숙박권'이라 적힌 골드 티켓이었다. 봄은 말없이 침을 꼴깍 삼켰다.

"마침, 오늘이 만료일이기는 한데…… 어떡할까. 그냥, 집으로 돌아갈까? 흠. 그런데 집으로 돌아가면 제대로 침대에서 잘 수가 없어. 봄이 너도 알지? 나, 침대에서 못 자면 안 되는 거."

순 거짓말.

봄은 버럭 소리를 지르려다 말았다. 손에 쥔 티켓을 팔랑팔랑 흔들며 봄을 향해 속삭이고 있는 남자는 누가 보아도 유혹하는 것이 분명했다. 꿈에 그리던 결혼식을 일주일 정도 남겨 둔 지금, 조금만 참으면 그녀는 완벽하게 제 것이 되건만 그래도 부족한 건지.

봄은 눈을 가늘게 뜨며 그를 올려다봤다.

"왜."

"선배 엄청 능글맞아 진 것 같아서요."

"내가?"

도영은 무슨 소리를 하냐는 듯 화들짝 놀라는 표정을 지었다. 봄은 그의 뛰어난 연기 실력에 혀를 내둘렀다. 도영은 망설이는 봄을 바라보며 중얼거렸다.

"처제가 겨우 구해서 내게 준 숙박권을 봄이 네가 사용하길 꺼린다면 뭐, 어쩔 수 없지. 성의는 고맙지만 기간을 넘겨 버려서 사용, 못 했다고 말하는 수밖……."

"어머!"

봄은 한숨을 푹 내쉬는 도영의 손에서 티켓을 낚아챘다. 갑작스러운 행동에 놀란 도영과 제 손에 들어 온 황금색 숙박권을 번갈아 응시하던 봄은 씨익 미소 지으며 그의 팔을 잡아끌었다.

"가요."

도영은 결심한 듯 외치는 봄의 말에 피식 웃었다.

"아주 뽕을 뽑고 가겠어!"

봄은 그런 그의 손을 붙잡고 이번엔 제가 먼저 프론트 데스크로 걸어가며 소리쳤다.

아직 무더운 여름은 오지 않았지만 그래도 봄은, 뜨겁다.

또검과 매디

평범한 시민이 아닌 경찰, 그것도 '경찰의 꽃'이라 불리는 광역수사대의 여형사가 인질로 잡혀 간 도화동 총기 강탈 사건 발생 두 시간째. 서울지방경찰청 광역수사대 신청사 내에 위치한 특별 취조실을 지켜보는 사람들의 얼굴에는 긴장감이 감돌고 있었다.

이번 사건의 가장 강력한 용의자 중 하나라고 지목되어 이곳까지 오게 된 도화동 실내 사격장의 현장 보안팀장인 이성철은 경찰에게 잡혀 온 뒤로 줄곧 변호사 선임을 요구하는 중. 납치라는 것이 시간을 끌면 끌수록 인질의 생명을 보장할 수 없다는 것을 누구보다 잘 알고 있던 광역수사대의 형사들은 달칵, 문을 열고 들어가는 검은 슈트의 남자를 발견하곤 침묵의 시선을 교환했다.

"저기, 계장님."

누가 먼저 말을 꺼낼까. 답답해서 입술을 열어 버린 광역수사 1계의 최동호 경위는 유리창 너머의 그들에게 고개를 까딱인 후 용의자를 향해 다가가는 도영을 바라보며 제 곁의 황중우 계장에게 말을 걸었다.

"왜."

무뚝뚝한 황 계장의 음성이 고요한 모니터 룸을 울렸다. 최 경위는 굳은 얼굴로 안쪽의 모습이 훤히 보이는 유리창을 응시 중인 다른 이들의 눈치를 살피며 중얼거렸다.

"아니, 그게요. 저도 서 검사님이 또라이 검사라고 불린다는 말은 듣기는 했는데…… 여기는 다르잖습니까. 솔직히 취조, 제대로 할 수나 있을지 의문입니다. 매디 생명이 위급한 데 초짜한테 맡기는 거 아닙니까?"

광역수사대에서도 알아주는 회유의 천재인 광역수사 2계의 강태수 경위의 협박마저 실패한 지금, 같은 청사에서 일하는 것도 아닌 검사의 취조를 달가워할 리가 없었다.

최 경위의 말에 동의하는지, 곁의 다른 형사들 역시 고개를 끄덕였다. 간절한 황 계장의 부탁에 어쩔 수 없이 백기를 들어 올린 광역수사대장 이웅대 총경 역시 힘차게 얼굴을 주억이며 황 계장을 응시했다. 황 계장은 그런 그들의 말에 대꾸하지 않고 취조실 안을 바라봤다.

"녹화, 잠깐만 끊을 수 있습니까?"

웃는 얼굴에 침 못 뱉는다는 말이 있지만 혁 소리 나게 잘생긴 남자가 환하게 웃으면 침을 못 뱉는 건 당연하거니와 넋까지 잃어버린다. 등 뒤에서 쏟아지는 후광에 순간적으로 미간을 찌푸리던 특별 취조실 형사들과는 달리 황 계장은 그런 그의 얼굴에서 어떠한 감정을 읽을 수 있었다.

'그래 봤자 검사인데. 용의자 취조를 얼마나 잘하겠어'라는 표정을 짓고 있던 다른 동료들과는 달리 그가 얼마나 절박한지가 뼈저리게 느껴졌기 때문이다.

"믿어."

의심쩍은 얼굴을 하는 다른 형사들을 흘긋거리며 황 계장은 대답했다.

"매디 일이니까. 믿어."

다른 사람도 아닌 저 검사의 약혼녀와 관련된 일이니까. 생각이 있어서 나선 거겠지. 황 계장의 확신에 찬 말에 한마디 더 하려고 입을 벌리던 최 경위가 결국 마음을 접었다. 그러고는 곧게 선 채 유리창 안을 응시하는 황 계장의 시선을 따라 그 역시 눈길을 돌린다.

생글생글 웃으며 황 계장의 동의를 구해 특별 취조실 안으로 들어선 도영은 호흡을 살짝 고르며 뜀박질하는 마음을 가라앉혔다. 검게 일렁이던 두 눈이 금세 차분해졌다.

취조실 안 테이블 앞에 앉은 남성의 파르르 떨리는 뒤통수는 현재 그가 느끼고 있는 불안한 감정을 가감 없이 표출하고 있었다.

도영은 터벅터벅, 남자의 앞까지 다가가서는 빙긋 웃으며 그를 향해 손에 쥐고 있던 검찰 배지를 내밀었다.

"반갑습니다, 이성철 씨. 서울중앙지방검찰청 강력부, 서도영 검삽니다."

"검……사?"

강태수 경위의 협박과 압력에도 변호사 타령을 하며 느긋한 자세를 취하던 이성철이 눈을 동그랗게 뜨며 도영을 바라봤다. 도영은 놀라는 그에게 옅은 미소를 지어 주며 이성철의 앞자리에 엉덩이를 붙였다.

"저기서 이성철 씨의 취조 과정을 지켜보며 제가 한 가지 생각을 했습니다. 그게 뭔지, 아십니까?"

"예?"

"부디, 내가 나서는 일이 없었으면…… 좋겠다."

싱긋. 반달처럼 휘어지는 도영의 눈웃음에 그를 바라보던 이성철이 몸을 움찔거렸다. 이성철이 반응하면 할수록 짙어지는 도영의 미소는 처음에는 부드러워 보였으나 시간이 지나면 지날수록 날카로워졌다. 이성철은 여유롭게 앉아 있던 몸을 꼿꼿이 세웠다.

"후우. 진정으로 안타깝습니다. 결국 제가 형사님들의 권한까지 넘보게 만들다니. 사실 말이죠, 저는 이렇게 생각하고 있거든요. 경찰은 경찰의 일을 열심히 하고, 검찰은 검찰의 일을 열심히 하자. 그러면 민중은 안전해지고 우리 경찰과 검찰도 모두 행복해질 수 있다."

"무, 무……소리를 하는 건지 모르겠습니다. 벼, 변호사! 변호사를 어서……."

"하여간 이성철 씨와 같은 부류의 범죄자들은 항상 똑같은 말을 늘어놓죠. 변호사. 그놈의 변호사들을 매번 찾는다니까. 그래서 가끔 저는 좀 짜증이 나요. 그렇게 변호사를 찾으면서 내 말을, 자꾸 끊는다니까."

"……!"

상냥하게 말을 늘어놓던 도영이 순간 벌떡 일어나더니 이성철을 향해 얼굴을 들이밀었다. 차갑게 일렁이는 검은 눈동자를 이성철에게 고정시키자 놀랐는지 그가 딸꾹질을 해 댔다. 도영의 촉촉한 눈동자가 살짝 휘어졌다.

"지금 경고하죠. 저는, 제 말을 끊는 사람을 그리 좋아하지 않습니다, 이성철 씨."

"히익!"

"숨을 들이마시는 건 좋은 현상이군요. 그래요. 제 말이 끝날 때까지 입 꾹 다물고, 그대로 있어 줘요."

"끅! 끅!"

분명 얼굴은 웃고 있는데 몸 주위에서 피어오르는 기운은 냉랭하기 그지없다. 잠깐만 스쳐도 손을 베일 법한 날카로움. 얼굴을 대면하지 않는다면 제대로 알 수 없을 만큼 강렬한 분위기에 이성철이 긴장하는 것은 당연했다. 도영은 그런 자신의 분위기를 잘 이용하는 편이었다. 도영은 슬쩍 겁을 먹은 이성철을 바라보며 더욱 환하게 웃었다.

"이성철 씨가 이번 사건에 얽혀 있는 것을 알고 있습니다."

"끅! 나, 나는!"

"이성철 씨. 제가, 뭐라고 했죠?"

"……!"

"좋아요. 말을 잘 듣는군요."

도영은 흡, 손으로 입까지 틀어막는 이성철을 내려다보며 그의 어깨를 톡톡 두드렸다. 그의 손길이 스칠 때마다 이성철이 부르르 몸을 떨었지만 아랑곳 않고 이성철의 등을 스윽, 쓸던 도영은 툭 걸음을 멈추어 허리를 굽혔다. 후우, 짧은 입김이었지만 도영의 입술 사이로 흘러나온 숨결이 이성철의 귀를 간질였다. 이성철은 온몸의 털을 쭈뼛거리며 호흡을 멈추었다.

"이성철 씨. 그거 압니까? 저한테는, 꽤나 흥미로운 별명이 있습니다."

도영의 손짓, 몸짓, 심지어 숨결 하나하나에 반응하며 긴장의 끈을 늦추지 않던 이성철은 부드럽게 속삭이는 도영의 음성을 듣고 그를 쳐다봤다. 도영은 크게 흔들리는 이성철의 흐트러진 눈동자를 내려다보며 말을 이었다.

"또라이."

"……!"

"가끔 말이죠. 왜 그런 거지같은 별명을 저한테 붙여 줬나 싶을 때가 있기는 한데, 뭐, 사실 따지고 보면 틀린 건 아니라는 생각이 들기도 합니다. 바로…….."

"헉!"

"지금처럼, 말이죠."

꾸욱, 이성철의 어깨를 세게 짓누르는 도영의 손아귀에 힘이 들어갔다. 끅, 신음을 흘리며 숨을 크게 들이마시는 이성철의 이마에선 땀이 송골송골 맺혔다. 도영은 낮은 웃음을 터뜨리며 말을 이어 나갔다.

"그런데 이성철 씨. 왜 제게 또라이라는 별명이 붙은 줄 아십니까?"

이성철은 '그걸 내가 어떻게 알아!'라는 표정을 짓고 있었다. 흡사 광기에 젖은 걸로도 보이는 도영의 눈동자가 일렁였다.

"한번 문 사냥감은, 절대로 놓치지 않아서. 타깃으로 지정한 놈들은 배지 반납하는 한이 있어도 법의 심판을 받게 해서. 그리고 그냥, 성격이 더러워서."

달콤하지만 전혀 달콤하게 느껴지지 않는 목소리가 취조실 안을 가득 울렸다. 이성철의 심장은 도영의 귀에까지 들려올 정도로 급격하게 뛰고 있었다. 도영은 멈추지 않았다.

"그거 압니까? 검사들은 보통 세 부류로 나뉘죠. 피의자한테 압박을 가해서 진실을 털어놓게 만드는 부류나 피의자를 심리를 건드려서 설득하는 부류. 그리고 이전의 두 과정들이 실패했을 때, 깽판을 치는 부류."

이성철이 눈꺼풀을 파르르 떨었다. 도영은 튀어나올 정도로 눈을 크게 뜨는 이성철의 시선을 피하지 않고 짙은 미소를 지었다.

"저는 그 셋 어디에도 속하지 않는, 예외적인 부류입니다. 한마디로 또라이가 맞는 거죠."

도영은 긴 한숨과 함께 고개를 절레절레 저었다.

"그러니 당신이 잘못 걸렸다는 겁니다. 하필이면, 저를 아니, 나를 여기까지 오게 만들었어."

입술을 꾹 다물고 있는 이성철에게로 다시 다가간 도영은 그의 귓가에 대고 속삭였다.

"다른 사람도 아닌 내 약혼녀를 납치해 가는 바람에, 나는 지금 이성의 끈이 끊어지기 일보 직전이거든. 만약 그 여자를 안전하게 구해 낼 수 없다면, 내가 가장 먼저 할 일은…… 아마도 당신을 철저하게 무너뜨리는 일이겠지."

"큽!"

"나는 꽤 속이 좁은 사람이라서, 한 번 당한 건 두 배, 아니, 몇백 배로 되갚아 주는 걸 좋아해. 게다가 돈도 윗선의 명령도 통하지 않는 사람이라서 눈에 아주 뵈는 게 없어."

"……!"

"그러니 마지막으로 묻습니다."

거칠게 압박하던 이성철이 순간 누그러지는 도영의 기도에 긴 숨을 터뜨렸다. 도영은 그런 이성철을 느긋하게 바라보고 있다가 봄꽃처럼 아름다운 미소를 선보였다.

"다른 녀석들, 어디 있죠?"

그렇게 시시각각 감정이 변화하는 남자는 처음 봤다.

검찰 배지만 소유하지 않았더라면 수갑을 채웠을 지도 모를 만한, 살벌함이었다.

틀림없이 얼굴은 웃고는 있는데, 살이 떨릴 만큼 무시무시한 말을 아무렇지도 않게 쏟아 내다니. 몇 번이고 귀를 의심했는지 모른다. 그러한 감정을 느낀 사람이 비단 자신뿐만이 아니라는 것은 슥슥, 팔을 문지르는 모니터 룸 내의 다른 경찰들의 행동으로 인해 쉽게 알 수 있었다.

'미친놈이 따로 없었지.'

서울지방경찰청 광역수사대 광역수사 1계의 황중우 계장은 불현 듯 머릿속을 스쳐 지나가는 일에 혀를 내둘렀다. 안내용 보드에 적혀 있는 '서도영'이라는 이름을 보자니 갑자기 처음 그가 광수대의 특별 취조실 안으로 들어섰던 일화가 떠올랐다.

축의금을 내고 뒤로 물러나던 황 계장은 신부 대기실로 향하기 직전 한 번 더 안내용 보드를 흘긋거렸다.

서윤규 · 장은희의 장남 신랑 서도영
유하준 · 안세영의 장녀 신부 유봄.

서울중앙지방검찰청의 공식 또라이, 서도영 검사.

그리고 서울지방경찰청 광역수사대의 공식 미친 형사, 유봄 경사.

'잘 어울린다니까.'

또검과 매디.

매디와 또검.

이 세상에 이렇게 잘 어울리는 한 쌍이 대체 어디 있나 싶다.

황 계장은 흐뭇한 표정을 지으며 신부 대기실 쪽으로 걸음을 옮겼다.

몇 걸음만 더 내딛으면 도무지 상상이 되지 않는 순백의 웨딩드레스를 입고 앉아 있을 부하 직원과 마주하게 되는 상황. 괜히 긴장하며 손바닥에 난 땀을 닦던 황 계장은 벅차오르는 감정을 주체하지 못하고 코를 훌쩍였다.

"우리 계장님. 눈이 또 촉촉해지고 계십니다만."

그리고 그때.

황 계장은 등 뒤에서 들려오는 귀 익은 음성에 휙 고개를 돌렸다. 실실 웃고 있는 자신의 부하들이 서둘러 손등으로 눈물을 닦는 황 계장을 향해 배시시 입꼬리를 올리고 있었다. 황 계장은 얼굴을 일그러뜨렸다.

"내가 뭐, 뭐 어, 언제 울었다고!"

"언제긴요. 매디가 청첩장 줄 때도 우셨고, 결혼 일주일 전에도 우셨고, 어제도 우리 붙잡고 우셨고……."

"또, 지금도, 우시잖습니까."

"하하. 계장님. 꼭 계장님이 선배 아버님 같으세요. 그렇게 구박하시더니 시집간다니 아쉬우세요?"

소리치는 황 계장의 말에도 불구하고 광역수사 1계의 팀원들은 눈 한 번 깜짝 않으며 대꾸했다. 좋은 날, 분위기를 망치는 부하 직원들 때문에 황 계장의 얼굴은 처참하게 일그러졌다.

"이것들이 진……."

"아, 좀! 오늘은 좀!"

하지만 그런 그가 외치기 전, 먼저 그의 말을 끊어 낸 이가 있었다. 신부 대기실 앞에 울릴 만큼 쩌렁쩌렁한 음성에 모두의 시선이 소리가 들려오는 쪽으로 향한다. 사랑하는 부하, 후배, 그리고 선배의 결혼식이라며 자주 입지도 않는 제복을 꺼내 입은 네 남자의 눈동자가 휘둥그레졌다.

트레이닝복에 감춰져 잘 보이지 않던 호리호리한 몸매가 훤히 드러나는 하얀 웨딩드레스는 그녀의 여성성을 한껏 드러냈다. 잦은 잠복근무로 눈 밑에 자리 잡곤 했던 다크서클은 신부 특유의 화장으로 말끔히 지워졌고, 언제나 한데 묶고 다녔던 머리카락은 공주님처럼 길게 땋아 꽃핀으로 고정된 상태.

'이 녀석이 이렇게 예뻤나?' 라는 생각을 할 만큼 화사하기 그지없는 그녀의 모습에 모두가 입을 벌린 채 움직이질 못했다.

"어이고. 그러다 턱 빠지겠습니다, 다들."

봄은 눈을 비비면서까지 저를 응시하고 있는 네 남자들을 향해 입술을 달싹였다. 그러고는 손에 쥐고 있던 부케를 가슴팍까지 들어 올리며 환하게 미소 지었다.

"어때요. 나, 예쁘죠?"

그녀를 지켜보는 네 남자들 중 누구도 대답하지 않았지만 거세게 요동치는 눈빛만으로 충분했다. 봄은 씩 입꼬리를 올리며 흐뭇한 표정을 짓다 손을 휘휘 저었다.

"곧 식 시작돼요. 얼른 들어가서 자리 잡으시라고요."

"어? 아…… 어어."

"나, 나중에 봐."

"와, 유봄……."

"선배……."

황 계장부터 찬주까지. 재촉에 못 이겨 식장 안으로 들어가던 그들은 마지막까지 그녀를 흘끔거리며 고개를 절레절레 저었다.

"봄이 너도 슬슬 준비해야 하지 않나?"

여름이 얼른 대기실로 돌아오라며 바락바락 소리를 지르고 있는 것을 무시하며 네 남자들이 들어갈 때까지 복도 앞을 서성이던 봄은 어디선가 들려오는 목소리에 고개를 돌렸다.

"선배!"

"이제는 남편."

벽에 기대어 자신을 바라보고 있는 검은 턱시도의 남자는 눈부실 정도로 아름답다. 봄은 제게로 다가오는 도영에게 하얀 이를 드러냈다.

"저 심장이 쿵쿵 뛰어요!"

설레서.

진짜 너무 설레서 미칠 것만 같다.

도영을 올려다보는 봄의 눈동자가 별처럼 반짝인다. 그는 다정한 미소를 흘리며 봄에게 속삭였다.

"나도 그래. 아주 떨려서 미칠 것 같아."

"정말요?"

"여기 안 보여? 나 사시 최종 합격자 발표 때도 이렇게 안 떨었어."

도영은 하얀 장갑을 낀 자신의 손을 들어 올리며 중얼거렸다. 봄은 그런 그를 향해 손을 뻗었다.

"······!"

손바닥에서 느껴지는 따스한 온기에 도영이 놀란 눈으로 그녀를 응시했다. 봄은 도영을 직시하며 말했다.

"앞으로 전부, 함께해요."

걱정도, 긴장도, 두려움도, 설렘도, 기쁨도······ 모두.

"하나부터 열까지. 모두 선배랑 나눌 거예요. 눈을 감는, 그날까지!"

봄은 있는 힘껏 그의 손을 부여잡으며 외쳤다. 도영은 결연한 의지를 표현하듯 입을 앙다무는 그녀를 말없이 내려다보더니 고개를 살짝 숙였다. 쪽, 그녀의 볼에 닿았다가 떨어지는 그의 입술이 봄의 눈을 휘둥그레지게 만들었다. 도영은 대답 대신 짙은 미소를 지으며 힘차게 고개를 끄덕였다.

"그래. 뭐, 둘이 아주 행복해 죽겠는 건 나도 알겠는데 말이지. 유봄! 너 진짜 말 안 들을래? 신부 입장 전에 마지막 점검해야 한다잖아! 빨리 대기실로 안 돌아와? 그리고, 형부! 대체 왜 그래요? 제가 말씀드렸잖아요! 식전에는 좀 내버려 두라니까! 아니 무슨 찹쌀떡도 아니고 한 번 붙으면 떨어질 줄을 몰라, 떨어질 줄을! 하여간 내가 두 사람 때문에 못 산다니까!"

잔뜩 약이 오른 여름의 외침이 신부 대기실 앞 복도를 크게 울리는 오늘은, 봄이 가득해지는 날.

또검과 매디의 결혼식이다.

—*fin*

작가 후기

이 책을 접하신 모든 분들에게도
사랑으로 가득 물드는 봄이 되길 바라며.
읽어 주셔서 감사합니다.

언제나 마음을 담아, XOXO!

—예거 올림.